Op Soek na Ware Geluk

Su-Ann Engelbrecht

Malherbe Uitgewers Publikasie

Outeur: Su-Ann Engelbrecht
Voorbladontwerp: Malherbe Uitgewers
Geset in Franklin Gothic 11pt

ISBN 978-1-991455-95-6
Eerste Uitgawe 2025
Kopiereg ©Su-Ann Engelbrecht
Alle regte voorbehou

Hoofstuk 1

Die lewe loop snaakse draaie met 'n mens. Die een oomblik dink jy jou lewe loop soos wat jy dit beplan het. Jy glo die wêreld is aan jou voete en niks kan jou van stryk bring nie. Dan tref die noodlot jou en jy val hard, ver en wreed. Jy word na die werklikheid geruk ... en jy besef dat jy is nie die meester van jou lewe nie, en dat jy nooit sal wees nie. Baie mense dink ook so en so baie het al hard geval. Sommige staan op probeer vorentoe gaan, dink hulle kan leer uit dit wat gebeur het. Ander besluit om 'n paar tree terug te stap en die fout te soek, en ander bly lê, want wat is die punt. Sy het voor al daardie keuses gestaan. Vandag staan sy op die balkon van haar nuwe tuiste.

Sy geniet die weelde van die laaste sonstrale van die dag, soos die son besig is om tussen die randte van Kroondal te verdwyn. Sy haal diep asem en verwonder haar aan al die pragtige kleure wat die aandskemer optower. Die sonsondergang hier voel anders, ruik anders. Dit is asof die kleure jou wil toevou soos 'n kombersie, dink sy met 'n gevoel van vrede of is dit verligting. Maak dit saak? Die las op haar skouers voel ligter, die weg vorentoe 'n bietjie helderder.

Dit is vanaand haar tweede aand op Kroondal, 'n tipiese Karoo-dorpie. Sover as wat die oog kan sien is dit vlaktes met randjies wat uittoring bo die oranjekleurige sand. Kort Karoo-bossies, vetplante van alle soorte met verskillende kleure blomme. Dit is nie baie droog hier nie, sy was verbaas oor hoe aantreklik die dorpie is. Jy kom met die hoofstraat in en al die belangrike winkels is aan weerskante van die straat. Dit was opvallend dat dié nie 'n arm gemeenskap is nie. Die geboue word baie mooi onderhou en die strate en sypaadjies word skoon gehou. Toe sy gister rond gery het, het van die huise en tuine haar oë laat rek. Jy vergeet jy is in die Karoo tussen die mooi van die dorp en dit lyk of die mense vriendelik is. Sy het nie geweet wat om te verwag nie en het met 'n wa vrag kruideniersware van die stad af gekom. Sy grinnik by haarself, sy sal 'n punt daarvan moet maak om alles omtrent die Karoo op te lees anders gaan almal haar as 'n leë kop stadsmeisie af maak.

Sy het 'n posisie op Kroondal aanvaar. Sy het gevoel sy moet wegbreek van al die dinge wat die afgelope twee jaar, maar meer die laaste ses maande in Kaapstad gebeur het.

Sy skud haar kop. Sy wil nie nou daaraan herinner word nie, dis 'n episode wat sy baie graag gesluit wil hou. Van môre af stap sy as dokter Chantey Bruwer by die hospitaaldeure van Kroondal in, waar sy haar loopbaan met nuwe ywer en uitdagings gaan aanvat.

Haar beroep het nog altyd eerste in haar lewe gekom. Sy kan net so hard werk as enige dokter ongeag die geslag. Haar pa was 'n bekende neuroloog en haar grootste held. Sy het by haar pa se oop graf na sy skielike hartaanval belowe dat sy haar alles sal gee in haar beroep en hulle naam hoog sal hou.

Om in haar ouers se voetspore te volg is 'n groot verantwoordelikheid en sy het dit met groot ywer aangevat. Sy het van jongs af die passie vir medies begin wys, soms het haar ouers haar verbaas aangekyk oor die vrae wat sy begin vra het. As kind het sy vroeg gewys dat sy 'n bogemiddelde intelligensie het, en het in alles bo al die ander kinders uitgeblink. Sy hou van kompetisie, maar op 'n gesonde vlak en nie manies soos ander kinders saam met wie sy grootgeword het nie. In haar vrye tyd het sy begin om boek vir boek deur te werk wat in haar ouerhuis se biblioteek was. Elke bladsy interessanter as die vorige een. Sy was soos 'n ruspe, kon net nie genoeg kry nie. Met haar ouers se bystand was universiteit vir haar baie lekker, veral die tye wat hulle saam met haar geleer het. Hulle was so trots toe sy haar honneursgraad in Onkologie gekry het. Tog was hulle verbaas toe sy gesê het dat sy nog 'n graad wil kry. Haar redenasie was hoekom nie meer weet wat met die menslike liggaam aangaan nie. Sy wou haar vaardighede verbreed om meer in staat te wees om mense te help. Haar pa het goedgunstiglik gewaarsku dat sy haarself nie onder teveel druk moet sit nie. Dit was moeilik om te studeer en dokter te wees maar sy het dit reggekry om haar graad as 'n Hematoloog te voltooi. Sy het na dit nog nie weer daaraan gedink om verder te studeer nie. Die lewe het haar gegryp en haar gegooi. As haar ouers net toe nog gelewe het.

Hulle was baie na aanmekaar daarom dat sy sukkel om hulle heengaan te verwerk. Sy onthou daardie dag asof dit gister was. Sy en haar pa was net op pad om saam te gaan koffie drink na 'n moeilike teater geval. Haar pa het haar geluk gewens met die operasie op die klein lewetjie. Dit was die eerste keer dat haar pa sommer van nêrens af uit in die teater verskyn het en stil toegekyk het na wat sy doen. Toe sy hom opgemerk het, het hy vir haar liefdevol oogeknip. Sy het maar net beskeie geglimlag toe hy sy hand op haar skouer gesit het en met deernis in sy stem gesê: "Stel altyd jou pasiënte eerste en doen jou werk met liefde en oorgawe."

Hy het na sy bors gegryp en inmekaar gesak, die ewige lewe in.

Sy skud haar kop asof dit die jare se gebeure kan uitwis. Asof dit maar net nog 'n droom is waarvan sy nog nie ontwaak het nie. Sy word van haar omgewing bewus toe die ou Switserse staanhorlosie sewe swaar slae slaan. Sy kom nou eers agter dat die donkerte oor die dorp geval het en 'n koue windjie opgesteek het. Sy draai om van haar balkon se reling en maak die groot skuifdeur van haar woonstel toe. Sy moet onthou om dankie te sê vir die administratiewe personeel wat vir haar die woonstel gekry het. Dit het haar trekkery soveel makliker gemaak. Sy is bly dat sy 'n woonstel op die vierde verdieping gekry het, die uitsig is pragtig en sy voel rustig. Die paar goedjies wat sy besluit het om mee te trek pas mooi in, en gee 'n lekker huislike atmosfeer. Sy stap deur die woonstel en voel tevrede dat alles netjies op hulle plekke is. Al haar ander goed het sy in haar ouerhuis gestoor. Sy weet nog nie of sy permanent hier gaan bly nie, as dit haar besluit gaan wees sal sy die res van haar goed hierheen bring. Dan sal sy 'n huis moet kry. Sy moet net 'n plek kry om van al die bokse ontslae te raak. Dalk kan 'n ander inwoner vir haar sê of hier 'n groot vullisdrom is waarin sy die goed kan weggooi. Sy hoop net nie sy moet na die dorp se asgat toe ry nie. Sy glo nie haar kar sal dit oorleef nie.

Sy besluit om te gaan bad, en vroeg in die bed te klim, sodat sy goed uitgerus sal wees vir môre. Sy is nogal nuuskierig om te weet wat haar pos behels. Die advertensie was vir 'n ongevalle dokter en die reëlings is per die e-pos gedoen. Sy het nie daaraan gedink om te vra wat die pos als behels nie. Nee, sy wou net pak en ry.

Chantey stop in die parkeerarea van die hospitaal. Sy lees die naam van die hospitaal wat op 'n groot naambord hoog bo op die muur sierlik pryk. Kroon Mediese Kliniek. Dis 'n groot gebou, groter as wat sy gedink het dit gaan wees. Die mure is 'n donker roomkleur geverf met donker grys geute en vensterrame.

Sy sien dat daar op strategiese plekke sekuriteitskameras is en dat die groot ingang se deur elektronies is. Aan die regterkant van die deur kan rolstoel pasiënte in en uit die hospitaal kom terwyl aan die linkerkant trappe is. Daar is parkering vir omtrent vyftig motors, waarvan party die luukse van parkering van 'n boom kan geniet. Die gebou is omring met 'n groot tuin en plek-plek is daar bankies waar mense kan gaan sit. Sy het nog nie so 'n uitleg van 'n hospitaal gesien nie. Die hele omgewing gee 'n rustige atmosfeer en nie die van 'n koue, stywe hospitaal nie.

Sy besluit om haar kantoorgoed eers in die motor te los, en dit later te kry ás sy 'n kantoor gaan kry. Sy voel effens op haar senuwees soos wat sy die voordeur nader. Die deure skuif geluidloos oop en die groterige ontvangsaal nooi haar vriendelik na binne. Die mure is dieselfde kleur as die buitemure geverf. Aan haar linkerkant is die administrasie vir oprames en ander administratiewe werke, en aan die regterkant ligter en donker grys gemakstoele. Sy stap na een van die dames agter die administrasie toonbank.

"Goeiemôre, ek is opsoek na matrone Swiegers."

"Mevrou kan net reguit stap, die derde deur aan jou linkerkant."

Met 'n vriendelike kopknik stap sy na die matrone se kantoor toe. Die deur staan oop en met die goue plaatjie op die deur sien sy dat sy by die regte kantoor is. Na 'n sagte kloppie kyk matrone op na die deur toe.

"Môre, matrone Swiegers?"

"Môre dame waarmee kan ek help?"

"Aangenaam, ek is dokter Bruwer." Sy steek haar hand uit na die ouerige vrou, die neem dit met 'n ligte frons.

Terwyl Chantey saam met matrone Swiegers na die Assistent superintendent se kantoor toe loop, kan die mollige ou vroutjie maar net nie ophou praat dat Chantey die eerste vroue dokter in 'n lang tyd is wat by die hospitaal kom werk nie. Die matrone was duidelik baie verbaas om haar te sien toe sy die matrone se kantoor binne gestap het.

Sy het gewonder of sy dalk die datum verkeerd het die dat sy haar so verbaas aan gekyk het. Die matrone het haar vinnig reggeruk en haar hartlike verwelkom. Sy was bietjie meer op haar gemak daarna, want almal weet dat 'n matrone is meestal 'n moeilike mens is. Dit het sy met die jare oor en oor gesien. Die matrone lyk na 'n baie aangename mens amper soos 'n moedertjie.

Sy is 'n bietjie korter as Chantey en aan die mollige kant. Kort geknipte hare met silwer strepies in en die mooiste grys oë wat sy nog gesien het.

Chantey moet haar gedagtes kort knip, want sy staan nou voor dokter van Schalkwyk se kantoor deur. Matrone klop en gaan binne, maar daar is niemand in die kantoor nie. Sy kyk op haar horlosie en glimlag verskonend: "Dokter sal seker nou hier wees. Hy is nog besig met saalrondtes, wag maar solank hier ek sal hom gaan sê dat u hier is." Sy verdwyn by die deur uit.

Haastig met kort kragtige tree loop matrone die gang af, so diep in gedagte dat sy binne in dokter van Schalkwyk vas loop.

"Ag jammer dokter," maak sy vinnig verskoning.

"Dit is doodreg matrone." antwoord hy geamuseerd. "Maar waarheen is jy so haastig op pad?"

"Ek was eintlik op pad na dokter toe, u sien die nuwe doktertjie het so pas hier aan gekom. Sy wag in u kantoor. Ek dog maar net ek kom sê."

"Dankie Matrone."

Terwyl hy na sy kantoor toe loop is daar 'n diep frons tussen sy wenkbroue. Hy werk nou al tien jaar lank in die hospitaal. Hy en sy pa is twee onafskeicbare bondgenote, die enigste twee chirurge van Kroondal met een sielkundige. Maar vandat sy ouers in daardie grusame motorongeluk was waar hulle sy ma aan die dood moes afstaan, het sy pa dag en nag begin werk. Hy moes elke dag toe kyk hoe sy pa swaarkry, en tot rou toe magteloos is om te help. Hy het nie die seer verstaan wat sy pa moes ronddra nie en hy doen nog steeds nie. Vir hom het hy 'n wonderlike ma verloor, maar vir sy pa was die gemis te moeilik en het hy hom in sy werk begrawe. Nou na vier jaar het die lewe sy tol geëis. Sy pa is moeg en het besluit om af te tree, met die idee dat die hospitaal kan doen met nuwe vars bloed.

Hy het die pos geadverteer, met die gedagte dat sy enigste seun die hoof van die hospitaal sal word. Daar het verbasend baie aansoeke gekom het, maar sy pa het toe 'n vroulike aansoek aanvaar wat hy nog steeds nie kan verstaan nie. Sy pa het self die aanstelling met die Beheerraad se goedkeuring gedoen. Hy het nie eintlik 'n idee wie of wat die dokter is nie. Sy pa het net gesê sy is 'n goeie, bekwame dokter wat tot die hospitaal en die mense se voordeel gaan wees.

Hy het niks teen 'n vroue dokter nie sy ma was self een. Dis net hy sou so graag 'n meer ervare en opgewasse persoon wou hê as 'n vennoot. Nie 'n emosionele

7

vroumens wat alles kop toe vat nie. Met al die vrouens wat al klaar hier werk, wou hy net 'n manlike vennoot hê.

Hy maak die kantoor deur oop en sien 'n meisie voor een van die vensters staan en oor die hospitaal tuin uitstaar. Chantey draai stadig om toe sy die deur hoor oopgaan. Hy kyk fronsend na haar. *Het matrone bedoel sy is in sy pa se kantoor of syne, want dit kan nie die kind wees wat saam met hom moet werk nie!*

Haar en Berto se oë ontmoet, en in stilte som hulle mekaar woordeloos op. Hy groot en manlik met blou groen poele vir oë wat voel of dit deur jou kan kyk en elke krakie kan raaksien. Sy hare is perfek kort gesny en donker bruin. Hy is heelwat langer as sy. Hy het 'n sterk vierkantige kakebeen wat sy trots beklemtoon. 'n Baie aantreklike man dwarrel dit vinnig deur haar kop. Hy het 'n groen hemp en donkerder das onder die doktersjas aan wat sy oë beklemtoon.

Berto kyk na die jongmeisie voor hom in 'n roomkleurige snyerspakkie. Haar bonde hare hang los oor haar skouers en rug, net hier en daar is 'n parmantige krul te siene, haar ligblou oë kyk vreesloos na hom. Sy oë huiwer vir 'n sekonde op haar mooi vol mond. Sy lyk soos 'n poppie dink hy. Hy sal met sy pa moet praat hy gaan nie met 'n vars-uit-die-universiteit-pop sukkel nie. Hy verbreek eerste die swaar stilte.

"Ek neem aan jy is dokter Bruwer, ek is dokter van Schalkwyk," sê hy stram en saaklikheid terwyl hy sy hand na haar uithou.

Chantey knik net en haar klein handjie verdwyn in sy groot hand.

"Wel, ons het jou eintlik eers later vanoggend verwag, maar ek is bly jy het nou al ingekom. Daar is baie waaroor ons moet praat, maar asseblief sit gerus." Chantey gaan sit in een van die gemakstoele, haar hande lê in haar skoot 'n teken van openlikheid en selfvertroue. Haar bene netjies oor mekaar gevou. Die openlike norsheid van hom laat 'n kriewelrigheid teen haar rug afkruip.

"Ek het besluit om so vroeg as moontlik te kom..."

"Wel," val hy haar ongeskik in die rede en net vir 'n sekonde trek Chantey se oë op skrefies.

"Jy het seker al die nodige besonderhede omtrent die hospitaal en die werksaamhede gekry?"

My pa is nog huidiglik die superintendent, hy sal later met jou in verbinding tree. Jy sal vir eers beheer neem van die Ongevalle-afdeling, maar alle ernstige gevalle sal deur my oorgeneem word."

Hoe nou? Hardloop haar kop. Dink die man dat sy onbevoeg is om haar werk te doen. Hoekom praat hy met haar asof sy 'n student is? Nee, slaan die waarheid haar vol in die gesig, haar verlede.

Onbewus van die storm in haar gaan Berto voort.

"Jou kantoor en spreekkamer is langs Ongevalle en daar is ook 'n operasiesaal toegerus vir basiese alledaagse gevalle. Daar is 'n aparte ingang na jou spreekkamer toe. Dit is maar net sodat die pasiënte nie deur die hospitaal moet loop om by jou uit te kom nie. Dit is net makliker om hier ons spreekkamers te hê. Die diensrooster sal matrone later vir jou gee. Die ure is lank en hard. Ons is die naaste hospitaal met 'n radius van honderd en vyftig tot tweehonderd kilometer van die ander hospitale af. Ons besit twee ambulanse en maak gebruik van die ander ambulansdiens indien nodig.

Matrone sal vir jou daardie inligting ook gee. Ek verwag dat my personeel te alle tye beskikbaar sal wees, professioneel sal optree, maak nie saak wat die situasie mag wees nie. Die hospitaal het 'n goeie reputasie en ek is van plan om dit so te hou. Is daar enige vrae van jou kant af?"

Daar gooi hy weer iets in haar gesig. *Hoekom my aansoek aanvaar as hy so gekant is teenoor my. Miskien was dit 'n fout om hierheen te kom. Hoe kan sy saam met die man werk as hy haar nie vertrou nie?*

Chantey kners op haar tande. Hierdie man gaan haar nie onder kry nie, met 'n vriendelike glimlag kyk sy hom kalm aan. "Nee dokter nie op die oomblik nie".

"Nou maar goed," antwoord hy saaklik soos hy opstaan uit sy stoel. "Ek hoop jou verblyf hier sal aangenaam wees. Kom ek gaan wys jou waar jou kantoor is en so ook die res van die hospitaal".

Sy staan met lam bene op, sy wil haarself verdedig maar haar mond is so droog dat niks wil uit kom nie. Sy wil hom vra hoekom sy hier is as hy haar nie hier wil hê nie. Hoekom het hy haar aan gestel?

Toe hy die kantoordeur oopmaak, skarrel al wat 'n verpleegster rond om hulle besig te hou. Hulle maak of hulle nie bewus is van die nuwe skoonheid aan die sy van hulle beminde aantreklike dokter nie. Daar is 'n hele paar oë wat hulle agterna kyk, maar die twee dokters is onbewus daarvan. Chantey is baie beïndruk met haar kantoor, maar veral met die hospitaal en sy werksmense. Alles is onberispelik netjies en skoon en die tegnologie steek nie af van die stad nie. Die pasiënte wie se sorg sy gaan oorneem is almal vriendelik, behalwe meneer Delport. Hy was maar bra onbeskof en nors, maar sy het gemaak of sy niks agter kom nie.

Sy staan in haar eie kantoor oor die ruim tuin en uitkyk. Sy het 'n pragtige uitsig oor die tuin wat besonders goed uitgelê is en versier is met mooi kleure. Sy draai om en kyk haar kantoor met meer aandag deur. Die mure is 'n sagte room geverf en dit laat die donker hout van die lessenaar, boekrak en die ander tafeltjies met pragtige potplante op, uit staan. Dit moet seker die werk van matrone wees. Haar hand rus op haar stoel wat 'n diep groen is soos die ander twee stoele voor die lessenaar.

Haar ontvangsarea grens aan haar kantoor met dieselfde meubels en kleure. Sy het 'n jong vroutjie wat blykbaar al 'n rukkie hier werk. Die area waar sy die pasiënte gaan ondersoek is klein maar gerieflik. Die spasie is toegerus met alles wat sy sal benodig.

Dit was blykbaar Berto se kantoor. Sy het haar goedjies vir haar kantoor uit haar motor uit gehaal en pak alles uit elkeen op hul plek. Sy sal môre haar mediese boeke en ander leesstof bring, en haar geraamde prestasies wat sy teen die kantoor mure kan hang.

Sy maak haar rekenaar oop, met 'n skewe glimlag streel sy oor die foto van haar en haar ouers wat op die skerm verskyn.

"Ek hoop dat ek hier die verlore geluk sal vind, Pappa en Mamma. Dat dit die keer ware geluk en nie valse geluk sal wees nie." Sy het gehoop dat haar verlede nie 'n invloed op haar werk hier gaan hê nie, maar met Berto se houding is dit duidelik hy gaan dinge moeilik maak. Die man is 'n regte buffel, maar sy gaan nie buig voor hom nie. Sy het nog nooit voor enige iemand ingegee nie, sy gaan dit ook nie nou doen nie. Sy is nie so groot gemaak nie. Hy sal haar nie weer so aanspreek nie, eenmaal was genoeg.

'n Hartseer val oor haar. Sy het hierheen gekom om oor te begin as dokter maar nie as vrou nie. Sy wil nie weer seerkry soos in die verlede nie. Een ding is seker, maak nie saak wat gebeur nie sy sal nooit ooit weer 'n man vertrou nie, nie na wat Riekert aan haar gedoen het nie. Sy kyk by die venster uit en sien weer sy pragtige, maar gevaarlike oë wat haar nader roep.

Hulle was ook kollegas van dieselfde hospitaal, 'n baie aantreklike dokter met 'n bedrieglike sjarme wat al wat 'n vrou se kop laat draai het. As sy maar net wou luister! Maar as jy verblind is deur die liefde, is jy hardkoppig, is jy die wyse een. Hoe kan sy nie nou daaroor getuig nie, die liefde is maar bedrieglik maak nie saak wie of wat jy is nie jy kry altyd in die proses seer. Die klop aan haar kantoor deur laat haar uit haar mymerende gedagtes kom.

"Binne." Die deur gaan oop en die vriendelike matrone kom binne.

"Hallo Dokter, voel jy darem al tuis hier by ons?"

"Ja, dankie Matrone die kantoor is lieflik. Waarmee help ek?"

"Dokter van Schalkwyk vra dat jy na die personeel se ruskamer sal kom hy wil jou graag aan al die personeellede voorstel, en ook aan dokter Willem van Schalkwyk. Jy kan maar sê so 'n klein verwelkomings partytjie," glimlag Matrone. Sy sit die magdom lêers wat sy in haar arms het op die tafel neer. "Ek het sommer al die lêers saam gebring. As ons klaar is met ons tee dan sal ek vir Dokter kom verduidelik hoe alles werk."

Chantey is vir 'n oomblik uit die veld geslaan, dit het sy nie verwag nie. Sy glo nie dat dit een van Berto se slim idees was om haar met tee te verwelkom nie.

"Dankie Matrone, maar dit was regtig nie nodig dat julle die moeite moes doen nie. Ek verwag om pasiënte te sien."

"Nee wat dokter dit is geen moeite nie, ons is 'n gedugte spannetjie. Wie kan nou nee sê vir 'n lekker koppie tee en 'n soetdingetjie. Ons het klaar die reëling gemaak dat die spreekkamer ure 'n bietjie later gaan begin as gewoonlik."

Hulle loop saam die gang af waar daar net hier en daar 'n verpleegster is.

By die ruskamer aangekom is dit dokter Willem van Schalkwyk wat haar tegemoet loop en haar met ope arms vriendelik verwelkom.

"Welkom my kind, ek is so bly ek het die voorreg om Charl se dogter uiteindelik te ontmoet. Hy het my so baie van jou vertel. Is jy al ingeburger hier by ons?"

"Ja, dankie Dokter, almal s baie vriendelik en verwelkomend. Ek dink ek gaan dit geniet om hier by julle te werk," antwoord sy terwyl 'n ligte frons tussen haar wenkbroue nes maak. *Het hy gesê hy het my pa geken? Hoekom het pappa nooit iets van hom gesê nie?*

Sy bestudeer hom vlugtig. Hy is so lank soos sy seun, baie aantreklik vir sy jare. Sy hare is grys, sy oë is moeg en die geboë skouers spreek van swaar laste of is dit seer wat hy deur sy lewe moes dra.

"Kom ons los die formaliteite en noem my sommer oom Willem. Ek tree tog oor twee weke af dan is ek 'n gewone burger soos die res daar buite."

Sy lag bring 'n glimlag om almal se lippe in die vertrek.

"Kom," hy vat haar aan die elmboog. "Kom ek stel jou aan almal voor." Almal is meestal vriendelik teenoor haar. Hier en daar is 'n meisie wat haar kil aankyk omdat hulle haar as die nuwe indringer van Kroondal beskou. As Chantey dit agtergekom het laat sy niks blyk nie, sy groet almal vriendelik. Sy is glad nie daarvan bewus dat Berto haar ongemerk staan en dop hou nie. So ook ander oë wat haar kil aankyk.

Die oë van die pragtige suster Tania Sinden wat koud na Chantey kyk. Sy het die lyf van 'n model, smeulende oë, vol lippe, in haar uniform lyk sy soos 'n godin.

"As jy so droom verlore hier staan my liewe Tania?" vra Nanda Botha, jare lange vriendin van Tania. "Wat dink jy van ons nuwe dokter?"

"Ek hou nie van haar nie, maar tyd sal seker leer. Sy sal in elk geval gou genoeg leer wie is baas en wie is klaas en hierdie klaas vat nie orders van haar nie."

"Ag genade my liewe Tania waaroor al die drama?" vra Nanda lui, dan pruil sy haar mond stouterig. "Of is jy bang vir 'n bietjie kompetisie?" Nanda is nie baie aantreklik nie maar het 'n hart van goud. Sy ken Tania die beste van almal in die hospitaal en sy weet dat Tania baie kompeterend is en nie eers te praat van jaloers nie. Sy dink dat die nuwe dokter baie gaaf is dit kan jy in haar oë sien. Sy kyk van Tania na die dokter en moet erken dat die dokter dalk kompetisie kan wees, dis nou te sê as sy nie klaar iemand het nie. Daar kan dalk 'n paar drama tonele uitbreek, veral as die nuwe dokter ander reëls en metodes het. Sy weet Tania hou nie van verandering nie en sy het effens 'n probleem met gesag, dink Nanda by haarself.

"Moenie belaglik wees nie, ek meen net om te sê sy moenie haar lyf hier kom rondgooi nie. Sy gaan haar vasloop teen my. Ek is seker Berto hou ook nie van haar nie, dit is duidelik op sy gesig te lees." Sy voel eintlik beter as sy na Berto kyk met die donderweer op sy gesig. Die feit dat hy nie 'n sê gehad het in die aanstelling nie het hom van die begin af omgekrap. Sy gaan nie lank hou nie, stadsmense raak nie gewoond aan die platteland nie. Teveel mense het al gekom en gegaan in die dorp en ook by die hospitaal.

"Die storie doen die rondte dat sy die tweede vroue dokter in die geskiedenis van die hospitaal is. Jy is mos nou al lank hier, is dit waar?"

Tania antwoord nie, sy moet 'n plan beraam om van die vrou ontslae te raak. Haar planne is net goed op dreef en iemand soos sy kan dinge net onnodiglik befoeter. Sy sal nie toelaat dat enigiemand in haar pad gaan staan vir wat sy wil hê nie.

Die verwelkomingstee breek hou nie lank aan nie, en almal gaan terug na hul poste. Chantey gaan na haar kantoor toe om op hoogte te kom met die pasiënte wat onder haar sorg geplaas is. Dit wat oom Willem gesê het pla haar vreeslik, sy en haar ouers het nie geheime gehad nie. Hoekom weet sy dan niks van die vriendskap nie wonder sy kopskuddend. Sy luister half ingedagte na alles wat matrone verduidelik, maar kan die knaende gevoel van onrus nie ignoreer nie.

Hoofstuk 2

Met 'n sug van verligting sak Chantey in een van haar gemakstoele in haar woonstel. Haar eerste dag het verloop sonder enige probleme. Dis nie die werk wat haar vandag gevang het nie, maar al die oneindige vrae van die pasiënte. Sy het nie gedink die plattelandse mense is so nuuskierig nie. Sy glimlag by haarself, daar is 'n paar koddige mensies in die dorp. Sy het omtrent koekies en blomme en sommer net 'n hallo-sê gekry. Sy dink nie die stywe dokter Berto het baie daarvan gehou nie.

Net toe sy wil opstaan om vir haar iets te ete te gaan maak, lui haar voordeur klokkie. Sy laat sak haar kop terug teen die bank, sy trek haar asem diep in en blaas dit stadig uit. Met 'n frons tussen haar oë maak sy die deur oop. Wie op aarde kan dit wees wonder sy mismoedig, sy wil baie graag vroeg in die bed kom. Miskien het daar iets by die hospitaal gebeur, nee hulle sou haar gebel het. Tot haar verbasing is dit die mollige matrone wat op haar drumpel staan.

"Naand Dokter ek hoop nie ek steur nie. Ek sê nou net vir my ou man dat ek net vinnig 'n draai by u wil maak net om 'n ou eetdingetjie te gee. Julle jongmense ken mos nie van gesond eet nie."

Chantey glimlag vir die ou vroutjie. Hoe kan 'n mens gesteurd voel deur so 'n ou gesiggie.

"Dankie Matrone, maar dit was regtig nie nodig nie. Kom binne ek was nou net op pad om die ketel aan te sit. Kan ek vir Matrone ook iets te drinke maak?"

"n Teetjie sal lekker wees dankie." Wat 'n liewe kind dink Martie by haarself, sy het 'n oujongnooi verwag vol geite en skete, nie die jong kind nie. Sy is so mooi en fyn, sy glo dat die kind 'n groot aarwins gaan wees vir die hospitaal. Sy kyk om haar rond en is verbaas dat sy nie bokse sien nie. Kon die kind al klaar uitgepak wees? wonder sy beïndruk. Sy het die plekkie mooi ingerig. Dit is vir haar duidelik dat die dokter nie 'n kerk muis is nie. Sy het baie goeie smaak en die woonstel lyk heel gemaklik en huislik.

Chantey sit die skinkbord op die koffietafel neer, sy wys vir matrone om vir haarself te skink.

"Hierdie is my ou oorlede moeder se bredie resep, sy was voorwaar 'n voortreflike kok. Sy was nie bang gewees om vreemde kombinasies bymekaar te gooi nie, sy was nie baie lief om ingeperk te word nie," giggel Matrone.

Chantey luister aandagtig, dis duidelik dat hierdie ou vroutjie baie geheg was aan haar moeder.

"My ma was net so lief vir bak en brou, sy het seker gemaak ek en my pa eet gesond," kom dit met verlange van Chantey.

"Ek ly af u moeder is oorlede?" vra matrone simpatiek.

"Ja, so ses jaar gelede, sy het kanker gehad. Nie dat dit haar onder gekry het nie, sy het nooit stil gesit en haarself bejammer nie. Die oomblik wat sy uitgevind het sy het kanker het sy onmiddellik navorsing begin doen oor die siekte. Toe het sy besluit dat sy ander mense wil by staan. Sy het geglo op die manier bly sy sterk en besig dan kan die negatiewe gedagtes nie plek kry nie. Sy was 'n inspirasie vir baie gewees." Chantey vermy matrone se oë, Sy wil nie hê iemand moet in haar siel in kyk en die seer wat sy dra oor haar ouers sien nie. Haar ma se siekte en dood was bitter swaar gewees.

"Ek is jammer om dit te hoor." Matrone is sommer spyt dat sy die onderwerp aangeroer het, dit is duidelik dat die kind nog nie heeltemal oor haar verlies is nie.

"Melk, suiker, Matrone?" vra Chantey om van die onderwerp af te kom.

"Dankie hartjie, maar noem my asseblief tannie Martie as ons nie by dokter van Schalkwyk is nie. Ek is matrone as hy in die omtrek is. Hy is 'n ontsaglike presiese mens en om in sy goeie boekies te bly is 'n pluspunt."

"Net as matrone my ook nie so formeel aanspreek nie," reageer Chantey. Sy sal baie graag meer van die knorrige man wil hoor, maar netnou dink matrone dat sy voorbarig is. Sy sal op 'n mee geleë tyd vrae vra.

Anders as Chantey is matrone 'n nuuskierige mens van geaardheid, sy laat nie op haar wag nie. As sy iets wil weet, pak sy die bul by die horings.

"Hoekom het dokter Kroondal toe gekom? Ek bedoel Kaapstad en Kroondal is darem 'n hele entjie van mekaar af?"

Daar speel 'n lui glimlag om haar mond toe sy heel normaal antwoord.

"Ag ek wou net 'n bietjie van omgewing verander, die stadslewe het my begin vang. Dit is net 'n gejaag van die môre tot die aand. Ek het na rustigheid verlang."

Matrone sien die skaduwee wat oor die jong vrou se gesig skuif. Sy kan aanvoel dat die dokter groot hartseer moes beleef het, moontlik nog dra. Sy sal nie verder uitvra nie. Wanneer die tyd reg is en as sy wil gesels sal haar deur vir die jongvrou oop staan.

"Jammer as ek nou nuuskierig voorkom, maar hoe oud is Dokter? Ek bedoel jy lyk vreeslik jonk." Chantey begin te lag.

"Ek is jammer dat ek lag matrone, maar die uitdrukking op jou gesig ... ehm ... wel, ek is 'n volle 32 jaar oud." Sy voel spyt dat sy so uit gebars het van die lag. Martie kyk na Chantey terwyl sy haar koffie drink. Sy is nie net mooi nie, maar sy het 'n goeie sin vir humor. Sy hou sommer baie van die kind.

"Aardetjie kyk waar staan die tyd, my ou man kry seker al hongerstuipe. Dankie vir die tee, 'n rustige nag en ons sien mekaar môre weer."

"Dankie vir die inloer en die eet dingetjie. Ek waardeer dit baie, en 'n rustige nag vir Matrone ook."

Chantey maak die deur stadig toe en leun met haar kop daarteen, 'n moedelose sug ontglip oor haar lippe. Miskien was dit 'n fout om hierheen te kom 'n geheim kan nie lank stil gehou word in klein plekkies nie. Haar storie was oral in die koerante en op TV sy dink nie dit gaan lank vat voordat iemand twee en twee bymekaar gaan sit nie. Hopelik teen die tyd wat iemand agter kom wie sy is, ken hulle haar beter, en sal hulle haar dalk nie veroordeel nie. Sy moet maar net elke dag vat soos dit kom, vir elke probleem is daar 'n oplossing.

"Jy hoop so!" spot die ou verraad in haar. Sy stap na die koffietafel toe, tel die skinkbord op en gaan kombuis toe. Sy spoel die bekers onder die warm kraan uit, en los dit sommer op die droograk om self droog te word. Sy maak die bakkie met die bredie in oop. Die geur vul die kombuis en laat haar maag grom. Sy het nie regtig vandag geëet nie net die versnaperings by die verwelkoming. Dankie dierbare matrone dink sy met 'n glimlag. Sy het 'n goeie gevoel oor die matrone, hulle kan goeie vriende raak. Sy staan teen die kombuis kas en eet die bredie sommer so uit die glas bakkie. Dit laat haar skielik huis toe verlang, en die alleenheid val soos 'n swaar digte mis kombers oor haar.

Berto sit in sy gemakstoel en staar net voor hom uit. Hy luister glad nie wat op die TV aan gaan nie. Hy is moeg en vreeslik geïrriteerd, al wat 'n Kroondaler is, was by die hospitaal gewees om die nuwe dokter te sien. Die hele ongevalle het net na blomme en gebak geruik. Kan die mense nie maar wag vir Sondag en dan die vrou pla nie? Vir wat moet hulle sy hospitaal as 'n kuier plek gebruik? Die nuuskierigheid gaan 'n ruk nog aangaan, dit gaan hom teen die mure uit dryf. Hy vryf sy hare deurmekaar en pers sy lippe op mekaar.

Sy pa het 'n ding gesê wat hom al die hele dag pla. Hy is seker hy het sy pa gehoor sê dat hy Chantey se ouers geken het. Sy pa het in die verlede tyd gepraat so hulle is albei dood. Hoekom weet hy niks van die mense nie? Hoekom dit 'n geheim hou? Hy haat geheime, 'n ding moet reguit gesê word. Wat is tog die doel van geheime, niks goeds kom van dit nie. Hy moet vir sy eie beswil uitvind wie Chantey en haar ouers is. Hoekom het hy nie op sy eie navraag gedoen oor die vrou nie, wonder hy ergerlik, en drink die laaste bietjie koffie. Hy verstaan nou dat sy pa vir haar aansoek gewag het, maar hoekom? Hoe het hy geweet sy soek ander werk? Sovêr hy kon agter kom het sy vandag die eerste keer met hom gepraat. Sy was onkant betrap toe sy pa gesê het hy ken haar ouers. Hy en sy pa het nog nooit geheime gehad nie. Hoekom dan dit vir hom wegsteek? Die twyfel krap erg aan hom. Sy pa was nog altyd iemand wat 'n ding goed deurdink, of dit oor pasiënte is of persoonlik. Die lewe is soos 'n skaakspel seun, het hy eenkeer verduidelik. Elke skyf het 'n invloed op die ander spelers en so ook in die werklikheid. Vir elke aksie is daar 'n reaksie. Ergerlik gooi hy die afstandbeheerder van die TV op die koffietafel neer om buite te gaan vars lug soek en om te vergeet van die dag.

Tania gooi die tweede glas rooi wyn in haar keel af. Wat 'n blerrie dag! 'n Mens sou sweer dat die verdomde vrou 'n celebrity is.

"Ag en is sy nie te mooi nie, en seker so vreeslik slim as sy van die stad af kom," maak Tania die mense na. "Dis om van naar te word," gil sy. Gelukkig lyk dit of Berto ook nie van die vrou hou nie, hy het die hele dag 'n frons gehad. Al die sieklike mense wat 'n dokter nodig gehad het vandag het hom kwaad gemaak. Sy ken hom, hy hou glad nie daarvan as sy reëls verontagsaam word nie. As daar een mens is wat vir Berto ken is dit sy, en sy glo die dae van daardie vrou is getel. Sy loop op en af in haar woonstel, haar kop werk oortyd, dan staan sy stil. *Wat maak 'n dokter van die stad in Kroondal?*

Chantey skrik wakker, sy is nat gesweet en kort van asem. en dit vat haar 'n paar sekondes om haar omgewing te herken. Sy gooi die beddegoed van haar af asof dit hulle skuld is dat sy nagmerries kry. Sy loop badkamer toe en spoel haar gesig af met koue water. Sy het lanklaas so wakker geword en kan nie verstaan hoekom sy weer nagmerries kry nie. Die horlosie in die TV kamer gee vyf slae. Sy sug, daar is nie 'n manier wat sy weer aan die slaap sal kan raak nie. Sy vryf oor haar voorkop. Sy moet uit die woonstel kom die mure druk haar vas.

In rekord tyd het sy haar oefen klere aan. Al wat altyd help is om die spinnerakke uit te hardloop. Sy ken nog nie die dorp nie, so sy sal maar in die hoofstraat gaan draf vir eers. Sy sal uitvind van 'n lekker draf plekkie soos wat sy in die stad gehad het. As dokter het sy nie tyd om ure in 'n gimnasium deur te bring nie. So draf, fietsry en yoga is haar gunsteling sport. Sy kon nog nooit verstaan het hoe mense in geboue oefeninge kan doen nie. Die natuur gee vir jou die rustigheid en die natuur is 'n goeie opponent. Dis nie net 'n plat vlakte waarop jy oefen nie. Die natuur gee vir jou draaie, opdraandes en terreine wat rof is. Dit is wat vir haar oefening is, om jou liggaam net 'n entjie verder te dryf, te toets en so jouself sterker maak. Die natuur is soos 'n stille sielkundige - vra nie vra nie, gee jou net die spasie sonder tyd.

Die oggend lug is koel maar nie so dat dit jou asem weg slaan nie, dis vars en skoon. Met haar oorfone in die ore kies sy koers na die hoofstraat. Sy glimlag by haarself. Sy is seker as iemand van die dorp haar nou sien, sal hulle dink sy is van lootjie getik om so vroeg te wil draf. Haar glimlag verdwyn toe haar gedagtes terug gaan na haar droom toe.

Dit is nou 'n paar weke wat sy laas die nagmerrie gekry het.   Die droom is altyd dieselfde oor en oor en oor.

In die droom val sy in 'n diep gat in en oral rondom haar is daar nie vasgryp plek nie, dit is net nat gladde rotse. Sy probeer gil, maar niks wil uit haar mond uit kom nie, asof iets haar wil versmoor. Sy val dan hard neer op sand en klip. Sy hoor stemme, dan 'n lelike gelag van 'n man.

As sy begin soek na die persoon verskyn daar spieëls rondom haar. Riekert verskyn in die spieëls en sy lag raak harder, leliker, soos die van 'n mal mens. Die gelag maak haar ore seer en hoe harder sy haar ore wil toedruk hoe harder kom die laggende gille deur. Dan sonder waarskuwing gee die grond onder haar pad en dit is gewoonlik waar sy wakker skrik.

Sy het probeer om die droom te analiseer, maar al waaraan sy dit kan toeskryf is dat haar hart en kop net nie oor die geskiedenis van haar en Riekert kan saam stem en oor dit kan kom nie.

Sy was baie lief vir hom en hy het haar op die mees wreedste manier verraai en seer gemaak. Sy gaan staan, haar asem jaag. Met haar hande in die sye loop sy 'n bietjie. Die son het skaam sy kop by die horison uitgesteek en 'n bietjie met die verfkwas gespeel. Die oggendlug is vars en vul haar wese met 'n rustigheid, iets wat sy meer en meer moet leer om aan vas te hou.

Sy kan nie elke dag na die donkerkant teruggaan nie. Sy moet leer om te los en vorentoe te gaan. Dit is nie die moeite werd om terug te dwaal nie, dit verander niks wat gebeur het nie. Hoekom skakel haar brein nie af nie? Hoekom wil haar hart nie die sleutel weggooi nie? Hoe lank gaan sy haarself nog martel? Sy het sowaar tot buite die dorp gehardloop. Sy kyk na die koppies 'n ent voor haar, hulle kom bymekaar soos twee boude. Sy lag kliphard. "Ja nee Chantey. Dit is net jy wat koppies vergelyk met boude," praat sy hardop met haarself.

Sy kyk hoe die son opkom tussen die twee koppies, sy kan nie help om weer te lag nie. Die beeld is presies soos die ou sê-ding. Sy ken baie mense wat dink die son skyn uit hulle agterstewe uit. Sy kyk op haar horlosie en haar oë rek groot. "O vrek ek gaan laat wees vir werk."

Hoofstuk 3

Na 'n paar dae op Kroondal verloop alles nog seepglad. Die dorpsmense se nuuskierigheid het af geneem, sy voel nie meer soos 'n vreemdeling nie.

As sy in die dorp kom wil almal gesels. Dit vat haar twee maal so lank om haar draaie in die dorp te kry as wat nodig is. Sy het ook mooi ingeskakel by die hospitaal, almal werk soos 'n span saam. Sy het baie bekwame personeellede wat saam met haar werk, dit was nog nie vir haar nodig om enigiemand tereg te wys nie. Sy en dokter van Schalkwyk praat nie veel nie. Die beleefde kopknik as hulle mekaar raak loop in die parkeer area of in die hospitaal gange is meer as genoeg vir haar.

Van die eerste dag af wat sy hom ontmoet het, het sy die indruk gekry dat hy nie haar aanstelling goedkeur nie. Dat hy haar net verdra terwille van die hospitaal en sy pa. Sy is 'n goeie dokter en hy sal nog sy houding teenoor haar verander. Sover as moontlik bly sy maar aan haar kant van die hospitaal en sy verkies dit so. Sy is in elk geval hier om lewens te red en gesond te maak, nie om te sosialiseer nie.

Terwyl sy haar pasiëntverslae op datum kry vlieg haar kantoor deur oop en 'n verskrikte verpleegster verskyn in die deur.

"Dokter moet gou kom! Mevrou Swanepoel in kamer 4C is ongesteld."

Met 'n frons staan sy haastig op en volg die verpleegster na die pasiënt se kamer toe. Die pasiënt hyg na asem, haar oë is wyd oopgesper van vrees vir dit wat dalk mag kom. Chantey neem die situasie behendig oor, sy gee bevele uit so rustig as wat sy kan. Sy het al geleer, as die dokter rustig is, is die personeel ook, en dit het 'n uitwerking op die pasiënt. Sy werk vinnig en behendig terwyl sy paaiend met die pasiënt gesels. Bertie Swanepoel kyk woordeloos na die dokter wat sy met haar lewe vertrou. Stadig begin haar asemhaling terug keer na normaal toe en voel sy nie meer benoud en bang nie. Die gerusstellende oë van die dokter laat haar ontspan.

"Alles is reg ontspan en haal net rustig asem. Ek gaan die suurstof so 'n bietjie ophou totdat mevrou heeltemal kalm is. Probeer om 'n bietjie te slaap ek maak later 'n draai dan gesels ons so 'n bietjie."

Bertie glimlag flou en amper onmiddellik raak sy aan die slaap.

Chantey kyk teer na die pasiënt, sy het vir haar iets gegee om te slaap sodat sy nie moet top oor wat so pas gebeur het nie. Sy is 'n asma lyer, maar iets is nie pluis nie, iets ontwyk Chantey. Sy sal baie graag ander toetse wil doen net om veilig te wees. Dit is vir haar baie duidelik dat sy 'n allergie moet hê vir iets wat heeltyd die asma aanvalle veroorsaak.

"Suster Sinden ek soek soveel inligting as moontlik oor haar, kyk asseblief wat jy vir my kan uitvind. Soos enige ander siektes wat sy as kind gehad het. Kyk of jy nie ook kan uitvind van enige chroniese familie siektes nie. Haar lêer sê niks van haar gesondheidsgeskiedenis nie."

"Om wat mee te maak?" kom dit kwaai van Berto af waar hy by die deur staan. "Suster Sinden is 'n suster nie 'n privaatspeurder nie."

Chantey vervies haar bloediglik.

"Ek is bewus daarvan dokter, ek wil net meer omtrent die pasiënt weet. Ek het 'n voorgevoel dat ons iets miskyk, en dat daar iets anders fout is as net die asma. 'n Paar oproepe sal mos nie die kind van die kooi af gooi nie. Daar is niks fout om meer van 'n pasiënt te weet as net die medies nie." Hulle gluur mekaar openlik vyandig aan.

"Kyk hier dokter!" Hy stap dreigend nader, maar Chantey deins nie een oomblik terug nie. Sy druk haar hande in haar doktersjas in sodat niemand kan sien hoe haar vuiste bal nie.

"Wil jy vir my sê ek stel nie belang in my pasiënte nie?" kom dit dreigend van hom toe hy sentimeters van haar tot stilstand kom. Die ligte rose geur van haar parfuum vul sy neus, hy byt op sy tande. Hy moet ferm bly, maan hy homself.

"Ek ken die pasiënt my lewe lank en ek verseker jou daar is niks anders fout met haar as die asma nie. Ek het al lankal al die nodige toetse gedoen; as jy haar lêer deur gewerk het sou jy dit gesien het."

Chantey is stom geslaan oor sy dreigende houding, en vir die feit dat hy so onprofessioneel optree. Om haar voor pasiënte en personeel so aan te vat is onaanvaarbaar. Sonder 'n woord skuur sy by hom verby na die deur toe, toe sy stem haar tot stilstand bring.

"Dokter Bruwer ek praat met jou!" Berto is woedend. Wie dink sy is sy om hom sommer net so te ignoreer? Sy draai nie om nie, kom net tot stilstand voordat sy by die deur uit verdwyn. Berto swets saggies, en met 'n brom verlaat hy die kamer.

Die personeel kyk na mekaar met verbasing, dit is net Tania wat met 'n selfvoldane glimlag hulle agter na kyk.

Sy ken vir Berto en weet dat die nuwe poppie op baie dun ys beweeg. Berto gaan haar goed die leviete voorlees.

Berto stap na Chantey se kantoor toe. Hy is nog nie klaar met haar nie. Wie de hel dink sy is sy? Hy word nie so behandel nie. Sy is nie in haar kantoor nie, hy kyk die gang op en af maar sy is nêrens te vinde nie. Met afgemete treë en gebalde vuiste loop hy die hospitaal deur op soek na haar. Hoe meer hy sukkel om haar te kry hoe meer styg sy humeur. Hy storm die hoof uitgang van die hospitaal uit. Sy oë vat 'n sekonde om aan die skerp lig gewoond te raak. Toe sien hy haar waar sy op 'n bankie in die tuin sit en storm met groot treë op haar af.

"Dokter Bruwer ek was besig om met jou te praat, wie gee...!"

"Kyk hier dokter!" Sy vlieg van die bankie af op asof 'n by haar gesteek het. "Wie de du wel dink jy is jy om my so te verneder, en dit voor personeel en pasiënte? Ek is nie 'n kind wat jy oor die vingers kan tik nie. Ek ken my werk en nie jy of enigiemand kan my aanvat daaroor nie. Ek het by die beste geleer, dit wat ek seker al vergeet het moet jy nog leer." Chantey is so woedend dat sy nie omgee wat sy vir die buffel sê nie. Sy verloor nie sommer nie en dit gaan nie gou verander nie.

"Jy praat nie so met my nie! Ek is die hoof van die hospitaal en my woord is wet, dokter. As jy nie daarmee gelukkig is nie staan dit jou vry om te gaan. Miskien is jy te oorgekwalifiseer vir so 'n eenvoudige hospitaal soos dié een, en sal jy meer aanpas by die meer gesofistikeerde lewe van die stad."

Berto het nog meer wat hy haar wil toesnou, maar hy word bruusk in die rede geval deur sy pa.

"Berto! In jou kantoor, nou!" Oom Willem is woedend vir sy seun. Om in en buite die hospitaal soos kinders te baklei is ongehoord. Hy het die hele petalje gehoor op pad na Chantey toe. Hy was skoon stil geskok toe hy hoor hoe die twee aangaan, meer Berto maar nog steeds.

Hy mag dalk nie meer praktiseer nie, maar die hospitaal bly nog syne en sy reëls gaan nie nou gebreek word nie. Hy sal nou met Berto praat en dan met Chantey. Elk van hulle sal moet besef dat nie een dokter dieselfde is nie.

"O dokter, neem die sommer saam ek glo die inligting sal van hulp wees." Chantey weet sy is dalk nou 'n bietjie kinderagtig maar sy kan haarself nie help nie.

Sy hou die lêer van Bertie na hom toe uit. Hopelik sien hy haar standpunt in, dis nou te sê as hy verby sy ego kan kom.

Berto gryp die leer, hy wil nog iets se maar na die kyk van sy pa se donderweer gesig volg hy hom woordeloos. Met 'n laaste kyk na Chantey dat hulle gesprek nie klaar is nie. In sy kantoor wag sy pa vir hom voor die venster. Berto neem agter die lessenaar plaas en wag geduldig dat sy pa moet praat. Uit ondervinding weet hy as sy pa so lyk wag jy maar geduldig tot alles verby is, want om aan sy verkeerde kant te kom is nie goed nie. Vir 'n oomblik is hy bly oor die stilte dit gee hom kans om sy gedagtes agtermekaar te kry. Hy vryf oor sy ken en bedink die gebeure van flussies vinnig. Hy sug, miskien het hy oorgereageer. Daar is seker niks fout met haar versoek om meer oor die pasiënt uit te vind nie. Dokters het verskillende maniere van praktiseer. Sy gedagtes word onderbreek toe sy pa begin praat.

Oom Willem draai nie weg van die venster, nie bly daaruit kyk, maar sien nie eintlik iets raak nie.

"Wat het jou besiel om so met haar te praat en dit voor die hele wêreld om te hoor? Dis nie hoe daar in die hospitaal of in die tuin met personeel gepraat word nie. Sy het 'n punt beet en jy weet dat konflik op 'n beskaafde manier gehanteer moet word. Hoe jy dit gehanteer het was onprofessioneel en baie ongeskik." Hy draai om en kyk na sy enigste seun. "Ek weet dit is vir jou 'n aanpassing om saam met 'n vrou te werk, maar ek sou haar nie aangestel het as ek nie vertroue gehad het in haar bekwaamheid nie. Ons is baie bevoorreg om haar hier te hê, sy is 'n groot aanwins vir ons. Ek verwag van jou om haar om verskoning te vra en haar met respek te behandel, jy is beter grootgemaak as dit."

Berto sug. "Ja Pa, ek weet, ek het te vinnig gereageer, soos gewoonlik is my mond vinniger as my brein, maar ek weet nie wat dit is nie, maar as ek haar sien wil ek net, net ... oeh ... ek weet nie die mure uitklim. Iets omtrent haar irriteer my grensloos. Die feit dat sy my diagnose en behandeling van Bertie bevraagteken was net die kersie op die koek. Sy mag dalk 'n goeie student gewees het, maar sy moet ook leer dat ons wat meer ondervinding het, dalk geraadpleeg moet word voordat sy die personeel onnodige werk gee," eindig hy moedeloos.

Willem kyk sy seun met 'n frons aan, hy het so baie trekke na sy vrou en sy was ook so gou om te praat en te reageer. Eienskappe wat by 'n vrou hoort en een van die dinge wat hom so lief gemaak het vir haar. 'n Lig gaan vir Willem oop en 'n klein glimlaggie trek aan sy mondhoeke. Hy het 'n voorgevoel gehad dat die vonke goed gaan spat, maar dit kan afstuur op iets pragtig.

"Berto sy is nie vars uit die universiteit nie. Waar kom jy daaraan?" vra hy verbaas.

"Ek verstaan nie wat pa sê nie. Sy is nog 'n kind, kyk na haar, jy kan dit tog duidelik sien."

"Berto dit is my skuld ek besef nou dat ek nie met jou gepraat het oor haar nie." Hy loop na die kabinet toe en sluit 'n laai oop wat konfidensiële verslae bevat. Hy haal haar verslag uit en hou dit uit na sy seun. "Werk saam en nie teen mekaar nie ou seun." Hy klop hom op die skouer en verlaat die kantoor.

Berto kyk na die toe deur en dan na die lêer in sy hand. Hy maak dit oop en met verbasing lees hy woord vir woord tot aan die einde van die dokument. Hy sit terug in sy stoel maar sy oë bly op die klein foto'tjie van die blonde vrou in die lêer.

Chantey stap die gang af na haar kantoor toe. Sy voel kalmer maar bid die tyd om, sy wil by die huis uit kom.

Sy kyk op en sien vier verpleegsters in die gang besig om te klets. Hulle praat seker oor haar en Berto se onderonsie van vroeër dink sy vies. Voor sy haar kan keer vlieg sy die meisies in. "Verskoon tog dames, maar volgens my is die 'n hospitaal nie 'n damesklub nie." Haar stem is soos 'n sweepslag, die meisies kyk haar net verskrik aan. "Toe, toe, moet my nie so aankyk nie, gaan aan met julle werk en dit is die laaste keer wat ek oor so iets gaan praat."

Die vier meisies verdwyn dadelik in verskillende rigtings, hulle het hulle lam geskrik vir die skerpheid waarmee sy met hulle gepraat het.

Berto kyk haar geamuseerd agterna, dit is duidelik dat sy nog nie heeltemal afgekoel het nie. Miskien moet hy wag tot later en dalk by haar huis aangaan waar daar geen ore of oë is nie. As sy verder ontplof is dit tussen haar vier mure en nie sy hospitaal nie.

Tania Sinden het die hele gedoente gestaan en bekyk en die manier wat Berto na die doktertjie gekyk het staan haar nie aan nie. Sy sal moet sorg dat hulle nooit langs dieselfde vuur sit nie, haar toekoms gaan sy nie verloor nie. Die haat wat in haar oë weerspieël sou enige mens koue rillings gegee het.

Chantey neem agter haar lessenaar plaas, ag hemel dink sy wat het haar tog besiel om so met hom te praat? Hy is reg hy is haar hoof, hy betaal haar salaris. Hoe moet sy nou die gemors regmaak? Haar pa het haar al gewaarsku, dat haar vinnige humeur en blitsige tong haar in groot moeilikheid gaan beland, en kyk nou wat het sy daarvan. Was hy ernstig toe hy gesê het sy moet 'n ander werk gaan soek, of was dit net 'n dreigement? Sy sug moedeloos. As sy nou eerlik moet wees met haarself, kan sy nie bekostig om ander werk te gaan soek nie, nie met haar verlede nie.

Toe sy aansoek gedoen het vir die pos was sy nie te hoopvol om gekeur te word nie. Toe sy die brief gekry het was sy terselfdertyd bly en verbaas gewees. Sy is nie eers genooi vir 'n onderhoud nie, sy het geglo sy kry 'n tweede kans en dat nie almal 'n mens veroordeel nie. Haar gedagtes dwaal na Berto toe. Hy was so ongelooflik kwaad gewees, en gevaarlik aantreklik. Sy oë was amper deurskynend.

Sy het nog nooit oë soos dit gesien nie. Sy het nie gedink hy gaan haar na die tuin toe volg nie. Sy het haar boeglam geskrik toe sy, sy stem agter haar gehoor het. Gelukkig was haar woede sterker as haar bewondering van hom. Nee, nee, nee! Sy skud haar kop heen en weer asof sy die gedagtes wil uit skud. 'n Donkie stamp nie twee keer sy kop nie! Sy gaan nie weer die fout maak om 'n verhouding met 'n man te hê nie! Een keer was meer as genoeg. Sy sal in elk geval nie met 'n astrante, hardegat en verwaande man soos Berto van Schalkwyk 'n verhouding wil hê nie.

Berto hang sy dokters jas op die kapstok op. Hy sien die lêer van Bertie raak. Hy maak dit oop en sy oë gly vlugtig oor die inhoud. Hy frons.

"Wat de hel?" praat hy kliphard met homself. "Die is mos nie die lêer wat ek oorgegee het aan Chantey nie! Daar is niks in die leer nie geen wonder sy wil meer uitvind nie. Iemand het die inhoud verwyder, hoekom? Dit kan nie Chantey wees nie, met net die inligting kan Chantey 'n verkeerde behandeling gee wat Bertie skade kan aan doen." Hy klap sy kantoor deur hard agter hom toe en storm op matrone se kantoor af. Hy storm net in en kyk vas in twee verbaasde oë.

"Middag dokter het u iets nodig?"

"Kyk hierna." Hy gee die lêer vir haar en hou haar goed dop.

"Wat sien jy?"

Sy kyk deur die lêer en dan verstom na die dokter.

"Waar is al haar inligting? Ek ken my lêers en dié is nie my lêer nie." Matrone verstaan nie wat aangaan nie. Bertie is 'n baie delikate geval, sy het asma met 'n allergie vir omtrent alles. "Buitendien dokter haar lêer is 'n rooie, nie beige nie."

Berto byt op sy tande, hy weet matrone se werk is van die beste. Jy kan haar enigiets omtrent 'n pasiënt vra en sy sal jou antwoord sonder om na die lêer te kyk. Hy glo iemand anders het met die lêer gepeuter hoekom weet hy nie, maar hy sal uit vind. Dit is duidelik dat iemand in die hospitaal nie vir Chantey hier wil hê nie of vir Bertie skade wil doen.

"Matrone kan jy asseblief sorg dat die lêer regkom, en môreoggend wil ek jou en dokter Chantey in my kantoor sien. Bring asseblief altwee lêers, die een en die regte een saam."

Hy krap sy hare deurmekaar. Nou moet hy regtig om verskoning gaan vra dink hy mismoedig. Aan die anderkant was hy nie heeltemal skuldig nie. Hy het nie geweet daar is aan die lêer gepeuter nie, maar hy dink nie dit gaan 'n verskil by Chantey maak nie.

Hoofstuk 4

Chantey val moeg op haar rusbank neer. Wat 'n dag! Dink sy, en 'n swaar sug ontglip haar bors. 'n Heerlike glas rooiwyn is wat sy nou nodig het om van die spanning in haar skouers ontslae te raak. Sy loop na die groot geelhout TV-kas, die kas was haar ouers s'n en uniek in sy soort. Haar pa het dit vir haar ma ingevoer van Switserland af, haar ma was baie lief vir antieke en geelhout meubels. Die fyn graverings van spirale en blomme met glas deure het haar nog altyd bekoor. Sy sit vir haar 'n laserskyf in die speler in en die vertrek word gevul met die diep stem van Steve Hofmeyer se *What a beautiful noise.*

Sy gooi vir haar 'n glas wyn in met 'n ys blokkie. Haar skoene het sy uitgeskop. Haar hemp hang los en slordig uit haar nousluitende romp. Sy maak die skuifdeur oop wat uitkyk oor die randjie waar die son al lankal gaan slaap het. Haar skof het twee ure terug geëindig, maar sy het navorsing gedoen oor tannie Bertie se geval. Sy het besluit om 'n bloedtoets op haar te doen wat die vlak van IGE teenliggaampies wat die liggaam vervaardig teen allergie te bepaal. Sy reageer nie soos sy moet op die behandeling wat sy vir haar gee nie. Al wat sy nou kan doen is om te wag vir die toetse om terug te kom. Sy sou graag self die toets wou doen, maar die hospitaal het nie die geriewe soos wat sy in die stad gehad het nie. Miskien moet sy 'n formele voorstel aan die beheerraad rig, om 'n klein laboratorium op te rig. Dit sal meer koste effektief wees en die helfte van die tyd spaar as om vir uitslae te wag.

Sy vat 'n groot sluk van die wyn. Sy maak haar oë toe en laat toe dat die musiek haar meesleur. Sy is diep ingedagte daarom hoor sy nie die voordeur klokkie die eerste keer lui nie. Toe sy nog 'n slukkie uit die glas neem, hoor sy die klokkie. Haar eerste gedagte is om dit te ignoreer, maar dit sal seker ongeskik wees dink sy. Met 'n sug loop sy na die deur toe, haar verbasing is groot toe sy in Berto se oë vas kyk. Wat wil hy hê? Skiet die gedagte deur haar kop.

Sy los die deur oop en loop na die CD-speler om dit af te sit. Berto kom in, sy oë volg haar soos wat sy na die kas toe loop. Haar bewegings hipnotiseer hom, net soos in die hospitaal. Sy oë bewonder haar kuite, en hoe die rompie haar sitvlak beklemtoon. Noudat hy weet dat sy nie die kind is wat hy gedink het sy is nie, besef hy dat sy 'n baie pragtige vrou is, maar hy sal dit nie hardop herken nie. Hy skeur sy oë van haar af weg en neem sommer self op een van die rusbanke plaas. Sy oë gly oor die vertrek, dis duidelik dat sy nie 'n kerkmuis is nie en baie goeie smaak het dink hy vlugtig.

Chantey kyk hom verbaas aan en neem oorkant hom plaas haar bene vroulik oor mekaar gevou.

"Waaraan het ek die onverwagte besoek te danke dokter?" kom dit sarkasties van haar terwyl sy nog 'n slukkie vat om van die droogheid wat skielik in haar keel kom vas haak het weg te kry.

Die man ontsenu haar te maklik. Sy moenie dat hy dit agter kom nie, hy sal haar uitlag en heeltemal bo-oor haar loop.

Berto kyk haar uitdrukkingloos aan, sy gaan dit nie vir hom maklik maak nie dink hy.

"Ek het nie vandag kans gehad om met jou te praat nie. Ek en matrone wil graag vir my pa 'n afskeidspartytjie reël vir sy aftrede. Ons het gewonder of jy sal omgee om met die reëlings te help. Julle vroumense is beter met sulke goed as ons," begin hy vriendelik. "Ek het gedink dat Saterdagaand 'n goeie datum is, ons kan dit by my huis hou daar is 'n groot tuin en buite braaier as julle ietsie op die kole sou wou gooi, daar is genoeg lig. Net die personeellede en 'n paar vriende behoort die ding te doen, maar ek wil nie hê hy moet weet nie. Hy hou nie van sulke byeenkomste nie, hy sal maklik 'n rede kry om uit die ding te kom," rammel hy sonder om asem te skep.

Chantey is te geskok om iets te sê. Eers trap hy haar uit vir die swak dokter wat sy is en nou is sy goed genoeg om 'n partytjie te reël vir sy pa. Sy kom agter hy het opgehou praat, en kyk haar vraend aan. Sy maak keel skoon.

"Dit klink na 'n goeie idee, uhm...maar ek is nie die regte persoon om met so iets te help nie." Chantey voel hoe haar wange warm word wat gewoonlik gebeur as sy 'n leun vertel. Daarom kon sy nie maklik uit die moeilikheid uit gebly het as kind nie. Haar ouers het presies geweet wanneer sy jok. Sy wil nie hê Berto moet weet dat sy mal is daaroor om sulke goed te doen nie. Hy is so blerrie vol nonsens en sal vir seker fout vind met alles. Daardie genot gaan sy hom nie gee nie, sy sal eerder enige konflik met hom wil vermy.

Berto sien hoe sy van kleur verander, hy besef dadelik dat sy nie die waarheid praat nie. Hy byt op sy kake om nie hardop aan die lag te gaan nie. Sy ma het presies dieselfde rooi geword as sy 'n leuentjie vertel het. Hy maak keel skoon om sy lag terug te sluk. Hy kan haar nie weer die duiwel in maak nie, hy moet nog om verskoning vra. Sy lyk so pragtig net soos 'n roos wat vir die eerste keer blom.

"Jy sal dit nie alleen doen nie matrone sal heeltyd aan jou sy wees." Hy probeer sy bes om sy stem normaal te hou maar sy mondhoeke trek in 'n glimlag.

Chantey sien die glimlag en vervies haar op die plek. So hy dink die taak is teveel vir haar. Sy sal hom wys.

"Ek sal met liefde help." Sy gee hom 'n glimlag met haar tong in die kies. "Waar gaan ons stoele kry vir al die mense en hoeveel mense het jy in gedagte gehad?"

Hy strek sy arms oop op die rusbank om homself kans te gee om die lag bui wat opborrel onder beheer te kry. Hy is doodseker dat sy haar nou weer vererg het dit vertel daardie blou poele wat hom stip aan kyk. Sy lyk nogal komieklik as sy so kwaad word so 'n groot humeur in so klein lyfie.

"Ek het gereken so tagtig gaste, en die stoele kan ons by die kerk kry of die skool. Hulle sal net 'n klein donasie vra vir dit."

Chantey knik. Sy selfversekerde houding irriteer haar tot in haar klein toontjies toe. Sy wens hy wil loop, sy sal alles met matrone uitsorteer hulle het nie sy hulp nodig nie.

"Goed ek sal môre by matrone 'n draai maak sodat ons alles kan reël. Jy gee ons nie baie tyd nie, vier dae is 'n bietjie kort maar ek is seker tussen ons twee behoort ons die reëlings getref te kry."

Berto staan op en loop na die oop skuif deur toe, vir 'n wyle staar hy na die donker.

"Ek is ontsettend jammer oor my onprofessionele uitbarsting vandag by die hospitaal, dit was heeltemal ongevraagd van my gewees." Hy draai om en vang haar oë vas. "Kan jy my vergewe asseblief?" Die berou in sy stem weerspieël in sy oë. Hoekom maak haar vergifnis soveel saak? Daardie blou oë trek hom soos 'n magneet, die oorweldigende gevoel om oor haar hare te streel en daardie lyfie teen hom te voel wil hom oorval. Hy moet hier weg kom besef hy.

Die spanning tussen hulle kan met 'n mens gesny word. Chantey weet nie mooi hoe om die situasie te hanteer nie. Sy dink sy verkies dit eerder dat hy ongeskik is en nie die man wat voor haar staan nie. Die man het 'n snaakse effek op haar, en sy hou nie daarvan nie.

Haar hart klop wild in haar keel en word opgemerk deur Berto. Hy stap stadig nader en kniel voor haar waar sy roerloos op die bank sit. Sy oë deurboor hare, die emosie belaaide atmosfeer kan deur 'n blinde mens aan gevoel word. Toe hy die glas uit haar hande vat en op die tafel agter hom neersit, sê haar brein dat sy moet vlug.

Met sy regter hand vat hy die hare wat oor haar linkerwang geval het weg. Chantey roer nie, haar oë vasgenael op die aantreklike man voor haar. Hy is so naby haar dat sy naskeermiddel haar oorval. Die geur van wilde speserye hang om hom. Sy vingers wat die hare weg vat is warm soos wat hy oor haar wang streel. Sy kyk af na haar skoot te bang dat hy haar gedagtes gaan lees met daardie deurdringende oë. Hy tel haar ken op om in haar oë te kyk. Die tyd in die woonstel het gaan staan. Berto staan op neem haar hande en trek haar regop. Dit voel of sy nie asem kry nie haar. Haar verstand het gaan staan, logiese redenasie is by die deur uit. Sy kan net na hom kyk, sy is soos 'n mot wat aangetrek word deur 'n kers. Sy moet keer wat hy ook al in gedagte het, waarsku haar verstand haar.

Berto kyk na die fyn gesiggie wat hom onseker aankyk. Die begeerte om haar in sy arms te voel, haar vroulike liggaam teen syne is oorweldigend. Haar hande bewe liggies in syne.

Hy weet hy dink nie nou nugter nie, maar die gevoel in hom is sterker as sy denke. Hy plaas sy regter arm op haar heup, stadig beweeg sy arm om na haar rug en trek hy haar nader aan hom. Hulle oë bly op mekaar, syne verskuif na haar roserige vol mond. Sy kop sak af, sy lippe rus sag op hare met sy tong dwing hy haar lippe van mekaar.

Haar hande het hulle pad gekry en het om sy skouers en nek gesluit. Gewillig gaan haar lippe oop. Met 'n sagte kreun trek hy haar stuiwer teen hom aan en sy soen word meer passievol.

Sy leun gewillig teenoor hom aan. Sy lippe verlaat hare dit beweeg saggies en sensasioneel oor haar wang na haar oor toe waaraan hy speels knibbel. Af met haar nek na die kuiltjie waar haar hart teen bons. Sy buig haar kop agteroor en geniet die sensasie wat deur haar lyf gaan en oral seine uitstuur. Berto se asem jaag toe hy weer sy lippe soekend op hare sit sy liggaam gloei van intensiteit. Sy hande gaan onder haar bloes in hy voel haar gladde fluweel vel, en saggies gly sy vingers oor haar rug. Met 'n wollerige verstand besef sy waarheen hulle op pad is. Onwillekeurig stop sy sy soekende hand wat op haar rug is, haar oë kyk na syne en liggies skud sy haar kop dat hulle moet stop. Sy tree terug en vlug uit na die balkon.

Berto maak sy oë toe, met gemengde gevoelens probeer hy sy selfbeheersing terug kry. Hy draai om en kyk na haar. Hy het nog nooit iemand so begeer, soos op die oomblik wat hy haar begeer nie. Hy stap buite na haar toe, vir 'n oomblik is dit stil tussen hulle, elkeen vas gevang in sy eie gedagtes. Hy het geen idee wat nou net gebeur het nie. Dit is nie in sy aard om 'n vrou wat hy nie goed ken sommer so te soen nie. Aarde wat moet sy nie nou van hom dink nie! Hy kyk onderlangs na haar en sien dat sy met toe oë staan en probeer om haar asemhaling onder beheer te kry. Hy gaan staan agter haar en vou sy arms om haar. Sy voel hoe sy verstyf, maar hy wil haar net nog 'n klein rukkie vashou.

"Ek's jammer," fluister hy sag. Hy rus sy lippe op haar kroontjie. "Jy moet lekker slaap." Sonder 'n verder woord verlaat hy haar woonstel en laat 'n baie verwarde Chantey agter.

Wat op aarde het gebeur, dit is nie hoe sy is nie. Nie eers met Riekert het sy so opgetree nie, sy het nie eers so gevoel toe hy haar gesoen het nie. Wat is besig om met haar te gebeur? wonder sy. Sy maak haar oë toe en herleef die oomblik weer, haar hele liggaam bewe. Die intensiteit van sy mond, sy warm lyf wat deur haar bloes gebrand het en die ongelooflike sensasie van sy hande op haar lyf was bedwelmd. Nee, sy moet niks hierin lees nie. Hy is seker gewoond om sy sin met al wat 'n vrou is te kry. Sy voel nou baie skaam oor wat gebeur het.

Sy sluit haar balkon en voordeur, loop badkamer toe en tap badwater in. Sy sal die spinnerakke uit was dink sy. Sy verstaan hom nie! Die een oomblik trap hy haar uit, en die volgende oomblik soen hy haar. Het hy haar dalk getoets? Die idee skok haar so dat dit voel of haar wind uit geslaan is, sy is seker daarvan dat hy nou dink dat sy maklik is.

"Dit het niks beteken nie," praat sy hardop, "en so iets sal nie weer gebeur nie."

Sy verskoning het haar onkant gevang en hy het misbruik gemaak van haar stilswye. Sy sal nie gevoelens vir hom ontwikkel nie dit sal nooit werk nie. Hy sal haar soos 'n warm patat los as hy van haar verlede uitvind. Hy is te veroordelend en hard, iemand soos hy sal nie luister of verstaan nie. Sy is vir hom soos 'n nuwe speelding maar sy sal sorg dat hy nie sy sin gaan kry nie. *So what* dat sy hom terug gesoen het, dit beteken niks. Sy sal eenvoudig net moet sorg dat dit wat vanaand gebeur het nooit weer gebeur nie.

Berto klap sy voordeur sonder seremonie toe, stap na die drank kabinet en gooi 'n stewige whiskey in. Hy vat 'n sluk, trek 'n gesig vir die branderigheid wat die voggies veroorsaak. 'n Moedelose sug ontglip sy bors. Wat het hom besiel om so kop te verloor met Chantey? Hemel hy kan haar nie voor sy oë verdra nie, sy irriteer hom grensloos.

"Stry jy dat jy dit nie geniet het nie?" kla sy hart hom aan. Hy herleef die oomblik toe hy haar in sy arms geneem het. Die hitte van haar liggaam wat hy kon aanvoel. Sy het na lelies geruik, haar vel was so sag. Sy hart het nog nooit so vinnig geklop nie. Hy kon elke slag hoor, voel. Haar lippe het hom aangetrek soos 'n magneet. Haar soen het hom bedwelm soos hy nog nooit beleef het nie.

Sy het hom uitgedaag met haar blou oë, dis wat dit was, verklaar sy verstand. Daar is iets omtrent haar wat hom deurmekaar maak. Hoe kan hy kwaad word vir haar en terselfdertyd wil hy haar vasdruk en...! Ag nee magtag wat gaan met hom aan?

Sy gedagtes word onderbreek toe sy voordeur klokkie lui, hy swets hardop. Wie is tog so ontydig? Hy is nie lus vir mense nie. Met 'n vies trek op sy gesig maak hy die deur oop en kyk in 'n glimlaggende Tania vas. Sy oë dwaal vlugtig oor haar, sy het 'n swart nousluitende rok aan wat al haar bates ten beste vertoon.

"Gaan ek nou die hele aand op die stoep moet staan?" vra sy heserig toe Berto niks sê nie.

"Skies, waar is my maniere kom in." Hy voel dadelik spyt oor sy sarkastiese antwoord. "Wil jy iets drink?" vra hy op pad na die drankkabinet toe om sy glas weer vol te maak.

Tania ignoreer sy sarkastiese aanmerking.

"'n Cherry sal lekker wees."

Sy neem plaas op 'n gemakstoel, kruis haar bene en hou hom dromerig dop. Geen man het haar wese nog so aangegryp soos hy nie. Sy is nie van plan om hom deur haar vingers te laat glip nie. Sy het geleer dat 'n vrou se liggaam, haar beste wapen is. As jy dit reg gebruik kan dit baie deure vir jou oopmaak, en tot dusvêr kon sy nog altyd kry wat sy wou hê.

Berto gee haar glas vir haar aan en gaan sit langs haar. Sy oog vang haar goed gevormde bene wat tot ver bo haar knieë gesien kan word. Hy sien hoe sy haar glas neersit op die tafel, hoe sy regop kom en voor hom kom staan. Stadig en verleidelik maak sy die rits agter haar rug los. Sy swaai haar heupe liggie in die rondte, soos 'n slang wat gehipnotiseer word. Haar hand gly onder die rok in by haar skouers en dit gly af. Sy doen dieselfde met die ander skouer. Soos sy die rok oor haar middel en heupe af trek beweeg sy grond toe steeds swaaiend. Die rok val geluidloos op die vloer. Sy ontbloot 'n perfekte liggaam met verleidelike kant onderklere wat haar lyf uiters aanloklik laat lyk. Berto sit roerloos op die bank en drink die prentjie in, vir nou is alle probleme eers op sy gestoot. Tania weet net hoe om 'n man van sy sorge te laat vergeet soos wat hy al keer op keer beleef het.

Hy sit sy glas neer op die tafel langs hom, hy vat haar arm en trek haar nader sodat sy wydsbeen bo op hom plaasneem. Haar mond soek gulsig na syne sy druk haar lyf vleiend teen syne aan. Hy beantwoord haar soene terwyl sy hande haar liggaam verken. Sy knoop sy hemp los, soen hom in sy nek oor sy skouers, haar naels kielie sy bors en maag.

Vir hulle het die tyd gaan stilstaan terwyl hulle genot uit mekaar se liggame put. Moeg maar tevrede lê hul langs mekaar op die bank. 'n Tevrede glimlag lê op haar lippe, na vanaand is sy oortuig dat hy nog steeds hare is. Hy was anders vanaand, sy kan nie regtig haar vinger daarop sit nie, maar dit was asof hy meer passie in hom gehad het as vorige kere.

"Dis laat, ons moet in die bed kom," kom dit uiteindelik van Berto. Hy staan op en trek sy broek aan. Hy trek sy vingers deur sy hare, hy drink die laaste wyn wat oor is in sy glas. Hy draai om en frons toe hy na haar kyk waar sy op haar sy lê en na hom kyk.

"Asseblief Tania ek het 'n vol program môre."

Daar is 'n effense irritasie in sy stem wat haar laat frons.

"Wat is dit nou met jou?"

"Niks ek wil net graag in die bed kom."

Hy gee haar klere vir haar aan, teensinnig vat sy dit. Sy trek aan terwyl haar gedagtes sy houding probeer peil. Sy kyk stil na hom en 'n onverskilligheid pak haar beet.

"Wat is ek vir jou?" vra sy met 'n effense bewerigheid in haar stem.

"Ag hemel Tania nie nou nie!"

"Berto ons sien mekaar nou al 'n jaar lank, ons is intiem betrokke. Ek dink ek is geregtig om te weet wat ek vir jou beteken en waarheen hierdie verhouding op pad is."

Sy voel 'n kriewelrigheid in haar binneste, iets waarsku haar sy gaan nie van sy antwoord hou nie. Berto is nie juis soos die tipiese manlike geslag wat sy al mee te doene gehad het nie. Dit is moeilik om in sy gedagtes te kom. Dit het haar van die begin af na hom gelok, die geheimsinnigheid in hom is opwindend. Sy vinnige humeur het 'n vulkaniese passie in haar wakker gemaak. Aan die begin was daar onverskillige oomblikke in die hospitaal gewees in vertrekke wat nie geskik was vir die passie wat tussen hulle gebrand het nie. Hulle verhouding het vurig begin en hy kon nie altyd sy hande van haar afgehou het nie. Die brandende passie het effens afgekoel maar is nog steeds daar, net soos vanaand. Sy sal 'n bietjie haar strategie moet verander, die honger in hom 'n bietjie aanhelp.

Hy kyk stil na haar, hierdie gesprek moes hulle lankal gehad het, maar hy het nooit sover gekom nie. Hy het nie regtig gedink dat dit ernstig is nie, dit was net onskuldige pret. Ai tog hoekom beland hy altyd in 'n situasie waar hy nie kan uitkom nie. Hy het nog nie eenkeer aan haar gedink as iets permanent nie. Hy is nog nie eens seker of hy ooit wil trou nie. Voor sy ma se dood het hy gedroom om 'n verhouding te hê net soos wat sy ouers gehad het.

Die liefde en ondersteuning wat hy as kind gehad het, het hom laat glo dat die lewe perfek is. Die leemte wat sy ma gelos het, was pynlik en hy wil nie weer so iets voel nie. Hy kan in elk geval nie vir Tania as 'n ma sien nie. Sy het nie die moederlikheid wat hy geken het in haar nie. Hy het haar al 'n paar keer berispe oor hoe sy teenoor kinders in die hospitaal optree. Haar ongevoeligheid teenoor hulle het hom nog altyd gepla. As hy trou wil hy 'n moeder hê vir sy kinders, nie 'n kinderoppasser wat die kinders moet groot maak nie. Dan is daar Chantey wat so sagkens werk met almal. Sy onthou alles van hulle en vra altyd belangstellend uit na familie lede. Sy is eenvoudig net anders.

"Tania dit wat tussen ons is, is pret, en gemaklik. Moet dit nie bederf nie asseblief!"

"Pret!" kom dit geskok van haar, sy glo nie wat sy hoor nie, pret! "So jy bedoel dat ek net afleiding vir jou is? Dat ek vir gerieflikheidsonthalwe jou metgesel is na al wat 'n funksie is? Die hele dorp weet ons is 'n paartjie en nou sê jy alles is net vir pret!" Haar bloed kook sy wil hom by kom en sin in sy kop in slaan.

Hy sug.

"Daar was nooit sprake dat ons 'n verhouding het of gaan hê nie, ons geniet mekaar se geselskap en dit wat daarmee gepaard gaan. Ek's jammer as ek die verkeerde indruk vir jou gegee het. Ek was onder die indruk jy voel dieselfde, dat ons pret saam het."

Tania is woedend, nog nooit het iemand haar so vuil en besmet laat voel nie. Sy gryp haar handsak en storm op die deur af, maar voor sy dit toeklap draai sy om.

"Niemand verneder my en kom daarmee weg nie! Niemand gebruik my en gooi my dan eenkant soos 'n ou skoen nie. Jy gaan dit nog berou Berto van Schalkwyk, diep berou."

Sy klap die deur hard toe, hy hoor hoe sy met skreeuende bande wegjaag.

Hoofstuk 5

In die dae wat volg is almal baie besig om hulle werk te doen, en terselfdertyd te help met voorbereidings vir Saterdagaand se funksie. Oom Willem is almal se liefling dokter. Deur die jare het hy soveel bygestaan en gehelp om beter te wees as wat hulle gedink het hulle kan wees. Die idee is dat dit 'n baie spesiale geleentheid moet wees en dat oom Willem moet afskeid neem met 'n lied in sy hart.

Chantey en matrone het almal in die werk gesteek wat hulle in die hande kon kry. Om 'n partytjie in drie dae te reël is nie kinderspeletjies nie. Gelukkig vir haar hou Berto hom skaars. As hulle mekaar in die gange van die hospitaal raak loop, hou hulle die gesprekke kort. Sy verstaan hom nie, en sy kan hom nie vra nie, iets verhinder haar.

Hy het haar weer om verskoning gevra oor Bertie se lêer, wat volgens hom onvolledig was. Die fout is reggestel en kon sy haar mediese toestand beter ontleed. Sy het die bloedtoetse wat sy aan gevra het terug gekry, en dit was soortgelyk aan die uitslae in die lêer.

Sy het met hom gepraat oor Bertie, en sy was verbaas toe hy met haar saam gestem het dat sy haar behandeling 'n bietjie kan aanpas. Sy verstaan ook nie hoekom sy 'n halwe leër gekry het nie, maar sy het dit in Berto se hande gelos om op te los. Van wat daardie aand gebeur het, vermy sy die onderwerp doelgerig. Sy het in elk geval niks om vir hom te sê nie. Sy voel baie skaam oor wat gebeur het, want dit is nie hoe sy is nie. Sy kon nog nie by die antwoord uit gekom het oor die rede vir haar onbesonne gedrag nie. Sy het gedink dat dit dalk kan wees dat sy eensaam is, omdat sy nog nie vriende hier het nie. Dit maak nog steeds nie saak nie, haar optrede was ongehoord. 'n Mens kan verlange baie verkeerd lees en so diep in die moeilikheid beland. Wie gaan op die ou einde daar onder ly net sy niemand anders nie.

Saterdag breek aan, die weer is lieflik en volgens die weerman word daar nie enige reënbuie of wind voorspel nie. Waaroor Chantey baie bly is; die hele partytjie word onder die sterre gehou en dit sal 'n ramp wees as dit moet reën of as die wind gaan waai. Berto het goedgunstig voorgestel dat sy en matrone die dag af vat, sodat hulle rustig kan voortgaan met die voorbereidings.

Chantey trek sommer 'n denim, T-hemp en tekkies aan. Haar hare is in 'n poniestert agter haar kop opgebind. Sy het nie haar hare uit geblaas nie en die krulle hang oor haar rug. Vreemd genoeg sien sy baie uit na vanaand, sy kan nie onthou wanneer laas sy by 'n partytjie was nie. Met alles wat in die Kaap gebeur het, het sy haarself afgesluit van die wêreld, sy kon niemand meer vertrou nie. Die paar vriendinne wat sy gehad het, het so stil-stil onttrek, te bang dat hulle in die skandaal hulle goeie naam sou verloor.

Dit is waar wat hulle sê, jy leer ken mense eers regtig sodra daar 'n krisis is of as die geld opdroog. Sy kan getuig daarvan, want jare lange vriendinne het net soos almal haar behandel asof sy niks was nie.

Sy roer haar skouers om die verlede terug te druk in hulle boksie in. Sy wil vandag geniet en nie tob oor ou koeie nie. Sy glo dat vanaand spesiaal sal wees, hulle doen baie moeite. Hopelik sal Berto tevrede wees met alles, en nie fout soek nie.

Dan moet hy maar dink sy skouerophalend, sy gaan nie toelaat dat hy haar gemoedstoestand bederf nie.

Chantey bring haar motor voor 'n imposante moderne huis tot stilstand. Onseker kyk sy rond voordat sy die motor afskakel. Sy is seker sy het matrone se aanwysings reg gevolg. Sy klim uit die motor en kyk nuuskierig rond. Die plek is enorm dink sy verbaas. Die voordeur van die huis gaan oop en 'n vrolike matrone storm op haar af.

"Môre hartjie, het jy darem maklik die huis gekry?"

Chantey glimlag verlig.

"Ja dit was nie te moeilik nie. Ek was nog net nie in die deel van die dorp nie, maar ek moet sê die huise hier rond is pragtig." Matrone haak by haar in en al geselsend loop hulle op na die huis toe. Chantey luister net met 'n halwe oor, sy verkyk haar omtrent na die indrukwekkende huis.

Die huis is groot met 'n grasdak en 'n dubbel garage waarvoor sy gestop het. Die huis is omring met 'n hoë siersteenmuur wat nuuskierige agies buite hou. Buite die muur is 'n welige grasperk met verskillende blomme teen die muur geplant, die mooiste vir haar is die krismisrose. Hulle loop deur 'n staalhek met indrukwekkende vuurpatrone op. Die geplaveide paadjie loop kronkelend na die voordeur toe. Dis die mooiste tuin wat sy in 'n lang tyd gesien het, haar ma sou mal gewees het hieroor. Die gras is dik en nog groen, sy ken nie plante nie maar die groen struike, lelies, kappertjies en nog klomp ander blomme laat die tuin soos 'n sprokiesprent lyk. Dit maak haar sommer lus om 'n kombersie op die gras oop te gooi en verlore te raak in 'n boek. As die voortuin so mooi is, hoe lyk die res van die agtertuin en huis wonder sy opgewonde.

Hulle volg die paadjie na die voordeur wat 'n donkerbruin kleur is met 'n gegraveerde buffel op, haar vingers gly oor die patroon.

"Dis pragtig nè?" Matrone glimlag vir die kind se bewondering.

Sy glo dat mense wat die mooi dinge in die lewe raak sien besonderse mense is. Sy het vir Chantey dop gehou en kon nie help om te glimlag nie. Die kind het soos 'n dogtertjie gelyk met verwondering in haar oë toe hulle by die hek van die tuin ingekom het. Dit is duidelik dat die stadskind 'n sagte hart het en iemand wat die mooi nog kan raak sien. Sy het agtergekom dat sy 'n goeie dokter is. Dat sy haar pasiënte met deernis behandel, ongeag of hulle daar is met 'n ingroei nael of iets ernstiger. Sy het dieselfde eienskappe as wat dokter Willem se vrou gehad het. Sy weet dat hy die regte besluit gemaak het om haar aan te stel. Sy hoop dat dokter Berto dit ook sal besef, sodat die atmosfeer tussen hulle kan verbeter. Die spanning tussen hulle by die hospitaal is baie ongerieflik. Berto se ongeduld het almal op eiers, en dit is nie lekker om so te werk nie. Sy weet hy pas moeilik aan by veranderinge, maar sy sal iets moet doen omtrent dit.

"Jammer Matrone ek moet seker soos 'n nuuskierige agie voorkom, maar alles is so mooi."

Matrone glimlag net en stoot die deur oop.

Die binnekant van die huis is net so indrukwekkend soos buite. Sy wonder wie het die huis gemeubileer, want sy kan nie dink dat Berto sulke bekwame hande of idees het nie.

Sy kan sien dat hy ook van regte meubelstukke hou en nie die nagemaakte goed wat 'n mens deesdae in die winkels kry nie. Hy hou van swarthout merk sy op. Die vloere is bedek met groot wit teëls wat mooi by die effense sjampanje kleurige mure pas. Die groot koningsblou leer gemakstoele met 'n koffie tafel saam met die groot TV kas pas mooi bymekaar. Die koningsblou fluweel gordyne en drank kabinet rond alles mooi af.

Sy loop na die kas sonder deure en verkyk haar aan sy musiek- en fliekversameling. Daar is Afrika standbeelde wat sy skeefkop aankyk, die goed het haar nog altyd laat gril. Sy kyk na die groot luidsprekers, hy moet seker sy bure pla met die goed se lawaai.

Sy wens sy kan die res van die huis sien, maar sy volg matrone na die groot skuifdeure wat oop is en na buite lei.

Die stoep lyk soos 'n verhogie en sy moet met trappe af gaan na die tuin. Sy kyk na die groot swembad, die groen gras en na al die plante en blomme. Sy is so bly dat die tuin so mooi is. Die partytjie gaan so elegant lyk met al die versierings en ligte, sy raak sommer opgewonde vir die partytjie. Die soet geure van die blomme omring hulle, dis is soos 'n vriendelike uitnodiging om tussen hulle te kom sit en die skoonheid te bewonder.

"So, wat dink jy?" vra Matrone. 'Sal ons 'n opskop hier kan hou?"

"Dit is pragtig" antwoord Chantey met bewondering.

"Ja," sug matrone nostalgies. "Sy ma het voorwaar 'n groen hand gehad, sy was ook 'n dokter jy weet, 'n wonderlike mens. Dit was haar en ou dok se huis, maar na haar dood het ou dok vir hom 'n kleiner huisie gebou en alles net so vir sy seun gelos. Ek dink die herinneringe na sy vrou was vir hom te erg."

"Wanneer is sy dood?"

"So om en by vier jaar gelede, sy en ou dok het van vakansie af gekom. Die ongeluk het in die Van Reenen's pas in Natal gebeur. 'n Ander motor het te vinnig gery, aan die verkeerde kant van die pad beland, en reg van voor met dok- hulle gebots. Ou dok het nie baie seer gekry nie maar sy vrou is op die toneel oorlede."

"Dit is verskriklik."

Chantey voel baie jammer vir oom Willem en Berto. Sy weet hoe dit voel om jou ouers aan omstandighede buite jou beheer te verloor. Nou verstaan sy oom Willem se seer wat op sy gesig uitgekerf is. Hy het natuurlik homself van die wêreld afgesny en in sy werk verdwyn. Haar pa was ook so, hy het hom ook afgesonder en soos 'n robot begin werk. Een van sy kollegas het gesê haar pa het van 'n gebroke hart gesterf. Sy haal diep asem en blaas dit stadig uit en begin haar aandag by dit wat nog gedoen moet word bepaal.

Die res van die dag verloop sonder voorvalle. Almal wat help is vol grappe en gesels al te lekker. Dit is vir Chantey lekker om so saam met almal te kuier. Die stywe atmosfeer van die hospitaal is weg en die ligte gemoedelikheid wat heers is aansteeklik.

"Dokter moet net sien ek het spesiaal vir die geleentheid 'n nuwe uitrusting gekoop," gesels matrone opgewonde voort.

Chantey glimlag sag. Tannie Martie het die afgelope tyd baie diep in haar hart ingekruip, hulle gesels altyd asof hulle mekaar al jare ken.

"Kom die oom ook vanaand?"

"Ag nee hartjie, hy hou nie van die soort affêres nie. Gee hom 'n lekker speurverhaal om te lees en hy is op *cloud nine*!"

"Saam met wie gaan dokter vanaand kom?" vra Nanda nuuskierig.

Net toe Chantey die vraag wil aflag antwoord iemand die vraag vir haar.

"Sy het my genooi!"

Almal se oë gaan na die stoep waar 'n aantreklike breedgeskouerde man staan. Met effense lang swart hare en bruin oë wat jou aantrek soos 'n mot na 'n vlam. Om sy mooi vol mond speel 'n lui glimlag.

Chantey het nie soos die ander omgedraai toe hy gepraat het nie, daardie stem sal sy tussen duisende ander mense uitken. Wat soek hy hier? Hoe het hy haar gekry? Haar gemoed is 'n warboel van emosies.

Sy haal diep asem, draai dan stadig om. Haar gelaat onleesbaar want sy weet baie oë is nou op haar. Sy staan doodstil, haar bene wil nie beweeg nie.

Hy hou sy oë op haar terwyl hy ewe gemaklik na haar toe stap. Hy tel haar ken op en druk 'n sagte soen op haar lippe, toe hy in haar oë kyk blits haar oë gevaarlik, hy glimlag spottend.

Verbouereerd draai Chantey na almal wat hulle nuuskierig aankyk.

"Almal dit is 'n ou kollega van my van Kaapstad, dokter Riekert van Aswegen. Riekert dit is matrone Swiegers, verpleegster Nanda en suster Tania." Sy praat so vinnig sy is skoon uit asem.

"Aangenaam om julle te ontmoet dames." Hy glimlag breë mond dat jy net 'n netjiese ry wit tande sien.

"Ons is nou by julle, Riekert kan ek asseblief gou met jou praat?" Iets in haar stem waarsku hom om haar liewer te volg. Met 'n beleefde knik van die kop volg hy haar. Chantey stap sommer die eerste en beste vertrek in en maak die deur agter hulle toe.

"Wat maak jy hier?" Ontplof Chantey woedend.

"Ek het vir jou kom kuier, blou oog." Hy leun lui teen die deur aan, hy het geweet sy gaan omgekrap wees maar sy is meer as net omgekrap. Hy sal saggies moet werk. Hy ken haar, sy sal hom by die polisie gaan aan gee, dis nou te sê as haar beperkingsbevel nog geldig is.

"Hoe het jy geweet waar ek is?"

"Ag, 'n oproep hier 'n oproep daar, en siedaar hier is ek nou en net betyds lyk dit my. Dit lyk of hier vanaand gejol gaan word."

Haar oë blits gevaarlik en sy het bleek geword. Wat gaan sy nou doen, sy moet hom hier weg kry.

"Ek het vir jou gesê om my in vrede te los." Sy probeer so vyandig as moontlik wees, hy moet die boodskap kry. Sy het net begin ontspan wat haar verlede betref en nou voel dit weer asof haar hart gepers word. Die emosies wat hy in haar wakker maak, kan in haar oë gelees word. Die haat en die vyandigheid wil haar verstik.

"Luister Chantey die verlede is verby ek het al hoeveel keer gesê dat ek jammer is. Kan jy my nie maar vergewe en aan beweeg nie?"

"Nee!" Haar stem is soos 'n sweepslag. "Vergeet miskien, maar vergewe nooit. Jy het my beroep en my naam vernietig, dit sal ek nooit vergeet of vergewe nie. Jy het my belieg en bedrieg my gevoelens vertrap, my vertroue in die mensdom geskend. Jy het veroorsaak dat ek amper my mediese lisensie verloor het. Ek het Kaapstad verlaat om van jou af weg te kom. Ek is hier om oor te begin en jy is nie in my planne nie." Sy bewe van ontsteltenis, sy het net begin om weer die stukke op te tel en nou moet hy hier aankom en alles kom omkrap.

Hy kyk lank na haar en sê sag, "Ek is jammer as ek jou ontstel het, dit was nie my bedoeling nie. Ek het jou opgespoor om dinge reg te maak, daar is soveel wat ek vir jou wil sê."

Sy antwoord nie. Sy gaan sit op een van die stoele. Ewe skielik voel dit of haar bene nie meer haar gewig wil dra nie. "Wat wil jy hê?"

Hy sug, kruis sy arms oor sy bors en leun teen die lessenaar aan.

"Ek het verlof toe het ek besluit om jou op te soek, ek wil baie graag reg maak waar ek verbrou het. Ek weet ons kan nie sommer net die drade op tel waar ons dit gelos het nie. Tog het ons wonderlike tye saam gehad en ek glo dat ons dit weer kan hê. Ss jy my net weer 'n kans wil gee. Ek het foute gemaak en daar gaan nie 'n dag verby wat ek nie met berou daaroor dink nie. As ek die horlosie kan terug draai en alles ongedaan kan maak dan sal ek, maar ek kan nie. Ek het geleer uit my foute, maar die grootste fout wat ek gemaak het was om jou te laat seerkry en te verloor."

Hy hou haar dop, sy het baie verander, dink hy bitter. Dit was nie sy bedoeling om haar destyds by alles te betrek nie, maar hy kon nie anders nie alles het net skielik hand uitgeruk.

Chantey voel sy oë op haar brand, sy kyk op na hom, sien die berou en pyn waardeur hy ook gegaan het. Sy hoop nie sy berou dit later nie, hulle kan later oor alles praat nou moet sy net eers die partytjie agter die rug kry. Sy het so uit gesien na vanaand en kyk nou wat word in haar pad gegooi. Sy weet ook die skielike verskyning van hom gaan die dorp laat gons en sy sal van voor af vra moet beantwoord.

"Waar bly jy?"

"Ek weet nog nie, het nog nie sover gedink nie maar ek is seker ek het 'n B&B gesien."

"Dis goed so." Sy sug om haar emosies onder beheer te kry. "Jy sal my moet verskoon ek het nog 'n paar goed om af te handel voor die partytjie van vanaand." Sy staan op en skryf haar adres op 'n nota papier wat sy op die lessenaar kry.

"Hier is my adres en telefoon nommer, bel my môre dan kan ons gesels."

Hy vat verbaas die papier by haar. Hy het 'n heeltemal ander optrede van haar verwag maar hy sal dit vat.

"So wat is die geleentheid vir die partytjie?"

"Die hoof van die hospitaal tree af, dit is 'n afskeidspartytjie."

Sy loop na die toe deur toe, toe hy weer praat.

"Kan ons probeer om te vergeet, en dalk vriende wees?" vra hy hoopvol, maar Chantey antwoord nie sy maak die deur oop en verdwyn.

Die aandlug is effens koel, maar nie ongesellig nie. Berto kom op die stoep uitgestap en bekyk alles wat gedoen is. 'n Prentjie mooi gesig begroet hom. Die vuur is al aangesteek en by die braaier staan 'n jong mannetjie in Sjef klere met hoed en al op. Oral in die tuin en op die tafels is lanterns aangesteek wat 'n lieflike atmosfeer skep. Die tafels het diep rooi tafeldoeke oor en is gesellig rondom die swembad gerangskik. Pragtige blomme rangskikkings is in die middel van elke tafel. Langs die ingeboude braaier is 'n lang tafel waarop al die slaaie en broodjies klaar gereed staan onder 'n tafelnet. Die musiek is sag in die agtergrond, dit sal seker later harder gesit word vir die wat wil dans. 'n Kroegtoonbank met 'n kroegman is aan die anderkant van die stoep sodat die mense nie onder mekaar se voete beland tussen die kos en drank nie. Alles lyk goed dink hy goedkeurend, hy moet onthou om hulle later te bedank vir al hulle moeite.

Hy kyk rond maar sien nie vir Chantey nie. Al die gaste is nog nie hier nie. Hy sal maar moet wag, die aand is nog jonk Hy kyk op sy horlosie, hy sal moet roer om sy pa te gaan haal. Hy kan nie dat die eregas laat wees vir sy eie afskeid nie. Toe hy omdraai kyk hy na Tania wat in die deur opening tussen die stoep en die woonkamer staan. Sy kyk verleidend na hom, sy het seker gemaak sy lyk op haar beste vanaand. Haar rooi hare hang soos vlamme om haar kop, sy het 'n nousluitende skouerlose swart rok aan wat haar bruin vel op sy beste laat lyk. Sy oë dwaal oor haar en is verbaas dat die bekoring wat sy altyd op hom gehad het nie meer daar is nie.

"Groet jy nie?" vra sy uitlokkend toe sy heupswaaiend na hom toe beweeg.

"Naand Tania, verskoon my asseblief ek is eintlik op pad om my pa te gaan haal." Met 'n kop knik stap hy verby haar.

Hy's verward. Vir 'n jaar lank was hy en sy baie na aanmekaar. Wat het verander, of miskien is dit net spanning wat sy gevoelens deurmekaar maak. Hy sal later rustig oor alles dink en besluite neem, nou moet hy eers op die partytjie konsentreer.

Tania kyk hom met harde oë agterna, jou dag sal kom dink sy. Niemand loop oor haar en kom daarmee weg nie. Gelukkig vir haar is haar planne in werking om van die nuwe aster ontslae te raak. Dinge gaan dalk 'n bietjie warm word vir haar hier. Dan sal sy noodgedwonge met haar stert tussen haar bene weer moet vlug, sy glimlag triomfantlik.

Chantey maak 'n laaste draai voor die spieël. Sy het nie mooi geweet wat om aan te trek nie. Sy was so besig met die reëlings dat sy nie aan 'n uitrusting gedink het nie. Sy het maar besluit om haar lang krulhare los te hou, hulle val los en sag oor haar rug. Die seegroen halternekrok waarop sy besluit het beklemtoon haar oë. Al sit die rok mooi styf oor haar bolyf, val dit in los sagte voue om haar bo bene tot 'n entjie bo haar knieë. Sy het gemaklike silwer sandale aan met 'n effense hak en bandjies wat haar klein voetjies mooi afrond. Die silver hoepel oorbelle en horlosie, met die ligte grimering rond die volle prentjie af.

Riekert staan voor haar CD speler besig om haar versamelings deur te kyk. Hy draai om toe hy haar die vertrek hoor inkom en staar bewonderend na haar. Soos altyd kan jy haar deur 'n ring trek, sy was nog altyd die beeldskoonste vrou wat hy teëgekom het. Hy haal diep asem, dit gaan al sy wilskrag kos om haar te vertel wat hy nou eintlik hier maak, maar vir eers moet hy weer in haar goeie boekies kom.

Hy stap stadig na haar toe sy oë gloeiend op haar.

"Jy lyk asemrowend," komplimenteer hy heserig. Hy brand om haar in sy arms te neem om haar warm liggaam teen syne te voel Daardie sagte lippe vol passie op te eis en haar volkome weer syne te maak.

Sy is 'n ongelooflike passievolle vrou en kon nog altyd sy drange bevredig. Hy het baie daaraan gedink wat hy sou doen as sy 'n ander man in haar lewe kry. Die gedagte dat sy 'n ander man kan liefhê, wat haar hande en lippe op sy lyf gaan voel, sit nie lekker by hom nie. Hy was baie jaloers gewees in hulle verhouding. Sy is iets besonders en hy soek haar terug. Hy sak sy kop stadig af na hare maar voordat sy lippe hare kan raak draai sy haar kop weg en tree terug.

Sy was so geskok toe sy hom in haar TV-kamer sien staan het dat sy tot stilstand gevries het. Sy maak keel skoon om die ongemaklike stilte te breek.

"Hoe het jy in gekom?"

"Ek het geklop maar jy het seker nie gehoor nie, en jou deur was nie gesluit nie."

"Wat maak jy hier? Ek het vir jou gesê om my môre te bel."

"Ek het besluit om saam met jou te gaan. Van jou kollegas het my mos klaar ontmoet. Ek wil nie op 'n Saterdagaand alleen in my kamer sit nie."

Hemel dink sy verward, hy het 'n punt beet. Die wat hom klaar gesien het gaan snaaks dink as sy hom nie saam vat nie. Sy sal maar net op haar tande moet byt, en moet maak asof niks fout is nie. Dit is nou te sê as sy nie haarself gaan weg gee nie. Hy kon nie op 'n meer ongeleë tyd op gedaag het nie.

"Fine, maar jy praat nie oor ons of oor my nie. Is dit duidelik? Ek is hier om heeltemal oor te begin en ek gee nie om wat jy van dit dink nie, okay."

"Ek is nie hier om jou lewe om te krap nie. Jy kan ontspan ... ek is net 'n kollega."

Sy kyk hom wantrouig aan, maar besluit om dit daar te los

Hoofstuk 6

Chantey het nog nooit so toneel gespeel soos vanaand nie. Al die gaste was aangenaam verras gewees oor die lieflike atmosfeer wat geskep is. Chantey staan eenkant met 'n glas wyn in haar hand en kyk afgetrokke na al die gaste. Hulle wag dat Berto vir oom Willem moet bring. Sy weet nie hoekom hy so lank vat nie. Dalk het hy van die partytjie gehoor en weier hy om te kom. Dalk moet sy vir Berto bel.

"Hulle is hier!" roep matrone en wys dat almal moet stilbly.

Toe Berto en oom Willem op die stoep verskyn, draai almal na hom toe en klap hande.

Dit is een te veel vir hom, hy het soos Lot se vrou in 'n soutpilaar verander maar kry dit reg om vriendelik te lag.

Chantey kan nie help om op te let hoe aantreklik hy lyk in die donker blou denim en lig groen hemp nie. Hy lyk op sy gemak en nie so streng soos by die hospitaal nie. Sy glimlag laat haar pols versnel. Sy moet iets kry om haarself besig te hou, dink sy benoud.

Sy neem die pos as gasvrou sommer self oor, net om haar dwalende gedagtes op hok te hou. Sy gesels met die gaste en maak seker dat die chef, barman en die kelner hulle pligte na kom. Oom Willem gaan met die trappe af, en begin om met die gaste te gesels.

Berto se oë dwaal oor al die mense en rus sag op Chantey wat almal stil aan kyk. Sy lyk ongelooflik mooi vanaand dink hy met verwondering. Hy wil na haar toe gaan maar sy aandag word opgeëis deur die gaste.

Toe almal besig is om te eet, verdwyn sy na die studeerkamer toe vir stilte. Sy wens sy was by die huis in haar bed waar sy net kan dink. Sy staan in die donker voor die venster en kyk na die pragtige kleure wat die ligte in die tuin oor al die plante gooi. Sy moet dit aan Berto te kenne gee, hy het voorwaar 'n lieflike huis en tuin. As jy hier is voel jy afgesluit van die wêreld en alles wat swaar op 'n mens se hart druk.

Sy mis vanaand haar pa baie, seker omdat Berto en sy pa so gemaklik is met mekaar. Sy wonder nog steeds hoe oom Willem haar pa geken het en hoekom sy niks van hom weet nie. Sy moet een of ander tyd met hom daaroor praat. Sy en haar pa het nooit enige geheime vir mekaar gehad nie, sy verstaan dit nie. Sy kry die idee dat haar koms na Kroondal nie bloot toevallig is nie. Kan dit wees dat oom Willem haar met voorbedagte rade aangestel het? As hy navraag oor haar gedoen het, sou hy van haar verlede uitgevind het. Geen dokter sal sy hospitaal se reputasie goedsmoeds in die gedrang bring nie. Alles was in die media gewees. Die hele gedoente was ongelooflik vernederend. Haar kollegas het haar koud en afsydig behandel. Dit het gevoel of alles wat sy doen deur 'n vergrootglas dopgehou word, dat sy as dokter betwyfel word. Sy het begin wonder wat sy verkeerd gedoen het om dit te verdien wat gebeur. Het sy iets gedoen dat die wiel gedraai het? Sy kon nie dink nie, haar gevoelens was oorweldigend. Sy was alleen en verstote, niemand aan haar kant nie. Dit verander 'n mens, jou hele uitkyk op die lewe. Jy begin twyfel in die mens wat jy is, die persoon wat jou ouers groot gemaak het. 'n Koue rilling trek deur haar lyf sy vryf met haar hande oor haar arms.

"Kry jy koud?" vra 'n stem skielik agter haar, sy draai verskrik om. Met die musiek daar buite het sy nie gehoor dat iemand inkom nie. Sy kyk na Berto en voel skuldig omdat sy sonder toestemming in sy studeerkamer is.

"Ekskuus ek wou nie jou privaatheid skend nie. Ek wou net 'n bietjie wegkom van die bedrywighede daar buite." Maak sy skaam verskoning. Die stilte tussen hulle is ongemaklik, en omdat daar nie baie lig in die vertrek is nie, kan sy nie sy gesig duidelik sien nie. Sy moet baie vinnig uit sy omhelsing kom stoom dit deur haar brein voordat sy weer iets simpels gaan aanvang. Sy druk met haar hande teen sy bors maar hy verslap nie sy greep nie.

"Moenie!" fluister hy sag en teer naby haar oor. Voordat sy haarself kan keer ontspan sy teen sy bors, haar kop nestel onder sy ken in. Hulle staan net daar in mekaar se arms, alles en almal vir eers vergete. Net die oomblik is belangrik, twee harte wat dieselfde taal praat.

Berto asem die blomme geur in van Chantey se haarmiddel. Sy raak omtrent weg in sy arms, hy trek haar nog stywer vas. Hy wil haar nooit laat gaan nie.

Met haar hier in sy arms in, in sy huis voel dit so reg. Die leegheid wat hy nog nie kon vul nie is weg. Die lang soektog is weg, hy het gekry waarna hy gesoek het. Die gedagte skok hom nie eens nie, hy voel rustig en vry. Jy ken haar nie bombardeer sy kop hard bo die geklop van sy hart, maar vir nou hou hy hom doof. Hy kon sy oë nie van haar af gehou het nie. Sy lyk ongelooflik mooi, nie soos Tania wat alles af wys nie. Haar vroulikheid vou soos 'n mantel om haar. Hy het opgemerk dat sy pa goedkeurend ha haar gekyk het.

Nog nie een keer het hy so na Tania gekyk nie. Dit is dalk ook die rede hoekom hy nie 'n ernstige verhouding met haar het nie. Sy pa keur dit nie goed nie, al het hy dit nog nie hard op gesê nie.

Chantey wikkel haar los uit die omhelsing, sy is seker sy het iemand by die deur gesien.

"Uhm ... ek ... dink ons moet terug gaan, die mense gaan wonder waar ons is." Toe sy wil loop vou sy hand saggies om haar haar bo arm, sy draai nie na hom toe nie. Sy maak haar oë toe, en probeer om haar asemhaling onder beheer te kry. Sy aanraking laat elektrisiteit golwe deur haar vloei, sy moet weg kom van hom af, en gou.

"Ek wil net vir jou sê dat jy ongelooflik pragtig lyk vanaand, en baie dankie vir al jou moeite." Hy vryf met sy duim oor haar vel, voordat hy sy lippe op haar skouer laat rus. Sy ruik na rose, en haar vel voel soos satyn. Met een beweging tol hy haar om terug teen sy bors. Sy hande skulp haar gesig. Sy lippe rus sag op hare, sy arm gaan na haar rug en hy trek haar styf na hom toe.

Haar hande gly saggies teen sy bors op, oor sy skouers totdat dit in sy hare in gly. Hulle liggaams- hitte smelt saam, hulle lippe speel met mekaar sag en vleiend.

Sy lippe gly na haar nek toe, haar kop sak stadig agter toe. Haar linker hand bly op sy nek, terwyl haar ander hand liggies af gaan. Sy twee knope glip oop onder haar vingers, haar hand streel vlindersag oor sy bors hare en vel.

Sy lippe volg die lyn van haar rok tot waar dit bo haar borste stop. Sy vat sy gesig met haar hande vas en soen hom sag op sy lippe.

"Ek kan nie." Sy loop vinnig weg en vlug na die badkamer toe.

Berto sak teen die lessenaar terug. Hy probeer om die verwardheid in hom tot bedaring te bring. Wat het nou gebeur? Hoekom voel hy so goed by haar, en so deksels leeg sonder haar?

Haar hart bedaar stadig, maar haar verstand is stil geskok. Sy verstaan nie hoekom sy so opgetree het nie. Hoekom doen sy altyd die verkeerde ding as sy by hom is? Sy moet by die huis kom.

Toe hy haar arm los, beweeg sy so vinnig as wat sy kan buite toe. Sy trek die vars koel lug in, en kyk afgetrokke na die gaste. Daar is 'n paar dans paartjies wat om die swembad dans, sy hoop nie iemand val in nie. Die aand is 'n sukses en dit is al wat saak maak. Op die stadium maak haar hart en kop oorlog teen mekaar maar sy onderdruk dit met mening. Later, heelwat later, sal sy luister.

Chantey staan op haar balkon en bewonder die pragtige Sondagoggend. Sy is sommer vroeg uit die vere. Sy kon nie langer in die bed bly nie. Haar gedagtes oor gisteraand jaag haar rond. Die aand was perfek almal het lekker saam gesels, gelag en gedans. Daar het omtrent niks kos oor gebly nie, sy self het vir haar 'n bordjie gevat en 'n lekker bakkie van die malva poeding. Na haar en Berto se intieme oomblik in sy studeerkamer, het dit vir haar gevoel of sy vir die res van die aand in 'n dwaal was. Haar hart het in haar keel kom lê toe hy haar gevra het om te dans. Sy kan nog steeds sy arms om haar voel, die hitte van sy liggaam het haar hart onbedaarlik laat bons. Hy het haar styf teen hom vas gehou. Sy asemhaling kon sy in haar hare voel. Nadat hy vir haar vir die derde keer gevra het om te dans, het sy ongemaklik begin voel. Dit het gevoel of almal se oë op hulle was, maar die sagte kyk in sy oë het haar laat ontspan. Voordat die liedjie klaar was het hy haar gevra om by hom te bly. Sy kon net na hom staar, sy was nie seker of hy ernstig was nie. Sy het haar kop geskud en weggestap. Sy wou nie hê dat die oomblik ooit einde moes kry nie.   Die gedagte by haar op gekom dat hy met haar speel, en dit bly haar by.

Sy het gisteraand gehoor dat hy al vir 'n jaar lank in 'n verhouding is met 'n hospitaal personeellid.

Sy kon nie hoor wie nie en het besluit om dit wat hy ook al beplan stop te sit. Vir 'n oomblik was sy gevlei gewees, dat 'n aantreklike man soos hy 'n oog op haar het. Sy was baie naïef gewees en het amper 'n helse gek van haarself gemaak. Sy sal met hom moet praat en hom laat verstaan dat sy nie belangstel in sy speletjies nie.

Toe Riekert haar afgelaai het, was sy bly toe hy nie uit geklim het nie. Dit was duidelik dat hy iewers heen wou gaan, sy het nie eers gevra waarheen hy op pad is nie. Sy frons. Waarheen is hy, wonder sy nou. 'n Wrang glimlag plooi om haar mond. Sy het gesien hoe baie hy en Tania in mekaar se geselskap was, so hy is seker na haar toe.

Sy loop na die voordeur toe, toe die klokkie lui en glimlag toe sy die vriendelike gesig van matrone sien.

"Kom in tannie, dit is 'n lekker verrassing. Maar hoekom is tannie so vroeg wakker?"

"Ek stap in die oggende as ek nie vroeg aanddiens moet gaan nie. Ek toe om jou op te klop vir 'n ou koppie koffie, maar dit lyk my jy is ook vroeg wakker kind!"

"Ek was nog nooit iemand wat laat kon lê en slaap nie. Ek draf of ry fiets in die oggende nog voordat teveel mense wakker word." Gesels Chantey terwyl sy kombuis toe loop om vir hulle vars koffie te gaan maak. Sy is bly vir die kuiertjie sodat haar kop kan stil bly en van gisteraand kan vergeet.

Toe hulle op die rusbank gaan sit, kyk tannie Martie stil na Chantey. Sy kry die voorgevoel dat die dogter iets op die hart het wat haar pla. Sy het gister nadat daardie ander kêrel by die huis aangekom het, gevoel dat Chantey glad nie gemaklik was met die man nie. Sy is vanoggend hier om uit te vind wie hy is en wat hy hier kom maak. Sy het 'n nare gevoel oor die kêrel. Sy het hom dop gehou met die funksie, en dit was baie duidelik dat hy goed is met vrouens. Tania het nogal baie van sy aandag gekry. Dokter Berto het hom ook dopgehou, en sy is seker hy hou ook nie van die man nie. Sy kon net nie agter gekom het of hy jaloers was oor die aandag wat Tania van die man kry nie en of hy net nie van die ou hou nie.

"Die doktertjie wat jou gisteraand vergesel het waar pas hy in?" vra sy so natuurlik as moontlik.

"Chantey lig haar kop stadig op, maar die besorgdheid op matrone se gesig laat haar kalmeer, sy sug saggies. Sy kyk af na die beker in haar hand. Sy weet sy kan matrone vertrou, dit is net as sy uitvind wie en wat sy is, sal sy haar dalk nie meer so goedgesind wees nie. Aan die anderkant as die storie op die een of ander manier sou uitkom sal die skade dalk groter wees. Nee, dis nie 'n kans wat sy gaan vat nie. Riekert sal seker oor 'n dag of twee weg gaan, so hoekom moet sy enige slapende honde wakker maak. Met haar oë nog op die beker begin sy huiwerig te praat. Die bitterheid slaan deur en raak matrone diep.

"Matrone moet dit asseblief vir eers net tussen ons hou. Ek en Riekert was verloof, maar ek het die verlowing verbreek. Ek kon hom nie meer vertrou nie.

Daar is baie lelike dinge tussen ons gesê, baie verwyte is rondgegooi. Ek het besluit om Kaapstad te verlaat. Ek het vir 'n ruk vakansie gehou, tannie kan maar sê ek het my wonde gaan lek. Ek het die pos van die hospitaal in 'n koerantjie gesien en sommer besluit om aansoek te doen. Ek weet net nie hoe hy my gekry het nie. Ek het vir niemand gesê waar ek is nie." Chantey kyk verskonend na matrone.

Matrone kom sit langs haar. "Toemaar my kind, ek is hier vir jou en maak nie saak wat nie my deure staan altyd oop vir jou. Ek kon gisteraand van 'n myl af sien dat hy 'n loslap is."

Chantey begin te lag oor die manier wat tannie Martie van Riekert praat.

"Op 'n ernstige noot my kind. Dit is somtyds nodig om deur slegte dinge te gaan, dit is dan wanneer ons groei. Miskien is dit nie so 'n slegte idee dat hy hier is nie, jy kry nou kans om.... hoe se julle jong klomp... *closure* te kry." Chantey staan op en gaan staar teen die kosyn van die skuifdeur. Haar gedagtes gaan ver terug, haar stem is dood toe sy die stilte verbreek.

"Ek het Riekert by 'n mediese dinee ontmoet, hy was sjarmant en dodelik aantreklik. Van die eerste oomblik wat ons mekaar ontmoet het was daar elektrisiteit. Ons het mekaar gereeld gesien en kort voor lank het hy besluit om by dieselfde hospitaal te kom werk waar ek werksaam was. Alls was perfek vir my, saam kon ons lewens red ons passie vir mecies kon ons saam tot hoogtes bring. Ons het verloof geraak en ek was onkeerbaar gelukkig. Maar toe verander iets. Ek kon nooit my vinger daarop sit nie. Hy wou net nie meer tyd saam met my spandeer nie.

Sy aandag was ook nie by die werk nie, hy het gereeld foute begin maak. Ek het eenkeer die fout gemaak om hom uit te vra en hy het so gal af gegaan op my dat ek te bang was om weer te vra." Chantey snik terwyl sy die trane wat oor haar wange vloei wegvee. Sy keer vir matrone toe sy wil op staan.

"Asseblief matrone laat my toe om klaar te praat, voordat my moed my begewe. Ek het niemand gehad om mee te praat nie. My ouers was teen daardie tyd oorlede toe ek hom ontmoet het. Miskien is dit nie reg om met tannie hieroor te praat nie. Ek wil tannie nie in 'n ongemaklike posisie sit nie." Chantey kyk smekend na haar.

"Natuurlik my kind ek gee nie om nie. As ek van hulp kan wees hoekom nie?" antwoord Matrone versigtig, maar sy kan nie help om te frons nie, haar maag het sommer 'n draai gemaak.

Chantey gaan sit kruisbeen op die bank. " Medikasie het toe begin wegraak, eers in klein hoeveelhede toe in groter mates. Die ergste was, toe van my pasiënte se toestande baie vinnig agteruit gegaan het. Ek het alles probeer om hulle te red. Een vir een is hulle breindood verklaar. Hulle was orgaanskenkers, maar hulle organe het soos mis voor die son verdwyn. 'n Ondersoek is toe op my geloods, ek word toe geskors terwyl die ondersoek aan die gang is. Die polisie was bang dat ek sal verdwyn, so hulle het my onder huis arres gehou."

Matrone luister in stilte na haar, alhoewel sy jammer voel voel teenoor die kind kan sy nie help om geskok te wees nie. Sy is nie iemand wat haar aan die nuus steur nie. Dit is vir haar hartseer genoeg om soveel siek mense te behandel so ook die dood. Hoekom moet sy dit nog op die TV of in die koerante ook sien. Sy is seker as sy gaan krap gaan sy die storie kry maar hoe het sy dan die pos op Kroondal gekry. Dit is nie in ou dok se aard om nie deeglik te wees met sy navorsing nie. Die vraag is net hoe gaan sy met hom hieroor praat sonder om die kind seer te maak.

"Een aand het hy na my toe gekom so dronk soos 'n spook. Ek het hom nog nooit so gesien nie. Hy het bitterlik begin huil, en oor alles gebieg. Hy het my vertel dat hy deur 'n sindikaat afgepers word om medikasie te steel, asook organe van pasiënte wat aan die orgaanskenkers vereniging behoort het. Hulle wou nie wag dat mense moet doodgaan nie, nee hy moes die proses aan help. Hy het saam gewerk omdat hy bang was hulle doen iets aan my. Ek het eers later uit gevind dat hy groot dobbelskuld gehad het. Dit is hoe hulle 'n houvas op hom gekry het.

"Die skade was gedoen, ek het alle vertroue in hom verloor en die verlowing verbreek. Ek het hom gedwing om na die polisie en die hospitaalraad te gaan en hulle alles te vertel. Hy het dit gedoen." sê sy wrang.

"Die hospitaal het my om verskoning gevra, maar ek kon nie langer daar werk nie. Ek het bedank en by die kusdorpie gaan wegkruip om my wonde te lek." sy draai om. "Dis die hele storie tannie Martie, ek sal verstaan as tannie my wil vermy, dit is...!"

"Nonsens kind, genade dit wat met jou gebeur het was nie jou skuld nie. Jy is betrek by iets afgryslik, iets buite jou beheer, jy was onskuldig."

Tannie Martie is woedend en terselfdertyd verward oor wat sy alles gehoor het. Hoe kan enige mens wat trou sweer aan 'n ander soveel seer veroorsaak? Die kind kon vir die res van haar lewe in die tronk gesit. As dit nie was dat daardie...adder se gewete hom nie gepla het nie. Nou is hy weer hier, sy het geweet iets is nie reg met hom nie. 'n Onrustigheid maak nes in haar binneste.

Sy sal moet uitvind wat hy hier soek, en dan so gou as moontlik van hom ontslae raak. Hier is nie plek vir hom nie.

Tannie Martie gaan sit langs Chantey op die bank, sy trek haar saggies nader. Sy laat toe dat Chantey haar trane op haar skouers laat val. Sy het nooit kinders gehad nie, maar die kind sal sy onder haar vlerk vat. Solank as wat sy leef sal sy haar beskerm.

Chantey trek terug, sy vee verleë haar trane af. "Ek is so jammer dat ek sommer so huil."

"Genade my kind moenie verskoning vra nie, ek is jammer dat so iets met jou moes gebeur het."

Chantey glimlag net skeef, sy weet nie wat om te sê nie.

"Tannie Martie ek besef dat ek tannie dalk op die spot gaan sit, maar kan ek vra dat tannie die storie eers tussen ons hou. Ek sal vir oom Willem en Berto die waarheid vertel." Chantey voel benoud, sy kan alles weer verloor en sy sal maar net haar oë moet toe knyp en hulle vertel.

"Ek wil hê jy moet nou mooi na my luister." Daar is 'n berisping in haar stem.

"Jou verlede is jou storie. Ek kan nie sien hoekom jy jou lewe aan die wêreld moet blootstel nie. Jy het niks verkeerd gedoen nie en daardeur het jy niks om voor pa te staan nie."

Hoofstuk 7

Toe tannie Martie weg is, sit Chantey nog diep in gedagte. Dit is die eerste keer dat sy openlik met iemand hieroor kon praat. Niemand in Kaapstad het geweet wat regtig aan die gang was nie, sy was self so verward. Sy het hom so lief gehad ... sy was so onnosel gewees. Hy het glad nie omgegee om haar in die vuur te gooi nie. Sy kon niemand vertrou nie, en met Riekert se reputasie wou die mense haar nie geglo het nie.

Alhoewel sy niks met die misdade te doen gehad het nie, het die mense haar nooit weer dieselfde behandel nie. Die hospitaal het haar op 'n mooi manier gevra om liewers self te bedank. Die mense op die hospitaalraad, wat sy van kleins af geken het, kon haar nie eers in die oë kyk nie. Almal het hulle rûe op haar gedraai.

Sy het nou iets nodig om haar gedagtes af te lei. Sy storm na haar kamer toe. Met ongeduld trek sy haar draf klere en skoene aan. Met haar oorfone in haar hand sluit sy haar deur agter haar toe. Haar foon lui, haar oë rek toe sy sien dat dit Berto is wat haar bel. Dalk is daar iets by die hospitaal fout.

"Môre, is daar fout?"

"Môre, nee daar is nie fout nie. Ek wou maar net vir jou dankie sê vir die lekker aand."

"O okay, dankie." Daar is 'n ongemaklike stilte. "Is daar nog iets?"

Berto voel heel simpel. Die gesprek het heeltemal anders in sy kop geklink. "Kom drink koffie by my, daar is nog poeding oor."

"Dit klink baie lekker, maar ek het klaar ander planne." Dankie tog dat hy haar nie nou kan sien nie. Haar wange brand oor haar wit leuentjie.

"Nou maar goed, lekker Sondag vir jou."

Hy kyk na sy foon toe die verbinding verbreek is. Dit was nou baie stupid van hom gewees. Hy moes geweet het dat sy en daardie ander vent bymekaar is. Hy weet nie wat haar storie is nie, maar niemand gaan hom vir die gek hou nie.

"Jy is so pateties!" Laat Tania woedend hoor terwyl sy Riekert aangluur. Sy het hom gister by die afskeid gesê dat hy na haar woonstel toe moet kom, sodat sy al haar planne met hom kan bespreek. Maar nog voordat sy kans gekry het om met hom te praat het hy op haar bank aan die slaap geraak. Nou wil hy vir haar sê dat hy nie meer kans sien nie. Sy het nuus vir hom! As hy dink sy is dom genoeg om hom sommer net so by haar deur te laat uitloop het sy 'n verrassing vir hom.

Riekert sit lui op die bank, hy kyk Tania op en af. Dit is duidelik dat dit nie baie vat om die vrou die josie in te maak nie.

"Kyk Tania ek het net 'n klein vakansie voordat ek by my nuwe werk moet begin. Ek het in gestem om hierheen te kom omdat ek graag met Chantey wil praat. Wat jy ook al teenoor haar het is jou saak. Ek is nie lus om betrokke te raak by 'n *cat fight* nie."

Tania wil amper ontplof.

"Jy wil my nie kwaad maak nie. Jy ken my nog nie goed genoeg nie. Ek hou nie van haar nie, ek wil haar uit die pad uit kry." Die woorde kom styf deur Tania se lippe.

"So eintlik het jy my onder valse voorwendsels hierheen gelok? Jy het gesê jy kan Chantey op 'n skinkbord vir my gee. Nou is ek hier en sy wil niks met my te doen hê nie. Maar eintlik wil jy hê ek moet jou help om oornag 'n miljoenêr te word!"

Tania vryf haar voorkop, 'n teken van irritasie.

"Dit is mense wat op straat is, wat geen doel in die samelewing het nie. 'n Paar vermiste boemelaars sal nie eens 'n wenkbrou laat lig nie. Ek het klaar die perfekte plek. Ek het van die toerusting nog nie alles nie. Die meds is nog 'n probleem, en...'n paar pasiënte wag gewillig op ons."

"Wat, het jy klaar mense ontvoer?" vra Riekert geskok. O donner! Hy moet homself uit hierdie situasie uit kry. Sy het geen idee wat sy besig is om te doen nie. Hy gaan nie tronk toe vir haar self opgemaakte paradys lewe nie. Dit het hom baie gekos om nie sy lisensie te verloor nie. So ook om sy gat uit die tronk uit te hou. Hy gaan nie so dom wees om weer in dieselfde strik te trap nie, en die keer is sy oë wawyd oop.

"Asseblief hulle is nie mense nie, hulle is uitgediende lappe wat net suurstof steel. Dink daaraan, as ons kan oor begin, ons sal nooit weer hoef te werk nie." Sy kry 'n sadistiese kyk in haar oë. "Daar is soveel opsies. Ek het my huiswerk goed gedoen."

Riekert kan die vrou net geskok aan kyk, so mooi as wat sy is so gevaarlik is sy. Dit wat sy wil doen is malligheid, waansinnig. Hy sal uit haar kloue moet uitkom; hy kan nie, wil nie, by so iets betrokke raak nie.

"Ek's jammer," antwoord hy met meer bravade as wat hy voel. "Ek gaan nie hierdie siek speletjie speel nie, dit is die geld nie werd nie. Kry vir jou 'n ander sot ek is uit." Hy beweeg na die deur toe, toe haar skril stem hom tot stilstand dwing.

"Riekert, is jy seker?" Tania se gesig verhard en sy gluur hom aan. Hy draai om en sien die lêer in haar hande wat sy na hom uit hou.

Teësinnig vat hy die lêer en staar geskok na die inhoud. "Wat is dit die?" vra hy benoud. Hy lees die name van mense wat baie na aan hom is. Sy suster en Chantey se name verwurg sy hart. Hy sien ook 'n foto van 'n man wat hy net een keer ontmoet het, en gelukkig vir hom nie weer nie.

"Dit my liewe vennoot is die lewens van mense wat op die spel is as jy nie saamwerk nie. Ek is seker jy ken die man op die foto, glo my hy onthou jou. Hy het my verseker dat hy enige tyd tot my beskikking sal wees." Die triomf-kyk in haar oë laat hom ril.

Manipulering, afpersing dis haar brood en botter. Vandat sy kan onthou kon sy mense om haar pinkie draai. Haar pa was haar grootste aanhanger, haar ma die heks. Haar ma was hard, genadeloos. Trane het sy nie geduld nie. Swak skool punte onaanvaarbaar saam met 'n helse pakslae. Sy moes keer op keer leer hoe hard groot word is. Sy het die kinders gehaat wat se lewe maklik gelyk het. Sy het seker gemaak dat sy hulle van tyd tot tyd in die moeilikheid laat beland. Skool take, of huiswerk, het verdwyn, of hulle word gestraf omdat hulle die klas ontwrig. Sy het seker gemaak dat skool sleg was. Niemand mag die lewe geniet het nie. Niemand het met haar gesukkel nie, en 'n klap was net so handig. Sy het gesorg tot nou toe dat sy kry wat sy wil hê en niemand sal in haar pad staan nie. Sy het die geleentheid om ryk te word soos sy nog net kon gedroom het. As sy oor ander moet loop om dit te kry is dit nou maar so.

Chantey dwaal in die hospitaal tuin rond sy wil nie ingaan nie, sy wil nie in Berto vasloop nie. Na haar gesprek met tannie Martie voel sy broos, netnou blaps sy ook alles aan hom uit. Sy glo nie dat hy so vergewensgesind sal wees soos tannie Martie nie. Sy weet sy voel iets vir hom, wat, weet sy nog nie. Op die oomblik s sy te bang om verder in haarself in te delf en antwoorde te soek.

Riekert het haar so seergemaak. Voor hom was daar niemand nie, sy was 'n regte boekwurm. Sy was gefokus op haar studies, selfs op skool het sy nie tyd gehad vir romanse nie. Sy het haarself wys gemaak dat die regte man sal kom as haar lewe goed op dreef is, en dit was ook so.

Met die dinee waar sy vir Riekert ontmoet het, het sy al goed naam gemaak. Haar loopbaan en praktyk was 'n sukses, die toekoms het blink voor haar uitgestrek gelê. Riekert het al die regte gevoelens in haar wakker gemaak. Hulle was 'n *match made in heaven* soos die Engelse sal sê. Saam het hulle gedroom, gelag en passievolle oomblikke gehad.

Die lewe kon nie beter gewees het nie. Toe slaan die noodlot haar vir 'n ses en sy moes kies, haar loopbaan of haar liefde. Sy was 'n lafaard en het die hasepad gekies. Alles wat vir haar saak gemaak het, het sy agter gelos. Sy het haar praktyk verkoop, bedank by die hospitaal en Riekert gelos. Sy het gaan wegkruip by 'n klein kusdorpie, haar wonde gaan lek. Sy het geen familie en nie regtig vriende meer oor gehad nie. In die stad is vriende net vriende oor geld en status, so sy was alleen en verstote.

Op 'n dag het sy sommer in die kleindorpie rond gedwaal die koerant gesien en gekoop. Dit is waar sy die advertensie gesien het vir 'n noodgevalle dokter by Kroondal. Sy het Kroondal op die kaart oogesoek, want sy het nog nooit van so 'n plek gehoor nie. Sy het aansoek gedoen, nou is sy hier met die verlede soos 'n honger leeu voor haar deur.

Sy is verward, sy weet nie wat om te doen nie. Sy sal nie die personeel of die mense van die dorp in die oë kan kyk as haar verlede moet uitlek nie; sy weet hoe mense is. Dit is vir haar snaaks dat niemand in die dorp weet wie sy is nie. Dalk het niemand nog die konneksie gemaak nie. As dit gebeur sal die vertroue geskend wees en verwerping sal soos die skim in die nag in tree. Daar is niks wat jy kan doen om dit weer te herstel nie. Sy was onskuldig verklaar maar mense sien dit nie raak nie. Dit is eenvoudig net makliker om die klad vir altyd teen 'n mens te hou. Die goeie dinge wat jy gedoen het. Die lewens wat jy gered het. Die beeld wat jy uitgestraal het, alles val weg. Jou verklaring beteken niks, jou seer ongegrond. Wat bly oor?

"As jy hier rond dwaal dokter?" vra Berto saggies agter haar, maar Chantey skrik so groot dat sy 'n kragwoord laat val. Berto glimlag geamuseerd.

"Ek ... skuus...!" stammel sy. "Ek het net 'n bietjie vars lug kom soek." Maak sy flou verskoning.

Sy voel soos 'n skooldogter wat betrap is met haar gedagtes. "Wat maak jy hier?"

"Ek het kom kyk waar dros my ongevalle dokter so helder oordag!"

Sy kyk skerp na hom, maar sien dat hy lag. Toe laat sak sy haar kop skaam. Hy moenie so na haar kyk nie, haar hart bons so dit sal sommer uitspring.

"Dit is so 'n mooi dag en lekker warm, dit voel verkeerd om binne te wees. As ek my sin kan kry dan sal ek al die pasiënte buite toe bring."

"Wel dit is nie heeltemal 'n slegte idee nie. Daar is pasiënte wat kan uitkom."

Sy kyk met 'n frons na hom. Het hy so pas met haar saam gestem? Sy kyk op na die hemele.

Hy volg haar blik onseker na wat sy so skielik raak sien. Toe bars hy uit van die lag.

"Wat is so snaaks?"

"Jy hoef nie bekommerd te wees dat dit gaan reën nie."

Sy vernou haar oë. Sy snap dat hy weet hoekom sy boontoe gekyk het en bloos bloedrooi.

"My pa het dit ook gedoen. Hy glo vars lug doen wonders aan jou siel, veral as jy siek is. Ons het dit 'n bietjie lanklaas gedoen. Ek sal vir matrone sê, dankie vir die idee. Hy kyk stil na haar, en glimlag skeefweg. Hy hou daarvan as haar hare so krul, hy wens hy kan sy vingers daardeur trek. Hy gee 'n tree nader, sy hand gaan na haar wang toe. Die kans ontglip hom toe 'n warrelwind op hulle afstorm.

'n Verpleegster kom vinnig na hulle aangestap, Chantey sien haar eerste raak.

"Wat is dit, verpleegster Wilma?"

"Dokter julle moet gou kom daar was 'n ongeluk op die snelweg gewees. Die ambulanse is op pad met 'n man wat 'n beenbreuk het en baie bloed verloor en 'n verwagtende vrou. Die ander persoon het ligte beserings, hy kom saam met die privaat dens." Sonder 'n verdere woord stap die twee dokters na ongevalle om reg te maak vir die pasiënte wat op pad is. Met die aankoms van die twee pasiënte neem Chantey die leiding.

"Ek sal die vrou vat, vat jy die man. Suster Tania wag vir die ander pasiënt, gaan sy beserings na en kom sê my." Sonder 'n redenasie neem elkeen sy pasiënt.

Berto reël dat die man onmiddelik na die teater geneem moet word. In die teater sien hy dat die man se toestand baie kommerwekkend is. Hy het reeds baie bloed verloor deur die hoofslagaar wat deur die beenbreuk raak gesny is.

Die nooddienswerker verduidelik aan hom wat hulle op die ongelukstoneel waargeneem het. Hy verduidelik dat die pasiënt se bloeddruk bly val het. Hy het 'n drip opgesit en baie vog geadministreer om die bloeddruk te stabiliseer, steeds sonder sukses. Ook het hulle agtergekom dat die pasiënt se asemhaling baie deur sy buik gedoen word. Dit dui op 'n moontlike hemopneumotoraks wat daarop dui dat daar moontlike ribbes gebreek is en dus die longe stukkend kon steek.

Berto neem dadelik leiding en begin bevele blaf aan die teater personeel. Hy weet tyd is nou 'n faktor, elke sekonde tel elke druppel bloed, elke asemteug! Hy is veral bekommerd oor die pasiënt se bloeddruk. Hy besef dat wanneer 'n borskasbesering teenwoordig is, is daar 'n moontlikheid dat die pasiënt hard teen die stuurwiel geforseer is, en verdere inwendige beserings tot gevolg kan hê. Hy neem die naald by die suster en druk dit behendig en vol selfvertroue tussen die pasiënt se ribbes, op presies die regte plek in. Koppel die drein op en sien amper onmiddellik hoe die water onder in die sakkie na rooi verkleur, soos die bloed uit die borskas vloei en die drukking op die longe verlig! Hy gee 'n sug van verligting. Een van die vele diagnoses op die pasiënt het darem al aandag gekry het. Hy besef dat hy dadelik sal moet opereer om die inwendige bloeding wat die bloeddruk so laat val op te spoor. Die beenbreuk is ook 'n probleem. Hy besluit om eerste aandag aan die buik te gee. Die personeel en die narkotiseer staan reeds reg en die monitors is reeds gekoppel!

Tot Berto se ontsteltenis skuif die beeld van 'n pragtige blondekop dokter met groen oë voor sy geestesoog in. Vir 'n sekonde of twee is sy aandag van die kritieke pasiënt voor hom weg. Hy skud ergerlik sy kop om sy aandag weer by die hede te bepaal. Hy sny behendig die pasiënt se buik oop en sien dat sy vermoede reg was, die milt het geskeur in die slag. Dit raak 'n wedloop teen tyd. Hy raak bewus van die feit dat hy nie die man se lewe sal kan red nie. Wanneer die monitor begin skree weet hy dat hy die stryd teen lewe en die doodsengel verloor het. Hy draai weg van die operasie tafel en beveel die personeel stroef om die liggaam met 'n laken te bedek. "Tyd van afsterwe, 10:45," sê hy sag.

Intussen het Chantey die vrou wat half histeries was gekalmeer en laat opneem vir observas e. Behalwe vir die paar skrapies wat sy opgedoen het, makeer sy en die baba nie veel nie. Met 'n opdrag aan die kraamsaal suster dat die pasiënt dop gehou moet word, verlaat sy die saal.

Berto kom in die gang afgestap. Sy gesig is strak, hy verloor nie sommer 'n pasiënt nie. Hy kan nie help om soos 'n mislukking te voel nie. Piet Conradie, skuif die naam voor sy geestesoog verby, 23 jaar oud, nog 'n kind, dink hy bewoë.

Hy tref Chantey by die ongevalle diensstasie aan waar sy besig is om haar verslag oor die nuwe pasiënte te voltooi. Sy kyk op toe hy langs haar tot stilstand kom. Haar oë vraend op hom, hy skud sy kop op haar stille vraag. Vir 'n sekonde maak sy haar oë toe. Sy vat hom aan die arm en lei hom na die personeel ruskamer toe. Hy neem op 'n rusbank plaas en sluit sy oë moeg. Chantey skink vir hulle sterk koffie en neem oorkant hom plaas. Vir 'n wyle is daar net stilte tussen hulle, elkeen besig met sy eie gedagtes.

"Ons bly net mense." Kom dit begrypend van haar. "Mense met kennis, maar die lewe van die mense op wie ons daardie kennis uitoefen is nie in ons hande nie, maar in die Een wie die heelal beheer. Solank as wat jy glo dat jy jou alles gegee het, kan jy jouself nie blameer as jy daardie lewe nie kon red nie. Dit is nie vir ons om te sê wie moet lewe en wie moet sterf nie."

Hy kyk verstom na haar oor die wysheid wat sy met hom deel. Sy verras hom elke dag net meer en meer. Hy voel hoe die stremming om sy hart ligter raak.

"Dit klink of jy van ondervinding praat!"

"Ek moes al op die harde maniere leer dat ek nie God kan speel nie. Veral die dag toe ek my pa verloor het en ek hom nie kon red nie. Daardie dag het ek besef dat ek net 'n instrument in die lewe is, niks meer en niks minder."

"Hoe is jou pa dood?" vra hy sag. Hy sien hoe die seer in haar stem in haar oë weerspieël.

""My pa en ek het skouer aan skouer saam gewerk in dieselfde hospitaal. Alles wat ek van medies weet het ek by hom geleer, hy was 'n wonderbaarlike meester. 'n Bietjie meer as twee jaar gelede het hy 'n hartaanval gekry en ek kon niks doen nie. Dit was nie die eerste keer dat ek magteloos gevoel het teen die Groter krag nie, maar dit was die eerste keer dat ek gerebelleer het teen Hom."

Hulle oë ontmoet en hulle weet dat net vir die paar minute hulle 'n pyn saam deel wat nie baie saam deel nie, die verlies van 'n geliefde ouer.

"Ek is jammer oor jou verlies," reageer hy simpatiek.

"Ek ook," antwoord sy sag, net om die verwarde frons tussen sy oë te sien. Vinnig om nie die oomblik te bederf nie sê sy sag. "Matrone het my van jou ma vertel die dag van die afskeid, ek's jammer ek wou nie...!"

"Toemaar, dit maak nie saak nie. Matrone bedoel dit goed, sy en my ma het baie goed oor die weg gekom. Jy sien almal hier in die hospitaal is haar kinders. Sy kon nooit kinders van haar eie hê nie, so of jy nou wil of nie, die dag as jy by daardie deur van die hospitaal instap, word jy een van haar kuikens."

Chantey moet lag oor die beskrywing. Sy kyk besorg na hom.

"Hoekom gaan jy nie vir 'n rukkie huis toe nie. Ek sal die fort hou; jy kan later weer inval."

Hy kyk teer na haar, hoe bedagsaam is sy nie. Hy het haar dalk te vroeg te hard geoordee. Hy het haar oor dieselfde kam geskeer as al die stadsmense met hulle geld en kamma waardes. Eendag sal hy homself aan haar verduidelik en weereens verskoning vra. Hy staan op en hou sy hand na haar toe uit.

Sy kyk na sy hand en dan na hom. Sy wens hy wil ophou met die nonsens.

"Ek sal nie byt nie." Hy kyk haar skewe kop aan.

Sy staan op en kyk hom vas in die oë. "Ek moet terug kom by die spreekkamer." Sy loop verby hom maar hy keer haar.

"Ek het 'n voorstel." Sy arms beweeg om haar middel. "Kom eet vanaand by my, ek maak 'n heerlike hoender lasagne."

Sy voel verward in sy omhelsing en stoot hom weg maar vermy sy oë. Wat gaan die personeel dink as een van hulle hier in stap? Hulle sal die hele storie verkeerd lees. Sy is nie iemand wat in 'n verhouding van twee mense krap nie. "Dit klink lekker, maar ek het reeds planne."

Hy kyk haar skerp fronsend aan, hy verstaan nie mooi wat aan gaan nie. Hy kan sweer dat sy hom aspris op 'n afstand hou. Kan dit oor Saterdagaand wees, of is dit oor die Riekert vent wat uit die bloute hier op gedaag het?

"In daardie geval sal ek my skof klaarmaak." Hy draai om en beweeg na die deur toe. Is hy nou ernstig wonder sy suur.

"*Fine*, maar ek bring die nagereg."

"Hmm 'n meisie wat van soetgoed hou, dit klink interessant, sal ons sê enige tyd na ons skof," hy glimlag lui omdat hy haar met 'n slap riem gevang het.

"Afgespreek," reageer sy met 'n glimlag, maar dit weerspieël nie in haar oë nie.

Droomverlore loop sy terug na haar kantoor toe. Sy kyk doelbewus die rooi ligte mis wat haar verstand voor haar hart gooi. Haar gedagtes word onderbreek toe haar stoel omswaai en Riekert haar stil in wag. Hy kyk haar ondersoekend aan, hy ken daardie lig in haar oë. 'n Onbeheerbare jaloesie pak hom beet. Hy sal die nuutgevonde liefde moet smoor. Hy weet dat Berto agter haar aan is, so sê Tania. Hy staan op, loop om die lessenaar en gryp haar vinnig en hard in sy arms in. Sy lippe kom wreed en hard op haar lippe neer. Sy sukkel om uit sy omhelsing te kom. Voor sy regtig kan dink skop sy hom teen sy maermerrie wat die regte uitwerking het, hy los haar met 'n gedempte vloekwoord.

"Magtag, was dit nou nodig? Jy hou jou verniet so preuts ek weet waartoe daardie bekkie en lyfie in staat is. 'n Man kan nie so 'n poppie soos jy maklik vergeet nie." Sy woorde is hard en kras en slaan seer in Chantey se siel.

"Hou jou mond!" snou sy hom toe. "Hoe durf jy my in my werksplek kom aanvat, het jy geen skaamte nie! O ja, ek het vergeet! Mans soos jy wat onskuldige mense in die moeilikheid in kry het geen gewete. Wat nog te sê van skaamte."

Hy lig sy hand om haar te klap toe haar deur oopgaan en Tania haar verskyning maak, sy glimlag gemaak verbaas.

"Ekskuus, onderbreek ek iets?" haar oë gly van die een na die ander.

"Nee glad nie Suster, dokter Van Aswegen was net op pad gewees," Chantey gluur Riekert aan sodat hy noodgedwonge haar kantoor verlaat. Sy gaan sit bewerig op haar stoel. Sy kan dit nie glo nie, maar hy was op pad om haar te klap. Hy het nog rooit so iets gedoen nie! Watter soort mens is hy?

"Waarmee kan ek jou help suster Tania?"

"Mevrou Conradie wil jou sien en dokter van Schalkwyk wag in sy kantoor vir jou." Die kyk in haar oë ontglip haar nie. Sy wou eers net aan loop en maak of sy nie dit gesien het nie, maar sy draai om na Tania toe.

"Is daar 'n probleem, suster Sinden?"

"Glad nie dokter," antwoord sy gemaak verbaas. "Dit is net ... wel! Dit moet seker moeilik wees om in die middel van twee sulke aantreklike mans te moet staan en kies, of hoe Dokter?" Sy praat in 'n klein dogtertjie stem. Die fyn haartjies in Chantey se nek staan penorent, oor die aardige manier wat Tania met haar praat.

Dit keer nie die woede wat in haar opstyg nie. Sy gluur die meisie aan.. "Luister nou mooi, wat in my privaat lewe aangaan, het niks met jou te doen nie! Is dit duidelik?"

As Chantey gedink het dat Tania vir haar gaan skrik het sy haar lelik misgis. Tania loop vermakerig nader, die kyk in haar oë gee Chantey koue rillings.

"Berto hou van dit rof en hard." Tania lag honend toe sy die vertrek verlaat.

Chantey is te geskok om te roer, het sy reg gehoor? Tania en Berto? Nee, dit kan nie wees nie! Haar verstand werk oortyd, dit verduidelik baie. Van die eerste dag wat sy hier aangekom het, het sy aangevoel dat Tania haar nie goedgesind is nie. Sy het haar nie werklik daaraan gesteur nie. Sy is jaloers kom die gevolgtrekking met skok. As sy geweet het dat Berto in 'n verhouding is met haar, het sy haar afstand gehou. Hoe kan hy so met Tania mors? Nie dat sy die hele ding begin het nie, dit was elke keer hy wat toenadering bly soek het. Sy sien nie kans om in 'n *lovers quarrel* betrokke te raak nie. Sy gaan op 'n mooi manier vir hom moet laat verstaan dat sy niemand se speelding is nie. Geen man gaan haar weer misbruik nie. Vies verlaat sy haar kantoor om na mevrou Conradie te gaan. Sy moet nou eers haar gevoelens op sy sit sodat sy haar aandag aan haar pasiënt kan gee. Sy sal haar moet vertel dat haar man die ongeluk nie oorleef het nie.

Chantey kyk na die stil gesiggie van die meisie wat roerloos op die bed lê en na die venster staar.

"Ek is regtig jammer oor jou verlies, as daar enigiets is wat ek vir jou kan doen moet jy asseblief praat."

Megan Conradie kyk na haar, die seer lê vlak in haar oë. Sy skud haar kop liggies. "Nee daar is niks nie ... of wag, ek moet seker ons ouers laat weet." Trane loop oor haar wange. "Ek weet nie hoe nie, wat sê 'n mens?"

Chantey vat haar hand en druk dit bemoedigend. "Moenie bekommerd wees nie ek sal dit vir jou doen. Moet jou ouers jou kom haal?"

"Asseblief, dit sal gaaf wees." Chantey verlaat die hartseer meisie, by die deur draai sy saggies om. Sy kry haar jammer. Om jou liefde so gou te moet verloor terwyl hulle lewe nog wyd voor hulle gelê het. Die lewe maak onverstaanbare draaie met 'n mens. Sy draai weg en kyk na Berto wat haar stil staan en dophou. Sy loop verby hom sonder 'n woord. Hy frons en volg haar na haar kantoor toe. Hy druk die deur agter hom toe.

"Ek kan ongelukkig nie meer jou uitnodiging van vanaand aanvaar nie. As jy my sal verskoon, ek het werk om te doen."

Hy vererg hom vir die manier wat sy met hom praat.

"Ek is nog besig met die ondersoek van tannie Bertie. Sodra ek weet sal ek jou kom sê."

"Oor dit, jy kan die ondersoek staak. Ek weet wie dit gedoen het en sal dit sommer self uitsorteer."

"Ek dink nie so nie. Ek is die hoof van die hospitaal en het die reg om te weet. Ek sal ook self die probleem uitsorteer."

"Jou meisie, Tania." Sy kyk hom uitdagend aan, asof sy hom uitdaag om die waarheid te ontken.

Hy kyk oorbluf na haar. "Waar kom jy daaraan?"

"Hoekom gaan vra jy haar nie. Doen my 'n guns asseblief en hou jou flirtasies vir jouself." Sy maak haar spreekkamer deur vinnig oop en toe. Sy sug van verligting.

Hy verlaat haar kantoor woedend. Hy hou nie van die speletjie wat sy speel nie. Miskien was hy tog reg oor haar. Wat haar storie ookal is, hy is nie nou lus vir dit nie.

Tania? Hoekom sal sy so iets doen. Hoekom vir Chantey vertel dat hulle saam is?

Hy sien Tania in die gang en vat haar aan haar arm en druk haar in die rigting van sy kantoor.

"Dammit Berto jy maak my seer!" roep sy kwaad uit maar hy verslap nie sy greep nie.

Hy los haar arm toe hulle in sy kantoor is.

"Hoekom het jy met Bertie se verslag gepeuter?" Hy hou haar goed dop. Hy sien hoe haar oë effens rek en die spiertjie in haar wang wat spring.

"Waar kom jy daaraan? Ek het nog noo.....!"

"Stop! Ek ken jou lank genoeg, so moenie my intelligensie onderskat nie." Hy kyk vraend na haar en die

83

bekende woede uitdrukking maak gou sy verskyning in haar oë.

"Sy hoort nie hier nie!"

"Is jy van lootjie getik? Bertie kon gesterf het besef jy dit?"

"Sy sou nie, ek was daar die hele tyd." Sy kyk pleitend na hom. "Ek is so jammer. Ek het dat my jaloesie my verblind."

Sy loop tot by hom en vlei haar teen hom aan. Haar hand gaan om sy kop. Sy wil hom nader trek, maar hy vat haar hand weg. Hy tree terug en kyk fronsend na haar.

"Hemel Tania dit is 'n ernstige saak." Hy stap om sy lessenaar en gaan sit op sy stoel. Hy is baie teleurgestel in haar optrede.

"Wat bedoel jy met jou jaloesie het hand uit geruk?"

"Moet jou nie dom hou nie. Ek sien hoe jy na haar kyk, ek is nie blind nie." Sy kyk hom woedend aan.

"Moet jou asseblief nie belaglik hou nie. Sover ek weet is ons nie 'n paartjie nie, so hou op om dit vir mense te vertel."

"Verskoon my! Ons is al vir meer as 'n jaar saam, dit maak ons 'n paartjie. Ek is jammer, dit sal nie weer gebeur nie. Kan ons dit nou los en aangaan met ons werk?"

"Jy het te ver gegaan. Jou toekoms in die hospitaal hang nie van my af nie, maar van die mediese raad. Ek is baie jammer Tania maar ek gaan jou rapporteer."

"Nee, asseblief! Ek sal haar verskoning gaan vra. Asseblief moenie dit aan my doen nie." As sy nou haar werk verloor is alles daarmee heen. Vervlaks sy sal moet gaan kruip voor daardie *bitch*. Sy gaan boet hiervoor.

"Gaan terug na jou werk toe ek sal later met jou praat." Nou verstaan hy Chantey se houding, en hy kan haar nie blameer nie. Sy moet verseker sleg dink van hom. Wat moet hy nou doen? Wat 'n gemors.

Hoofstuk 8

Chantey skrik wakker. Vir 'n oomblik weet sy nie waar sy is nie. Dit vat haar 'n rukkie om tot die werklikheid terug te keer. Sy het weer die simpel droom gehad. Dan spoel die gebeure van die vorige dag oor haar, sy sug moeg. Haar oog vang die tyd op die bed horlosie, met 'n vaart spring sy op. Sy het heeltemal verslaap. Sy sal moet wikkel as sy haar saalrondtes vanoggend wil doen. Sy hoop net dat sy nie in Berto gaan vasloop nie. Na hulle onderonsie van gister is sy nie lus vir konfrontasie nie. Sy raak sommer weer van voor af die hel in as sy dink dat hy haar aangesien het as 'n nuwe toevoeging vir sy harem.

Sy het amper twee keer in sy strik getrap. Hoe vernederend sou dit nie gewees het as sy haarself aan hom oorgegee het nie. Sy moes by haar instinkte gebly het, sy kan hom nie vertrou nie en hy is 'n barbaarse buffel. Met stormagtige gedagtes stap sy die hospitaal binne, die bekoring wat daar altyd in die stil gange vir haar is, raak haar nie vanoggend nie.

Op pad na haar kantoor toe hoor sy 'n geredekawel. Sy frons ergerlik! Vandag vat sy die personeel vas. Kan hulle dit nie in hulle koppe kry dat dit 'n hospitaal is nie. Mense is siek en wil nie gesteur word met onnodige lawaai nie.

"Nee sustertjie, ek wil alleen gaan ek het nog myse bene om te loop." Brul die stem van 'n baie verontregte meneer Swart.

"Maar meneer Swart dokter het gesê jy mag nie opstaan nie! Jy moet net sê dan bring ek die bottel." Probeer verpleegster Nanda moedeloos redeneer met die korrelkop van 'n ou man. "Ek is 'n verpleegster meneer nie 'n suster nie."

Meneer Swart snork minagtend deur sy neus. "Ek sal nie met daardie ding werk nie, ek gaan self na die badkamer toe en nie eers die dokter sal my kan keer nie," gil hy vir haar.

Nanda is moedeloos gesukkel met hom. Sy wonder as sy hom oor die kop gaan slaan of iemand haar kwalik gaan neem.

"Kyk meneer 'n opdrag is 'r opdrag! As jy nie nou in daardie bed in terug klim nie maak ek jou vas en sit 'n kateter in," dreig sy gemaak kwaai.

Die geskokte uitdrukking op die ou man se gesig is te kostelik vir Nanda, dat sy met moeite haar lag probeer inhou.

"Jy... jy... raak nie aan my nie... vrou... mens!" Gil hy verontwaardig terwyl hy verward probeer om sy kamerjas stywer om sy lyf te kry.

"Verpleegster laat meneer Swart maar gaan ek sal later met hom afreken," sê Chantey kwaai. Die ander twee het haar nie gesien nie en skrik toe haar stem agter hulle opklink.

"Toe meneer Swart maak gou, hierdie vloere is koud en jy het nie skoene aan nie."

"Ja, ja dokter ek maak vinnig dokter." Hy skarrel vinnig weg, ook maar skaam omdat hy so oor die kop geskeer word deur 'n bog kind.

Nanda staan verward rond, weet nie lekker watter kant toe nie. Dit lyk amper of die dokter kan moord pleeg, maar sy het regtig net haar werk probeer doen dit is nie haar skuld dat die man so harde gat is nie.

"Verpleegster," sê Chantey sag, "kyk asseblief dat meneer Swart veilig in sy kamer kom, en kry vir my 'n kateter reg asseblief ek sal nou-nou by hom 'n draai maak."

Nanda sug verlig toe Chantey om die draai verdwyn. Sy kan nie meer wag om haar suster-eksamen te skryf nie dan hoef sy nie meer die slop werk te doen nie.

Harde laggende stemme bereik Chantey se ore, sy kyk op. Die bloed in haar are kook vir die toneel wat voor haar afspeel. Soos 'n pyl uit 'n boog skiet sy op die twee niksvermoedende mense af.

"Suster Sinden, ek het al met jou gepraat oor jou gedrag in die hospitaal. Jy is hier om te werk, nie om in die gange te staan en klets nie. Gaan na meneer Swart toe en sit asseblief vir hom 'n kateter in."

Tania gluur haar hatend aan. "Wie gee jou...!" wil sy nog teëstribbel toe Chantey haar woedend in die rede val.

"Nou Suster Sinden!"

Die twee vroue voer 'n stille oorlog met hul oë toe Tania woedend omdraai en die gang verlaat.

Chantey kyk afkeurend na Riekert.

"Jy ken die reëls van 'n hospitaal. Ek sal dit waardeer as jy nie weer jou voete hier sit nie. En as jy my personeel se aandag wil opeis doen dit na ure en nie in my tyd nie. Nog beter verlaat Kroondal en los sy meisies in vrede. Jy het niks hier te verloor nie. Jy sal ons al twee 'n guns bewys as jy gaan."

Met haar hele tirade het hy haar net stil aangekyk. Nog net so giftig soos 'n geitjie dink hy en so sexy.

"Ag skattebol, moet nie jou bloeddruk so opjaag nie. Wat sal die lewe nou wees sonder onskuldige pret met die skoner geslag. My pa het 'n sê ding gehad. As dit pap reën moet jy skep. Dit is wat ek doen, Kroondal wemel van talent," laat hy vermakerig hoor.

"Jou adder," adem sy geskok. "Het jy geen beginsels meer oor nie, geen respek huh? Ek is bly ek het jou gesien vir wie en wat jy is, dank die Vader ek is 'n man soos jy gespaar."

Sy wil wegloop maar hy ruk haar hardhandig terug. Sy verloor haar balans en val hard teen hom aan. Hy vat haar nek stewig vas in sy hande en saggies fluister hy in haar oor.

"Jy is hopeloos te seker van jouself in hierdie gange, oppas die duiwel is op jou spoor!" So vinnig as wat hy haar gegryp het los hy haar en stap weg met 'n vermakerige lag. Sy hoes liggies en vryf oor haar nek waar Riekert haar seer gemaak het.

Berto het die hele gedoente gesien maar hy kon nie juis hoor nie, hy stap op die steeds geskokte Chantey af.

"Die reëls wat jy vir jou personeel stel moet jy self volg, en nie sodra hulle hul rug draai jy self staan en flankeer in my hospitaal nie. Ek bly nog die hoof van die hospitaal en die reëls geld vir jou ook, dokter Bruwer," sê hy afgemete voor hy sonder 'n woord wegstap.

Trane van vernedering en magteloosheid wel in haar oë op. Sy skarrel na haar kantoor toe en sak af tot op die grond agter die toe deur. Met alle geweld probeer sy om die stortvloed trane en kreungeluide uit haar bors te stuit. Wat maak dit saak wat Berto van haar dink? Hy het nie reggekry wat hy wou nie. Nou is sy maar net 'n opgebruikte stuk lap wat eenkant toe gegooi word. Haar skouers ruk en met haar hand oor haar mond probeer sy om haarself te kalmeer.

Tania glimlag selfvoldaan. Dit lyk my die doktertjie het haar hand te ver oorspeel.

Wel, wel, wel. Solank as wat die atmosfeer tussen die twee versuur is gaan haar planne baie beter en vinniger werk. Beter kon sy dit nie self gedoen het nie. Dankie Riekert jou impulsiwiteit is toe glad nie so nadelig nie, daarmee kan ek werk dink sy sadisties.

Die dag sleep verby. Die twee dokters het mekaar nie weer gesien nie. Dit is 'n rowwe dag by die spreekkamers. Dit wil voorkom of daar 'n maaggriep in die dorp is. Baie kinders en grootmense het die spreekkamers deur getrap. Chantey kan nie wag dat haar skof einde moet kry nie. Sy stap na die personeel ruskamer toe om warm koffie te gaan soek. Hierdie dag was 'n totale nagmerrie. Probleme met die personeel en dan is haar pasiënte nog veeleisend ook. As sy nie moet hoor dat die beddens te styf opgemaak word nie, dan is dit die trollies wat lawaai, of die duiwe op die dak wat steur. Nog 'n uur merk sy op toe sy na die muurhorlosie van die ruskamer kyk, dan is sy af. Sy is die naweek op bystand, maar dit sal haar genoeg tyd gee om die afgelope tyd se gebeure te analiseer en te verwerk.

Dit is doodstil in die woonstel. Chantey sit met haar kop agteroor teen die bank en luister na die geluide wat die vroeë oggendure deur haar skuifdeure laat sypel. Sy het klarigheid gekry oor haar gevoel vir Riekert. Die wete dat sy regtig niks meer vir hom voel nie, is 'n groot verligting. Die feit dat hy nog in die dorp is pla haar, want sy verstaan nie wat hy hier soek nie. Hy was nog net die aand van oom Willem by haar woonstel en dan het sy hom 'n keer of wat in die hospitaal gesien. Wat doen hy nou eintlik hier? Dan is daar Berto. Sy kan nie verstaan hoekom die man haar so teister nie. Haar kop weet wie en wat hy is, maar haar hart gooi hom heeltyd voor. Wat de hel gaan aan met haar?

'n Klop aan die deur versteur die oomblik, sy ignoreer dit maar toe die klop harder word sug sy. Traag staan sy op en maak die deur oop.

"Môre kind, ek hoop nie ek pla jou nie?" vra oom Willem effe ongemaklik.

Chantey is uit die veld geslaan om hom hier te sien. Sy sien hom net soms as hy 'n draai by die hospitaal maak. Hulle het nog nie tyd gehad om te gesels nie.

"Glad nie oom, kom binne."

Oom Willem neem op die rusbank plaas. Hy kon nie langer uitstel nie hy moet met die kind praat. Sy gemoedstoestand kon nog nie tot rus kom vandat sy hier aan gekom het nie. Hy het nou al hoeveel keer die gesprek met homself gehad. Hy hoop nie dat hy die hele ding verkeerd opgesom het nie, dit sal 'n groot verleentheid vir hom wees. Sy vrou het altyd gesê hy is bemoeisiek. Natuurlik het hy haar nie geglo nie, maar nou moet hy met haar saamstem.

Hy hou haar onderlangs dop. Sy lyk soos haar ma maar sy het haar pa se hardkoppigheid. Hy en Carl Bruwer was saam op skool in Colesberg. Saam het hulle besluit om die beste Chirurge in die land te word, wat ook so was. Hulle het te ver van mekaar gebly wat kuier moeilik gemaak het, maar hulle het gereeld kontak gehad. Met die afsterwe van sy vriend het hy dit op hom geneem om 'n wakende oog oor sy dogter te hou; wat net soos haar vader 'n wonderlike gawe gekry het om met siek mense te werk.

Hy het van al haar doen en late geweet so ook die fout wat sy gemaak het om met die Riekert kêrel deurmekaar te raak. Toe die bom gebars het oor die organe en vermiste medikasie, het hy met homself al begin worstel omdat hy haar nie van sy bestaan bewus gemaak het nie. Toe sy haar praktyk verkoop het en sommer verdwyn het, het hy besluit om 'n plan te maak. Dit was vir hom nie moeilik om te besluit te neem om af te tree en vir Berto sy pos aan te bied en sy pos te adverteer nie.

Hy het duim vas gehou dat waar sy ook al is dat sy die betrekking sou raaksien. Berto was naderhand heeltemal radeloos van ongeduld omdat hy nie kon besluit oor 'n geskikte persoon nie. Dat hulle baie aansoeke gekry het is nie 'n leuen nie, maar hy het gewag vir hare. Hy het amper uit sy vel gespring die dag toe hy haar CV in sy hand gehou het. Sy is die regte persoon vir die hospitaal en die regte vrou vir sy seun. Om die twee dit te laat sien gaan moeiliker wees as wat hy gedink het. Nog meer vandat daardie Riekert knaap sy opwagting gemaak het. Hy het by matrone gehoor dat die atmosfeer gelaai is by die hospitaal, dat die twee gedurig in mekaar se hare is.

Hy glimlag verskonend toe hy agterkom dat Chantey na hom sit en kyk. "Ekskuus kind maar die ou kop van my wil net nie bedaar nie, altyd besig met die een of ander gedagte,"
maak hy verskoning. "So, is jy al ingeburger in ons omgewing?"

"Ja dankie," antwoord sy met 'n glimlag. "Ek bly lekker hier, die dorpie is so stil en salig, baie anders as die lewe van die stad. Die eerste paar aande het ek moeilik geslaap omdat dit so stil is. Nou glo ek nie ek sal sommer weer aan die stad gewoond kan raak nie."

"Ja-nee, die tyd wat ek in die stad gestudeer het, was die langste tyd van my lewe. Ek is nog al my lewe lank 'n boerseun. Ek kon nooit aan die gejaag en lawaai van die stad gewoond raak nie. Hoe gaan dit by die hospitaal?" Hy hou haar fyn dop op die vraag. Soos hy vermoed raak sy teruggetrokke en besef dat hy dalk sy taktiek so 'n bietjie moet aanpas.

"Nee, daar is nie klagtes nie." Sy voel nie gemaklik om die waarheid te praat nie. Hoe sê sy aan die dierbare oom dat hy 'n ongeskikte buffel grootgemaak het? Vir 'n sekonde dink sy terug aan die verlede en wonder met heimwee of sy ooit geluk sal vind. Dit maak nie saak waarheen sy vlug nie haar verlede sa altyd soos 'n stink stigma aan haar vaskleef.

Hy sien die hartseer in haar oë en die pyn kepe om haar mond. Meteens voel hy meer gerus oor sy besluit om haar hierheen te bring. Dit is tyd dat sy die waarheid ook moet weet.

"Ek is so jammer oom Willem maar kan ek vir jou iets te drinke maak?"

"n Koppie sterk boeretroos sal lekker wees."

"Chantey," begin hy huiwerig toe sy die koffie bring en op die rusbank gaan sit, "ek het jou ouers geken." Hy sien hoe haar kop opruk. Hy hou sy hand in die lug sodat sy hom 'n kans moet gee om klaar te praat.

"Ons, ek en my ouers het in Colesberg gebly. My pa was die dorpsgeneesheer. In die middel van my standerd ses jaar het ons 'n nuwe dominee gekry, jou oupa. Ek en jou pa het van die staanspoor baie goed oor die weg gekom, en nie lank nie toe was ons boesemvriende.

"Saam het ons gedroom om die beste dokters in die land te word, ons is saam universiteit toe. Ons toekoms het blink voor ons uit gestrek. In ons laaste jaar het jou pa verlief geraak op die pragtige Sandra du Plessis. Sy het haar laaste jaar in Stellenbosch kom doen. Hulle was van die begin af smoorverlief en ons drie het ons graad saam gekry. Die aand van ons feesviering het ek my droom nooi ontmoet, Clara Viljoen. Jou pa was op my troue, maar ek was nie op syne nie. Ek het na my troue Brittanje toe gegaan vir verdere mediese navorsing. Ek en jou pa het gedurig vir mekaar geskryf, want ons het nie e-pos gehad soos dit nou is nie. So het ons op datum gebly met mekaar se doen en late. Na jou pa se dood het ek besluit om in die stilligheid 'n ogie op jou te hou," hy glimlag toe hy haar vraende blik merk.

"Matrone de Villiers het my op datum gehou."

Chantey skud net haar kop. Daardie matrone was die grootste skinderbek in die hele Kaap. Hulle kon nie regtig 'n vat plek aan mekaar kry nie. Sy was van daardie tipe, hulle weet van als en jy kan hulle niks leer nie.

"Ek weet van jou en Riekert en ook van die moeilikheid waarin hy jou laat beland het. Dit is een van die redes hoekom ek besluit het om af te tree; om jou uit die Kaap te kry om 'n nuwe lewe te begin. Berto was naderhand radeloos met my, want ek het fout gevind met al die aansoeke wat ons gekry het op die advertensie., Ek het gewag vir joune. Ek kon jou nie self die pos aanbied nie, omdat jy spoorloos verdwyn het. So my enigste opsie was die koerant en ja die res van die storie ken jy."

Daar volg 'n effense stilte tussen hulle terwyl hy haar kans gee om al die inligting te verwerk. Sy staar verbaas en geskok voor haar uit. Hoekom het haar pa nooit vir haar iets gesê nie? Hoekom 'n beste vriend soos oom Willem geheim hou? Nee, iets maak nie sin nie dink sy. Sy kyk na oom Willem, byt op haar onderlip en wonder of sy, sy storie kan bevraagteken.

"As oom en my pa sulke goeie vriende was, hoekom het ek niks van oom se bestaan geweet nie? Hoekom het julle nooit oor en weer gekuier nie? Ja, Kroondal en die Kaap is ver van mekaar, ekskuus... um... dit maak nie sin nie... julle was ook nie by een van hulle begrafnisse nie."

Hy kyk na haar en glimlag, sy is skerper as wat hy gedink het.

"Jy is reg, daar is 'n leemte in die storie. Ek en jou pa was al twee ontsettend ambisieuse dokters. Ons beroepe het alles vir ons geword. Ek en my vrou wat ook 'n dokter was, het agt jaar in Brittanje gebly toe sy met Berto se vyfde verjaardag die bevlieging gekry het om terug te keer Suid- Afrika toe. Sy het haar hart op die idee gesit om ons eie hospitaal op die been te bring," grinnik hy.

"Sy het die Suid-Afrikaanse landkaart gevat op die mat oopgevou. Met 'n swart kleurpen in die hand, en geknypte oë, het sy op die kaart gedruk en Kroondal gemerk. Kort daarna was ons weer op Suid-Afrikaanse bodem. Jou ma en pa was so vyf jaar getroud en jy was drie jaar oud, toe ons by julle in Kaapstad gaan kuier het." Hy vryf nadenkend oor sy ken, die beelde van sy vrou en vriend speel voor sy geestesoog af.

"Die hele naweek wat ons daar was het ek die voorgevoel gekry dat jou ma nie gesond is nie. Ek het jou pa daaroor uitgevra en hy het gesê dat sy aan depressie ly. Ek het hom aangeraai om haar vir volledige toetse te stuur. 'n Maand na ons besoek het jou pa my gebel, hy was platgeslaan en verpletter. Jou ma is gediagnoseer met servikale kanker, hulle moes alles verwyder. Jou ma sou nie weer swanger kon raak nie. Dit was 'n groot terug slag vir hulle. Jou ma het baie verknog geraak aan jou, wat op die ou einde nie 'n slegte ding was nie. Julle twee was baie na aanmekaar en ons het nog oor en weer gekuier vir so vyf jaar toe word jou ma weer siek, bors kanker. Ek en jou pa het navorsing begin doen in die Kaap, ek het my vrou en kind hier gelos. Ons kon niks doen om die kanker te wen nie jou ma het 'n mastektomie ondergaan. Ek het aangegaan met die navorsing, ek het obsessief geraak oor kanker vir vroue in die algemeen. Jou ma was baie dapper, so ook jou pa. Hy was ontsettend lief vir haar.

"Vir drie jaar het ek in die Kaap probeer om 'n geneesmiddel te kry vir kanker. Nadat sy weer gediagnoseer is met borskanker en sy nie op die behandeling gereageer het nie, en ook die ander bors verloor het, het ek soos 'n mislukking gevoel. Ek het teruggevlug Kroondal toe en my toegespits net in my werk en die opbou van die hospitaal. Ek het heeltyd verskonings gehad om nie te gaan kuier, ek kon net nie jou ouers in die oë kyk nie. Ek weet hoe dit klink maar om te misluk was nooit by my 'n opsie nie.

"Toe ek my oë uitvee, het baie jare verloop. Dit my kind, het ek eers besef met jou ma se dood. Ek het baie foute gemaak in my lewe, veral omdat ek my vriend wat soos 'n broer vir my was, so skandelik in die steek gelaat het. Na jou ma se dood het ek verskeie kere probeer uitreik na hom, maar sy seer was te erg. Ons kon net nie weer die vriendskap optel nie. Ek het maar op my manier op datum probeer bly oor julle twee. Ek weet nie hoekom jou pa jou nie van my vertel het nie, miskien was hy kwaad vir my, ek weet nie. Hy het nooit iets vir my gesê nie en ek het ook nooit gevra nie."

Daar is 'n lang stilte. Sy weet nie wat om te sê of te dink nie. Hy het vir haar goed vertel wat sy nie geweet het nie. Sy het nie geweet haar moeder het vir jare 'n stryd teen kanker gevoer nie. Sy is so diep ingedagte dat sy nie agterkom dat oom Willem saggies haar woonstel verlaat nie.

Hy het besluit om haar alleen te los, om alles te verwerk. As sy enige vrae het weet sy waar om hom te kry. Die seer wat op haar klein gesiggie sigbaar is, is vir hom teveel. Hy besef dat hy vir haar dinge vertel het wat sy nie geweet het nie. Charl wou nooit gehad het sy moet weet nie om haar te beskerm. Hy hoop nie hy het haar emosionele skade aangedoen nie. Tyd sal seker leer, dink hy hoopvol. Nou moet hy dieselfde storie vir Berto vertel en hy glo nie sy seun gaan so 'n stille reaksie hê soos sy nie.

Berto kan die onrus wat in hom is nie verstaan nie. Hy het nou al alles gedoen wat agterstallig was in en om die huis, maar iets knaag aan hom. Hy het die hospitaal gebel, maar alles is reg daar. Hy vryf sy nat hare droog, die stort het ook nie gehelp nie en val op die bed neer. Hy staar na die dak met sy arms agter sy kop gevou. Hy dink aan blou onstuimige oë en wange wat vinnig bloos. Hy frons en sit regop. Die beklemming in sy bors raak stywer. Dis sy, dink hy verbaas. Daar is fout met Chantey. Hy vlieg van die bed af en trek vinnig aan. Dalk moet hy haar eers bel. Nee, sy sal die foon ignoreer. Wel dan gaan hy na haar toe en hopelik maak hy nie weer 'n gemors van alles soos gister nie. Hy voel verskriklik kwaad vir homself omdat hy haar gister uitgetrap het met die Riekert vent in plaas van om haar te help. Hy het gesien dat sy ontsteld was maar as hy daardie vent sien, raak hy jaloers en dan sê hy goed wat nie gesê moes geword het nie.

Hy weet dat Chantey vir hom iets beteken, wat weet hy nog nie. Hy soek rede om haar op te soek by die werk en dit loop nooit goed af nie. Die dag in die tuin was vir hom spesiaal gewees. Hy het skoon vergeet waar hulle was. Hy wou die hele dag so met haar staan en gesels het. Haar ondersteuning daardie dag was onverwags en hy het 'n deel van haar gesien wat sy so goed probeer wegsteek. Daar het hy gesien dat sy 'n baie swaar seer dra. Hy het die gevoel gekry dit is nie net haar ouers se heengaan nie, maar dat daar iets anders is.

Hy staan voor haar deur en skielik dink hy dat dit nie 'n goeie idee is nie. Hy voel soos wat hy gevoel het as hy aangejaag het, en hy vir sy pa moes gaan sê het daarvan. Hy klop saggies, maar niks gebeur nie, daar kom nie 'n geluid uit die woonstel nie. Dalk slaap sy of is sy dorp toe. Hy klop weer, maar 'n bietjie harder, maar niks. Dammit! Hoekom pla sy hom so. Hy gee 'n laaste harde klop en toe hy omdraai gaan die deur saggies oop. 'n Weerlose gesiggie met rooigehuilde oë kyk stil na hom. Wat op aarde?

"Chantey?" Hy maak die deur agter hom toe, en trek haar teen sy bors vas. Hy doen dit saggies om haar nie seer te maak nie. Sy lyk so broos asof sy enige oomblik kan breek.

Sy keer nie toe hy haar teen hom vasdruk nie. Vir 'n wyle staan hulle roerloos in mekaar se arms. Sy stoot hom verleë weg en glimlag skaam na hom.

"Sit solank ek gaan koffie maak." Sy loop vinnig weg. Hemel sy het nou heeltemal haar kop verloor. Hy dink seker sy is pateties. Sy het net die deur oopgemaak omdat sy gedink het dat dit dalk matrone sou wees. Sy was net verskriklik hartseer gewees oor alles wat oom Willem haar vertel het. Die wete dat haar ma deur soveel hartseer moes gegaan het, en sy het van niks geweet nie maak baie seer. Sy het gedink dat sy en haar ma 'n besonderse verhouding gehad het, maar dit voel nie nou meer so nie. Die liefde wat daar tussen haar ouers was, was vir haar altyd besonders gewees. Sy het verstaan hoekom haar pa so gerou het, maar nou verstaan sy soveel meer. Sy neem hom nie kwalik omdat hy haar nooit iets vertel het nie en sy sal ook nie nou nie.

"Ek dink jy gaan 'n gat dwarsdeur daardie beker roer."

Sy kyk verward na hom.

"O, ek is jammer ek...!"

"Dit is doodreg. Gee vir my die bekers." Hy vat die bekers en loop agter haar aan TV kamer toe. Die onrus in hom het plek gemaak vir teerheid en omgee. Hy kyk stil na haar en 'n klein glimlaggie trek aan sy mondhoeke. Sy lyk baie jonger as sy so met gekruisde bene op die bank sit. Met haar hare wat nie uitgeblaas is nie, en die driekwart boek en T-hemp, is sy onweerstaanbaar.

"Hoekom is jy hier Berto?" vra sy want sy kan die stilte nie meer vat nie.

"Ek is hier om verskoning te vra," antwoord hy lomp.

"Oor wat?"

"Chantey luister, my gedrag teenoor jou van die begin af was alles behalwe as gemanierd. Ek was omgekrap gewees omdat ek nie 'n sê gehad het met jou aanstelling nie. Eintlik het my pa my niks van jou gesê nie, en oor my onkunde het ek jou verkeerd behandel."

"Sê my eers wat jou pa nie vir jou van my gesê het nie." Aan die eenkant wil sy hom 'n bietjie terg, maar aan die ander kant wil sy weet wat hy als van haar af weet.

Sy gaan dit wraggies nie maklik maak vir hom nie besef hy toe hy in daardie oë in kyk. Hy is seker die duiweltjies dans daar binne. "Ek het net geweet wat jou naam is en dat jy ongevalle gaan oorvat."

Sy grinnik saggies. "Dit verduidelik baie."

"Vergewe jy my?" vra hy en hy voel soos 'n skoolseun.

Sy sug. "Dit is reg so." Sy is nie meer lus om te baklei nie. Soos hy gesê het sy pa het niks vir hom gesê nie so hy is nie skuldig nie. "Ek is nie 'n kleinlike mens nie so jy kan maar ontspan."

"Daar is nog net een dingetjie. Kom eet vanaand by my asseblief."

Sy kyk skewe kop na hom. "Nee... eet vanaand by my." Sy lag toe sy sy gesig sien. Hy lyk te kostelik.

"Hoekom lag jy?"

"Dit het gelyk of jy wag om pak te kry."

"Ek sal mos...!" Hy mik om haar te wil gryp maar sy sien wat hy wil doen. Sy vlieg van die bank af en hardloop agter 'n ander bank in. Hy volg haar en laggend probeer sy wegkom, maar hy is te vinnig en kry haar om die middel beet. Die beweging is te vinnig en hulle verloor balans en val op die mat. Sy kyk laggend vir hom toe sy bo op hom beland. Hy gooi haar om en pen haar onder hom vas. Hy streel oor haar wang en draai 'n lok van haar hare om sy vinger. Sy kyk grootoog na hom, haar hart sit in haar keel. Haar blou oë trek hom nader, sy lippe soek hare sag maar honger op. Sy keer nie toe hy haar soen nie. Sy laat toe dat sy meegevoer word deur die betowering wat sy aanraking aan haar doen. Die wêreld draai, sy wil nie hê dat die oomblik verby moet gaan nie. Sy wil nie dat die veiligheid wat sy nou voel van haar weggeneem moet word nie.

Hoofstuk 9

Die aand is donker en onheilspellend met geen teken van die maan nie en baie stil, asof die natuur weet watter onheil op die afgeleë plaas twintig kilometer buite Kroondal skuil.

Tania kyk om haar rond. Sy kon nie vir 'n beter skuilplek gevra het as die versteekte grotte op ou oorlede Visagie se plaas nie. Niemand kom ooit hier nie, haar geheim is veilig. Nou waar draai Riekert, sy haat dit om vir mense te wag. Sy het vir alles gesorg, die mediese toerusting, meds, beddens, wagte, krag, water, alles. Al wat daardie sot van 'n Riekert moet doen is om te sorg dat hy die lys se spesifikasies regkry en dat sy ryk kan word en ontslae kan raak van die sukkelbestaan van 'n armsalige hospitaalsuster.

Sy gaan by die versteekte ingang van die grot uit wat goed agter digbegroeide plantegroei en bome versteek is. Vir die gewone oog lyk dit asof die plantegroei deel van die randjie oorgeneem het, maar agter die plantegroei is 'n groot grot met verskeie gange en kamers. Sy het nog nooit gehoor dat iemand in die dorp na die plek verwys nie. Voor ou Visagie se dood 'n paar maande terug het sy en Berto een aand huisbesoek op sy plaas gedoen. Sy het nie eintlik iets gehad om te doen nie en rondgeloop in die ou huis wat met 'n harde nies in mekaar sou tuimel.

Soos wat sy rondgeloop het met die lamplig omdat daar nie krag op die plaas is nie, het sy per ongeluk aan 'n kas gestamp en 'n spul papiere het afgeval. Sy het dit opgetel en toe op 'n kaart van die plaas afgekom met ingeskryfte bakens. Sy het die grot gesien en besluit om die kaart te vat, niemand sou dit mis nie. By haar huis het sy die kaart goed bestudeer. Na verdere ondersoek op die plaas het sy die oplossing gekry vir haar probleem vir haar operasietjie. Al wat sy nog moes doen was om die regte kandidaat te kry, maar om 'n dokter te kry wat saam met haar moes werk was nie maklik nie.

Sy is versot daarop om te weet wat in die wêreld aan gaan. Sy hou van kriminele sake, bedrog, die verwoesting van ander mense se lewens wat vir die wêreld gewys word. Toe sy die storie van Riekert gelees het, het haar planne meer en meer in plek geval.

Dit was bloot toevallig dat Chantey hier moes aankom, en nou kan sy ook deel wees van haar meesterplan. Eers het sy nie geweet wie sy is nie, maar toe onthou sy en sy was in haar noppies. Sy haal haar foon uit haar sak, sy wil hoor waar Riekert is, toe sy 'n motor in haar rigting sien aankom. Versigtig soek sy skuiling agter 'n groot nabygeleë boom. Die boom dien as 'n uitkykpunt en beskerm haar totaal en al. Sy haal haar vuurwapen uit, gereed om enige indringer uit die pad te kry. Die motor kom tot stilstand langs hare, die bestuurder klim uit en kyk om hom rond.

Riekert het Tania se aanwysings gevolg en nou is hy hier in die middel van nêrens en daar is geen teken van haar nie.

"Tania!" roep hy.

Verlig steek Tania die vuurwapen weer in haar broek in en kom uit haar skuilplek uit.

"Jy is laat," sê sy vererg. Riekert swaai verskrik om.

"Is jy mal om my so te bekruip," vra hy briesend. "Wat maak ek op hierdie godverlate plek? Ek dog jy sê jy het alles onder beheer. Vir wat moet ons dan in die donker mekaar ontmoet?"

Tania lag honend. Sy stap vleiend op hom af met die flitslig, die donkerte en suspisie maak haar bloed warm. Sy sit haar arms om sy nek en dwing sy kop af.

"Alles is onder beheer," fluister sy sag in sy oor.

Haar hand streel van sy nek af oor sy stewige bors, sy maag tot by sy manlikheid. Sy druk dit effens hard en hoor hoe hy snak na asem. Sy glimlag, draai om en beweeg weg van hom. Riekert gluur haar aan. So mors sy nie met hom nie, dink hy met 'n dierlike lus in hom. Hy stap vinnig op haar af, gryp haar aan die arm swaai haar om. Sy arms beweeg vinnig om haar lyf en hy druk haar met geweld teen hom vas terwyl sy ander hand haar kop vasvat en sy mond hard en honger op haar lippe neerkom. Sy stamp hom hardhandig van haar af weg, kyk hom op en af met 'n smeulende kyk in haar oë. Sy stap nader aan hom. Gee hom 'n harde klap deur die gesig, sy gesig ruk terug voor hy haar woedend aan die hand vasvat.

Sy ruk los en ruk sy hemp van sy lyf af. Hy trek haar nader, hardhandig ruk hy haar kop ver agteroor terwyl sy lippe haar nek verken. Sy hand beweeg van agter haar rug oor haar maag totdat dit haar borste eroties begin masseer. Sy snak na asem, trek haar hemp uit sodat sy warm lyf teen hare druk. Haar lippe en tong verken sy gespierde bolyf, hy swaai haar om en beweeg na sy motor toe wat nie ver van hulle af is nie. Hy druk haar neer op die masjienkap.

Hy maak haar broek los en ruk dit effens hardhandig af, sy glimlag vir sy verbasing toe hy sien dat sy nie onderklere aan het nie. Hy tel haar bene op en begin haar bene te soen en knibbel effens daaraan. Sy sak terug en geniet die opwinding wat in haar opkruip. Haar een hand vleg sy deur sy hare terwyl die ander hand haar borste masseer. Sy tong kielie haar vroulikheid terwyl sy manlikheid tot ereksie groei. Hy staan op maak sy broek los, dit sak af tot op sy enkels.

Sy hande beweeg van haar buik af boontoe, haastig maak hy haar bra los. Soos 'n honger dier soen hy haar terwyl haar bene om sy lyf vleg. Sy lippe ondersoek haar lyf, sy tong terg haar tepels wat styf staan van passie. Hy trek haar nader en sy manlike vlees dring haar nat warm vroulikheid binne. Saam raak hulle verlore in die tyd van passie en beweging. Hulle klou aanmekaar vas toe die bom van orgasme ontplof.

Sy spring grasieus van die masjienkap af, in stilte trek hulle hul klere aan.

"Jy is vol verrassings, ek het nie gedink jy is so ongelooflik passievol nie." Haar wange gloei behoorlik. Hy was ongelooflik en sy voel tevrede, sy sal definitief weer so 'n ervaring wil hê.

"Kom!" sê sy heserig, haar lyf tintel nog van opwinding. Sonder om te kyk of hy haar volg stap sy na die versteekte ingang toe.

Hy is aangenaam verras oor wat nou net gebeur het, sy weet presies wat om met 'n man te maak grinnik hy. Hy volg haar in stilte die bosse in na die versteekte ingang, dis die beste wegkruip plek wat hy nog gesien het. Hy kom agter haar tot stilstand in die beligte grot, sy wenkbroue lig toe hy al die toerusting en beddens sien.

"Hm!" sê hy beïndruk. Jy het sowaar nie 'n grap gemaak toe jy gesê het jy sal vir alles sorg nie." Hy loop nader en bekyk alles, dan frons hy.

"Waar kry jy al die goed?"

"Vir my om te weet, en vir jou om uit te vind," glimlag sy baie in haar skik met haarself.

"O, so as ons die dag uitgevang word, is diefstal, buiten ontvoering en onwettige toepassing van medisyne deel van die klag. O ja ons moenie van moord vergeet nie?"

"My plan is waterdig as jy jou mond hou en jou kant bring kan niks skeef loop nie. Net 'n vriendelike waarskuwing, ek hou jou dop enige verkeerde mistrap en ek sal nie skroom om 'n koeël deur jou kop te jaag nie, my dierbare *lover*."

Sy sê dit so kalm met 'n breë glimlag dat dit 'n rilling deur sy lyf stuur. Hy stap dreigend op haar af, gryp haar aan die skouers terwyl hy haar waarskuwend aangluur. Sy sê niks alhoewel sy vingers deur haar skouers druk, wyk sy nie voor sy blik nie.

"Ek eet meisietjies soos jy vir ontbyt op. Ek is langer as jy in die *game* poplap, so kom ons verstaan mekaar mooi. Jy het my genader nie anders om nie, solank jy by jou *deal* hou het jy my volle samewerking. Hy los haar hardhandig sodat sy effens sukkel om haar balans te herwin. Hy voel nie so braaf soos wat hy klink nie, maar hy moet probeer om haar van haar *game* af te kry en daardeur uit haar kloue ontvlug.

Sy kyk hom met nougerekte oë aan toe hy verder die grot verken. As jy maar net weet my liewe dokter, as jy maar net weet!

Die koel luggie laat Berto effense ril waar hy doelloos in sy tuin ronddwaal. Hy gaan staan stil en met 'n niksseggende uitdrukking kyk hy na die sterre. Hoekom voel hy so onrustig en terselfdertyd gelukkig. Al die jare wat hy 'n dokter is, was sy werk vir hom genoeg. Die afgelope tyd is dit asof iets verander het. Hy roer sy skouers om die gevoel af te skud. Hy was wanneer laas met verlof en met Chantey hier sien hy nie rede hoekom hy nie met verlof kan gaan nie.

"Jy alleen?" kla 'n stemmetjie hom aan. Ag vervlaks raas hy met homself wat is dit met hom? Hemel als draai nie net om vroumense nie.

Die beeld van 'n blonde koppie met sagte blou oë skuif voor sy geestesoog in. Sy mag klein en fyn wees, maar sy is 'n regte geitjie, hy glimlag kopskuddend. Sy fassineer hom vreeslik. Hy kon die passie in haar voel van die eerste keer wat hy haar gesoen het. Sy het 'n sagte persoonlikheid, maar 'n hardkoppige streek wat haar nie vervelig maak nie. Hy glimlag toe hy van nou die dag se insident by die hospitaal onthou. Daardie verpleegsters het hulle gatte af geskrik. Dis die eerste keer wat hy haar so kwaad gesien het. Sy glimlag verdwyn toe hy aan Riekert dink. Hy hou nie van die vent nie en nog minder dat hy Chantey se eks is. Die gedagte aan hulle twee saam laat sy bloed kook. Die idee dat Riekert 'n aanspraak kan maak op haar, dit is 'n gedagte wat hom wil versmoor. Hy verstaan nie hoekom hy jaloers is op hulle verlede nie. Gister het hy 'n voorsmakie gehad wie Chantey is. Hulle het oor alles moontlik gepraat behalwe oor werk en oor ernstige hartsake. Toe hy haar op die mat laat val het, het die oomblik magies geword. Hy wou haar nie laat gaan het nie, maar hy moes. Hy het gevoel dat die oomblik nie reg is om nou al intiem met haar te wees nie. Die gedagtes was vir hom vreemd, want dit het hom nie in die verlede gepla nie.

Hoekom is dit wat sy van hom dink en glo vir hom belangrik? Hy verstaan nie wat aangaan nie. Sy is sy gedagtes vol, tyd staan stil sonder haar. Hy pluk 'n roos en speel met dit tussen sy vingers. Uit nêrens uit slaan die waarheid hom soos 'n vuishou in die maag, hy is verlief op haar. Dit kan nie wees nie hulle ken mekaar nie. Dan onthou hy die beskermende gevoel wat hy so ontydig teenoor haar gekry het. Die begeerte om haar net vas te hou en nie te laat gaan nie. Sy maak gevoelens in hom wakker wat hy nie geweet het hy het nie. Sy is 'n goeie mens, almal hou van haar. Sy is so saggeaard, bedagsaam en sy waardeer die klein dingetjies. Hy bewonder haar vir die dokter wat sy is. Die klein tydjie wat sy hier is, het sy hom nog nie teleurgestel met haar kennis of vaardighede nie. Hy kry die indruk dat sy hom vermy, waarom weet hy nie. So kan dit nie aangaan nie hy moet haar sien. Hy wil weet wat presies tussen haar en daardie man aan die gang is. Die onsekerheid gaan hom teen die mure uitdryf. Hy storm die stoeptrappe op net om hom trompop vas te loop teen sy pa.

"Liewe hemel pa! Kan pa nie soos 'n normale mens in 'n huis in kom nie, moet pa my alewig bekruip?"

"Ag nee, kom nou seun. Ek het die klokkie gelui en toe niemand die deur oopmaak nie het ek myself sommer ingenooi. Waaroor stry jy so met jouself hier buite?" Willem ken sy seun en hy weet daar is iets wat hom pla. Hy kan amper met sekerheid sê dat dit hartsake is. Oor wie weet hy net nie so mooi nie. Vir 'n lang tyd sien hy en Tania mekaar. 'n Verhouding wat hy nie goedkeur nie, maar tot nou toe niks gesê het nie. Hy wou nie inmeng nie, maar as dit nodig sou word sou hy, want Tania is nie die regte vrou vir sy seun nie. Dan is daar die liewe Chantey en hy sal nie omgee om haar in die familie te hê nie. Miskien is die tyd nog nie heeltemal reg vir haar en Berto nie.

"Eks op pad uit pa, ek kan nie nou kuier nie," sê Berto haastig.

Hy kyk ondersoekend na sy seun. "Die tyd van die nag? Is daar dan 'n noodgeval by die hospitaal?"

"Nee pa," hy sug en trek sy vingers moedeloos deur sy hare. "Ek is op pad na Chantey toe, daar is iets waaroor ek met haar moet praat en dit kan nie wag tot môre nie."

"Wat is so dringend seun?" vra hy versigtig.

Berto waai niksseggend met sy hand in die lug rond, draai om en stap na die drankkabinet toe waar hy vir hom en sy pa 'n drankie skink. Toe hy omdraai om die glase na buite te vat sit sy pa op een van die gemakstoele. Hy gee die glas vir sy pa en gaan staan teen die kosyn van die skuifdeur. Hy staar voor hom uit sonder om iets werklik raak te sien. Dit is stil, nie eers die wind waai nie. Die klein dwergliggies wat strategies in die tuin versteek is, is al ligte wat aan is. Die liggies gee 'n romantiese rustigheid. Hy wonder skielik as sy ma hier was of hy nog so deurmekaar sou gewees het. Sy het altyd raad vir alles gehad. Sy het die vermoë gehad om enige situasie anders te laat lyk.

Miskien is dit 'n bestiering dat sy pa hier aangekom het. Hy kon dalk net iets onbesonne vanaand aangevang het. Hy moet eers sy gevoelens mooi uitpluis voordat hy haar sommer trompop loop en sy liefde aan haar verklaar. Daar is Tania. Is hy doodseker dat hy die gemaklike verhouding wat hy met haar het sommer net kan opgee. Is dit wat hy vir Chantey voel sterk genoeg om 'n leeftyd te hou? Hy glo dit is nie normaal om so vinnig van gevoelens te verander nie. Miskien is dit nie so 'n slegte idee om vir 'n rukkie met verlof te gaan nie, afstand sal hom goed doen. Hy moet homself kans gee om sy kop heeltemal skoon te kry.

Hy draai om na sy pa toe wat nog steeds in stilte rustig sy drankie geniet. Hy glimlag oor die prentjie. Sy ma het altyd gespot en gesê die duiwel sal hom bekruip en hy sal dit nie eers agter kom nie.

"Pa ek gaan verlof vat vir 'n paar dae. Ek gaan die leisels aan Chantey oorlaat."

Verbaas kyk Willem na sy enigste hy kan nie onthou dat sy seun ooit met verlof was nie. Hy het nie eers met sy ma se afsterwe tyd afgevat nie. Hy het net soos 'n slawedrywer bly werk. Hy wat sy pa is het hom ook nie gedwing nie. Almal het tog hulle eie manier om 'n terugslag te verwerk. Daar moet definitief iets fout wees om hom so 'n besluit te laat neem.

"Hoekom nou?" vra hy fronsend

"Hoekom, dit is mos nie 'n onredelike versoek nie?"

Willem trek sy skouers op.

"Daar is nie fout nie Berto, jy kan enige tyd verlof vat. Hoekom nou, wat is die probleem? Jy loop nou al vir 'n paar dae rond soos 'n beer met 'n seer poot. Niemand weet regtig hoe om op te tree nie, anders word hulle wild en wakker verskreeu."

"Ag pa dit is nie so erg nie. Daar is nie 'n probleem nie. Ek wil net verlof vat en hier s mos nou iemand wat vir 'n paar dae kan waarneem. Pa het haar aangestel, sy is betroubaar of hoe?"

"Dit maak nie aan my saak wie na die hospitaal kyk terwyl jy weg is nie, ek wil weet van wat hardloop jy weg. Ek ken jou! As jy 'n probleem het sorteer jy dit uit deur jouself te druk by die werk, of is dit om Chantey te toets. Jy dink om haar aan die stuur te sit en sy jaag nonsens aan jy 'n genoeg rede sou hê om haar te laat gaan?"

"Ag bog pa, waar kom dit vandaan? Ek het nie 'n probleem met haar nie. In die begin dalk ja, maar ek het gesien wie en wat sy as dokter is en ek is gemaklik met haar hier. Ek wil regtig net 'n bietjie wegkom, geen bymotiewe nie."

Willem kyk stip na sy seun, hy is nie oortuig dat hy die waarheid praat nie. Iets jaag hom dit is die rede vir die skielike verlof, maar hy knik instemmend.

"Nee, dan is dit reg so seun waarheen wil jy gaan?"

"Ek is nog nie heeltemal seker nie, gedink dalk Namibië toe." Kom dit verlig van Berto, bly dat sy pa hom glo. Hy weet nie hoe om aan sy pa te verduidelik wat in sy kop aangaan nie. Hy en sy pa is baie na aan mekaar maar op die een of ander manier kan hy nie so gemaklik met sy pa oor hartsake praat nie. Seker omdat hy bang is dit maak dalk ou wonde oop. Sy pa en ma het so 'n mooi verhouding gehad, en met haar afsterwe het dit sy pa hard geruk. Om oor so iets met hom te praat voel net nie reg nie.

"Wanneer wil jy gaan?" Willem glimlag onderlangs hy het die verligting gesien en nou is hy heeltemal oortuig dit is hartsake.

Hy moet eintlik erken hy voel verlig oor Berto se skielike besluit. Dit sal vir hom en Chantey die tyd gee om hulle lewens uit te pluis veral Chantey. Wie weet dalk verlang hulle so na mekaar dat hulle mekaar regtig vind sonder enige terughouding.

Sjoe, dink hy die idee het so vinnig gekom om weg te kom dat hy nog nie gedink het wanneer nie.

"Ek het gedink om net die week klaar te maak. Ek sal my pasiënte in kennis stel en vir Chantey vra om as sy kans sien om hulle oor te vat vir die twee weke. Dit sal my ook kans gee om verblyf en alles te reël. Ek sal eerskomende Sondag wil ry, en as pa nie omgee om 'n ogie oor die huis te hou nie sal ek dit baie waardeer."

"Ja ou seun," sê sy pa met 'n ondeunde glimlag. Hy staan op druk sy hande in sy broek sakke.

"Ek weet ek is nie jou ma nie, maar jy kan enige tyd met my oor enigiets praat." Hy draai vinnig om en verdwyn by die deur uit.

Berto hou sy pa met 'n sagte uitdrukking dop soos wat hy met die paadjie na sy kar loop. Hy besef nou eers hoe alleen sy pa moet wees. Die verlange na sy geliefde moet 'n foltering wees. Dit is dalk hoekom hy nog nie getroud is nie. Om iemand so lief te hê, en dan weens omstandighede, te verloor sien hy nie voor kans nie. Hy weet nie of hy sterk genoeg sal wees om dit te kan verwerk nie. Die skielike vakansie van hom is net wat hy nodig het om alles goed en rustig te deurdink. Hy sal moet besluit waarheen hy op pad is en saam met wie.

Tania staan in die warm stort en geniet die water wat oor haar loop. Met toe oë herleef sy die intieme passievolle oomblik wat tussen haar en Riekert gebeur het. Die rofheid het intensiteit gehad wat haar nou na nog laat smag. Dit is die eerste keer wat sy dit so in die veld en op 'n motor gedoen het. Sy het vroeg in haar lewe geleer 'n vrou se lyf is jou beste wapen. Sy was van die eerste dag wat sy hier kom werk het smoorverlief gewees op Berto. Sy moes vir vier jaar hard gewerk het om saam met hom te kon wees. Dinge was nie altyd maanskyn en rose nie, maar sy was gelukkig. Sy sou die toekomstige mevrou Van Schalkwyk geword het, maar toe daag daardie vrou hier op en krap als om.

Berto is heel vreemd teenoor haar maar sy gaan nie opgee sonder 'n *fight* nie. Daardie aand by die partytjie het sy na Berto gaan soek sy het hulle in die studeerkamer gesien. Die vernedering en woede wat sy beleef het, was die laaste. Dit het haar finaal laat besluit om Chantey in haar planne in te druk sodat sy van haar ontslae kan raak. Sy gooi die handdoek vies op die grond neer. Sy sal vir *little miss perfect* wys wie Tania Sinden is. "Sy sal my vir die res van haar lewe onthou," sis sy hardop.

Hoofstuk 10

Chantey staar nikssiende voor haar uit. Sy kry net nie haar aandag gefokus by die lêers voor haar nie. Die naweek was lekker stil, dit het haar tyd gegee om oor alles te dink wat oom Willem haar vertel het. Aanvanklik was sy ongelooflik geskok, kon sy nie verstaan dat 'n vreemdeling meer geweet het wat in haar ouerhuis aangegaan het as sy self nie. Hoe meer sy daaroor gedink het hoe meer het sekere dinge vir haar sin gemaak.

Hulle was 'n baie gelukkige gesin sy kan nie onthou dat haar pa en ma ooit woorde gehad het of dat sy onveilig gevoel het in haar ouerhuis nie. Haar ouers was baie oorbeskermend en party keer was dit te veel vir haar, nou weet sy die werklike rede. Dit moes baie swaar vir haar ma gewees het, sy kan haar nie indink waardeur haar ma of pa moes gegaan het nie. Dis verstommend hoe goed hulle dit vir haar weggesteek het. Sy het 'n baie mooi verhouding met haar ma gehad, iets wat sy ook wil hê as sy kinders gaan hê. Haar ouers kon al twee besig gewees het met die een of ander ding, maar die skelm kykies na mekaar, die rustigheid, die liefde kon jy aanvoel.

Die ding wat sy nie kan verstaan nie is hoekom hulle haar nooit van haar ma se siekte van die begin af vertel het nie. Hoekom het haar ouers ook nooit enigiets van oom Willem gesê nie? Sy is vir niemand kwaad nie. Sy voel net seergemaak dat hulle haar nie vertrou het om deel te wees van dit nie. As sy van die begin af geweet het van haar ma se siekte kon sy dalk gehelp het, maar hulle het haar nie vertrou met dit nie en dit maak seer.

Sy verstaan dat hulle haar seker wou beskerm het teen die hartseer. Tog kon hulle die besluit aan haar oorgelaat het. Sy verstaan nou hoekom haar ma op 'n dag aangekondig het dat sy nie meer voltyds gaan praktiseer nie. Haar ma het teruggetrokke begin raak. Sy kon nie verstaan wat aan die gang was nie, selfs haar pa was nie homself nie. Sy het eenkeer gevra wat aangaan en haar ma het dit toegeskryf daaraan dat sy net oor moeg is en dat sy tyd nodig het om haar *bearings* agter mekaar te kry.

As haar ma hier was kon sy vir haar raad gevra het oor Berto. Saterdag was wonderlik gewees. Hulle het gesels asof hulle ou vriende is. Sy het aan sy lippe gehang, sy passie oor die lewe was verfrissend. Die tyd het te vinnig verby gegaan. Sy wou nie hê dit moet einde kry nie.

Hulle het sommer so op die mat gesit op kussings, eetgoed op die tafel en 'n bottel wyn. Soos wat hy gesels het, het hy kort-kort aan haar arm of been gevat. Dit het haar nie gepla nie, dit het reg gevoel. Sy het net na die tyd gewonder hoekom hy haar nie weer gesoen het nie. Sondag het sy niks van hom gehoor nie en sy het nie die vrymoedigheid gehad om vir hom 'n boodskap te stuur nie.

'n Geluid laat haar bewus word van haar omgewing Sy maak haar oë oop en kyk na Berto wat haar stil aankyk. Hy frons oor die hartseer in haar oë. Skielik twyfel hy of hy die regte besluit maak om nou weg te gaan, die onrustigheid knaag weer aan hom.

Hy roer sy skouers om van die gevoel ontslae te raak, nee hy gaan en basta met die res.

Chantey wag geduldig dat hy moet praat. Sy kyk geamuseerd na hom soos wat hy met homself staan en redeneer.

"Kan ek help, dokter?" vra sy spottend

"Ehm... ja... ekskuus. Ek het nou so baie goed waaraan ek moet aandag gee dat ek nie mooi weet waar om te begin nie. Ek het die naweek tot 'n besluit gekom, maar jy is onder geen verpligting nie, as jy nie kans sien nie moet jy asseblief so sê."

Sy optredes verwar haar, veral die tye wat hy haar so onverwags in sy arms geneem het. Hulle het nooit daaroor gepraat nie, dit is asof die insident nooit gebeur het nie.

"Ek wil vir 'n week of twee met verlof gaan, gedink om Namibië toe te gaan. Ek was lanklaas daar. Sal jy omgee om na die belange van die hospitaal om te sien en so ook na my pasiënte wat nie kan wag tot ek terugkom nie?" Berto sien nie die verligting op haar gesig nie hy is so besig om alles af te rammel voor sy moed hom begewe. "As daar enige probleme is kan jy my pa altyd kontak. Ek sal ook nommers vir jou gee van dokters wie ons altyd in die verlede gebruik het as ons vas gebrand het. Ek weet nie of ek op my selfoon beskikbaar sal wees nie, maar ek sal van tyd tot tyd in bel om te hoor hoe dit gaan." Hy kyk haar afwagtend aan.

"As jy seker is dat ek die aangewese persoon is om waar te neem, sal ek dit na die beste van my vermoë doen. Hoekom wil jy nou met verlof gaan?"

"Hoekom nie? Almal het 'n breek nodig. As ek reg kan onthou het jy gesê jy kan enigiets hanteer. So... om die plaaslike hospitaaltjie te bestuur vir twee weke behoort kinderspeletjies te wees met iemand van jou kaliber." Toe die woorde uit is, is hy sommer dadelik spyt. Hy het dit nie so bedoel nie. Magtag, kan hy niks reg sê as dit by haar kom nie? Hy weet nie hoekom hulle mekaar so verkeerd opvryf nie.

Sy gluur hom deur nougerekte oë aan en maak haar hart stil toe die haar wil laat weg skram van sy harde woorde.

"Hmm om 'n hospitaal te bestuur met so min standaarde ... ag nee wat ek doen dit sommer toe oë!"

Berto weet dat hy haar sarkasme verdien, maar hy kan nie help om haar woedend aan te gluur nie. Hy kom tot voor haar lessenaar, met gebalde vuiste druk hy op die lessenaar.

"Dit bly my hospitaal, maak nie saak wat jou denke van die plek is nie. Ek verwag van jou om jou werk ordentlik te doen."

"Maar hoe dan nou anders dokter, my dienste is gelykstaande aan die standaarde van die hospitaal."

Berto vererg hom so dat hy om haar lessenaar storm, haar stoel draai en haar hardhandig aan die skouer optrek. Sy oë deurboor hare. Hy soek in haar oë antwoorde op sy onbeantwoorde vrae, net iets klein om hom hoop te gee. Hy sien die effense vrees in haar oë en verslap sy greep op haar bo arms. Hy streel sag oor haar wang voordat hy vir 'n sekonde sy lippe op hare rus. Sonder 'n woord verlaat hy haar kantoor, die deur klap hard agter hom toe. Hy is woedend, eers toe hy in sy kantoor is oorval die humor van die situasie hom en hy bars uit van die lag. Hy moet erken dat sy *guts* het om so met hom te praat. Wat 'n pragtige geitjie, dink hy.

Chantey gooi met al haar krag die pen teen die toe deur. Hoe durf hy! Hy wil hê sy moet waarneem, maar nog steeds betwyfel hy haar vermoë. Sy weet nie of sy kans sien om in so 'n werksverhouding te bly nie. Of hy verander sy houding teenoor haar of sy kry ander werk. Laat hy met verlof gaan, maar as hy terugkom, gaan hulle 'n lang gesprek hê. Dan wil sy presies weet waar sy staan.

Tania staan met selfvoldaanheid in die gang, perfekte tydsberekening Berto. Met hom uit die pad kan sy soveel meer gedoen kry. Twee weke is nie baie nie, maar dit is 'n voet in die deur. Wel, wel, wel dit is tyd dat sy op iemand se knoppie druk wat haar 'n gunsie skuld. Berto se vakansietjie gaan so 'n bietjie uitgerek word. Sy lag met oorwinning. As hy terugkom, is Chantey uit die pad en haar pad na sy hart, slaapkamer en alles wat aan hom verbind is, net hare. Voor dit alles gaan sy baie seker maak dat Chantey nooit weer naby Kroondal of Berto kom nie. Sy sal nie eens die kans gegun word om verder dokter-dokter te speel nie, nie waarheen sy op pad is nie.

"Dokter Bruwer!" roep Berto terwyl hy vinnig na haar toe stap.

Ag hemel tog... wat nou weer wonder sy afgehaal. Sy wil baie graag by die huis kom en net in 'n bad gaan lê om te ontspan. Dit is meer uitmergelend om agter siek mense aan te draf van die platteland as in die stad. Hier dink die mense jy is hulle persoonlike dokter en kan hulle nie genoeg van jou kry nie, oor die geringste ipekonders kom sien hulle jou. Aan die begin het sy gedink dit is omdat sy nuut is, maar dit hou net nie op nie. Van hulle kom net na haar toe om te gesels oor ditjies en datjies. Sy was maar net nie vandag lus vir die hele toetie nie. Wil Berto nog 'n steek in kry? Seker onthou wat hy vanoggend nog kon gesê het. Sy wag hom ongeduldig in, reg om haarself te verdedig. As hy dit weer sou waag om aan haar te raak, klap sy hom met haar handsak.

"Wat is dit dokter? Ek is haastig," byt sy sonder om te dink.

"Ek is jammer ek wou net weet of jy nie net vyf minute het nie. Ek wil net graag al die reëlings met jou vasmaak voor ek Sondag vertrek."

"Soos in Sondag wat kom?" vra sy verbaas.

"Ja, ek wil Saterdag klaarmaak en Sondag vroeg in die pad val. Het jy tyd, kan ons iewers gaan sit en gesels of moet dit wag vir môre?"

"Nee, ons kan sommer by Sonskyn iets gaan drink," stel sy vinnig voor. Hy behoort homself seker in 'n openbare plek te gedra.

Op pad na die restaurant kan sy nie glo hy gaan nou al nie. As 'n mens met verlof gaan vat dit tog weke se beplanning en tref van reëlings, maar dit lyk vir haar of hy een van die impulsiewe soort is. Natuurlik dink sy, kyk net na die soen van netnou. Dit is miskien beter as hy nou gaan. Nie een van hulle kom reg met mekaar nie. Aan die anderkant het sy ook tyd op haar eie in die hospitaal nodig, sonder dat hy gedurig oor haar skouer loer en alles bevraagteken. Met hom nie hier nie kan sy regtig aan hom bewys wat in haar steek en sal hy van opinie verander.

Hoekom pla dit haar tog oor wat hy van haar dink en waartoe sy in staat is? Sy doen mos dit nie vir hom nie, maar vir die pasiënte. Sy parkeer haar motor voor die restaurant. hy sal seker nie in die openbaar met haar baklei nie, dink sy hoopvol. Miskien kan sy vrae vra wat haar pla en as hy kwaad raak gaan hy tog mos met verlof en kan hy of sy af koel.

Berto klop aan haar venster, met 'n sug klim sy uit die motor. Met sy hand op haar rug stap hulle na die ingang van die gebou. Hulle neem plaas in 'n hoekie van die restaurant, effens privaat agter 'n paar plante wat 'n gevoel van privaatheid aan die mens verleen. Die kelnerin staan en wag dat hulle 'n bestelling moet plaas. Sonder om haar te raadpleeg bestel Berto twee koffies. Toe die kelnerin weg is, kyk hy na haar wat afgetrokke na die restaurant kyk.

Die restaurant is nie baie groot nie, maar die plante en bamboes afskortings verleen 'n gesellige atmosfeer. Hier en daar is los matte op die plankvloere om voetstappe effens te demp. Die tafels het dieprooi tafeldoeke oor terwyl die houtstoele se sit plekke met 'n sagte oranje oorgetrek is wat beskerm word met 'n plastiek oortreksel. Oral teen die mure is die mooiste skilderye van natuurtonele, sagte klasieke musiek rond die prentjie mooi af. Sy kyk terug en betrap Berto se blik op haar. Sy glimlag skaam.

"Ek was nog nie hier nie, net gehoor van die plekkie, dis baie mooi."

"Dra die ou plekkie darem jou goedkeuring weg?"

Sy vererg haar sommer bloediglik.

"Hou op asseblief, as jy nie 'n sin met my kan praat sonder om heeltyd sarkastiese aanmerkings te maak nie, dan het ons niks meer vir mekaar te sê nie. Kry vir jou 'n ander assistent wat van jou bullebak houding hou, ek bedank!" Sonder meer gryp sy haar handsak, maar Berto gryp haar polse stewig vas.

"Sit!" kom dit sissend van hom af.

Sy gaan sit weer op die stoel. Daar heers 'n ongemaklike stilte. Altwee probeer dink wat om te sê om die situasie te red.

Chantey kan nie glo sy het gedreig om te bedank nie, miskien het sy klaar die besluit geneem. Sy kan nie saam met hom werk nie. Sy wil nie elke dag na 'n plek toe gaan waar sy sleg behandel word nie.

Hy gaan twee weke weg wees dit sal haar genoeg tyd gee om weer te pak en 'n ander heenkome te vind. Dalk moet sy Suid-Afrika se stof van haar skoene afstof en oorsee gaan. Wat sy ook al dink sy vir hom voel heeltemal versmoor.

"Ek is jammer," verbreek hy die stilte. "Ek sal oplet na wat ek sê of eerder hoe ek dit sê," kom die lomperige verskoning. Hy voel soos 'n sestienjarige skoolseun wat op sy eerste *date* is.

"Waaroor wou jy met my praat?"

Sy is nie lus om hare te kloof nie. Sy wil net by die huis kom, weg van hom en al sy negatiewe gedagtes oor haar. 'n Mens sou sweer net omdat sy van die stad af is, dat sy haar neus op trek vir alles.

Hy sug moedeloos, dit het hy nou van sy groot mond. Nou is sy nog verder die hel in vir hom.

"Ek wil net seker maak dat ons op dieselfde bladsy is met die reëlings van my verlof. Soos ek genoem het vanoggend, is dit my beplanning om vir twee weke Namibië toe te gaan. Jy gaan waarneem as dit nog reg is met jou. Ek het klaar met die meeste van my pasiënte in verbinding getree om te laat weet dat ek uitstedig sal wees. As daar dalk enige probleme gaan wees terwyl ek weg is, dat hulle jou moet kontak. Ek het ook gereël met matrone dat al die lêers tot jou beskikking gestel moet word as jy dit sou soek. My pa is tot jou beskikking as daar enigiets is waarmee jy sukkel. Ek het ook 'n lêer met kontaknommers vir matrone gegee van ons bystand dokters as jy hulle sou nodig kry."

Hulle word onderbreek deur die kelnerin wat hulle koffie vir hulle bring. 'n Effense stilte daal neer terwyl elkeen sy koffie regmaak.

"Ek het nie 'n probleem met enige van jou besluite nie," verbreek sy die stilte.

Hy glimlag verlig na haar.

"Baie dankie ek waardeer dit regtig dat jy kans sien vir die groot verantwoordelikheid en ek weet ek kan met 'n geruste hart weggaan."

Sy knik net terwyl sy aan haar koffie teug, sy sit die beker neer en kyk direk na hom.

"Berto kan jy vir my sê hoekom jy so teen my is?" Sy hou hom dop, want as haar vermoede reg is, beteken dit dat hy van haar verlede weet en dit die oorsaak is. Sy kan nie glo sy het nie voorheen daaraan gedink nie, dit is nie dat Kroondal 'n agterplaas van 'n dorp is nie. Almal luister radio, kyk TV en lees koerante. Om nie eers te praat van wat jy als op die internet kan kry nie. Sy weet sy was destyds oral en mense het haar op straat herken in die Kaap. Dis toe dat sy besluit het om na 'n klein kusdorpie in die weskus te gaan wegkruip waar daar nie mense bly wat hulle aan haar sal steur nie.

Die vraag vang hom onkant en hy probeer om die regte woorde te soek, maar weet nie wat om te sê nie. Hy weet nie wat dit met hom is nie. Een oomblik wil hy haar naby hê net om haar weer weg te stoot.

"Ek het niks teen jou nie," omseil hy die vraag.

Sy sit terug in die stoel en vou haar arms oor haar bors.

"So die feit dat jy teenoor my ongeskik, neerhalend, foutvinderig, geïrriteerd en 'n vark is, is normaal." Sy glimlag toe hy aan sy koffie verstik.

"Wat? Waar kom jy daaraan? Ek is net streng, niks fout daarmee nie." Hy kyk na haar mond soos wat sy aan haar onderlip byt. Iets wat hy al opgelet het wat sy doen as sy dink en as sy jok word sy bloedrooi. Sy is eintlik nie iemand wat 'n masker dra nie. Wat jy sien is wat jy kry, maar van haar verlede weet hy niks nie, net wat sy pa vir hom vertel het. Hy kon nog nie bewys het dat sy nie 'n baie bekwame dokter is nie. Die feit dat sy baie slim en vinnig op haar voete kan dink is ook waar.

"Jy jok maar ek sal dit daar los, hopelik as jy van jou verlof af terugkom, sal jy dalk my eerlik kan antwoord. Ek is nie 'n onredelike mens nie, Berto. As jy van iets van my nie hou nie sê so, as wat jy elke dag my dag bederf."

"Ek het niks teen jou as mens of die feit dat jy 'n dokter is nie. Ek dink net ek vind dit moeilik om saam met jou te werk omdat ... jy dieselfde werk doen as my ma." Hy vermy haar oë.

Haar oë word sag van begrip.

"Ek verstaan," antwoord sy sag. "Ek het dieselfde gedoen aan die dokter wat my pa se pos oor gevat het."

Hy kyk verbaas na haar, dis die eerste keer dat sy oor haarself met hom praat. Hy weet dat sy en matrone naby aanmekaar is en matrone sien haar as haar kind.

Sy het hom al skeef aan gekyk as hy lelik was met Chantey en dit het hom kwaad gemaak.

"Ek is regtig jammer dit was onbewustelik. Om die hoof van die hospitaal te wees is 'n groot verantwoordelikheid. Die hospitaal het my ouers gebou en van dit 'n sukses gemaak. Dit is vir my belangrik dat die hospitaal sy reputasie behou en as dit kan nog verder kan groei. Ek verwag seker te veel van almal. Maar dit was nog altyd so."

"Ek verstaan, maar daar is 'n groot verskil tussen streng wees en 'n buffel."

"Jy moet my verskoon asseblief, ek het nog ander goedjies om te doen." Sy glimlag toe hy vir haar 'n suur gesig trek.

Die res van die week verloop sonder enige voorvalle, dit was net die nuus dat dokter Berto met verlof gaan wat vir 'n dag of twee deur die gange en dorp gegons het. Sy het nog nie weer vir oom Willie gesien nie. Sy is nie seker hoekom hy haar vermy nie. Sy het vir Riekert ook nie onlangs gesien nie, sy is nie seker of hy nog in die dorp is nie. Net so skielik as wat hy hier opgedaag het, so vinnig het hy weer koers gekry. Ook maar beter so, hy het net onaangename herinneringe oopgekrap. Sy weet nou dat sy totaal en al oor hom is, dit was 'n skok om dit te ontdek. As sy met hom getrou het, sou hulle huwelik op 'n ramp uitgeloop het, dit is verseker. Hulle waardes stem glad nie ooreen nie. Sy is nog steeds nie seker wat presies sy vir hom gevoel het nie, maar liefde was dit beslis nie.

Sy dwaal deur die gange, dit voel vreemd om nie vir Berto in die gange of by pasiënte te sien nie. Toe hy Saterdag klaargemaak het, het hy haar net vlugtig in die gang gegroet en sterkte toegewens. Net so asof dit die normaalste ding op aarde is om haar alleen te los. Sy twyfel nie in haar vermoë om sy plek vol te staan nie. Op geleenthede het sy baie uitgehelp by hospitale waar daar 'n tekort was, so vir wat voel sy so onrustig. Iets laat haar rondrol in die nag en sy kry al hoe meer die nagmerrie. Daar is hierdie benoude gevoel in haar wat sy nie kan afskud nie. Sy stap na matrone se kantoor, sy het afleiding nodig vir haar ooraktiewe brein. Op pad na matrone se kantoor word sy egter voorgekeer deur verpleegster Wilma wat haar meeding dat een van die pasiënte geval het oor 'n drupstaander en seergekry het. Dit is seker ook goeie afleiding dink sy terwyl sy saam met die verpleegster na die pasiënt se kamer gaan.

Tania slaak 'n sug van verligting toe Chantey omdraai en loop. As sy haar hier in matrone se kantoor betrap het kon dit dinge 'n bietjie moeilik gemaak het.

Sy is besig om die laaste sleutels wat sy benodig van die hospitaal afdrukke van te maak. Gelukkig vir haar weet sy waar matrone haar sleutels bêre. as sy op haar breek is. Die ou vrou glo mos as sy iets oorkom dat al haar goed op kantoor perfek moet wees vir enige navrae. Hoe seniel kan een mens wees. Met die laaste afdrukke op die byewas maak sy die houertjie toe, sit dit in haar

122

uniform se sak. Sy maak eers doodseker dat alles is soos Matrone dit gelos het. Sy maak eers seker dat daar niemand is wat haar uit die kantoor kan sien kom nie voor sy die gang af verdwyn. Sy is heel in haar skik met haarself dat nog 'n taak wel afgeloop het. Met die sleutels het sy toegang tot alles in die hospitaal. Die apteek, mediese verslae en al die deure van de hospitaal. Sy kom by die verpleegster diensstasie, sy moet nou net vir ou Smythe in die hande kry om die sleutels vir haar te maak sodat sy vanaand toegang kan hê.

"Yeah," antwoord 'n ouerige mans stem.

Tania gril effens.

"Smythe, dit is Tania. Stuur iemand na my toe om 'n pakkie te kom haal. Ek soek dit vandag nog."

"*It will cost you*, bokkie."

"Wat ook al, doen dit net" sy sit die telefoon neer. Sy kyk rond om seker te maak sy is nog alleen. Sy moet die hospitaal se telefoon gebruik om nie onder suspisie te kom as die polisie dalk gaan rondkrap nie. Die mense met wie sy moet werk om goed gedoen te kry gaan haar verstand te bowe. Sy tel weer die telefoon op en bel vir Riekert. Na wat soos 'n ewigheid voel, antwoord hy.

"Ek is besig, wat is dit nou?" vra hy bars. Die dat sy elke uur op hom *check* werk heeltemal op sy senuwees. Hoe moet hy werk gedoen kry as sy hom heeltyd uit die werk hou met haar oproepe.

"*Shut up* en luister! Sorg dat jy elfuur vanaand my by die afleweringsdeur van die hospitaal kry. Ek het die sleutels en wil vanaand laai."

"Is jy mal hoe wil jy 'n mens uit die hospitaal vat sonder dat enigiemand dit gaan sien?" vra hy geskok.

"Los die dink werk vir my en sorg net dat jy hier is."

Riekert kyk na die telefoon asof hy verwag dat die ding hom sal pik. Daardie vroumens is mal, sy is besig om te vinnig te wil beweeg. Hulle het al vier mense in die grot. Wat wil sy met nog een maak? Om 'n pasiënt met familie wat kan navraag doen te wil ontvoer, is moeilikheid soek.

Vir die hoeveelste keer is hy tot in sy siel toe in spyt dat hy haar ontmoet het. Weereens is hy verblind deur geld en kyk waar sit hy nou. Hy wou al verdwyn het, maar met al die kontakte wat sy het, het hy die idee liewer gelos. Hy is bang sy lyk word in een of ander sloot opgetel of nog erger sy parte word uitgevoer en verkoop. Dan pers sy hom nog af ook. Hy kan maar as 'n lafaard bestempel word, maar hy is baie lief vir sy lewe Hy is ook baie lief vir sy stiefsus en is van plan om hulle altwee aan die lewe te hou vir solank as wat hy kan.

As hy net meer geweet het van haar planne, maar sy laat hom net stuk-stuk weet. Sy is seker bang hy gee haar by die polisie aan. Voordat hy nie genoeg bewyse het om na die polisie toe te gaan nie sal hy maar net moet vasbyt. Hy sal sy storie moet ken, dalk kan hy haar nog keer voordat sy enige iemand dood maak. Hy was nie betrokke by die organe in die Kaap nie, maar hy was verantwoordelik vir hulle dood. Hy kry nagmerries hoe elkeen van die slagoffers hulle lêers soek, maar al wat hy het is 'n boks vol organe wat opgevreet word deur maaiers. Die keer is dit anders hy moet fisies die mense doodmaak vir een of twee organe. Hoekom het hy toegelaat dat sy hom insleep in die gemors.

Om met medikasie te smokkel is een ding, maar met menslike organe dit is heeltemal 'n ander *game*. Hy weet hoe die orgaansmokkelaars werk en dit is mense met wie jy nie speel nie. Hy verstaan net nie hoekom sy die hele projek wil kelder om mense uit die hospitaal te ontvoer nie. Die polisie gaan oor die hele plek wees, dinge gaan te warm word.

Hy stap terug na die grot toe gevolg deur een van die bullebak lyfwagte wat Tania hier aangebring het. Hy kan nie eens 'n private draai loop of die ou is daar. Hy kyk na die vier bewustelose mense op die beddens vasgemaak met boeie. As hulle sou wakker word en probeer ontsnap. Die grot is klankdig as hulle sou skreeu sal niemand hulle hoor nie. As dit nie was dat hy vars lug nodig gehad het nie, het Tania hom nie in die hande gekry nie , danksy die grot. Dit wat hulle hier doen is nie reg nie, dit besef hy maar sy hande is afgekap.

'n Week terug het sy vir hom gesê om na die grotte te kom en dat hy nie weer in die dorp gesien mag word nie. Sy kos word vir hom aangery en daar is vir hom en die lyfwagte slaapplek gemaak in die kamers van die grot. Nie dat 'n mens 'n matras op die grond 'n slaapplek kan noem nie. In die aand is die plek baie kouer as in die dag, as hy wil bad moet hy dit in die plaasdam doen terwyl 'n wag hom oppas en die ander behoeftes is 'n veldbos sy voorland.

Hy was twee dae hier voordat die eerste slagoffer hier aangebring is, bewusteloos. Hy moes dadelik aan die werk spring om seker te maak dat die arme mens kwalifiseer. Hulle word gewas, dan word daar bloedtoetse gedoen om seker te maak dat hulle nie siektes het wat kan lei dat die organe nie bruikbaar is nie. Elke keer wat hy iemand moet toets bid hy dat die mens nie aan die toetse voldoen nie. Hy het al gewonder of hy nie die verslae moet dokter nie, die mense kom tog van die straat af. Dit sal nie vreemd wees om dit te laat lyk of hulle dalk vigs, nierprobleme of dalk hartprobleme het nie. Hy kyk na die mediese verslae wat hy klaar opgestel het. Tania wil foto's hê vir wat weet hy nie. Sy wil die verslae hê om dit voor te lê aan moontlike kopers. Waar, wie en wat weet hy nie. Sy werk is net om hulle in 'n goeie kondisie te hou tot die koop deur is.

Wat het hom besiel om by die hele bedrogspul betrokke te raak? As iets verkeerd loop, verloor hy alles. Sy lisensie om te praktiseer en vir Chantey wat die liefde van sy lewe is. Die gedagte aan haar laat sy gesig versag. Sy is 'n goeie mens, sy het dit nie verdien om seergemaak te word deur hom nie. Steeds het hy 'n kans gesien om goeie geld te maak om 'n lewe vir haar te gee wat haar gelukkig so maak.

Nou weet hy dat geld vir haar niks beteken nie. As hy dit voor die tyd besef het, het hy nooit bedrog gepleeg nie. Hy sug, die bal is in sy hande. Hy kan die hele gemors laat einde kry sodat niemand kan seerkry nie. Hy sal net eenvoudig aan 'n plan moet dink. Hy kyk op sy horlosie dit is amper tyd dat hy hospitaal toe moet gaan om uit te vind wat Tania die keer in die mou voer. Hy raak sommer naar as hy dink wat sy alles kan doen, wat sy wil hê hy moet doen.

Hoofstuk 11

Tania dwaal rusteloos deur die hospitaal se gange. Waar bly Riekert? Magtag tyd is 'n faktor, hulle moet so gou as moontlik die vrag gelaai kry. Sy kyk vir die soveelste keer op haar horlosie, hulle behoort nou al agter te wees. Vinnig stap sy terwyl sy doodseker maak dat niemand haar sien nie. Sy verdwyn na die laaisone. Dit is veiliger hier om die voorrade van die hospitaal te vat. Hier is nie kameras nie, niemand kom hier nie behalwe matrone en ander personeel as sy die nuwe voorraad ontvang. Sy maak die kant deur net effens oop om te kyk of iemand nie dalk buite is nie. Soos afgespreek flikker Riekert sy kar se ligte toe hy die beweging by die deur sien. Tania sug van verligting toe sy die ligte sien. Vinnig maak sy die groot laaideur oop en beduie dat hulle nader kan kom. Riekert klim uit en stap na haar toe.

"Wat gaan aan? Wat maak ons hier?" vra hy versigtig.

Tania glimlag vermakerig.

"Raak jy nou bang groot seun?" Haar hand gaan uit om aan sy wang te raak, maar hy gryp dit in 'n pynlike greep vas en ruk haar nader.

"Jy speel met vuur!" sis hy. "Ek wil nie meer deel wees van jou siek speletjie nie, die is die laaste verstaan jy my?"

Tania ruk los en gluur hom aan. "Nee dit is nie die laaste nie, nie totdat ek so sê nie. Jy sal maak soos ek sê...!"

"Of wat?" Tania lag lelik.

"Ek my skat het genoeg bewyse teen jou veilig weggebêre, om jou vir die res van jou miserabele lewe weg te sluit agter tralies waar jy dan oorgenoeg liefde en aandag sal kry."

"Jy bluf, jy't niks teen my nie! Daar is in elk geval niks wat ek gedoen het wat my enige skade kan aandoen nie."

Tania lag weer. "Dit is wat jy dink, ek het 'n hele paar interessante foto's wat ek glo die polisie baie geïnteresseerd in sal wees," sy lag vir die skok op sy gesig. "'n Dokter wat op hulpmiddels moet werk, is 'n *big no-no*! Dink jy 'n mens kan aangekla word van geweld en verkragting op hoere?"

Riekert kyk haar stom geslaan aan.

"Waar kom jy aan dit?" Hy gryp haar bo-arms in 'n greep vas wat haar laat kreun.

"Praat dammit!" Hy kan haar net hier wurg en niemand sal 'n vinger na hom kan wys nie.

"Los my!" sy probeer los kom maar kry dit nie reg nie. Die buite lig skyn op sy gesig en sy deins terug. Dalk het sy te ver gegaan.

"Ek het jou laat agtervolg, ek moes weet wie en wat jy is. Los my jy maak my seer."

Hy stamp haar hard weg dat sy haar balans verloor, maar die lyfwag vang haar net betyds.

Waar op aarde het hy vandaan gekom wonder hy stom geslaan.

"Moenie so wees nie," paai sy. "Ek sal dit nie regtig gebruik nie. Kyk jy gaan geld kry, en baie. Niemand weet eers jy is hier nie, jy gaan skoon hier wegstap. Werk saam met my asseblief skat!" Sy stap na hom toe en kyk hom sag aan, sy sit haar hande teen sy bors en streel liggies met haar vingers daarteen.

"Ek gee om vir jou, ek sal niks doen om dit wat ons het te bederf nie."

Riekert is woedend, hy maak sy oë toe, haal diep asem om tot bedaring te kom.

"Moet my nooit weer dreig nie, jy het my nodig, nie ek vir jou nie." Hy stap 'n entjie weg, maar draai om en kyk haar fronsend aan.

"So dit beteken die storie wat jy my hierheen gelok het was 'n pot stront?" Sy roer net haar skouers.

"Kom die tyd is min, al die bokse moet gelaai word." Sy wys na die bokse wat onder 'n seil weggesteek is.

"Dan vir die grootte, ek het 'n baie goeie kandidaat gekry wat ons baie geld in die sak gaan kry wat ook gelaai moet word. Julle sal moet roer, ek het hom iets ingegee om te slaap. Omdat julle laat is moet ons vinnig maak voor die goed afwerk en hy wakker word en alles befoeter."

"Tania asseblief, jy kan dit nie doen nie, sy familie gaan hom soek! Dit gaan die polisie ook betrek." Riekert smeek nou openlik by haar. Sy dink nie nou reg nie, hy moet haar keer.

"Ons kan hom nie los nie, sy bloed groep is O. Ek het alles onder beheer, hulle gaan ons nie verdink nie my skat." Sy draai om en gaan kyk dat niemand naby is nie terwyl sy met selfvergenoegdheid kyk hoe hulle alles laai. Sy het goed van die geleentheid gebruik gemaak toe sy hoor Berto gaan weg. Sy het 'n hele paar medikasies en toerusting op die hospitaal se rekening gekoop, en gesorg dat die liewe dokter Chantey se handtekening daarop is. Sy het ook met die voorraad boeke gepeuter. Hulle sal eers agter kom dat daar fout is as sy ver weg is van Kroondal. Teen daardie tyd sal Chantey agter tralies sit. Niks wat Chantey gaan sê of gaan doen sal haar enige iets in die sak bring nie. Met die nuwe voorraad sal dinge baie vinniger beweeg. Sy het 'n goeie kontak gekry wat 'n groot bestelling in gesit het vir organe en sy gaan nie die kans deur haar vingers laat glip nie.

Sy het net tien dae om die transaksie af te handel en dan gaan sy vry wees van slaaf speel vir siek mislike mense. Sy kan nie wag om lekker op die wit strande van Miami te gaan lê nie. Met 'n Martini in die hand hoef sy nooit weer enige geldelike sorge te hê nie. Sy kyk na Riekert. *Shame* die arme sot, hy gaan nie weet wat hom tref as alles afgehandel is nie. Sy glimlag, die lewe is 'n lied.

"Ons is klaar," brom Riekert van die deur af.

"Goed, ek gaan môreoggend na my skof by jou aansluit en alles mooi vir jou verduidelik," sy soen hom voor sy vir hulle totsiens waai.

Riekert kyk haar vol minagting agterna toe sy by die deur in verdwyn en alles weer sluit. Kom wat wil en maak nie saak wat die nagevolge vir hom is nie, hy gaan sorg dat sy nie hiermee wegkom nie.

Chantey is alleen by die huis, maar sy voel ontsettend rusteloos. Sy kan om die dood toe nie tot rus kom nie. Die hospitaal sal haar tog bel as iets gebeur en sy sal binne tien minute daar wees. Iets jaag haar sy kan nie haar vinger daarop sit nie. Dit kan nie Berto wees nie, oom Willem sou haar definitief laat weet het. Sy draai weer om net om na 'n paar minute met geweld die kombers van haar af te gooi. Sy frustreer haarself net om so te lê en rondrol. 'n Glas warm melk met 'n titseltjie brandewyn in sal dalk die triek doen. Sy kan nie 'n slaappil drink terwyl sy aan diens is nie. Sy moet slaap in kry anders gaan sy nie môre kan funksioneer nie. Daar is niks so gevaarlik soos 'n dokter watse konsentrasie nie eenhonderd persent reg is nie. Terwyl sy vir die melk wag om warm te word op die stoof dwaal haar gedagtes na Berto toe.

Sy mis hom, maar sy sal dit nooit teenoor enige iemand erken nie. Sy het baie seergekry met Riekert, sy gaan haarself nie weer blootstel nie. Hy is nie vaste verhouding materiaal nie en sy sien nie kans om met iemand deurmekaar te raak wat nie alles in 'n verhouding kan gee nie. Of wat nie 'n vrou kan uit los nie.

Sy weet hy is baie gewild onder die vrouens en sy wil nie met so 'n man sit nie. Sy weet dat die spreekwoord lui liefde is blind, maar so blind gaan sy nie weer wees nie. Dan bly sit sy vir altyd op die rak. Met al hierdie deurmekaar gevoelens van haar wat sy nie mooi weet wat om mee te maak nie is sy eintlik bly hy is nie hier nie. Dit gee haar kans om alles uit te pluis en om haar toekoms uit te werk.

Met die melk drankie stap sy uit op die balkon. Dit is so rustig buite, die luggie is nie te kouc nie. 'n Mens kan voel dat herfs aan die verbygaan is. Dit is nou twee maande wat sy hier is, maar dit voel of sy al jare hier is. Dit is so 'n vriendelike gemeenskap sy geniet haar werk, al is dit 'n bietjie meer veeleisend as in die stad. Dit is baie anders as in die groot hospitale. Hier het 'n mens 'n groter aanvoeling vir jou pasiënte. Elkeen kruip diep in 'n mens se hart, hulle is nie net 'n pasiëntnommer nie.

Sy mis haar ouers veral haar ma sy was altyd so rustig as sy met 'n probleem na haar toe gegaan het. Haar ma het altyd op 'n kalm manier die situasie uitgepluis en sy het geweet dat sy haar ma se oordeel kon vertrou. Sy is nie meer kwaad vir hulle omdat hulle haar ma se siekte weggesteek het nie. Op 'n manier verstaan sy en sou sy miskien dieselfde gedoen het. Sy het al keer op keer gesien hoe dit aan die familie vat. Aan die eenkant is dit beter as niemand weet nie. Aan die ander kant dra jy baie swaar, want daar is niemand om mee te praat nie of wat saam met jou die pad kan stap nie.

Sy glimlag bewoë, dit moes baie van oom Willem gevat het om haar die waarheid te vertel. Sy frons liggies, sy wonder of hy vir Berto ook vertel het. Dit is dalk die rede hoekom hy so skielik weg is. Nee, sy glo nie, dis verregaande, dit raak hom mos nie. Dit is nie sy lewe wat onderstebo gegooi is nie. Nee wat, hy het dalk net rus nodig en sy gun hom dit, sy het gehoor dat hy nie iemand is wat ooit rus nie. Dalk het hy nog nie heeltemal die dood van daardie pasiënt verwerk van die ongeluk nie. Sy weet dit is nie maklik om 'n pasiënt te verloor nie. By 'n operasietafel is dit net jy en jou kennis, die res hang van die Vader af. As Hy ander planne het kan jy maak net wat jy wil, niks gaan werk nie en sy het dit ook op die harde manier geleer.

Sy trek haar skouers styf op. Miskien moet sy probeer om nou te gaan slaap, sy wil nie moeg opdaag by die hospitaal nie. Sy sluit die deur en stap terug kombuis toe, toe sy die beker in die wasbak sit, lui haar telefoon. Vinnig haas sy haar na haar kamer waar sy dit langs haar bed neergesit het.

"Dokter Bruwer, goeienaand."

Sy luister fronsend na die deurmekaar gerammel van een van die personeellede, sy kyk verward na die foon toe die verpleegster aflui.

Wat....? Het sy nou reg gehoor? 'n Pasiënt het verdwyn! Sy skud haar kop en trek vinnig klere aan. Die verpleegster het seker die kat aan die stert beet. Die oom het seker net 'n entjie gaan stap. Baie van hulle kan nie lekker slaap in die nag nie, hulle lywe raak ook seer van die heeldag se lê in die bed. Maar dit is nogal vreemd dat oom Goosen die tyd van die aand sal rondloop, sy gaan haarself nie op hol jaag nie. Vir elke probleem is daar 'n oplossing of verduideliking.

Sy het skaars voor die hospitaal gestop of twee verpleegsters storm op haar af, al twee babbel so deurmekaar dat sy hulle moet stilmaak.

"Kalmeer mense asseblief. Ek kan niks verstaan as julle so saam praat nie," berispe sy hulle saggies.

"Jammer Dokter," maak hulle skaam verskoning maar die trane lê baie vlak.

"Nou goed, wat is die probleem, en net een op 'n slag asseblief."

"Dokter sien ek het tien uur my rondtes gedoen, toe was alles nog reg. Meneer Goosen het rustig geslaap. Ek het nog sy beddegoed reggetrek, maar toe ek twaalfuur my rondtes doen is hy weg. Ek het die hele hospitaal en tuin plat geloop maar hy is nêrens nie. Sy skoene, japon alles is nog net so op die stoel, sy bril en tande ook. Hoe loop 'n mens weg en los alles net so?"

Chantey stap die kamer van oom Goosen binne haar oë gaan net vlugtig oor die kamer.

Sy kamermaat slaap rustig voort, sy vryf fronsend oor haar voorkop terwyl sy na die leë bed kyk. Sy loop terug na die gang sodat hulle nie die ander pasiënt pla nie.

"Is julle seker hy is nie dalk by 'n ander pasiënt nie, of dalk het hy iewers anders aan die slaap geraak?" Chantey weet nie wat om te dink van die situasie nie. Wat moet sy nou doen?

"Ons is doodseker dokter!" praat hulle gelyk, die benoudheid is duidelik op hulle gesigte te bespeur. "Waar is suster Sinden? Hoekom het julle my gebel en nie sy nie?"

"Ons kon haar nie kry nie."

"Dankie dat julle my laat kom het, julle kan maar teruggaan na julle stasies toe, ek sal dit van hier af vat." Met die loop sy na haar kantoor toe, sy moet seker die polisie in kennis stel en vir oom Willem ook, of dalk eers vir oom Willem en dan die polisie.

Gespanne sit sy die telefoon neer, sy het klaar vir oom Willem en die polisie gebel. Die nare gevoel is terug in haar maag, dit draai asof iemand haar maag omdop. Die polisie dink sy is die kluts kwyt maar sal tog iemand stuur en oom Willem het net gesê hy kom. Sy weet hoe dit klink 'n bejaarde word vermis uit 'n hospitaal in die middel van die nag sonder enige persoonlike items. As sy dit nie self gesien het nie, sou sy dit ook nie geglo het nie, maar hy is nêrens nie.

Na wat soos 'n ewigheid voel, kom oom Willem haar kantoor binne.

"En nou kind is hy nog steeds weg?" vra hy bekommerd en die ongeloof slaan deur in sy stem.

Chantey knik net, sy vertrou nie haar stem nie. As sy hier was sou dit nie gebeur het nie. Sy is amper seker daarvan. Haar gedagtes word onderbreek deur 'n klop aan die deur. Sy bly sit terwyl oom Willem die deur oop maak en die twee polisiemanne laat inkom. Sy staan bewerig op van uit haar stoel om die twee manne te groet.

"Inspekteur Piet Duvenhage en Konstabel du Toit, dit is dokter Bruwer sy neem waar terwyl Berto met verlof is," stel oom Willem hulle aan mekaar voor.

Chantey groet elkeen met die hand en gaan sit vinnig, haar bene wil haar nie dra nie. Sy voel oë op haar en kyk op in die fronsende oë van die inspekteur. Sy hou haar kalm terwyl sy probeer om hom braaf aan te kyk. Hoekom kyk hy so na haar? Sy het niks verkeerd gedoen nie. Nee, dit is nie haar skuld dat die pasiënt weg is nie storm dit deur haar kop.

"Dokter Bruwer, kan jy vir ons presies sê wat gebeur het?" vra die inspekteur terwyl hy ongenooid op een van die stoele gaan sit. Sy kollega staan gereed met 'n aantekening boekie om notas te neem om seker te maak dat geen inligting verlore gaan nie.

So kalm as wat sy kan vertel sy presies wat gebeur het, maar sy kyk nie direk na die inspekteur nie. Sy kry net die gevoel dat hy haar nie glo nie. Elke haar op haar lyf staan penorent van spanning.

Inspekteur Piet Duvenhage sit rustig terug in sy stoel terwyl hy na haar storie luister en om haar goed te bestudeer. Niks ontgaan sy skerp oë nie. Hy sien hoe sy senuweeagtig haar hande in mekaar vou en sy blik vermy. Ondervinding het hom geleer as jy hom nie in die oë kan kyk nie steek jy iets weg. Hy is seker sy jok oor iets, maar hy is nie bekommerd nie hy kry altyd sy man of vrou in die geval. Hy glo nie die storie dat 'n ou man in sy tagtigs sommer so uit 'n hospitaal kan loop sonder dat enige iemand hom sien nie en dit terwyl hy sy bril, tande en medikasie nodig het.

Asof sy sy gedagtes kan lees kyk sy hom ewe skielik vas in die oë. Vir die paar sekondes breek nie een van die twee oogkontak nie.

"Ek is senuweeagtig omdat so iets nog nooit met my gebeur het nie. Ek moet nou aan die familie gaan vertel dat Koos Goosen spoorloos verdwyn het en dit onder my toesig. Dokter Berto van Schalkwyk is met verlof, en ek is nou in beheer van die hospitaal. Die situasie veroorsaak ook stremming onder die personeel en ander pasiënte. Ek is baie dinge speurder, maar 'n ontvoerder is ek nie. Ek verstaan dat almal 'n verdagte is tot die saak opgelos is, maar ek vra dat die ondersoek soveel as moontlik nie die hospitaal en sy werksaamhede sal ontwrig nie."

"Natuurlik nie dokter, my mense is baie professioneel. Julle sal nie eers weet ons is hier nie," antwoord hy haar met spot in sy oë. "Kom konstabel laat ons aan die werk kom, voor die spore koud word." Met 'n kopknik na die dokter verlaat hulle haar kantoor.

Chantey sak bewerig terug in haar stoel, die man het haar meer ontsenu as wat sy gewys het. Dit slaan haar nog steeds dronk hoe verdwyn 'n tagtigjarige man sommer net so uit die hospitaal. Sy was self in sy kamer en alles was in orde. Dis net hy wat nie daar is nie. Sy kamerjapon en slippers is nog daar saam met sy tande en sy bril. Haar binneste trek weer saam. Dit voel asof sy terug is in die Kaap, toe het die polisie haar ook so aangekyk. Dit het nie saak gemaak wat sy gesê het nie, niemand het haar geglo nie. Sy wip soos sy skrik toe oom Willem sy hand op haar skouer sit.

"Toemaar my kind die saak sal opgelos word, ek ken die speurder, hy doen nie halwe werk nie en hy kry altyd die misdadiger."

"Ek is bevrees oom hy het klaar sy visier op my ingestel, maar ek weet ek is onskuldig, maak nie saak wat hy op die stadium dink nie. Dit bly nog steeds vir my skokkend oom. Waarheen sou hy verdwyn het?" Die paniek slaan deur in haar stem. Sy probeer die knop in haar keel weg sluk.

Oom Willem klop haar liggies op haar skouer terwyl 'n diep frons op sy voorkop verskyn. Hy ken Piet baie goed en weet hy sal nie iemand van iets beskuldig as hy nie doodseker is nie, maar die manier wat hy na haar bly kyk het maak nie vir hom sin nie. Hy weier om te glo dat Chantey tot so iets in staat is, sy is 'n eerbare kind. Hy sal hierdie saak self moet ondersoek. Die keer is sy nie alleen nie. Wie ookal agter die verdwyning sit gaan nie hiermee weg kom nie. Hy wonder wat Piet gaan doen as hy van haar verlede bewus gaan word. Dit kan dinge baie meer ingewikkelder maak. Hy sal by haar staan maak nie saak wat nie, hy is dit verskuldig aan Charl.

"Oom Willem, ek verstaan nie wat vanaand hier gebeur het nie. Meneer Goosen is tog by sy volle verstand, hy sou nie...!" haar stem breek, sy sluk om by die knop in haar keel verby te kom.

"Chantey ontspan nou, hier is 'n logiese verduideliking hier agter. Wat se suster Tania?"

"Ek weet nie, sy het my nie gebel oor die voorval nie maar verpleegster Wilma het."

Sy en 'n ander verpleegster het oral na die oom gesoek. Vandat ek hier aan gekom het, het ek haar nog nie met 'n oog gesien nie," kom dit bekommerd van haar.

"Hm, wag hier ek gaan vir ons koffie kry," hy loop uit die kantoor uit. Sy is regtig omgekrap, maar die feit dat Tania nie hier is nie pla hom. Sy mag nie die hospitaal verlaat sonder toestemming nie. Sy dink omdat sy en sy seun iets aan het sy kan maak soos sy wil, hy skud sy kop afkeurend. Berto is nie nou hier nie en dit sal vir hom 'n plesier wees om haar oor die vingers te tik.

Riekert trek lank aan sy sigaret, die winter kom vinnig nader, die wind sny deur murg en been. Die oggend son se strale is flou, maar die sonsopkoms bly mooi hier op die platteland. In die stad steur 'n mens jou nie regtig aan die natuur nie, die lewe is 'n gejaag van die oggend tot die aand.

Daar sal weke verbygaan wat hy nie op die strande kom nie. Chantey was so lief vir die see, sy het gereeld daar gaan draf en op haar af naweke is dit waar jy haar kon kry. Sy was mal daaroor gewees om die mense dop te hou. Sy het eenkeer gesê as die mens by die werk is dan is dit of hulle in iemand anders verander, maar as hulle ontspanne is en by hulle geliefdes dan is dit wanneer hulle hulleself kan wees. Hy skuif rond waar hy op 'n groot klip sit en hou die son dop soos wat hy stadig maar seker sy kop uitsteek van onder die kontinent. Hy wil nie weer die nag oor hê nie, dit wat Tania doen is nie menslik nie. Die man wat hulle uit die hospitaal gesteel het word heeltyd onder verdowing gehou en hy wat 'n dokter is weet dat dit nie goed is om iemand onder verdowing te hou vir geen rede nie.

Hy weet hy moet haar stop. Die geld maak nie meer vir hom saak nie. Die bullebak wat hom so oppas maak dit egter nie moontlik om met haar te praat nie. Hy weet glad nie wat op die dorp aangaan nie. Hy is heeltemal hier afgesny. Hy sien stofwolke, iemand is oppad hierheen. Vinnig spring hy van die klip af en verdwyn agter 'n bos, waar hy die aankomende voertuig goed kan sien. Dis Tania, maar hy kom nie uit agter die bos nie, sy stop naby die grot. Met die uitklim rek sy haar eers rustig uit asof sy geen bekommernisse van 'n dag oud het nie.

Sy loop na die kattebak en sluit dit oop.

Sy hoor 'n geritsel agter haar. Sy pluk haar pistool uit terwyl sy omswaai na waar sy die geluid gehoor het. Met die pistool stewig gerig in die rigting vernou haar oë terwyl sy die terrein bekyk.

"Wie ook al hier is, beter nou uitkom anders skiet ek in enige rigting in, ek glo ek sal iewers raak skiet."

Riekert kan sy gat skop omdat hy van posisie verander het. Hy wou kyk of hy kan sien wat in die kattebak aangaan, met 'n sug kom hy agter die bos uit. "Sit tog weg daai ding," sê hy ergerlik.

"Wat soek jy dan agter die bos?"

"Ek't gerook toe ek die motor gewaar het en agter die bos ingespring, nie geweet dit is jy nie. Wat is in die kattebak?"

"O, ek het blikkies kos, water en nog ander goed gebring. Waar is Al, hy moet die goed kom aflaai?"

"Agter daardie bos." Riekert wys na die rigting toe waar haar lummel hom gesit en dophou het.

"Al moet ek jou nooi, kom hier en laai die goed af."

"Wat gaan in die dorp aan?" vra Riekert. Hy kan die gewag nie meer vat nie.

Tania lag. "Die dorp is stil vir nou, die polisie soek in stilte na die arme ou toppie. Ons is gewaarsku om ons monde te hou om nie 'n oproer te veroorsaak nie. *Shame,* Chantey is heeltemal *gerattle.*" Sy prụil haar mond soos wat sy die situasie geniet.

Riekert kyk haar stil aan, hy kan nie glo sy verlekker haar so nie.

"Ek moet ry."

"Waarheen? Het jy enige idee hoe verveeld ek is." Riekert gooi sy hande in die lug. "Hemel ek het niks om die tyd om te kry nie, kan jy tenminste vir my 'n boek bring?"

"Natuurlik my skat." Tania vlei haar teen hom aan haar hande gaan om sy nek, sy trek sy kop nader en speel met haar tong oor sy lippe. Sy kreun toe hy haar stywer vastrek en haar soen. Warm gloed golwe trek deur haar lyf, dit voel of sy wil sweef. Sy stoot hom liggies weg.

"Ek sal vinnig wees, dan vat ons die verder." Met 'n laaste soen klim sy in haar kar en ry weg.

Vreksel, dink Riekert sy is 'n gevaarlike stukkie mens, maar 'n lekker stukkie, dit is verseker.

Hoofstuk 12

Riekert het 'n entjie teen die randjie uit geklim, hy bekyk die area deeglik. Tania het gesê die eienaar is dood, so niemand sal hier kom rondloop nie. Hy hou nie van die platteland nie, dis net stof en vlaktes om nie eens te praat van verveling nie. Dit is sterk skemer en dit raak koud. Hy gaan vanaand weer nie 'n goeie nagrus hê oor die koue nie. Hy kan net sowel op die vloer slaap soos die koue van die grot deur die matras kom. Hy kan nie wag om huis toe te gaan nie. Hy sien ligte nader kom en val plat. Dit is nie duidelik wie dit is nie, sy hart klop al hoe vinniger. Sy vrees om gevang te word nestel om sy hart, die konstante vrees om gevang te kan word raak teveel vir hom. Die kar kom reguit na die grotte toe aan gery en verligting spoel oor hom toe hy die kar herken.

Hy staan op en stof sy klere af, voordat hy lui nader stap. Hy wil nie hê sy moet agter kom dat hy so pas sy gat af geskrik het nie. Sy klim uit die kar en maak die kattebak oop. Hy loop sonder 'n woord nader. Toe hy by die kattebak kom kyk hy geskok na die inhoud en toe vinnig na haar. Hy kyk terug na die bang weerlose gesiggie van die meisiekind wat in die kattebak lê. Met haar mond wat toe geplak is met kleefband, haar hande en voete is met toue vasgebind. Wat de hel wil sy met die kind maak wonder hy met afsku?

"En die?" vra hy gemaak ongeïnteresseerd maar hy weet hy flous haar nie op die oomblik nie.

"Dit my skat, is nog 'n pasiënt" antwoord sy met soveel selfvoldaanheid dat Riekert wil opgooi van die mislike gevoel wat in sy binneste opdam.

"O, vir wat?"

"My koper soek jong lewendige produkte, en hy is nie suinig nie. Ek weet nie of ek vir jou gesê het nie, maar ons word in dollars in betaal. Dis *amazing* nè!" sy lag soos 'n klein dogtertjie wat sopas haar grootste geskenk gekry het. "Ek wil so vinnig as moontlik die *deal* doen, sodat ek en jy van die mislike plek kan wegkom. Ons gaan in weelde kan bly waar niemand ons ooit sal opspoor nie." Sy staan vleiend nader en soek sy oë. Hy is vir haar so aantreklik en tog is sy versigtig vir hom. Sy weet nie of sy hom so baie kan vertrou nie, maar vir tyd en wyl speel sy lekker.

Riekert kry die liggaamlike skimp, hy trek haar vinnig nader, sy oë kyk spottend in haar oë.

"Jy beplan als so mooi en geheimsinnig, ek is maar net 'n pion vir jou nè? Ek is maar net die dokter wat moet sorg dat als volgens jou planne moet verloop en as jy tevrede is met jou bankrekening dan word ek soos 'n hond doodgeskiet. Nè my meisie?"

Tania kyk hom stil aan terwyl haar oë iets in syne soek wat vir haar kan wys dat hy tog betroubaar is. Sy wil in sy oë kyk en weet hy begeer haar en wil by haar wees. Sy voel sy warm lippe op hare en aan sy soen weet sy dat hy haar wil hê. Sy ontspan haar liggaam teen syne, haar arms vleg om sy nek terwyl sy elke soen met hongerte beantwoord.

Riekert stoot haar weg, hy loop na die klip waar hy altyd rook. Hy steek 'n sigaret aan, hy's besig om 'n gevaarlike *game* met haar te speel. 'n Vrou kan maklik mislei en verlei word met die regte liggaamlike tale en soet woorde. Hy het dit nou goed reggekry met sy soen. Sy het maklik ingegee. Solank as wat hy haar kan manipuleer met sy kamstige gevoel en onsekerheid oor haar, sal sy niks aan hom doen nie dit weet hy nou. Sy is 'n ongelooflike mooi en sexy vrou wat enige man sy voortande sal voor wil gee, maar haar hart is soos klip en haar kop ... nee daar is regtig iets fout met haar.

Tania kyk na hom, sy verstaan nie wat nou aangaan nie. Die een oomblik soen hy haar met so 'n intensiteit en dan los hy haar en loop weg. Sy stap na hom toe, die slagoffer vir eers vergete agter in die kattebak.

"Wat gaan aan?"

Riekert sug hy loer onderlangs na haar. Rustig seun vermaan hy homself, nie te vinnig nie sy is skerp.

"Niks"

"Dit lyk nie na niks nie, wat pla?" Sy wil nie regtig van hom ontslae raak nie, maar as hy 'n gevaar vir haar projek gaan wees, sal sy.

"Ek ... is nie 'n speelding nie Tania..." kom dit huiwerig.

Al is ek 'n man het ek gevoelens en 'n hart. Ek weet als is vir jou 'n game ... ek wil nie ook net 'n *game* wees nie...!" Hy bly stil, als is gespanne in hom terwyl hy wag vir 'n reaksie. Hy bly voor hom kyk, terwyl hy haar oë op hom kan voel brand.

"Jy's nie 'n speelding vir my nie!" paai sy. "Jy... laat my soos 'n vrou voel by... by jou kan ek van alles en almal vergeet."

Hy besluit om eerder die onderwerp hier te los, hy wil hê sy moet 'n bietjie worstel.

"Wat van die kind?" vra hy asof niks gesê of gebeur het nie.

Tania is so verstom, sy weet nie wat om te sê nie, maar sy ruk haar vinnig reg.

"Ons gaan haar nie onder verdowing hou nie. Sy word in een van die grotselle aangehou."

"Jy hou dan die ander onder verdowing, hoekom hulle dan nie ook in die selle gooi nie?"

"Dinge het so 'n bietjie verander, ek het oorspronklik tien dae gehad om alles te kry wat die smokkelaar soek maar hulle soek nou die organe. Ek het die koelhouers gekry, die transaksie vind vanaand plaas."

Hy staar geskok voor hom uit, sy verwag van hom om mense dood te maak.

"Kan jy my meer inligting gee? Hoekom moet ek so in die duister gehou word? Wat kan ek doen sodat jy my kan vertrou?" vra hy moedeloos.

Tania kyk na hom haar oë nou getrek. Dan kom daar 'n klein glimlaggie om haar mond wat niks goeds kan beteken nie.

"Daar is iets, as jy dit kan doen sal ek jou vertrou en jou ten volle deel maak van my planne en meer geld aanbied."

"Die geld pla my nie, dis... nie wat ek wil hê nie."

"Wat wil jy hê?"

"Vir jou, vir altyd."

Weer vang hy haar heeltemal onkant. Is hy ernstig wonder sy? As sy in sy oë kyk kan sy niks sien wat die teendeel bewys nie.

"Ek wil ook by jou wees... maar ek is bang vir seerkry. Berto het vir lank met my hart gespeel en nie eers te praat van hoe hy my misbruik het nie. Ek het myself belowe dat ek nooit weer 'n man se speelding sal wees nie."

Hy trek haar om haar middel nader en vryf oor haar wang. "Kyk na my, jy is die een na wie ek nog altyd gesoek het. Jy het in my hart gekruip sonder dat ek daarvoor gevra het, sonder dat ek dit besef het. Als in my trek saam as ek jou sien. Ek wil jou net so naby my hê, jou beskerm, jou gelukkig maak." Hy trek haar stywer teen hom aan, soen haar voorkop en laat sy lippe vir 'n wyle saggies teen haar slaap speel. Dit moet die oortuiging gee dink hy wrang.

Sy druk saggies weg, haar oë soek nog vir die laaste keer. Haar hart klop so vinnig dat sy effe lighoofdig voel.

"Ek sal jou in my hart toelaat, maar moenie my seermaak nie asseblief." Sy mond kom saggies op haar sagte lippe neer. "Ek sal nie, ek belowe." Hy hou haar styf teen hom vas terwyl sy ken op haar kop rus. Dit het gewerk tien uit tien Riekert jy het dit nog in jou. Hy weet nou presies wat haar *soft spot* is en hy sal dit af en toe goed gebruik.

"Ons moet seker aan die gang kom. Die kind gaan merke toon van die toue sy moet seker in 'n goeie kondisie wees. Sy is nog jonk so ongeveer veertien jaar."

"Jy raai reg, meisies wat nog in hulle tienerjare is met blonde hare is baie werd. Dit is amper 'n beter beroep as organe en soveel skoner met minder drama."

"Mag ek weet van hoeveel ons praat met die ses wat ons nou het?"

Sy glimlag, "As jy die een werkie vir my doen sal ek jou alles vertel en jou volkome deel maak van die organisasie. Het ons 'n *deal*?" Hy kyk haar aan met 'n skewe sexy glimlag.

"Vir jou my skat doen ek dit met liefde, wat is die opdrag?"

"Nadat ons die organe verwyder het moet twee lyke in Chantey se woonstel versteek word."

Als ruk in Riekert maar as hy nou enige emosies wys is dit sy lewe. Hy kink sy kop op en af.

"So jy gaan voort om haar die skuldige te maak, slim meisie," hy glimlag breed "Ek weet net hoe en waar ek daai lyke gaan sit. Sjoe dit gaan sports wees."

Riekert buk in die kattebak in om die kind op te tel. Hy sluit sy oë vir 'n wyle. Dit bly vir hom skokkend waartoe sy in staat is, hy moet net moed hou, dit is al. Hy tel die kind rof op en gooi haar sommer oor sy skouer asof sy 'n sak meel is, saam loop hulle die grot binne.

Die jong Klara probeer haar bes om los te kom, maar maak nie saak hoeveel sy probeer stoei nie, dit help niks nie. Sy is so bang, sy het omtrent alles gehoor, die mense is van die duiwel besete. Hulle loop die koue grot dieper binne, na een van die kamers wat twee selle het en heeltemal donker is. Hy sit haar effe rof neer op die klapperhaar matras. By die hek draai hy om en kyk na die nat gesiggie. Hy buk by haar en maak haar hande en voete los. Sy sien hoe hy omdraai en die hek sluit en weg stap.

Die veertienjarige Klara Louw kyk om haar heen. Dis koud en klam, niks vensters niks geluide nie. Sy trek haar bene styf op teen haar bors. Sy begin saggies te huil, wat het haar tog besiel om vir suster Tania te help om haar pakkies die huis in te vat. Sy kan net onthou dat sy die sakke gevat het tot in die kombuis. Sy het 'n sterk steekpyn in haar nek gekry en niks verder, totdat hulle die kattebak oopgemaak het. Sy kon nie mooi sien waar hulle is nie, net dat hulle iewers in die veld is met baie bosse. Nou sit sy in 'n grot met die wete dat sy nooit weer haar ouers gaan sien nie. Die feit dat sy verkoop gaan word, als is vir haar verskriklik vreesaanjaend.

Riekert loop van die kind weg met 'n swaar hart. Sy is net 'n kind en om haar van haar ouers weg te skeur om verkoop te word vir iemand anders se genot is barbaars. Sulke goed lees jy net oor of jy sien dit in flieks. Wie sal hom in elk geval glo as hy sê hy was maar net 'n slagoffer soos al die ander in die grot en dat hy nie 'n keuse gehad het nie. Om oorrompel te word deur 'n vrou ja nee wie sal hom glo...? Hy kom die saal binne waar al die ander slagoffers lê. Tania staan en bestudeer die lêers, hy stap lui nader nie lus vir haar nie.

Sy kyk om toe sy voetstappe hoor, en glimlag opgewonde.

"Hier is Goosen en Grey se lêers. Hulle organe het ek nodig. Ek het vir jou in elke leer 'n nota gemaak van die organe wat uitgehaal moet word. Ek sal jou kontak sodra jy kan sny en met verdere instruksies." Riekert vat die twee lêers en knik instemmend.

"Uit nuuskierigheid, het daar iets gebeur oor die ou man se verdwyning uit die hospitaal?"

"O ja!" kom dit borrelend van Tania. "Die hele hospitaal is in rep in roer oor arme oom Goosen se verdwyning. Maar die wonderlikste van als is ou Duvenhage het klaar 'n verdagte."

"Wie is Duvenhage?"

"Die speurder wat die saak ondersoek, 'n regte narsis."

"Wie is onder verdenking?"

"Tan-tan-ta-ra die liewe dokter Bruwer," kondig sy dramaties aan.

Riekert kyk haar stil aan voordat 'n glimlag aan sy mondhoek trek.

"Hoe het jy dit reg gekry?"

"Vir daardie stukkie werk is ek heel onskuldig, ou Duvenhage hou daarvan om alles van almal te weet in die omgewing. Hy moes seker 'n ondersoek op Bruwer gedoen het toe sy hier aangekom het. Met haar geskiedenis kan ek hom nie blameer vir sy gevolgtrekkings nie en dit my engel, pas goed in by my planne." Sy gee hom 'n klapsoen voordat sy die grot al singende verlaat.

Riekert skud sy kop in ongeloof. Al die dinge is teveel om in te neem op een slag. Die wete dat hy moord moet

146

pleeg nadat hy 'n eed afgelê het om lewens te red, los 'n bitter smaak in sy mond. Moet hy nou die lewens neem *for the sake of money*? Nee hy kan n e gil dit in hom, hy kan nie. Hoe kon hy dit weer toegelaat het om by so iets betrokke te raak? Die vorige keer het hom amper van sy sinne beroof. Hy storm die grot uit dit is asof die klip mure hom wil vasdruk en versmoor. Hy trek die vars lug diep in sy longe in. Verslae gaan sak hy op 'n klip neer en sak sy kop in sy hande in. Die trek van sy sigaret bring vir hom geen genot nie. Sal hy met sy gewete kan saam leef as alles verby is? Is sy lewe belangriker as daardie kind sin, of die res van die wat hy sal moet vermoor? Gaan sy hom vertrou en sy lewe spaar? Watter waarborg het hy dat sy hom nie gaan dood maak as die werk af gehandel is nie? Arme Chantey dink hy mismoedig, sy gaan haar hele lewe die keer regtig verloor.

Hy het haar nog steeds lief. Die tye saam was wonderlik totdat hy dit opgefoeter het met sy begeerte om meer geld te hê. Gaan hy toelaat dat sy weer aan die pen ry vir iets waarin sy onskuldig is? Wat moet hy doen?

Chantey dwaal rusteloos in die gange van die hospitaal rond. Dis nou al twee dae wat oom Goosen verdwyn het, en daar is net moci geen leidrade nie. Sy is moeg, want na die voorval het sy nog nie weer 'n goeie nagrus gehad nie. Sy gaan net huis toe om te bad en skoon klere aan te trek maar verder is sy by die hospitaal. Sy kan nie toelaat dat so iets weer gebeur nie. Sy het al hoeveel keer probeer dink wat sy vir Berto gaan sê as hy voor haar gaan staan. Sy kon nog nie op enige verskoning af kom nie, want al sê sy vir hom die waarheid gaan hy haar in elk geval nie glo nie.

Sy maak die ruskamer se deur cop, maar daar is niemand nie. Sy skink haar hoeveelste beker koffie. Sy gaan staan by die venster wat oor 'n gedeelte van die tuin uitkyk, maar sy staar net uitdrukkingloos na buite. Dit is donker en geen sterre in die lug omdat dit effens bewolk is. As dit nie vir die ligte in die tuin was nie sou dit pikdonker gewees het. Met 'n sug draai sy om en sak in een van die rusbanke neer, haar koffie op die tafel vergete. Sy sluit haar brandende oë, dit vat nie lank nie of sy sak in 'n rustelose slaap in.

Hoe lank sy geslaap het weet sy nie, maar die lawaai in die hospitaalgange moes haar wakker gemaak het. Met 'n vaart vlieg sy op om ondersoek in te stel. Haar kop nog wollerig. Met die oopmaak van die ruskamer se deur sien sy dadelik dat daar groot fout is. Een verpleegster is histeries haar hande en uniform is vol bloed. Sy staan in die gang heel besluiteloos van wat om te maak of waarheen om te gaan. 'n Ander verpleegster jaag met die asemhalings masjien die gang af terwyl 'n ander gil om die dokter te kry. Sy storm op die bebloede meisie af.

"Wat gaan aan?"

"Sy... sy..." en daar val die meisie flou.

Chantey roep 'n ander verpleegster om na haar om te sien.

"Wat gaan aan?" vra Chantey vir matrone toe die vinnig op haar afstorm.

"Die duiwel is los in die hospitaal sê ek vir jou dokter, kamer 18," is al wat sy sê en sonder meer skarrel hulle na kamer 18 toe. Sy ruk in skok tot stilstand toe sy mejuffrou Gous in die kamer sien. Die kamer lyk verskriklik, mediese toerusting staan oral rond. Die beddegoed is deurweek deur bloed, dit drup op die grond. Die pasiënt is vol bloed en dis duidelik dat sy besig is om dood te gaan. Haar asemhaling is vlak en hortend. Haar oë groot oop gesper en beweeg wild rond.

"Wat het hier gebeur?" vra Chantey verslae.

Almal in die kamer kyk met groot verligting na haar. Sy kom tot langs die bed tot stilstand en haar oë vang die buik waar die bloed vandaan kom. Soos 'n robot gee sy bevele uit. Sy kan nie sien wat aangaan nie, die vrou se buik is oop gesny. Met vaardige hande probeer sy deur die bloed massa voel waar die bloed vandaan kom sodat sy die bloeding kan stop. Haar hande raak geskok stil. Dit kan nie wees nie ... die vrou se lewer is nie daar nie. Sy kyk na die vrou, sy sal haar nie kan help nie. Met die skokkende wete gaan die masjiene te kere en sy kan net na hulle staar. Marlé Gouws se oë is oop gesper en staar na haar. Chantey sit haar hand op haar voorkop. "Ek is so jammer," fluister sy sag. Haar stem breek en die trane loop oor haar wange. Almal kyk geskok van haar na die pasiënt, matrone wys dat hulle die vertrek moet verlaat.

Chantey verloor heeltemal tyd, haar gedagtes is in 'n mengelmoes van verwarring. 'n Mens verdwyn sonder taal of tyding uit die hospitaal. Nou verloor sy 'n pasiënt wie se lewer gesteel is... hoe?... Wat? Sy skrik toe daar aan haar gevat word, matrone kyk besorg na haar en vat haar aan die bo arm.

"Kom hartjie ons het sterk koffie nodig."

Chantey loop saam na die ruskamer toe, sy sak in 'n stoel in. Sy staar na haar hande wat onbedaarlik bewe en vol bloed is. Sy kyk na haar voorarms en klere wat ook bloed op het. Sy staan bewerig op en loop mankerig na die wasbak en probeer om haar skoon te maak. Snikke glip oor haar lippe en die trane vloei sonder moeite oor haar wange. Sy gaan sit en sak haar kop in haar hande. Sy kry dit nie reg om logies te dink nie. Sy kan net daardie arme mens voor haar sien. Sy vat die beker by matrone met altwee bewende hande vas.

"Ek moet die polisie en vir oom Willem in kennis stel," kom dit sag van haar. Sy het geen idee wat hier aangaan nie. Dit moet 'n siek grap wees. Watse soort mens het hulle hiermee te doen? Waar kom die persoon vandaan?

"Los hartjie ek sal dit doen."

Verlig sit Chantey terug in die stoel. Hoekom gebeur al die goed? Hoekom juis nou terwyl sy moet waarneem? Wat gaan aan en wat gaan nog gebeur? Haar senuwees is klaar, die knop op haar maag trek net stywer. Sy en matrone sit doodstil, elkeen besig met sy eie gedagtes. Nie een is in staat om sy gedagtes hardop te deel nie. Hulle word onderbreek toe oom Willem die vertrek in kom met die polisie kort op sy hakke.

Chantey se moed sak diep in haar skoene toe sy inspekteur Duvenhage die vertrek sien in kom. Sy wens die aarde wil oopskeur en haar net insluk toe sy na die inspekteur kyk. Sy hele gesigsuitdrukking sê sy is skuldig. Sy oë is koud en dit voel of hy deur haar siel kyk. 'n Koue rilling gaan deur haar.

Oom Willem kom na haar toe en kniel voor haar, hy vat haar bewende hande in syne. Hoekom al die dinge gebeur weet hy nie, maar dat die dogter onder als moet lei kan hy nie hanteer nie.

"Chantey!"

Sy kyk na oom Willem met trane in haar oë sy het nie 'n idee wat om vir hom te sê nie. Sy voel so skuldig soos een groot mislukking. Sy bly die hele tyd by die hospitaal sodat niks weer moet gebeur nie. Sy het geglo met haar teenwoordigheid hier sal dit 'n effense afskrikmiddel wees, maar klaarblyklik nie.

"Ek is so jammer oom Willem," kom dit snikkend van haar. Sy slaan haar hand voor haar mond om die snikke te keer.

"Toemaar my kind, dis nie jou skuld nie." Probeer oom Willem paai, maar sy is so in skok dat sy nie reg dink nie.

"Dit is, oom Willem als loop skeef vandat ek waarneem. Hoe is dit nie my skuld nie? Kyk wat gebeur terwyl ek waarneem. As Berto h er was het die goed nooit gebeur nie, nooit nie!" Die trane vloei vrylik en haar skouers ruk van die snikke.

Voordat oom Willem iets kan se klap die speurder luidkeels hande.

"Bravo dokter Bruwer, dit is 'n uitstekende stukkie toneelspel, regtig uitstekend." Kom dit sarkasties van Piet Duvenhage. "Maar jy flous my nie, nie in die minste nie."

Hy kyk na sy konstabel en gee bevele dat almal wat aan diens is onmiddellik ondervra moet word en dat niemand die perseel mag verlaat nie.

"Piet!" roep oom Willem hom tot stilstand. "Dit is onnodig om die dokter soos 'n krimineel te behandel. Sy het nie hierdie dade gepleeg nie en sonder genoegsame bewyse sal ek dit waardeer dat jy jou insinuasies vir jouself hou."

"Inteendeel oom Willem, daar is genoegsame bewyse. Ek wag net vir die landdros om die lasbrief te teken om haar woonstel deur te soek."

Met die woorde ruk Chantey se kop op.

"My woonstel?" vra sy geskok. "Wat het my woonstel met die hospitaal uit te waai?"

"Baie dokter, jy sal verbaas wees wat mense nie alles in hul huise versteek nie."

"Maar ek het niks verkeerd gedoen nie, ek is onskuldig ek belowe dit!" Sy is naby aan histerie. Die man dink sy is die moordenaar en ontvoerder? Hy is... sy sal nooit so iets doen nie, hemel sy is nie tot so iets in staat nie.

"Toemaar kind, laat die speurder sy werk doen, die skuldige sal wel gevang word."

Piet verlaat die vertrek, maar toe hy buite kom is daar 'n diep frons tussen sy dit wenkbroue. Die misdade by die hospitaal raak nou verregaande. Eers 'n vermiste pasiënt sonder enige spoor hoegenaamd en nou 'n orgaan en 'n lyk. Hy is 'n man wat op suiwere bewyse kriminele vang. Met die dokter se agtergrond, en die feit dat al die goed gebeur sodra die hoof van die hospitaal met vakansie gaan, is 'n goeie bewys dat sy iets met die hele gedoente te doen het.

Met jare se ondervinding het hy al geleer om nie op mense se optrede ag te slaan nie, want enige mens is tot fyn toneelspel in staat en 'n mens lieg. Maar tog pla iets hom omtrent die dokter se optrede en oor die hele gemors. Dit is nie net hier in die hospitaal waar dinge vreemd is nie, maar ook in die dorp. Twee boemelaars van Kroondal, twee van Stilfontein en 'n tiener meisie word vermis. Of die sake almal verbind is, weet hy nog nie, maar elke mens wat sovêr weggeraak het, het op dieselfde manier verdwyn. Dit sê vir hom dat alles soos 'n legkaart in mekaar gaan insteek. Sy intimiderende houding wat hy teenoor almal uit oefen werk gewoonlik, maar op die dokter kry hy nie die reaksie soos op sy ander beskuldigdes nie.

Hy begin dink dat sy onskuldig is, maar dit sal hy finaal besluit sodra hy al sy bewyse bymekaar het. Hy stap die kamer in van die slagoffer en staar met afgryse na die toneel voor hom. Forensies is klaar besig om foto's te neem en bewysstukke bymekaar te maak. Bloed lê op die grond die bed en die linne is deurweek. 'n Slagting het hier plaas gevind en dit is gruwelik. So 'n daad kan net deur 'n monster gepleeg word. Maar aan die ander kant, hy het al baie snaakse goed in sy lewe teëgekom wat deur wel opgevoede mense gepleeg is. Hy kan nie dink dat die Dokter dit gedoen het nie. As daar so baie bloed in die kamer is, dan moes die persoon wat die daad gepleeg het bloed op gehad het. Maar weer die verpleegsters en die dokter het bloed op hulle klere.

Hy wend hom na Schalk Slabbert van forensies om meer uit te vind oor wat hier plaas gevind het.

"So, wat kan jy my vertel?"

"Nee Piet, so iets het ek lanklaas gesien. Die slagoffer is 'n vrou, 24 jaar oud. Sy was opgeneem vir 'n laparoskopie. Is dood as gevolg van haar lewer wat verwyder is en vir dood gelos is. Ek sal meer kan vasstel met 'n nadoodse ondersoek. Kyk na die merke om haar mond, polse en enkels, dit beteken dat sy vasgebind was gedurende die slagting. Ek kan ook sê dat die moord nie langer as 'n uur terug gebeur het nie. Sy was nie heeltemal verdoof nie. Jy kan duidelik sien dat sy terug baklei het.

"Dankie Schalk, mense ek soek die kamer van bo tot onder gefynkam ... foto's, vingerafdrukke en elke ding wat rondlê gebag. Ek soek bewyse mense, ons kan nie dat die misdadiger weg kom hiermee nie. Sonder meer verlaat hy die kamer, hy het vars lug nodig en 'n sigaret.

Hoofstuk 13

Die koue aandluggie is verfrissend teenoor die bedompigheid van binne die hospitaal. Hy kyk op na die sterre terwyl hy die rook stadig uitblaas. Hy frons en spits sy ore. Ja, hy hoor iemand praat, en hy het uitdruklik gesê dat niemand die hospitaal mag verlaat nie. Hy loop in die rigting van waar hy die stem hoor ook net een stem die vrou is op die telefoon.

"...jy't geen keuse nie, doen wat ek vir jou sê!" Tania lui ergerlik af. Die donnerse Riekert met sy alewige vrae dryf haar teen die mure uit.

"Naand juffrou, wat soek jy hier buite?" kom dit hard van Piet.

Tania skrik haar heel oor 'n mik, sy het nie die man gehoor nie. Wat het hy nie als gehoor nie, wonder sy verskrik.

"Naand Inspekteur," groet sy al glurende. Gelukkig is dit donker en kan hy haar nie heeltemal so goed sien nie.

"Ek vra weer wat soek jy hier buite?"

"Miskien dieselfde as jy en dit is suster Sinden"

"Moenie my tart nie," sis hy.

"O, maar inspekteur ek doen nie. Soos jy weet mag ons nie rook in die hospitaal nie en ek het maar net 'n breek kom vat van al die chaos daar binne. Is dit teen die wet?"

"Ek het 'n bevel gegee dat niemand die hospitaal mag verlaat nie"

"Maar ek het nie. Ek is nog steeds op hospitaal gronde."

Piet gryp haar hard aan die arm dat sy kreun.

"Sorg dat jy binne kom!" Sy ruk haar arm uit en vryf daaroor.

"Jy is besig om oor die grense te gaan Piet, pasop ek mag dalk net 'n klag van aanranding teenoor jou gaan oop maak." Sis sy voordat sy by hom verby loop. Die vermetelheid van die man. Sy gaan sorg dat hy dit berou, niemand mors met haar nie, niemand gil dit in haar binneste.

Piet kyk haar met nou getrekte oë agterna. Hy het nog nooit van haar gehou nie, daar loop 'n storie dat sy agter Berto aan is, maar terselfdertyd is sy die dorp se fiets. Hy frons nadenkend. Wat weet hy regtig van haar af, behalwe dat sy in die hospitaal as 'n suster werk, lief is vir mans en seks.

Riekert gooi die dag oue lyk in Chantey se bad, toegedraai in plastiek. Ergerlik klap hy die deur toe. Hy haat die werk! Hy haat vir Tania en hy haat homself omdat hy so deksels slap gat is om teenoor haar op te staan. Hy en die lyfwag sluip weer uit haar woonstel sonder dat enige iemand hulle sien. Hopelik na die episode vertrou sy hom meer sodat sy vir hom kan vertel wat aangaan. Hulle ry by die hospitaal verby en sien al die motors en ligte van die polisie.

Hy wonder by homself wat daar aangaan. Dit kan nie oor Goosen wees nie, dit was al twee dae terug gewees maar daar is 'n lykswa ook. Dit is nie ongewoon om 'n lykswa by die hospitaal te sien nie. Wat vir hom ongewoon is, is dat die wa die tyd van die nag daar is en ook al die polisie. Iets het gebeur en daai iets het met Tania uit te waai, hy is seker daarvan. Het die polisie haar dalk uitgevang of het sy weer iets gedoen? Naarheid wil hom oorweldig, maar die wag ry sonder meer verder terug grotte toe.

"So jy raak toe vir gerieflikheid onthalwe aan die slaap dokter terwyl 'n slagtery in jou sorg plaas vind?" vra Piet sarkasties vir Chantey.

"Ek het nie aspris aan die slaap geraak nie man. Kyk daar staan my beker koffie onaangeraak, ek het net ingesluimer. Vandat oom Goosen verdwyn het, was ek nog die hele tyd aan diens. Ek het net huis toe gegaan om ander klere aan te trek. Ek is jammer dat ek aan die slaap geraak het, ek is maar net 'n mens." Sy is al moedeloos om die vra oor en oor te vertel.

"Vir hoe lank het die insluimery geduur dokter?"

"Ek weet nie, vyftien minute." Wat de hel moet sy doen om aan hierdie man te bewys dat sy onskuldig is.

"Goed, is jy die dogter van dokter Carl Bruwer en...?"

"Wat...? Wat het dit met enigiets ...?"

"Antwoord my dokter."

"Dis nou genoeg Piet," kom dit heftig van oom Willem. Hy het nou genoeg van die *army* dril ondervraery gehad.

"Nee oom Willem dit is my werk en as jy verder gaan inmeng..."

"Ek stem saam met my pa."

Die hele vertrek word doodstil en almal draai na die deur waar Berto lank en stewig staan met daardie onwrikbare houding. Chantey wil amper aan die lag gaan maar sy slaan haar hand oor haar mond en sak net lam terug in die stoel. Hemel dit ook nog.

"My personeel is deur 'n groot drama en jy het al almal ondervra. Die kamer van die slagoffer is klaar ontruim en is besig om skoon gemaak te word. Ek het die betrokke personeellede huis toe gestuur en nuwe personeellede laat kom. Ek stuur ook dokter Bruwer huis toe." Berto se houding is vasbeslote en wik nie voor die inspekteur nie.

"Ek is nie klaar met my ondervraging nie," kom dit woedend van Piet.

"Ja jy is, die is my hospitaal en ek het pasiënte om na om te sien en hulle het nou hulle rus nodig. Enige verdere ondervraging kan jy môre in jou polisiekantoor doen."

Piet gluur vir Berto aan maar hy weet dat hy gelyk het. Histeriese mense vergeet belangrike inligting, hy sal môre weer aangaan.

"Goed dokter ek respekteer dit, dankie vir almal se samewerking ek sal weer met julle in verbinding kom as ek nog enige vra het."

Vir Chantey is dit goeie nuus, die man glo duidelik dat sy skuldig is. Soos dit nou lyk is daar niks wat sy kan doen om haar onskuld te bewys nie.

Pa en seun groet mekaar en vir 'n sekonde wens sy dat sy ook so in haar pa se arms kon rus.

"Sal pa vir Chantey huis toe vat asseblief?"

"Nee seun ek gaan hier bly, vat jy haar na my huis toe sodat Maggie oor haar 'n oog kan hou. Ek dink nie sy moet nou alleen wees nie. Sy ly aan skok en is deur baie die afgelope dae."

Berto knik net en hy draai na haar toe, maar sy sit met haar kop tussen haar hande. Hy trek haar saggies aan haar arm op.

"Kom" gebied hy sag en lei haar na buite.

Sy is in 'n dwaal. Sy weet nie wat om te dink of te voel nie. Sy wens sy kan net gil. Sy laat maar heel gedweë toe dat Berto haar na sy motor lei. Sy het nie die krag om te praat of om teë te stribbel nie. Wat hy ookal dink en wil sê moet hy maar, sy kan op die stadium nie meer nie.

Berto lei haar na sy motor toe met gemengde gevoelens. Hy wil haar met alles in hom teen hom vasdruk, maar nou is nie die regte tyd of plek nie. Sy lyk so broos asof sy enige oomblik in mekaar kan sak en in klein stukkies kan breek. Hy is bly sy pa het hom laat weet wat hier aan die gang is. En met die gruwelike daad wat hier vanaand in sy hospitaal gepleeg is, is nie net sy reputasie op die spel nie maar ook sy personeel, hospitaal en hare. Wie ookal aanspreeklik is vir die misdade, hy het die verkeerde bye nes geskud. Hy gaan persoonlik sorg dat hy of hulle aan die pen ry.

Hy draai in by sy woning se oprit, hy voel gemakliker dat sy eerder in sy huis slaap. Sodra sy gaan wakker word, wil hy alles uit haar mond hoor voordat die polisie haar verder gaan ondervra. Hy kyk sag na haar, en vat liggies die hare wat op haar wang lê weg. Volgens matrone het sy amper drie dae laas geslaap. Hy weet nie of hy die verkeerde afleiding gemaak het nie, maar dit het vir hom voor gekom asof Piet Duvenhage haar as 'n verdagte beskou en dit is verregaande om die minste te sê. Hy sluit die motor af en draai na haar, maar hy sien dat sy aan die slaap geraak het. Hy klim saggies uit en gaan sluit die huis oop, maar toe hy by die motor kom is sy wakker en het sy uit die motor geklim. Toe hy by die motor kom is sy wakker en het sy uit die kar geklim. Sy kyk om haar rond asof sy nie weet waar sy haar bevind nie.

"Chantey?" vra hy besorg. Sy kan net na hom kyk. Sy wil alleen wees ... sy wil nie by hom wees nie. Dit maak seer en nog seerder as hy so na haar kyk.

"Ek wil huis toe gaan asseblief."

"Nee, dit is beter dat jy hier in my huis slaap, ek dink nie dit is wys om vanaand alleen te wees nie."

"Ek is 'n groot mens Berto en ek wil huis toe." Sy kyk nie na hom nie, stap die oprit van sy huis terug straat toe. Sy wil net weg kom van hom.

Berto vloek binnemonds, hardloop voordeur toe en sluit die deur weer. Hy klim terug in sy kar en ry agter haar aan. "Dammit Chantey klim in die kar, ek sal jou woonstel toe vat."

Met 'n sug klim sy in die kar, nie een praat 'n woord tot by die woonstel nie. Barto ook nie, elkeen is besig om die warboel gevoelens onder beheer te kry. As sy nie in sy huis wil slaap nie, sal hy op haar bank uit kamp, dink hy oorwonne.

Hy lei haar na haar deur maar die deur is nie gesluit nie, sy vind dit nie vreemd nie, want sy is so vinnig hier uit. Sy gooi haar sleutels op die koffietafel neer. "Wil jy iets hê om te drink of eet?" vra sy op pad kombuis toe.

"Los ek sal vir ons broodjes en koffie maak. Gaan bad jy lekker, dit sal van die ergste spanning ontslae raak." Sy stem is sag by haar oor, sy nabyheid warm. Sy kan net haar kop agter toe sak dan is sy teen hom.

Hy draai haar saggies om. Sy kyk vir sy borshare wat sigbaar is, een knoop het onbewustelik oop gegaan. Hy lig haar ken op sodat sy na hom moet kyk, hul oë ontmoet soekend na mekaar. Hy sien die verwarring en vrees in haar oë. Met teerheid druk hy haar vas teen sy bors, haar arms gaan om sy lyf, hy trek haar stywer teen hom aan. Hulle staan in mekaar se arms afgesny vir 'n paar oomblikke van die wêreld daar buite. Hy het nog nooit soveel vrede en warmte gevoel nie. Sy hoort in sy arms en langs hom, besef hy weereens. Hy trek haar stywer teen hom aan. Hy het baie na haar verlang, die stilte het hy toe nie so geniet soos wat hy gedink het hy sou nie. Hy druk 'n soentjie op haar hare. Sy maak haar saggies uit sy omhelsing los. Sy glimlag skaam na hom op voordat sy die kombuis verlaat om in 'n warm bad te gaan ontspan.

Sy is bly hy is hier. Alles wat gebeur het voel so onwerklik sy weet nie mooi hoe om alles te hanteer nie. Sy kan nie weer deur so iets gaan nie. Alles wat destyds met Riekert gebeur het was moeilik, maar dit wat nou aan die gang is het sy nie 'n naam voor nie. Sy kom geskok tot stilstand voor haar badkamer deur ... Riekert!!!! 'n Naarheid stoot in haar op. Sy het geen twyfel dat hy deel is van die gemors nie. Hemel is dit hoekom hy hier is, sodat hy vir 'n tweede keer haar lewe in hel wil dompel? Sy trek haar vingers deur haar hare, en loop op en af in haar kamer. Sy moet met die polisie hieroor praat! Hulle moet vir Riekert opspoor hy is die regte verdagte.

Sy maak die deur van die badkamer nie heeltemal toe nie. Sy borsel tande en skrik vir haar spieëlbeeld. Hemel maar sy lyk verskriklik. Sy kan nie glo die bleek siel met donker kringe onder haar oë is sy nie. Sy gaan sit op die breë badrand en maak die bandjies van haar sandale los. Sy sal nie weer die broek en hemp kan dra nie. Bloed kom nie uit klere uit nie, dink sy hartseer. Sy draai skuins en steek haar hand na die badprop uit wat op die rand teen die muur van die bad lê. Haar beweging verstil ... haar oë gly stadig oor die groot plastiek voorwerp in die bad. Dis 'n persoon dring die besef stadig deur haar verwarde verstand. Sy hoor 'n gil wat deur murg en been dring.

Berto laat val die koppies met die koffie op die kombuisvloer. Hy haas hom na waar Chantey uit die badkamer uit gil. Sy staan versteen na die bebloede lyk en kyk, hortende snik geluide skeur deur haar bors. Hy gryp haar in sy arms in dat sy nie die beeld verder moet sien nie. Hy voel hoe sy uit sy arms uit gly, en besef dat sy flou geword het. Met een beweging tel hy haar op en dra haar TV kamer toe. Hy sit haar saggies neer op die bank. Hy voel haar polsslag, dit is 'n bietjie vinnig maar verstane na die skok wat sy nou gekry het. Op pad kombuis toe om vir haar suikerwater te gaan maak bel hy vir Piet Duvenhage. Hy glo vas Chantey is onskuldig. Sy is nie tot so iets in staat nie, geen moordenaar los lyke in hulle huis en is dan in so 'n toestand nie.

Piet laat sak sy telefoon stadig in sy broeksak in, hy het geen idee wat in die dorp aan gaan nie, maar dit raak nou verregaande. 'n Lyk in Bruwer se badkamer? Kan sy tot so iets daal net om haar onskuld te wil bewys? Iets is nie pluis nie en hy dink hy is vir die eerste keer in sy loopbaan op 'n dwaalspoor. As sy onskuldig is hoekom wys al die bewyse direk na haar? Aan die ander kant is hy dalk bevooroordeeld teenoor haar, omdat hy van haar geskiedenis bewus is? Hy het die gevolgtrekking gemaak dat sy weer by so iets betrokke kan wees. Hulle sê mos jakkals verander van haar maar nie van streke. Hy moet ook onthou dat sy onskuldig verklaar is. Dat dit haar verloofde was wat toe onder verdenking gekom het, maar weens 'n tegniese punt opgeskorte vonnis gekry het. Wat was daardie man se naam nou weer? Met sy motorsleutels styf in sy hand, klap hy sy kantoor deur hard agter hom toe.

Sy is onskuldig bevind met die bedrogsaak in die Kaap, maar daar was nooit moord of vermiste mense betrokke nie. Ah ... van Aswegen het op haar naam bedrog gepleeg deur met medikasie handel te dryf. Die polisie doen nog die ondersoek so onder die tafel. Hy het die man 'n paar keer in die dorp gesien. Hy wonder wat van hom geword het. Hy moet met hom praat...! Hy stop met skreeuende bande voor die woonstel- kompleks van Chantey. Die ander spanne is klaar op die toneel.

Piet kyk rond in die woonstel waar hy in die deur staan, Berto staan by 'n konstabel om 'n verklaring af te lê. Chantey sit doodstil en so bleek soos 'n laken op die bank.

Chantey voel iemand se oë op haar sy kyk om en haar en die inspekteur se oë ontmoet.

Sy was nog altyd eerlik in haar lewe, sy glo sy is 'n goeie mens en 'n christen. Wat die inspekteur ook al van haar dink of haar van verdink is maar sy saak. Sy gaan haar nie meer verdedig nie. Iewers sal daar bewyse wees dat sy nie by die hele gemors betrokke is nie.

Piet stap na haar toe. Hy gaan sit langs haar op die bank. Sy oë mis niks, haar hande bewe liggies sy is bleek, haar blou oë lyk soos die see as die onstuimig is. Toe sy na hom kyk kry hy haar jammer, maar hy wys niks.

"Naand Dokter, het jy al 'n verklaring afgelê?"

"Mmmm" knik sy. "By dieselfde konstabel as dokter Van Schalkwyk."

"Ken jy die man wat in jou bad is?" Hy hou haar fyn dop, hy sien hoe die trane opwel in haar oë en hoe dit in klein straaltjies oor haar wange loop.

Sy kink instemmend, maar se niks verder nie.

"En...?" hy is effens ongeduldig.

Chantey druk haar hand voor haar mond om die rou snikke te keer. Haar hart is baie seer oor oom Goosen wat in haar bad lê met oop wonde soos 'n slag skaap. Dis 'n beeld wat sy nooit sal kan vergeet nie.

"Oom Goosen ... die pasiënt wat verdwyn het."

Piet knik net.

"Interessant," sê hy nadenkend. Met die woord staan hy op om na die toneel te gaan kyk. By die badkamer deur gee een van sy manne vir hom 'n masker.

"En nou die?" vra Piet

"Die liggaam is besig om te ontbind," brom die konstabel.

Geskok staar hy na die liggaam in die bad, daar is nie bloed nie. Hy kyk na Schalk Slabbert.

"Wat is jou diagnose?"

"Die man het geen organe nie, sy hart, longe, lewer, niere is uit. Sy bloed is ook getap, ek dink dit het gebeur terwyl die organe verwyder is.

Wie dit ookal gedoen het, het nie omgegee oor hoe die man opgesny word nie, die werk is baie slordig gedoen. Ek sal jou meer môre kan vertel." Piet is tot in sy siel geskok. Nee, hel dink hy die is nie die werk van 'n verfynde vrou nie, maar die van 'n monster. Hy beter vinnig die saak op los, want hy het 'n voor gevoel dinge gaan nog lelik raak. Hy is amper doodseker dat die ander mense wat vermis is ook dieselfde paadjie gaan stap as die man.

Berto neem langs Chantey plaas op die bank.

"Hoe voel jy nou?" Hy het vir haar 'n kalmeerpil gegee.

"Ek is okay," sy glimlag flou na hom.

Sy hart breek, hy wil haar vashou en beskerm, hy kan dit nie vat om haar so te sien nie.

"Ek dink jy moet vir jou 'n paar kledingstukke gaan inpak. Jy gaan daar by my kom bly totdat die polisie klaar is hier. Ek sal reël vir ander verblyf vir jou, jy kan nie terugkeer na die woonstel nie."

Chantey kyk verbaas na hom. Is hy regtig besorg oor haar of is dit net 'n front terwille van sy en die hospitaal se naam? 'n Front sodat die pers nie iets negatiefs moet sê oor sy hantering van die hele situasie nie. Sy sug, sy het nêrens anders om heen te gaan nie en sy sien nie kans om hier te bly met die herinnering van die oom in haar bad nie, sy knik.

"Ek is nou terug."

Sy maak haar kamerdeur toe, sy wil net vir 'n paar minute alleen wees, sy moet haar gedagtes agter mekaar kry. Sy moet haarself reg ruk sy is 'n dokter. Sy kan nie toelaat dat hierdie gemors haar beroep en lewe verwoes nie. Sy leun teen die deur, sy frons effens. Haar kamer ruik soos 'n lykshuis, naarheid wil haar oorweldig, sy probeer rustig asemhaal, maar die reuk wil haar verswelg.

Sy ruk haar kas deur oop en gryp 'n paar kleding stukke, sy maak die deur van die kas oop waar haar skoene en klere hang. Sy staan soos 'n standbeeld en staar na die lyk wat in 'n sittende posisie is. Sy ken nie die mens nie sy draai om en verlaat haar kamer.

Berto staan op toe sy haar kamerdeur oop maak, hy wil nog haar spot omdat sy so vinnig is maar die woorde stol in sy keel toe hy die versteende houding sien wat sy het. Hy stap vinnig nader, die trane loop oor haar wange maar sy is te in skok dat sy niks sê of hardop huil nie. Hy storm verby haar net om geskok tot stilstand te kom toe hy die lyk in die kas gewaar. Hy druk sy hand oor sy mond om die stank wat vinnig en swaar uit die kas ontsnap het.

"Piet!" gil Berto

Met vinnige tree stap Piet die kamer binne. Altwee staar vir etlike sekondes net na die man.

"Dis ou Frik Botha, die boemelaar," kom dit verslae van Piet.

"Ek gaan nou vir Chantey na my huis toe vat, sy moet uit die woonstel kom sy het baie skok opgedoen. Ek kan nie sonder haar die hospitaal hanteer nie. Ek het haar nodig om op haar pos te kom en haar ou self te wees. Piet sy het niks met die gemors uit te waai nie, sy is nie tot sulke gruwelike dade in staat nie." Berto se stem is pleitend.

Piet kyk na hom, hy ken vir Berto as 'n ernstige oop kop man met sy voete stewig op die grond. Berto kan reg wees, maar as daar nie bewyse is wat die teendeel kan bewys nie is sy hande afgekap. Hy kan 'n maand se salaris wed dat Berto definitief meer vir Chantey voel as net vriendskap.

"Sy mag nie die dorp verlaat nie, nie totdat die saak afgehandel is nie. Daar is net een ding wat ek van jou nodig het."

"Jy het my volle samewerk ng. Sy is onskuldig maak nie saak watse valse bewyse teenoor haar is nie."

"Ek verstaan dat jy so dink, maar met haar geskiedenis van bedrog kan ek haar nie oorsien nie."

"Wat?" Die ou het sy feite verkeerd. Sy pa sal nie iemand met 'n rekord aanstel nie.

"Ek sê jou nou iemand het 'n vendetta teenoor haar, as ek jy is soek daardie Van Aswegen vent."

Berto gryp die tas bo op die kas, netjies pak hy vir haar klere in terwyl Piet daar staan.

"Ek hoor wat jy sê, maar ek het werk om te doen. Ek sal nie 'n onskuldige mens tronk toe stuur nie. Weet jy waar ek hom kan kry?"

"Nee, ek het geen kontak met hom nie... wag 'n bietjie. Op my pa se afskeid het hy sommer hier opgedaag, ek onthou Chantey was baie ontsteld gewees toe sy hom gesien het. Ek het die indruk gekry dat hy nog verlief is op haar, maar sy het hom die hele aand vermy. Tania Sinden het baie vinnig 'n *move* op hom gemaak. "Hulle was die hele aand in mekaar se geselskap, het gedans en so ver ek weet het hy haar huis toe gevat. Ek het hom 'n hele paar keer by die hospitaal gekry. Ek het nie daarvan gehou dat hy daar is nie en dit ook vir hom gesê. Ek weet hy en Tania was baie in mekaar se geselskap, sy behoort te weet waar hy is."

"Whow! Dis 'n mondvol dankie vir die inligting. Ek sal dit definitief opvolg. Net nog een ding, ek soek toegang tot die hospitaal se mediese voorraad verslae."

"Hoekom?"

"Ek dink dat die een wat verantwoordelik is vir die drie mense se dood, het toegang tot jou mediese voorraad, ek het die vermoede iemand steel van jou."

Berto stik van skok.

"Jy's mal, niemand kan by die voorraad in kom nie dit is net ek, matrone Swiegers en ... Chantey wat die sleutels dra."

Nee, nee, nee skreeu dit in Berto, Chantey sal nie. Hy moet in haar onskuld glo.

"Het ek jou samewerking? Ek sal ook al die sleutel wil hê, as daar onreëlmatigheid is, sal ons dit iewers opspoor."

Berto knik instemmend.

"Jy kan môre als kom haal, ek het spaar sleutels wat in veilige bewaring by die bank gebêre word. Ek sal dit gaan haal en daarmee werk maar ek sal die sleutels alleen dra totdat die ondersoek afgehandel is."

"Dit is 'n goeie plan" Piet sit sy hand op Berto se skouer. "Sterkte."

Berto sit die tas by die voordeur neer. Hy kyk met deernis na die klein figuurtjie op die bank. Hy help haar regop, sy hart krimp ineen toe hy in haar oë kyk wat soveel hartseer berg. Met sy arm beskermend om haar lei hy haar uit die woonstel.

Hoofstuk 14

Tania sit oorkant die inspekteur, haar hele houding kalm asof daar geen kommer in die wêreld is nie.

"Nee inspekteur ek weet nie waar Riekert hom bevind nie. Ons het 'n paar kee' uitgegaan en so, maar dit was net 'n fling ... as jy weet wat ek bedoel." Sy glimlag soet vir hom en toe gooi sy 'n knipoog in as 'n bonus. Sy moet hard sluk om die lag in haar kee terug te sluk toe die man haar grootoog aan kyk. 'Hy't vir my gesê hy gaan terug Kaap toe, en ek het nie weer iets van hom gehoor nie. Ek het hom nie eers gebel nie, ek loop nie agter 'n man aan nie."

As hy verbaas is oor haar self-versekerde houding wys hy niks, maar sy is skaamteloos dit weet hy.

"Hoe is die verhouding tussen jou en dokter Bruwer?"
Haar oë dop dak toe.

"Nie goed nie, haar manie' van dokter wees, die manier hoe sy met die pasiënte is ... wel ek stem nie saam nie, haar stadsmaniere pas nie hier nie."

"En haar verhouding met dokter Van Schalkwyk?"

Tania is onbewus van die kil uitdrukking wat sy in haar oë gekry het met die vraag. Sy behou haar kalmte, sy gaan nie dat hy haar intimideer nie.

"Hulle sit nie om dieselfde vuur nie, al die personeellede sal dit kan bevestig hulle verskil oor alles. Sy het eenkeer die vermetelheid gehad om Berto se behandeling op 'n pasiënt te bevraag teken. Sy wou 'n totale ander stel toetse gedoen het. Berto was woedend en het haar net daar voor ons almal aangevat."

Sy tel haar glas met ystee op en drink rustig daaraan. Hopelik met die bietjie inligting hou sy sy aandag op Bruwer.

"So jy sal nie sê dat hulle 'n verhouding het nie?"

Tania verstik by die aanhoor van die belaglike vraag.

"Nooit!" die skok slaan duidelik deur. "... Ber ... dokter van Schalkwyk het beter smaak, sy is nie sy soort nie."

"Mmmm," dink Piet, hy het 'n teer punt aangeraak.

"Die storie wat die rondte doen dat jy en dokter van Schalkwyk 'n verhouding het, ek neem aan met jou heftige reaksie dat dit waar is. Tania ruk haarself vinnig reg.

"Ja," kom dit beslis. "Ons is al 'n jaar saam, maar ons het dit stil gehou. Ons gaan ons verlowing na sy terugkeer van Namibië aankondig."

"Ek sien ... die dat dokter Bruwer by dokter van Schalkwyk bly tot die saak...!"

"Waaat?" Tania is tot in haar siel geskok. O, nee sy gaan nie toelaat dat daardie feeks haar kloue in Berto in slaan nie. Haar kamstige onskuldige gesiggie ... gmf... haar dae is getel. Sy moet nou net van die parasiet hier voor haar ontslae raak.

"Ekskuus," maak sy verleë verskoning vir haar reaksie. "Ek het nie geweet nie, met alles wat die afgelope tyd hier in die dorp gebeur het, dit het 'n uitwerking op my. Dis goed as sy by Berto bly, hy kan 'n behoorlike oog oor haar hou. Persoonlik dink ek dat sy nie is wat sy voorgee om te wees nie, maar dit is net my opinie."

"Hoe so?" Piet is so opgewonde oor die vrou se hewige reaksie teenoor Bruwer, hy dink hy het iets beet.

"Ek mag nie uit die hospitaal praat nie," kom die flou verskoning. Tania hou hom onderlangs dop, sy moet hom net op Chantey laat fokus, sy sal haar storie nou goed moet ken.

"O, so jy gee nie om dat die hospitaal op moontlike sluiting staan nie?" hy lieg nou deur sy tande maar hy soek reaksie.

"Wat...?" sy kyk hom heel dom aan. "Hoekom?"

"Met die misdade en bedrog staan daar niks in die pad van die Departement van Gesondheid om drastiese op te tree nie. Ons sit met 'n moordenaar sonder gewete of respek vir mens en lewe."

"Maar hulle kan nie!" sy is geskok dit is nie wat sy wou hê nie. Sy het nie eers daaraan gedink dat die hospitaal skade sal ly nie. Dit is Berto se trots so iets sal hom breek, sy wil hom nie seergemaak het nie. Altans nie op die manier nie. Sy wil hê dat hy moet ly om Bruwer in die tronk te sien.

"Hoe meer inligting en bewyse ek kan kry, hoe vinniger kan die saak opgelos word. Hoe vinniger kan die hospitaal gered word. Op die oomblik sit ek in 'n doodloopstraat."

Sy selfoon gaan af dit is Schalk, hy soek hom dringend.

"Jammer ek moet ongelukkig ons gesprek kort knip. As daar enigiets is wat jy dalk mag onthou, hier is my kaart, kontak my, dag of nag."

"Ek sal natuurlik jou van enige inligting laat weet."

Toe hy die vertrek verlaat vertrek Tania se gesig lelik, die haat is soos vuurvlamme in haar oë. "Chantey Bruwer...!"

Die son steek lui sy gesiggie by die koppies verby om 'n nuwe dag te verlig. Sy mooi sagte geel strale met 'n bietjie pienk in vul die horison. Dit is koelerig, maar geen wolke is iewers te siene nie. Die belofte van die reën wat weg bly. Vandag gaan net nog 'n spanningsvolle dag wees vir die inwoners van Kroondal. Chantey loop deur die lushof van 'n tuin, dit is nog baie vroeg, maar sy kon nie verder slaap nie. Die nagmerries gee haar nie kans om te rus nie. Dit is nou al drie dae wat sy by Berto bly, hulle sien mekaar nie. Sy bly in haar kamer sy het nog nie die krag om met hom te praat nie. Sy het tyd nodig om al die gebeure van die afgelope tyd te verwerk.

Hy is van vroeg tot laat by die hospitaal, sy bly in haar kamer as hy by die huis is. Elke aand hoor sy sy voetstappe wat voor haar deur tot stilstand kom. Elke keer trek haar bors toe, sy weet hy wil met haar praat. Sy sal hom nie vir altyd kan ignoreer nie, maar sy wil nie die agterdog of teleurstelling in sy oë sien nie. Sy gaan sit op die gras in die tuin, sy mag nêrens heen gaan nie, nie dat sy iewers heen wil gaan nie. Die dorp gons oor die lyke wat in haar woonstel gekry is.

Sy ken mense, nog voordat jy skuldig bevind is of nie, in hul oë maak dit nie saak nie. Daar is altyd 'n groepie wat jou skeef aankyk, draaie om jou loop en jou heeltemal kaal skinder. Enige fout wat jy maak sal die verlede weer helder in hul skinder kring wakker maak. Berto is vanoggend net na vier uitgeroep vir 'n noodgeval, wat weet sy nie. Met die tempo wat hy die voordeur toegeslaan het en die skreeuende bande van sy motor het haar die afleidings laat maak dat dit ernstig moet wees.

Sy mis die hospitaal, sy mis haar werk. Sy kan nie elke dag hier sit nie, sy gaan van haar kop afgaan. Sy rek om 'n bloedrooi roos te ruik wat stadig besig is om te verwelk. Die sagte soet geur vul haar neus, sy sug soos sy terug sak op die gras. Haar kop is so deurmekaar. Die een vraag wat sy nie wil antwoord nie, is of sy nog hier wil bly as die hele saak afgehandel is. Haar naam as Dokter het vir 'n tweede keer baie skade gekry. Haar reputasie is weereens vernietig. Die opstand van magteloosheid wel weer in haar op, as sy vir Riekert in die hande kry sal sy moord pleeg. Sy het vir niemand gesê dat sy dink hy sit agter alles nie. Sy wil hom self konfronteer voordat die polisie hom in die hande kry. Hoe kan hy lief wees vir haar, en dieselfde tyd haar weer deur dieselfde drama sit, behalwe dat hy die keer heeltemal mal geword het.

Die polisie wil nie met haar die saak bespreek nie, sy het 'n nare gevoel hierdie gemors is groter as wat sy dink. Berto het haar sleutels van die hospitaal teruggevat. Hy wou nie sê hoekom nie. Woedend gooi sy die koppie waarin haar koffie was blindelings die tuin in. Met toe oë lig sy haar kop hemelwaarts. Here help asseblief, die enkele kreet laat trane oor haar wange val.

"Is dit wat jy van my gasvryheid dink?" vra Berto spottend.

Chantey vlieg om, haar hart begin vinniger te klop. Sy weet nie of dit is omdat sy bang is vir wat mag kom, en of sy bly is om hom te sien nie. Sy staan op en vou haar vingers senuweeagtig in mekaar.

"Vir wat de hel bekruip jy my so?" sy voel vreeslik verleë dat sy die koppie gegooi het. Sy loop na waar die koppie geval het, gelukkig het dit nie gebreek nie. Met die koppie styf in haar hande bly sy net daar staan.

Berto stap na haar toe. Dit is die eerste keer dat hy haar sien na die insident by haar woonstel. Sy het nooit uit haar kamer gekom nie. Hy het een aand na haar kamer gegaan, maar die deur was gesluit. Hy was seer gemaak omdat sy die deur gesluit het, maar hy het dit ook verstaan. Sy is seker bang dat die misdadigers dalk agter haar aan kan wees. Hy en Piet het ook daaroor getop, daarom is daar 'n polisie man wat die huis dophou.

"Ek is jammer ek wou jou nie laat skrik het nie. Jy is vroeg wakker, slaap jy darem?" Chantey skud net haar kop ontkennend.

"Hoekom is jy nie by die hospitaal nie?"

"Ek het honger geword en is nie lus vir hospitaalkos nie, ek het vir Rosa gevra om pannekoeke te maak. Kom eet saam met my ons het lanklaas gesels."

"Dankie, maar ek is nie honger nie, ek dink nie pannekoeke is ontbyt nie." Sy wil nie in sy teenwoordigheid wees nie, sy wil nie die vrae in sy oë sien nie. Sy wil alleen gelos word.

Berto vat nie nee vir 'n antwoord nie, hy loop na haar toe. "Kom," sê hy. "Pannekoeke my liewe kollega het my al deur baie ure gedra om wakker te bly." Skerts hy terwyl hy haar aan die hand vat en na die patio lei.

Chantey neem op die stoel plaas wat hy vir haar uitgetrek het. Die kos ruik hemels. Sy het nie juis geëet na die woonstel ding nie. Sy moet glimlag vir die tafel, dit lyk of daar 'n kleinspan om die draai gaan kom vir die ontbyt. Die pannekoeke is in 'n hoe stapel in 'n bak, roomys, aarbeie, stroop, enige kind se droom.

"As jy so glimlag?"

Hulle oë ontmoet, die sagtheid in syne laat haar bloos. Haar hart klop vinniger, sy moet haar blik wegskeur. Hoekom kyk hy so na haar, weet hy nie hoe ongemaklik dit haar maak nie. Sy wil nie hê hy moet so vriendelik met haar wees nie. Hy moet met haar raas, bombasties wees dan kan sy hom hanteer, maar nie as hy so is nie.

"Ek dink maar net dat enige kleuter die ete sou geniet het."

Berto kan nie help om hardop te lag nie. Sy is so klein en fyn en die blos op haar wange maak haar onweerstaanbaar. Dit is hoekom dit vir hom so moeilik is om te aanvaar dat sy by die misdade betrokke is. Piet het hom laat weet dat daar met die hospitaal se boeke gepeuter is. Chantey se handtekening is op al die uitgeboekte medikasie. Hy het blykbaar 'n ooggetuie wat sê dat sy in die voorraadkamer gesien is, dat sy ook gesien is waar sy goed in haar motor gelaai het.

Die ete is nie heeltemal onskuldig nie, hy wil haar onder vier oë sien. Hy wil vandag die waarheid weet.

Hy gaan nie 'n skuldige beskerm nie, nie na alles wat sy ouers en hy hard aan gewerk het nie. Hy moet sy gevoelens vir haar op sy sit, ongelukkig kom die hospitaal, die pasiënte en sy werknemers eerste. Piet wou nie sê wie die verklarings afgelê het nie, maar op 'n manier sal hy uitvind wie dit was. Hy sou dit baie gewaardeer het as hulle eerste met hom kom praat het toe hulle van die bewegings van Chantey bewus geword het.

Vir 'n rukkie is dit stil aan die tafel. Chantey sit gespanne aan haar koffie en drink. Sy is bewus van die frons op Berto se voorkop. Sy voel vreeslik skuldig dat hy sy verlof moes gekanselleer het om terug te keer na die gemors toe. Sy voel skuldiger dat sy hospitaal deur so 'n skandaal gesleep moet word. Sy moes nooit hierheen gekom het nie, sy moes nooit toegelaat het dat Riekert in die dorp vertoef het nie.

"Hoe goed ken jy vir Riekert van Aswegen?" Berto hou haar dop en sien die skok op haar gesig toe sy net na hom kan kyk.

"Hoekom?"

"Chantey, ek kan nie help om jou onskuld te bewys as ek nie alles weet nie en ek bedoel alles.'

"Ek is onskuldig" kom dit pleitend. "Iemand wil my lewe hel maak ek is nie tot enige van die misdade in staat nie. Ek is nie 'n monster nie," haar stem breek van ingehou emosie. Sy sluk hard sy gaan nie die trane kans gee om uit te kom nie.

"Ek het nie gesê jy is skuldig nie, maar volgens die polisie se inligting en bewyse wys als na jou toe."

"As ek so verdomp skuldig is hoekom sal ek die lyke in my eie huis bêre? Antwoord my dit." Chantey se humeur is deur die dak, sy het geweet hierdie kuiertjie het 'n stertjie.

Berto leun terug in sy stoel, hy haal nie sy oë van haar af nie, hy wil elke reaksie sien. 'n Mens se liggaam is 'n leuenverklikker op sy eie, het sy pa altyd gesê toe hy 'n kind was en sy pa hom vas getrek het oor stoutigheid wat hy aangejaag het. Dit het baie gehelp, hy het deur die jare die mensverklikker goed bemeester. Niemand kon nog vir hom jok of enigiets van hom weerhou nie. Sy personeel is bewus van dit, daarom is hulle versigtig vir hom.

"Weet nie! Miskien om die polisie op 'n dwaalspoor te bring, om so die aandag van jou af te vat."

Sy word merkbaar bleek, sy keer nie meer die trane nie. So hy dink sy is skuldig, die seer bars in haar oop.

Berto voel soos 'n skurk toe hy haar reaksie sien.

Sy kyk na hom sonder om die trane af te vee, tot nou toe het sy om gegee wat hy van haar dink, maar nou weet sy wat hy van haar dink en hy wantrou haar.

"Ek het nie daardie twee mense doodgemaak nie, en ek gee nie om of jy my glo nie." Sy haal diep asem om die krakerigheid in haar stem weg te kry. "Ek het vir Riekert amper twee jaar terug by 'n hospitaal dinee ontmoet. Dit was liefde met die eerste oogopslag. Ek het geglo hy is opreg lief vir my, maar dit het ek later uitgevind was nie regtig waar nie."

"Wat het hy gedoen?" Berto voel jaloers, dit lyk vir hom of sy nog iets vir hom voel.

"Jy sal nie verstaan nie." Chantey kyk af en staar na haar bord. "Dit wat hy gedoen het, wens ek nie eers my grootste vyand toe nie."

Berto word rooi van woede. Bedoel sy dat hy...?

"Sê my!" hy probeer sy bes om kalm voor te kom, maar hy is reg om te moor.

Sy kyk na hom, miskien is dit beter as hy dit by haar hoor, sy sug.

"Ek en Riekert was verloof vir meer as 'n jaar. Hy het my op sy hande gedra, ek het elke dag spesiaal gevoel. In my hart was ek die gelukkigste vrou in die wêreld, ek het die liefde van Kaapstad se mees gesogte *bachelor* gehad. Om van so 'n wolk af te val na die werklikheid was hard, glo my. Agt maande terug het my lewe drasties verander. Alles waaraan ek geglo het, oor gedroom het, het in skerwe gebreek."

"Die direkteur van die hospitaal het my ingeroep. Daar was agterdog oor die aantal medikasie wat my afdeling gebruik. Ons was ver oor ons begroting. Ek het van niks geweet nie en so vir hom gesê. Hy het my nie geglo nie, hy het rekening op rekening voor my neergegooi. Ek was uit die veld geslaan, ek het uit sy kantoor gestorm ek wou net by Riekert uitgekom het."

"Riekert het nooit opgedaag vir werk nie, so toe gaan soek ek hom by sy huis. Hy was so cronk soos 'n spook gewees. Ek het hom gekonfronteer oor wat die direkteur gesê het. Hy het alles erken. Riekert het die medikasie gesteel deur die dokumente te dokter so ook my handtekening. Hy het voorraad bestel en dit verkoop aan dwelmverslaafdes, dit was nie genoeg nie, hy het groter gegaan en so sy rykdom verbeter.

"Hy het nie nodig gehad om bedrog te pleeg nie, hy was 'n baie suksesvolle dokter, maar geld het sy baas geraak. Ek het agtergekom dat iets nie pluis is nie. Ek het hom gedreig totdat hy met die waarheid uitgekom het. Hy was die verskaffer van medisyne aan 'n Chinese bende. Hy wou alles gestop het, maar hulle het gesê dat hulle my sal seermaak. Ek het hom geglo, maar dit was nooit die waarheid nie.

"Hy het gepeuter met die orgaanskenkingstelsel, wat gelei het tot die dood van pasiënte. Hy het organe gesmokkel, hy het 'n moordenaar geword. Ek is ook in hegtenis geneem, want my handtekening was op alles. Sy verskoning was dat hy dit so moes doen, want niemand sou my verdink het nie. Ek is onskuldig bevind te danke aan sekuriteitskameras en ooggetuies. Dit het nie saak gemaak nie, my naam en reputasie was weg.

"Die hospitaal het my vriendelik versoek om te bedank. Ek het my praktyk verkoop en vir twee maande verdwyn. Ek het aansoek gedoen vir die pos, gedink ek kry dalk 'n tweede kans, maar nee, ek is toe nie so gelukkig nie." Sy bly stil, daar is niks meer wat sy hom kan vertel nie.

Sy skrik toe hy sy stoel hard uitskuif. Die yster stoel val met 'n slag neer op die teëls. Berto kyk haar geskok aan. Sy kan maar net na hom kyk, die kyk in sy oë laat haar terugdeins. Sy het geweet hy gaan so reageer. Dit lyk of hy vir haar iets wou sê maar hy loop net die huis in. Sy hoor hoe hy die deur toe klap en hoe sy motor met skreeuende bande weg trek.

Sy laat sak haar kop in haar hande, sy keer nie die stort vloed trane nie. Dit voel of haar hart uit haar bors wil skeur. "Ek is so jammer" snik sy sag. Hoe lank sy so daar gesit het weet sy nie. Sy kyk op toe sy voetstappe hoor, sy trek haar asem skerp in toe sy vir Berto gewaar.

"Ek wil net een ding weet. As jy so seergekry het hoekom het jy vir die vent gesê waar jy is?" Berto spoeg elke woord uit. Hy is buite homself van woede. Hy kan nog steeds nie glo wat hy gehoor het nie.

"Wat sê jy nou eintlik? Sê jy ek het jou hospitaal die teiken gemaak met die gruweldade? Nou kom ek sê vir jou Berto van Schalkwyk, vlieg in jou peetjie in met jou aannames en agterdog."

Sy kom vinnig orent, haar stoel gly oor die teëls, dit gee 'n aaklige klank wat jou hare regop laat staan. Sy storm die huis in, maar voordat sy haar kamer kan bereik gryp hy haar aan die arm. Met geweld swaai hy haar om dat sy haar balans verloor en teenoor hom val. Sy stamp hom hard weg van haar af, sy is blind van woede.

"Bly uit my pad uit." gil sy op hom

"Of wat..? Gaan hulle my lyk ook iewers opgekap kry?" Toe die woorde uit is, is Berto onmiddellik spyt. "Ek is so jammer, ek het dit nie bedoel nie." Sy hart trek saam toe hy die seer in haar cë sien. Hy vat haar hand, maar sy trek dit uit syne uit.

Sonder 'n woord draai sy om. Sy hardloop na haar kamer en sluit die deur. Sy leun teen die deur, haar skouers ruk soos die seer deur haar lyf skeur. Sy sak teen die deur af tot op die vloer sy trek haar bene teen haar bors op. Sy kan nie meer nie, dit voel of haar hart wil ontplof van die dodelike pyn wat sy voel. Sy het nog nooit so seer gehad soos nou nie. Sy haat hom! Hy is 'n ongevoelige monster. Hy behoort mos te weet dat sy nooit tot so iets in staat kan wees nie. Dit is seker wat hy wil hê, dat sy tronk toe gestuur moet word. Dan is hy vergoed van haar ontslae. Hy wou haar nooit hier gehad het nie, van die begin was hy teen haar. Dit was nie sy besluit om haar aan te stel nie maar oom Willem sin.

Oom Willem ... nuwe rou snikke kom hortend uit haar bors. Wat sê hy van alles? Sy het hom nie weer gesien vandat Berto van verlof af gekom het nie. Glo hy ook alles? Glo hy ook dat sy tot sulke gruweldade in staat is? Hy wat gesê het hy ken haar, wat geweet het dat sy nie by die bedrog betrokke was nie. Dit was hy wat haar 'n tweede kans gegee het. Het hy nou berou daaroor? Sy moet so gou as moontlik onder Berto se dak uit kom. Sy sal na die hotel gaan as hulle haar daar wil hê, maar langer in die huis bly saam met iemand wat haar van alles wat sleg is verdink, kan sy nie meer nie.

Na die gemors gaan sy so ver as moontlik wegvlug van Kroondal, weg van die pyn, vernedering en hartseer. Sy moes maar na die Kongo gegaan het en nie hierheen gekom het nie. Sy sal haar vriend kontak miskien is daar nog plek vir haar. Daar kan sy 'n dokter wees al is die geweld, siektes en armoede ondraaglik. Eerder dit as die seer!

Berto sak sy kop teen haar toegeklapte kamerdeur. Hemel hy het die hele situasie opgefoeter. Hy luister na haar snikke. Geen mens wat skuldig is huil so nie, sy is nie iemand wat haar gevoelens baie goed kan wegsteek nie. Haar wange het nie eenkeer verkleur nie, haar oë het regte seer in. Hy is seker met sy hele hart dat sy onskuldig is. Hy weet dit net en hy gaan in haar glo. Nou moet hy net kan bewys dat dit nie sy is wat betrokke is by die gruweldade nie, voor sy vir moord aangekla word. Sy sal haar lisensie verloor. Die gemeenskap kan haar nie verloor nie, hy kan haar nie verloor nie. Hy is lief vir haar, die gevoel is so intens dat dit hom bang maak. Hy moet haar eenvoudig help.

Hoofstuk 15

Piet Duvenhage staar moedeloos na al die papiere op sy tafel. Die saak is verdomp ingewikkeld om die minste te sê. Die vingers wys direk na dokter Bruwer, maar dit is te maklik, die hele ding is te slordig. Hoekom sal sy so vinnig haarself wil inkrimineer, dit maak nie sin nie. Berto dink sy word geteiken, maar deur wie? Hy het probeer om die sogenaamde Riekert van Aswegen op te spoor, maar tot dusver het dit tot 'n doodloopstraat gelei. Hy wag nou net om van die lab te hoor of die handtekeninge wat in die mediese registers gekry is ooreenstem met Bruwer sin. As dit die geval is moet hy haar in hegtenis neem.

'n Makliker saak het hy nog nie gehad nie. Sy voorgevoel stem nie saam nie, dit voel of die regte misdadiger hom uitlag. Maar aan die ander kant as hy vir Bruwer arresteer en die misdaad hou nie op nie, bewys die misdaad haar onskuld. Dit of sy werk saam met iemand maar hel sal sy aan die pen ry vir iemand anders? Haar hele loopbaan, reputasie sommer net so in die water gooi? Iets kort... dammit! Hy slaan hard met sy vuis op die tafel, as hy net sy vinger op dit kan sit.

Hy kyk na sy telefoon wat op die lessenaar lê, as dit die oproep is wat hy verwag is sy hande afgekap. Maar hy sal nog verder krap hy moet eenvoudig agter die kap van die byl kom. Waar sou sy met die slagoffers heen gegaan het? Werk sy alleen? Wie vat die organe? Soveel vra en geen antwoorde nie.

"Duvenhage."

"Chantey maak oop die deur!" Berto klop dringend teen die toe deur. Daar kom geen geluid uit die kamer nie. Rosa het gesê dat sy hier is. Sy het nie weer uit haar kamer gekom vandat hy hier was nie.

"Miskien sal sy na my luister."

Berto staan teësinnig opsy.

"Dokter Bruwer, dit is inspekteur Duvenhage. Ek het 'n lasbrief vir jou inhegtenisname.

"Maak die deur oop of ons gaan geweld gebruik!!! Dokter dit gaan teen jou in die hof tel."

Steeds geen geluid.

"Dit is nie hoe sy is nie Piet, iets is nie reg nie! Ek sal die deur moet oopbreek." Berto wag nie vir Piet se reaksie nie. Met 'n paar harde stampe gee die deur mee en swaai oop. Hy staan op sy sodat die polisie kan ingaan. Daar is niemand in die kamer of in die badkamer nie. Die glas skuifdeur is van binne af gesluit.

"Sy is nie hier nie!" sê Piet onnodig terwyl sy oë Berto s'n vaspen. Hy ken vir Berto lank genoeg om te weet dat hy net so geskok is om haar nie hier te kry nie. Die sleutel in die deur is weg so ook al haar besittings. So sy het gevlug! Dammit! Dit is nou 'n gemors dink hy vies.

"Konstabel kry die ander eenhede uit met 'n dringende soektog na dokter Bruwer. Sy kan nie ver wees nie.

Berto het uit die huis geloop, die mure het hom ewe skielik versmoor. Waar de joos is sy? Hy het haar probeer bel toe hy gehoor het dat Piet haar gaan arresteer, maar sy het nie geantwoord nie. Hy het maar aangeneem dat sy te kwaad is om met hom oor die telefoon te praat.

Hy draai om toe hy voetstappe agter hom hoor.

"Ek neem aan jy kry haar ook nie in die hande nie."

"Nee, maar een van my konstabels het dit opgetel. Dit het skuins onder die bed gelê." Hy oorhandig die sakkie met 'n klein botteltjie in aan Berto.

"Wat is dit?"

"Weet nie, gehoop jy sal my kan sê."

Berto kyk na die botteltjie, en frons onbegrypend.

"Dit is Midazolam!"

"Was sy siek?"

"Nee, dit is 'n slaapmiddel."

"So sy spyt haar in om te slaap?"

"Nee," sê Berto beslis.

"As dit nou een ding is wat ek weet is dat sy nie op enige medikasie is nie en ook nie 'n verslaafde is nie. Ek is oortuig dat die bottel nie aan haar behoort nie."

Piet vat die bewysstuk terug.

"Ek sal dit vir vingerafdrukke vat, miskien is ons gelukkig. Ek sal jou op hoogte hou, maar ek vra jou samewerking. As sy jou kontak moet jy my asseblief laat weet."

Berto vryf sy hare moedeloos deurmekaar, alles is nou vir hom so deurmekaar. Die bottel met die slaapmedikasie is nie iets wat jy oor die toonbank kan koop nie. Die dosis moes sterk gewees het, want daar was heelwat uit die botteltjie. Met daardie dosis sal Chantey nie in staat wees om enigiets te doen nie. Wat het sy met die goed gemaak? Was sy verslaaf aan die goed of is daar dalk 'n derde party betrokke? Daar sou tog tekens gewees het van 'n gestoei, en daar is niks nie. Al haar goed is ook weg. Piet glo vas sy is betrokke by die misdade, maar hy wil dit nie glo nie, hy kan dit nie glo nie. 'n Beweging agter hom laat hom omdraai deur toe.

Tania staan onseker stil, sy moet haar kaarte reg speel met hom. Hy moet in haar arms troos soek. Hy moet haar syne maak vir altyd. Bruwer is uit die prentjie, nou kan Berto weer hare alleen wees.

"Hi!" haar stem is klein, sy kyk na hom met 'n effense skeefgedraaide kop.

Berto kyk haar vir oomblik net aan, asof hy haar nie herken nie. Hy skud sy kop, hy sal homself moet reg ruk.

"Hallo, Tania. Wat maak jy hier?" Hy kan doen met geselskap. Hy kry so seer, asof iemand hom elke keer in die maag met 'n harde voorwerp slaan as hy aan Chantey dink.

"Ek wou al lankal oorgekom het, maar met al die chaos in die dorp en die polisie wat oral is, het ek maar in my woonstel gebly."

Sy kyk af na haar hande. "Ek is bang Berto."

"Hoekom?" Hy is nogal veras oor haar weerloosheid. Sy het altyd die harde houding asof sy wil sê niks en niemand kan haar breek nie. Hy ken haar redelik goed, hy weet dat sy 'n harde kinderlewe gehad het. Hy dink nie dit is vir enige iemand maklik om in 'n huis groot te word waar daar soveel teenstrydigheid is nie. Sy het een keer vir hom vertel dat sy vir haarself 'n beter lewe geskep het, die dag toe sy klaar gemaak het met skool. Sy het ver weggevlug van haar tuis dorp af. Sy het dryfkrag gehad en het hard gewerk om in die mediese veld in te kom. Hulle twee het van die begin af goed gekliek. Hulle kon oor enigiets gesels het daar was nooit 'n verhouding nie, maar hulle het mekaar aangevul op alle gebiede.

"Toemaar," sê hy bemoedigend terwyl hy haar in sy arms in trek. Haar arms gaan om sy lyf en sy hou hom styf vas.

"Ek mis jou. Wat gaan aan, hoekom sien ek jou nie meer nie?"

Hy weet nie wat om vir haar te sê nie, hy kan haar nie in die oë kyk nie. Sy is reg, hy kan nie onthou wanneer hy haar laas gesien het nie. Hy kan nie onthou of hy aan haar gedink het nie. Hy kan nie veel van die afgelope dae onthou nie. Hy werk om nie te dink nie. Die tydjie wat hy in Namibië was, was sy gedagtes net by Chantey.

"Ek is jammer Tania dinge was en is maar deurmekaar die afgelope tyd. Kom ons gaan sit in die TV kamer dan kan Rosie vir ons iets lekkers maak wat sê jy."

Sy knik met 'n sagte verleidelike glimlag. Hulle gaan sit op die bank, vir 'n rukkie is dit stil tussen hulle. As dit 'n ongemaklike stilte is sê nie een van die twee iets nie. Tania staan op en sit 'n sagte romanties CD aan. Sy draai om ,haar oë val sag op hom. Met stadige swaai bewegings van haar heupe loop sy na hom toe. Sy gaan sit wydsbeen bo op sy skoot, sy neem sy gesig in haar hande saggies tergend speel sy met haar lippe en tong met sy mond. Die beweging het nog altyd vir Berto mal gemaak. Dit het nog steeds dieselfde uitwerking op hom, hy trek haar stywer teen hom aan. Dit is die reaksie wat sy gesoek het. Haar lippe kom dringend en honger op syne neer. Hy soen haar nek en sy gooi haar kop agter oor. Sy lippe beweeg af na die rondings van haar borste wat hom uitlok van tussen die oop knope van haar bloes.

Sy kreun, hy swaai haar om sodat sy op haar rug op die bank lê. Hy trek haar bloes uit en haar broek. Sy warm hande gly oor haar maag na haar borste. Sy mond soek hare hongerig. Sy voel hoe sy manlikheid na volle glorie groei soos dit hard teen haar druk Sy laat toe dat hy in beheer is. Sy gee nie om dat Rosa enige oomblik die vertrek kan in kom met hulle koffie nie. Sy gee nie om dat sy ernstige sake het wat op die plaas vir haar wag nie. Al wat sy wil hê is dat die man wat sy lief het haar syne moet maak vir die soveelste keer.

Berto voel die sagte rondings in sy hand, hy voel hoe sy liggaam reageer hoe die bloed in sy are druis. Die beeld van sagte blonde hare, onstuimige blou oë skuif voor sy geestes oog in. Dit is soos koue water in sy gesig. Hy staan haastig van die bank af op. Hy bal sy hande in vuiste in en druk dit in sy broek se sakke. Hy loop na die skuif deur toe met sy rug na Tania gekeer. Hoe kan hy lief wees vir Chantey en 'n ander vrou in sy arms hê?

"Ek is jammer Tania maar ek dink dit is beter as jy gaan." Sy stem is skor van ingehoue emosie. Dit is nie vir Tania wat hy wil hê nie, maar vir Chantey. Tania verstik van vernedering. "Wat...? Ek verstaan nie."

"Asseblief." Hy gee haar nie kans om te praat nie, hy loop uit die vertrek na sy studeerkamer toe. Hy maak die deur agter hom toe en laat 'n hatige Tania agter. Sy storm die huis uit met warm trane wat oor haar wange rol. Nou het sy niks meer om te verloor ... of wat haar terug hou nie. Hy gaan boet vir die vernedering en die seer.

Berto voel baie sleg oor wat nou net gebeur het, maar hy kan nie seks hê terwyl sy hart na 'n ander hunker nie. Dit sou Tania seerder gemaak het as sy dit moes uitvind. Toe hy met verlof was, was hy amper honderd persent seker van wat hy in die lewe wil hê. Hy het heeltyd aan Chantey gedink, ook oor haar gedroom. Hy weet hy gee meer om vir haar as wat hy nog ooit oor enige vrou gevoel het. Met die gemors waarin sy haar bevind het hy gemengde gevoelens. Hy weet nie wat om te doen nie, hy is in twee geskeur.

Die kar swaai gevaarlik oor die grondpad maar dit keer nie die woedende Tania nie. Sy gaan dat Berto pyn beleef, wat hy nie gedink het ooit moontlik sou wees nie. Sy gaan nie dat hy haar soos 'n ou lap weggooi nie, net omdat daar 'n nuwe een is nie. Trane van vernedering loop oor haar wange. Sy het hom lief, maar sy gaan hom seer maak en dan sal sy daar wees om die stukke op te tel. Sy gaan hom weer lief maak vir haar en hulle sal gelukkig saam lewe. Sy sal hom leer wat dit is om regtig lief te hê en hoe om te lewe.

Met bande wat oor die grond gly kom die motor tot stilstand op die verlate plaas. Sy klim nie dadelik uit nie, met haar kop wat rus teen die sitplek se kopstuk probeer sy haar stomende gevoelens onder beheer kry. Sy kan nie in die grot in gaan en nie heeltemal in beheer wees nie. Sy kan nie nou kop verloor en alles opmors nie.

Sy stap die grot binne, kyk rond. Sy sien nie vir Riekert nie, net die wag wat lui op 'n stoel sit.

"Waar is Riekert?"

Hy staan dadelik op. Hy is maar versigtig vir die vrou.

"Hy is by die nuwe gevangene."

"Ek het uitdruklik gesê dat niemand naby haar mag kom nie." Sy storm na die sel waar Chantey aangehou word en kry vir Riekert waar hy teen die rots aan leun.

"Wat soek jy hier?" sis sy.

Riekert spring verward om. Elke haar kom stadig orent van vrees toe hy in haar oë kyk. Die swak lig van die lamp in die grot laat haar net meer sadisties lyk. Hy het haar nie gehoor nie, die woede in haar oë laat hom ongemaklik voel. Hy weet nooit wat om van haar te verwag nie. Hy moet nou 'n goeie verskoning hê om nog in haar goeie kant te bly.

"Tania my meisie waar was jy?" Hy wil na haar toe loop, maar steek in sy spore vas toe sy haar pistool op hom rig.

"Moenie 'n tree nader kom nie jou adder! Ek het geweet jy kan nie vertrou word nie." Haar vinger is doelgerig op die sneller. Sy gaan hom vrek skiet, sy het geen doel meer vir hom nie. Chantey kan aangaan met sy werk. Duvenhage sal geen keuse hê as om haar te laat vrot in die tronk nie. Dit is nou te sê as sy nie self regter gaan speel nie.

"Tania wag jy oor reageer nou. Ek het net die wond aan haar kop skoon kom maak, ek het niks verkeerd gedoen nie." Riekert hou sy hande voor hom uit asof hy dit soos 'n skild gebruik.

"Ek het gesê niemand kom naby haar nie!" Tania gil dit uit.

"Ek weet my meisie, maar jy wil tog hê sy moet in 'n goeie kondisie bly dan nie? Sy kan mos nie soos 'n gevangene lyk nie, maar soos die meesterbrein, of hoe my meisie?" Riekert tree vorentoe tot die pistool teen sy bors is.

"Jy kan my skiet as jy wil, maar weet net een ding. My liefde vir jou sal ek na my graf toe dra as jy dit nie wil hê nie." sy stem is sag. Hy stoot haar hand weg en trek haar saggies nader. Sy arms hou haar styf vas teen sy bors. Hy rus sy lippe op haar kop.

"Ek is jammer as ek jou teëgegaan het, ek sal die versorging van haar in jou hande los." Hy kyk af na haar voordat sy lippe vir 'n wyle op haar hare rus. Hy tel haar ken op en vryf sy neus saggies teen hare. Tania voel effens van stryk gebring.

"Ek is jammer en jy is reg."

Sy praat sag dat hulle nie haar ware emosies moet hoor nie. Na die vernedering van Berto voel dit of sy wil ontplof, die woede in haar is sterker as staal. Sy haat Chantey Bruwer met alles in haar. Dit is haar skuld dat Berto haar so verneder het. Sy wil 'n tou om haar nek sit en toekyk hoe die lewe stadig uit haar vloei.

"Kom, ons moet praat."

Chantey haal rustiger asem toe sy hoor dat hulle weg loop, sy het regtig gedink dat Tania hom gaan skiet. Sy kon niks sien nie, maar sy kon alles hoor. Sy het geen idee waar sy is nie, sy kry koud en is baie honger. Sy het wakker geword met 'n ontsaglike kopseer. Riekert was besig gewees om die wond aan haar kop skoon te maak. Hy wou nie sê hoe sy die wond opgedoen het nie. Sy kan nie mooi onthou wat gebeur het of hoe sy hier beland het nie. Na haar en Berto se uitval het sy aan die slaap geraak.

Riekert het gesê dat sy haar moet gedra en als doen wat van haar verwag word. Sy moet nie vrae vra of hardegat wees nie anders sal Tania haar dood maak. Hy het gesê dat Tania geen gewete meer het nie, dat sy baie hard geword het. Hy wou nie verder uitgebrei het nie. Hy het geloop sonder 'n woord. Chantey was nog nooit so benoud soos toe sy vir Tania gehoor het nie. Die manier wat sy gepraat het, het haar regtig bang gemaak.

Sy kan nie glo wat met haar aan die gebeur is nie. Dit is duidelik dat Riekert en Tania saam is. Hy het gesê hy is lief vir haar. Waar is sy en wat maak sy hier? Trane loop oor haar wange, sy moet hier uit kom. Berto weet seker al dat sy nie meer in sy huis is nie. Sy wonder wat hy dink. Hulle het lelike goed vir mekaar gesê. Wat gaan Berto en die polisie dink noudat sy verdwyn het? Wat 'n stupid vraag, dink sy wrang. Altwee dink sy is skuldig, haar verdwyning gaan net hulle vermoedens bevestig. Sy frons. Hoekom het Tania en Riekert haar ontvoer? Is hulle die skuldiges? Is hulle agter die hele nagmerrie? As dit so is wat is haar kanse dan dat sy lewendig uit die grot gaan kom? Wat is die kanse dat sy weer vir Berto gaan sien?

Wanhopige snikke oorweld g haar. Wat gaan sy nou doen? Sy kan nie hier doodgaan n e. Sy wil nie nou doodgaan nie. Sy moet 'n manier kry om hier uit te kom. Sy kyk rond om haar, die lig is baie sleg. Sy is in 'n tralie tronk. Twee kante is van tralies gemaak en die ander twee kante is van rowwe klip. Dit lyk vir haar of die bokant en vloer ook rowwe klip is. Is sy in 'n grot? Die tralies is ongelooflik sterk en stewig, sy sal nie by die kan uitkom nie. Die vloer is ongelyk en sanderig, daar is niks verder saam met haar in die grot nie. Sy gaan dood verkluim hier, sy het net 'n sweetpak aan en dit is nie warm genoeg nie. Sy gaan sit op 'n klein stukkie plat klip met haar bene styf teen haar bors op getrek. Al wat haar te doen staan is om te ontsnap sodra sy uit die hok gelaat word. Tot dan sal sy maar stil wees en bid dat die einde van alles naby is.

Riekert sit op die rots en rook, dit is so verdomp koud in die grot. Hy het na buite gevlug om sy lyf warm te kry. Hy was nog nooit iemand wat van koue gehou het nie. Die dae raak korter en die nagte langer, hy grinnik wrang en so ook sy lyding. Hy het nou al aan als gedink om uit die gemors met Tania te kom. As hy net kan agterkom wat in haar kop aangaan, maar sy gee net stuk-stuk instruksies, en met daardie inligting kan hy niks maak nie. Hy weet nie wat haar planne met Chantey is nie, ook nie met die arme kind wat ook nog toegesluit is nie.

Die organe van die boemelaar, die ou oom en die lewer wat Tania uit die vrou van die hospitaal gevat het is klaar verkoop. 'n Rilling gaan deur hom toe hy weer daardie aand onthou. Hulle het skaars op die plaas aangekom toe Tania ook aangejaag gekom het. Sy het bloed op haar gehad, haar wange was rooi en haar oë het geskitter van opwinding. Sy het hom vertel hoe sy die vrou vas gebind het, haar mond toegeplak het. Sy kon nie 'n sterk genoeg medikasie kry om haar te verdoof nie, omdat sy net 'n paar minute gehad het. Sy het haar oop gesny en die lewer gevat. Sy het verdwyn toe almal se aandag op Chantey was. Die manier wat sy gespog het, het hom tot in sy siel in geskok. Sy het wel nie 'n goeie werk gedoen om die lewer uit te haal nie maar dit was nog bruikbaar. Sy is toe met al die organe weg. Tania is hier weg met die goed, wie dit gekoop het weet hy nie. Hoekom het sy vir Chantey hierheer gebring? Sy weet mos die polisie gaan na haar soek. Wat gaan sy maak as hulle hier aankom? Hy het al gevra waar sy deel van die geld is, maar blykbaar sal hy dit na alles verby is eers kry. Sy is baie uitgeslape. Watse versekering het sy dat hy nie die hasepad gaan vat met die geld nie. Hy het nie die geld nodig nie, maar hy wil sy deel hê. Hy verdien dit na wat hy al moes gedoen het.

Hy loer onderlangs agter toe, toe hy 'n geluid hoor. Hy sug net moedeloos toe hy sien dat Tania op pad is na hom toe. Hy is nie nou lus vir haar nie.

"As jy so eensaam hier eenkant sit?"

"Ek rook en dit is koud daar binne. Ek haat dit om koud te kry." Hy gee nie om dat hy kwaad klink nie. Hemel hy kan nie altyd net glimlag nie.

"Hoekom is jy so mislik?"

"Mislik.... ek...? Ag nee hoekom sal ek nou mislik wees......? O ja!! Seker omdat ek maar net 'n donnerse pion in jou siek plan is. Sê my, wanneer gaan jy my organe verkoop? Wanneer gaan my deel vir jou nutteloos wees?"

Tania is van stryk gebring met sy aanvallige houding.

"Waar kom dit vandaan?"

"Dit was nog altyd daar. "

"Riekert wees versigtig wat jy kwyt raak! Kan jy nie net ophou nie? Is dit so moeilik om my te vertrou?" gil sy.

Hulle gluur mekaar openlik vyandig aan, hy het nou genoeg van die siek spul gehad dit is tyd dat die speletjie end kry.

"Ek is klaar Tania, ek gaan nou in my motor klim en weg ry. Jy kan my deel van die geld hou. Ek het regtig gedink dat na alles wat ek vir jou tot dusver gedoen het, en al die tyd wat ons saam gespandeer het, dat dit iets vir jou beteken."

Hy spring van die rots af en stap na haar toe, hul oë verlaat nie mekaar s'n nie. Die spanning is so tasbaar dat dit met 'n mes gesny kan word. Hy kom voor haar tot stilstand, hy lig haar ken sodat sy hom in die oë kan kyk. Saggies en versigtig druk hy 'n soen op haar lippe, hy streel saggies oor haar wang. Hy skeur sy oë van hare af en begin na sy motor beweeg, alles in hom is snaar styf gespan.

Sy kyk hom agterna, trane van alleenheid en magteloosheid loop oor haar wange. Die klap van die skoot skeur deur die stilte, voëls fladder verskrik op om weg te vlug van die vreemde geluid. Asof alles tot stilstand gekom het sien Tania hoe Riekert se liggaam stadig aarde toe sak. Sy hoor die hyggeluide wat pynlik uit sy bors skeur.

Sy stap na hom toe met die pistool nog doelgerig op hom gerig. Hy sukkel orent totdat sy rug teen sy motorwiel rus. Bloed vloei net onder sy sleutelbeen uit. Sy het hom van agter af deur die skouerblad geskiet. Hy druk met sy linkerhand teen die wond sy gesig vertrek van pyn.

"En nou ... moet jy..." Hy lek oor sy lippe. "Jou werk nie klaar ... maak nie?"

Sy staan stil, haar bloed druis deur haar are. Sy kan nie glo hoe goed dit voel nie. Sy begin stotterend te lag.

"Nee wat, ek dink ek het nog 'n laaste werkie vir jou," sy lag sarkasties.

Sy wink na die nuwe lyfwag wat 'n enorme groot man is.

"Bring hom en gooi hom saam met sy geliefde dokter in die sel. Ons wil nie hê hy moet doodgaan van eensaamheid nie, wil ons?"

Riekert verloor bewussyn toe die wag hom oor sy skouer gooi. Met honiese genot sluit Tania Chantey se sel oop.

"Ek het vir jou 'n maatjie gebring, ietsie vir die eensaamheid."

Sy kyk na die ander sel, die kind het so te kere gegaan dat sy haar 'n sterk dosis gegee het om te slaap. Sy kon nie meer die gesanik hanteer het nie. Nog net 'n paar dae, dan is sy vry. Sy maak haar oë toe en verbeel haarself dat sy op die wit strande lê. Sy gaan haar droom kry maak nie saak wat nie.

Riekert word soos 'n vrot lap op die vloer neergegooi. Chantey staar net na hom. Onbewus dat die sel se deur weer gesluit word en dat hul stoksiel alleen is. Haar dokters instink tree in. Sy kniel by hom, hy reageer nie op haar roep nie. Sy pols is onreëlmatig. Sy maak sy hemp oop en sien die wond wat die koel ge os het. Daar is so baie bloed en die lig is sleg, sy kan nie sien of die koeël nog in die wond is nie. Sy draai hom sodat sy kan sien of die koeël agter uit is. Dis moeilik om so in donker te moet werk. Sy is doodseker die koeël is dwarsdeur. Sy skeur 'n stuk van sy hemp af en druk dit teen die wonde.

"Riekert ... Riekert! Hoor jy my? Asseblief sê iets!"

Met moeite maak hy sy oë oop, hulle fokus op 'n bekommerde gesiggie. Die lieflike gesiggie van die vrou wat hy eens liefgehad het en bemin het en toe verloor het.

"Sy het my ... geskiet!!!!"

"Ek weet, sy het jou hier na my toe gebring, maar ek het niks om jou wond mee te behandel nie."

"Ek is so ... so jammer ... vir als. Ek wou jou nooit hierby ingesleep het nie. Jy moet my glo." Hy sluk swaar sy mond is so droog. Hy kan nie glo sy het hom geskiet nie. Die wond brand soos vuur, dis pynlik om sy arm op te tel. Hy is seker daarvan dat die koeël 'n been getref het.

Chantey kry hom jammer, sy vryf oor sy hare wat wanordelik op sy kop rondstaan.

"Toemaar wees jy net rustig, als gaan okay wees jy sal sien. Byt net vas! Wees die vegter wat ek weet jy kan wees."

Hoofstuk 16

Sy staan op. Sy moet eenvoudig 'n plan maak sy kan nie dat hy net so doodgaan nie en hy sal doodgaan as sy nie 'n plan maak met daardie wond nie.

"Tania ... Tania!!! Haar stem eggo in die grot. Die vrou moet haar kan hoor. Tania... asseblief ek moet met jou praat Tania!!!"

"Hou jou bek, hier gee ek die orders."

"Tania asseblief gee net vir my iets waarmee ek vir Riekert kan help. Hy het ontsaglike pyn en gaan dood bloei."

Sy lag hard en lelik. "Pyn! Wat weet hy of jy van pyn? Hy wou mos sy rug op my draai, hy het net gekry wat hy gesoek het."

"Asseblief ek smeek jou."

"Nee... of weet jy, 'n man met so 'n mooi sterk hart moet seker nog 'n kans kry." Sy draai om en loop weg. Sy gaan staan in die gang teen die koue rotswand. Sy doen die regte ding!   Sy doen die regte ding! Herhaal sy dit oor en oor in haar kop. Hy verdien dit. Hy het haar verraai.

Chantey is uit die veld geslaan met die houding van Tania, dalk is daar tog goed in die vrou. Sy kniel weer by hom.

"Ek dink sy het van plan verander, ek dink sy gaan jou tog help."

Hy lag bitter.

"Sy soek my hart."

"Wat?"

"Sy smokkel organe."

"Wat? Sy is die een...?"

Hulle word onderbreek deur die wag, hy sluit die hek oop en gooi 'n kombers, kussing, 'n bottel water saam met 'n boks na hulle toe. Die deur word weer gesluit en die stilte vou weer om hulle toe.

Chantey help hom om gemaklik regop te sit. Die goed wat sy gekry het sal werk vir nou. Sy maak die wonde skoon, maar sonder steke sal die bloeding nie heeltemal stop nie. Sy besluit om die gaas as 'n prop te gebruik. Sy trek 'n gesig toe hy van die pyn gil. Sy paai hom terwyl sy die wonde verbind. Sy gee vir hom pynpille om te drink. Sy is nie baie hoopvol dat dit wat sy gedoen het sal help nie. Sy moet maar net sorg dat hy nie beweeg nie.

Dit voel of die tyd stil gaan staan het, sy is honger en moeg. Die grot is koud en natterig. Riekert kom met tye by, maar mompel net onsamehangend. Sy kan dit nie waag om aan die slaap te raak nie, uit vrees vir Tania. Sy het net haar gedagtes wat haar wakker kan hou. Sy staan op om die bloedsomloop in haar bene aan te wakker. Die koudheid van die grot en te kort aan beweging laat haar bene pyne.

Waarin het Riekert homself nou weer begewe? Het hy nie sy les geleer die vorige keer toe hy betrokke geraak het met die goed nie. Geld en ambisie verwoes soveel lewens elke dag. Dit is duidelik hier ook van toepassing. Wie is almal betrokke? Wie se organe word gebruik en waarheen gaan dit? Haar oë rek wyd oop. Oom Goosen en die boemelaar wat in haar woonstel gekry is. Dan is daar Marlé se lewer ook. Berto wou nie vir haar gesê het wat met hulle gebeur het nie, maar sy onthou hoe hulle gelyk het. Hulle organe is verwyder.

Sy sak lam op 'n klip neer, hulle is besig om haar die skuldige te maak. Hoekom doen sy dit aan haar? Haar keel trek toe. As sy Riekert se organe wil hê nadat hulle so na aan mekaar was, kan Tania haar organe ook wil hê? Liewe hemel sy moet hier uit kom.

Riekert kreun, die pyn in sy skouer is ondraaglik. Die gebeure van die afgelope tyd flits deur sy gedagtes. Tania het hom geskiet soos 'n hond van agter af. Hy kyk om hom rond en die besef dat hy in die grotte is word 'n werklikheid toe hy vir Chantey by hom sien kniel.

"Ek het so gehoop als was net 'n nare droom. Help my om regop te sit dit voel asof my lyf vol spelde is."

"Vat dit net rustig, ek wil nie hê die wonde moet weer begin bloei nie."

Sy help hom om op die kussing te sit teen die rotswand met die kombers tot onder sy ken toegewikkel.

"Kry jy nie koud nie?" vra hy besorg

"Ek is okay, dit is jy wat nou nodig het om gesond te word sodat ons uit die plek kan kom. Waar is ons?"

"Kom sit hier langs my dan vertel ek jou alles."

Sonder teëstribbeling gaan sit sy styf teen hom sy bewe van die koue en is moeg en honger.

"Hoe lank is ons al hier toegesluit?"

"Ek weet nie, ek het alle sin van tyd verloor maar as ek na my maag moet luister skat ek 'n dag. Ek het ook nie weer vir Tania of enige iemand anders gesien nadat hulle die paar goed gegee het nie. Ek weet nie of ons dalk oorgelaat is aan ons eie genade nie die plek is doodstil, ek kan niks hoor of sien nie."

"Ek is so jammer dat ek jou onwetend by die gemors ingesleep het. Die hemele weet ek het als probeer om jou hier uit te hou. My verweer teen Tania is nie baie goed nie. Ek het 'n ongekende vrees vir haar gehad, maar toe ek besluit het om weg te loop was die vrees weg. Ek het die vermoede gehad dat sy my nie so maklik sal laat gaan nie, maar toe sy my skiet..! Ek was geskok, is nog steeds geskok. Aan die begin was ek opgewonde, vol planne vir die toekoms. Sy het my lekker om haar pinkie gedraai totdat sy my bedrieg het in die gemors in. Ek het eers agtergekom wat aan die gaan is toe sy my hierheen gebring het."

In stille skok luister sy na Riekert se vertellings. Haar maag trek op 'n knop toe sy besef met watter monster hulle te doene het. En die polisie verdink haar! Hoe hulle kan dink dat sy tot so iets in staat kan wees gaan haar verstand te bowe, maar hulle sê mos 'n wolf kom in skaap klere voor.

Die geluid van voetstappe ruk haar uit haar dwalende gedagtes uit. Die hek word oopgesluit en die wag kom in. Hy sit 'n bord en beker op die vloer neer en verdwyn woordeloos. Sy staan op om die beker en bord nader aan hulle te bring.

"Wel dit is nie vyfster kos nie, maar ek glo dit sal die ergste hongerpyne stil." Riekert se plan om dit na 'n grappie te laat klink, klink heel hol en sy kan net 'n klein glimlaggie gee om hom gerus te stel. Hulle sal die skamele paar snytjies brood en koffie moet deel.

"Mag ek ook 'n bietjie kry?" Hoor hulle 'n klein stemmetjie.

"Ag hemel die kind!"

"Watter kind?" vra Chantey kwaai.

"Ek het geen kind gesien nie!" Die grot is so sleg belig dat sy nie mooi kan sien nie.

"Sy is Klara Louw en veertien jaar oud," antwoord hy sag.

"Wat de hel Riekert! Wat het jy gedoen?" Sy loop versigtig na die ander kant toe. Hulle en die meisie word deur tralies geskei. Sy sak teen die tralies af, druk haar hand deur en voel rond totdat sy 'n handjie raak vat. Sy voel rond totdat sy 'n handjie raak vat.

"Hoekom het jy nog nie voorheen gepraat nie? Is jy ok?" Sy hou die handjie styf vas.

"Ek het nou-nou eers wakker geword. Die wrede tannie het my 'n inspuiting gegee, sy wou nie meer na my gehuilery geluister het nie." Sy praat sag te bang dat sy gehoor gaan word.

"Het jy 'n kombers sussie?"

"Ja tannie ek het een maar ek kry nog steeds koud. Ek is ook baie honger en ek mis my ma."

"Moenie huil nie sussie, hier is 'n snytjie brood, eet dit stadig, ok."

"Praat Riekert! Wat gaan sy met die kind doen?" vra sy sag. Sy wil nie hê die kind moet hoor nie.

"Sy gaan haar verkoop!"

"Sy gaan wat?" gil sy. "Hemel hoe kon jy by so iets betrokke raak? Sy is 'n kind, nie 'n blerrie ding wat net verkoop kan word nie." Sy staan op vryf moedeloos oor haar voorkop. Wat 'n gemors dink sy kwaad.

"Hoeveel mense is nog hier?" Sy kry nie 'n antwoord nie, sy kniel by hom. "Antwoord my!"

"Regtig ek het niks...!"

"Antwoord my net, ek stel nie in jou verskonings belang nie."

"Daar is twee mans wat op die oomblik in die groot grot lê. Ek was veronderstel om volgende op hulle te opereer." Hy is bly dat die lig sleg is sodat sy nie sy gesig kan sien nie. Hy voel so skaam en berouvol, hy wou nooit gehad het dat sy so ver moes gaan nie.

Die stilte is swaar, sy probeer om haar gedagtes agtermekaar te kry. Die polisie glo die bewyse wat Tania geplant het. Almal gaan glo sy is skuldig, sy het niks om haarself mee te verdedig nie. As Tania vir Riekert gaan dood maak gaan dit net haar woord wees, niemand gaan haar glo nie.

"Hoe lank dink jy gaan sy ons hier hou?"

Sy sak met bewende bene terug op die klip.

"Ek weet nie gesiggie maar, ek sal als in my vermoë doen om jou en Klara te beskerm."

Die noem van haar ou bynaam laat 'n snik uit haar bors glip. Hy trek haar nader sodat sy styf teen hom sit.

"Shh... slaap 'n bietjie, ek sal wakker bly."

"Oom, gaan oom ons regtig help om terug te gaan huis toe?" vra Klara.

"Ja kleintjie, maar ons moet ons gedra ok. Ons moet niks doen wat die tannie kan kwaad maak nie. Jy kan mos soet wees, nè?"

"Ja oom ek kan baie soet wees. Ek wil baie graag terug gaan na my mamma en pappa toe. Ek weet hulle soek na my, ek is hulle enigste kind en hulle is baie lief vir my."

"Hoe het die tannie jou gevang?"

"Ek ken vir tannie Tania, sy werk by die hospitaal en sy bly oorkant ons in die Tuinhof kompleks. Ek het buite gespeel en sy het my kom vra om haar te help om pakkies in die huis in te dra. Ek het 'n vreeslike seer pyn in my nek gekry en toe ek wakker geword het was ek in die kar waar oom my gesien het."

"Ek is baie jammer, ek het nie geweet die tannie gaan die goed doen nie." Hy voel soos 'n hond, al is dit die laaste ding wat hy doen, maar hy sal die kind red. Hy gaan nie toelaat dat Tania enige iets aan die kind doen nie.

Tania verpak die bloed in die koel sak. Sy kyk na die twee mans op die beddens, en lag vir hulle. Ag shame, dink sy. Hulle is so bang.

"Moenie bekommerd wees nie, hierdie bloed van julle gaan lewens red. Julle nikswerd lewens is darem goed vir iets."

Sy tel 'n skerp skalpel op, treiterend speel sy met die mes op een van hulle se borskasse. Sy lag vir die benoude oë wat na haar kyk. Hulle kan niks doen nie, sy het hulle vas gemaak en hulle monde toe geplak.

"Julle het nie meer 'n doel nie, julle lewe op straat en eet uit asblikke uit. So 'n nuttelose bestaan. Ek gee aan ander wat so graag nog wil lewe. 'n Tweede kans om hulle drome na te jaag."

Sy lag geamuseerd terwyl hulle ruk en pluk om los te kom. Nou moet sy die bloed weg vat, dan moet sy net vir 'n paar dae geduldig wees. Die kopers soek meer as wat sy nou het, maar dit is nie 'n probleem nie. Sy het klaar nog twee kandidate in gedagte. Sy moet net mooi beplan hoe sy hulle in die hande gaan kry. Met die polisie wat die hele dorp vol is maak dit haar werk moeilik. Sy moet vanaand hulle hierheen bring. Met watter soort slinkse plan kan sy voor 'n dag kom om die polisie besig te hou?

'n Glimlag vorm stadig om haar mooi vol mond.

"Jy is 'n genius Tania Sinden." Praat sy met haarself. Sy moet nou net in Bruwer se woonstel in kom.

Sy kyk op haar horlosie, dit gaan nou-nou donker wees. Gelukkig werk sy eers weer môreaand, dit frustreer haar grensloos dat sy moet maak asof als okay is. Sy dink sy is 'n goeie toneelspeler. Sy verskyn genoeg in die dorp dat almal haar kan sien, en sy het nog 'n ekstra skof ook gewerk. Sy het waterdigte alibi, niemand sal haar ooit verdink nie.

Om by die hospitaal te werk het tog sy voordele, sy het toegang tot soveel mense se rekords. Sonder dit sal sy nie die regte mense kan kry nie. Sy kan nie glo dat geluk nog al die tyd aan haar kant is nie. Sy moet vir Chantey dankie sê, as sy nie hierheen gekom het nie, sou haar planne nie so goed kon uit werk nie. 'n Dokter met 'n verlede met 'n geldgierige lover, wow dit kon nie meer perfek gewees het nie. Sy gaan meer geld hê as wat sy gaan weet wat om mee te maak. As sy eers in Miami is kan sy vir haar 'n ryk *sugar daddy* kry en die lewe net geniet. Sodra ou *sugar daddy* probleme gee sal sy met hom ook 'n plan maak.

Sy sug genotvol, die lewe is 'n lied en daar is niks wat in haar pad staan nie. Arme Berto, as hy maar net weggebly het van die simpel feeks af sou dinge vir hom ook uitgewerk het. Nou gee sy nie 'n duiwel om wat van hom of sy kosbare hospitaal gaan word nie. Sy wonder hoe die Departement van Gesondheid sal reageer met die nuus dat die hospitaal betrokke is by onwettige handel in organe? Miskien moet sy haar goeie plig doen en hulle laat weet. Sy lag, sy gaan definitief daar wees as hulle daar in stap, daardie oomblik gaan sy nie mis nie.

Môreoggend sal sy haar goeie daad doen, hulle sal verseker die polisie bel om te hoor of die gerugte waar is. Die patetiese Piet Duvenhage sal geen keuse hê as om vir hulle alles te vertel nie.

O, my soul, dit gaan soveel pret wees. Sy het regtig nie gedink dat haar planne soveel genot aan haar gaan verskaf nie. Die lewe van 'n krimineel is so opwindend. Om ander mense se lewe in haar hande te hê, en te maak met dit wat sy wil, is 'n onbeskryflike gevoel van mag. Sy voel lewendig en opgewonde.

Sy loop na die selle toe, sy moet darem gaan kyk of haar geliefdes nog oraait is. Met haar lamp is die grot ligter. Die kind sit in 'n bondeltjie, die vrees duidelik in haar groot oë te sien, maar sy sê nie 'n woord nie. Chantey en Riekert lê vas aan die slaap styf teen mekaar. Sy gluur hulle aan met 'n vretende haat. Die feeks het twee manne met wie sy 'n toekoms kon gehad het gesteel. Wat sien hulle in haar? Wat het Chantey wat sy nie het nie? Ongelukkig vir haar sal sy nie een van hulle hê nie. Berto sal haar haat tot in ewigheid en arme Riekert se dood sal op haar hande wees.

Sy lag, Riekert se dood gaan regtig op haar hande wees. Chantey weet nog nie maar sy gaan Riekert se organe oes saam met die ander twee. Sy gaan alles op kamera sit, en dit gaan vir seker die spyker in haar doodskis wees.

Sy skop teen die tralies en die twee *love birds* word wakker.

"Dit is goed dat jy slaap in kry, dokter. Jy gaan al jou kragte nodig hê vir vanaand." Sy sug genotvol. "Ek het 'n lekker werkie vir jou, jy gaan dit so geniet."

Chantey kom stadig orent, haar lyf is koud en seer. 'n Woede borrel in haar op, sy byt op haar tande om dit in te hou maar dit werk nie.

"Ek sal niks vir jou doen nie Tania, jy kan my nie om jou pinkie draai soos wat jy met Riekert gedoen het nie." Sy is dadelik spyt dat sy iets gesê het. Sy deins terug vir die kyk wat Tania haar gee. Sy het nog nooit in sulke oë gekyk nie. Dit is soos koue harde ys. Tania se gesig vertrek van woede wat haar baie onvleiend laat lyk.

"Ons sal sien, ek kan baie oortuigend wees vra maar vir jou ou *boyfriend*. Sien julle later ek het 'n date met destiny."

Haar heks lag weerklink in die grot wat rillings deur haar slagoffers stuur.

"Sy het darem die lamp hier gelos, ons kan mekaar beter sien," kom dit droog van Riekert af.

"Wat dink jy wil sy van my hê?"

"Ek is nie seker nie, maar sy het hulp nodig om die organe uit die ander twee uit te kry. Sy weet nie hoe om dit reg te doen nie. Sy weet as die organe beskadig word dat sy nie 'n sent vir dit sal kry nie." Chantey sak lam op die grond neer. "Sy kan dit nie van my verwag nie, ek sal dit nooit kan doen nie. Ek kan nie 'n lewe neem nie." Sy kan nie glo wat sy hoor nie. Kan dit waar wees, gebeur die goed regtig met haar?

"Ek is jammer maar sonder my regter arm kan ek dit nie doen nie. Sy het nie beplan om my te skiet nie, so sy moet improviseer. Glo my ek weet hoe jy voel. Ek haat myself vir dit wat ek moes doen. Ek glo nie ek sal ooit weer kan praktiseer nie, ek sal dit net nie meer kan doen nie."

Hy kyk bekommerd na haar. Hy ken vir Chantey so goed, as Tania haar gaan dwing om daardie mense dood te maak sal sy haarself nooit vergewe nie. Sy sal ook nooit weer 'n dokter kan wees nie. Die ding gaan haar vir die res van haar lewe jaag. Dit is nie 'n ding waaroor 'n mens maklik sal kan oor kom nie. Hy het self geworstel om dit te doen. Elke een wie se lewe hy gevat het, het 'n deel van sy oorblywende siel laat sterf. Daar is geen manier om daardie oomblikke terug te bring nie. Daardie mense jaag hom in sy drome, hy hoor hulle gegorrel in die donkerte. Nie eers met die gemors in die Kaap was hy direk betrokke by die mense wie se organe gesteel is nie. Al wat hy moes doen was om die regte pasiënte te vind, en al hulle besonderhede vir hulle te gee. Elke keer het hy 'n dik koevert vol geld gekry vir sy werk.

Sy gewete het hom nie gepla nie, want hy het gedink hy is *on top of the world*. Sy drome oor wat hy alles met die geld gaan doen. Die motors wat hy gaan koop, die huis wat hy vir hom en Chantey gaan koop. Materiële dinge was vir hom veel belangriker as die mense wie se lewe hy help verwoes het. Dit is eers toe die volle implikasies van die klagte hom getref het wat sy siening driehonderd en sestig grade gedraai het. Hy kon niemand in die hof in die oë kyk nie. Daar was soveel familielede van die slagoffers in die hof, hy het vuil en klein gevoel.

Hy was so verlig gewees toe sy prokureurs hom gered het. Hulle het elke vuilspel in die boek gebruik om hom af te kry. Hy verdien dit om in die tronk te gaan sit vir die gemors van 'n mens wat hy is. Na die gemors sal hy vir seker in die tronk beland. Maak nie saak wat nie, hy sal alles in sy vermoë doen om Chantey se onskuld te bewys.

Hoofstuk 17

Dit is nou vier dae sedert Chantey spoorloos verdwyn het. Die polisie weet nog niks, daar is geen leidrade waar sy kan wees nie. Die bewyse wat hulle tot dusver teen haar gekry het is baie sterk. Duvenhage was woedend, hy glo die moordenaar tart hom.

Berto voel kwaad en deurmekaar, hy verstaan nie hoe niemand in die dorp enigiets weet nie. Duvenhage is op soek na Riekert, hy glo dat hy betrokke is. Die feit dat hy weke laas gesien is by sy huis en dat sy mense lanklaas van hom gehoor het maak Duvenhage se vermoedens net sterker.

Die storie van Chantey se verlede het uitgelek. Die dorpsmense is vyandig en niemand is bereid om na rede te luister nie. Sy pa het juis vandag 'n vergadering met die hele dorp. Berto sug, hy hoop regtig sy pa kan tot hulle deur dring.

Volgens die polisie is daar buitelandse orgaan smokkelaars in die land. Hulle teiken dokters en verpleegsters om die werk te doen. Die wat nie hulle samewerking wil gee nie word deur hulle afgepers of hulle verdwyn. Berto krap weer sy hare moedeloos deurmekaar. Iets is nie pluis nie, maar klaarblyklik is dit net hy wat so voel of dink. Duvenhage deel nie sy mening nie, hy het regtig waar tonnel visie. Volgens Duvenhage is hy te emosioneel betrokke en dit veroorsaak dat hy nie logies kan dink nie.

Miskien is hulle reg, want vandat Chantey verdwyn het, is hy net nie homself nie. Hy is befoeterd en rusteloos, hy kan dit nie hanteer dat daar niks is wat hy kan doen nie. Hy raak benoud as hy dink dat hulle haar gaan kry en dat sy dalk dood kan wees of dat sy tog betrokke is by alles. Hy het vir 'n oomblik begin dink dat daar iets tussen hulle begin ontwikkel het. Hy is seker hy kon dit in haar oë sien, haar aanraking.

Hy spring so vinnig van die stoel af op dat dit agteroor val. Ongeduldig tel hy die stoel op. Hy leun met sy kop teen die koue venster, hy skud sy kop heen en weer terwyl 'n sug sy bors verlaat. Hy staar na buite sonder om enige iets raak te sien. Vandat sy weg is was hy skaars by die huis, hy wil hier wees as hulle haar kry.

Hy frons. Wat is dit? Is dit sirenes? Hy storm by sy kantoor uit en sien hoe van die personeel ook na buite gaan. Hy sien hoe die polisie verby die hospitaal jaag, daar is ander motors wat ook volg. Wat op dees aarde gaan aan?

"Dokter!" roep verpleegster Nanda.

"Daar het 'n brand uitgebreek by die munisipale kantore. Ons sal seker moet reg maak as daar besering gaan wees. Die ambulanse is ook op pad soontoe."

"Goed mense prep ongevalle vir brandwonde, ek gaan na die brand toe om daar te gaan help." Berto storm na sy kar, wat gaan nog in die dorp gebeur wonder hy vies."

Piet Duvenhage staan en kyk hoe die dorpsmense die brand probeer blus. Die brandweer moet van 'n ander dorp af kom, tot dan sal hulleself die brand onder beheer moet hou. Gelukkig is daar boere wat brandblusser toerusting het wat hulle dienste kom aanbied. Hy verstaan nie hoe die gebou sommer aan die brand kon slaan nie. Dit sal seker wees as gevolg van bedrading of oorladings foute. Hy het al hoeveel keer gepraat oor hulle bedrading. As mense net wil luister, maar in die nuwe era het elkeen sy eie opinie.

Hulle sal nie die gebou kan red nie die vuur is buite beheer. Hy sien hoe die burgemeester uit sy motor klim en op hom afstorm.

"Ek het vir julle gesê om julle bedrading reg te kry. Kyk nou watse gemors het julle aangejaag."

"Dit kan nie die bedrading wees nie ons het net verlede week die bedrading hersien. Daar is tot nuwe *circuit breakers* in gesit om die lading te kan hanteer. Ek kan jou verseker dit is nie die bedrading nie. Ek sit my reputasie daarop, hierdie is brandstigting," antwoord hy woedend.

"Ons sal wel uitvind wat die oorsaak van die brand is." Piet draai om en sug toe hy vir Berto sien.

"Wat de moer soek jy hier?"

"Ek is hier om met beseerdes te help, ek doen net my werk. Ek sal nie in jou pad kom nie," antwoord hy ergerlik. Die man dink hopeloos teveel van homself. Pleks dat hy sy moue op rol en help, seker bang hy brand daardie fyn handjies. Berto stap na die paramedikusse toe om te kyk of hulle hulp nodig het.

Hulle is besig om 'n man se regterarm en hand te verbind, die brand wonde is darem nie erg nie. Dit is nie nodig om hospitaal toe te gaan nie.

"Oom, die wonde sal room nodig hê om infeksie te voorkom en dit sal ook help teen die pyn. Jy sal vir 'n paar dae die wond mooi moet oppas. Geen son of hitte op die arm nie, en moet asseblief nie die velletjies aftrek nie. Kom sien my in die week dat ek kan kyk. Gaan noodgevalle toe sodat hulle die medikasie vir jou kan gee."

"Dankie Dokter ek sal so maak."

Piet hoor sirenes nader kom, dit moet die brandweer wees.

"Die brandweer is op pad, maak spasie dat hulle kan deur kom. Die mense wat nie iets het om te doen nie staan asseblief weg van die gebou af. Konstabel!" gil Piet op een van sy manne wat net teen 'n motor staan en niks doen nie. "Vat die misdaadband en span die area af, sodat die mense agter dit staan!"

Mense skarrel om hulle motors uit die pad te kry. Die brandweer trokke stop vinnig en die manne neem dadelik beheer.

Die wind begin opsteek en voed die vuur aan met nuwe krag. Die brandweer stoot die lere uit om die brand van bo af ook te blus. Geluide kan gehoor word van hoe die balke in die binne kant van die gebou val. Met al die toerusting in die gebou is dit net meer kos vir die vuur. Dit is 'n baie ou gebou, met baie hout pilare, balke en plank vloere.

Die wind waai die water soos 'n mis reën oor die buitestaanders. Alhoewel die mense 'r ent van die vuur staan kan die intense hitte gevoel word. Die vensters bars en glas spat oral, daar word geskreeu dat die mense verder moet terug beweeg.

Die brand sal vinnig onder beheer gebring moet word dink Piet benoud. As die vuur oorspring na die museum toe, gaan dit groot probleme veroorsaak. Die dorp se vulstasie is net langs die museum.

Berto is besig om aan 'n vrou te werk wat te naby gestaan het toe die glas gebars het. Die glas het haar arms gesny en daar steek 'n groterige glasstuk by haar blad uit.

"Sy sal by die hospitaal moet uitkom. Sy gaan erg bloei as daardie stuk glas verwyder word," gee Berto opdrag. "Manne julle sal moet vinnig maak ons het al die hande nodig."

Die ambulans trek weg met skreeuende bande en sirenes. Gelukkig het ander dorpe se ambulanse ook kom help en dit maak die las ligter. 'n Harde slag word gehoor en 'n vuurstraal styg die lug in soos wat 'n drom met petrol ontplof.

"Wat de donner!" gil die brandweer hoof. "Is daar brandstof op die perseel?"

Die burgemeester kom vinnig nader.

"Ja daar is so ses dromme agter met petrol in vir die groot grassnyers en bakkies."

"Jy kon dit voor die tyd gesê het, jy stel my manne in gevaar. Weet jy hoe gevaarlik so 'n drom kan wees? Dit gaan die brand erger maak, want jy kan nie die ding se rigting bepaal nie."

Die brandweer hoof is lus en wurg die dik kort mannetjie. Hulle sal daardie dromme vinnig moet skuif dink hy. As daar nog ontplof kan die geboue agter die munisipale gebou ook vlam vat.

Die brandweerhoof gee opdrag aan sy manne dat hulle na die agterkant van die gebou moet gaan om te keer dat daar nie nog dromme kan ontplof nie. Hy vra dat die polisie die mense wat agter die munisipale geboue is verwyder. Die brandweermanne verdwyn om die gebou, maar soos hulle om die gebou verdwyn is daar ontploffings wat een na die ander af gaan.

"Spies rapporteer! Spies antwoord my!" gil die brandweer- hoof oor die radio maar daar is geen reaksie nie. Die brandweermanne wat op die grond is hardloop na die agter kant om hulle kollegas te gaan haal. Hulle kom uit elkeen met 'n man oor die skouer.

"Hulle het seergekry!" gil een.

"Bring hom hierheen," gil Berto uit bo die lawaai. Hy was nou net op pad hospitaal toe om daardie vrou te gaan help.

Die manne word op die draagbare neer gesit. Die brandweerhoof staan langs Berto en die ambulansmanne. Hy vloek hardop, dit is nou onnodig dat sy manne in gevaar gestel moet word vir 'n idioot.

"Dokter, gaan my manne ok wees?" vra hy bekommerd.

"Ek sal als in my vermoë doen. Die een se masker het seergekry met die ontploffing en sy gesig gebrand. Dit lyk na tweedegraadse brandwonde. Die ander een het 'n harde hou weg van iets wat op hom geval het. Ek gaan saam met hulle hospitaal toe, ek verseker jou dat hulle in goeie hande is."

Die hoof kyk met kommer hoe sy manne in die ambulanse gelaai word en vinnig weg ry. Hy maak sy oë toe om homself reg te ruk voordat hy terug keer na die brand toe.

Tania staar na die gebou wat in vlamme toegevou is soos 'n kombers. Sy kan haar oë nie weg vat nie, sy drink elke oomblik in. Sy kan nie glo dat 'n paar petrolbomme tot so 'n monster kon ontwikkel nie. Sy het by 'n venster by die agterkant van die gebou ingebreek. Sy het glasbottels volgemaak met petrol en ou lappe daarin gedruk. Sy was eers skrikkerig om dit te doen, maar toe sy die eerste bottel gegooi het, en die vlamme oor die lessenaar gesien dans het. Dit was asof sy die bloed in haar are kon voel, asof sy saam met die vlamme wou dans. Sy het 'n ander soort adrenalien uitbarsting ervaar en het nog een gegooi en nog een totdat die gebou omsingel was deur die vlamme.

Sy wou nog sien, nog doen, toe het sy na buite gehardloop om nog iets te kry om die brand groter te maak. Sy het kannetjies petrol in die buitekamer gekry. Sy het begin om oral die petrol te gooi. Sy kon net staan en kyk hoe die vlamme aan als begin eet, die diep rooi geel kleur van die vlamme was fassinerend. Sy het gou gehardloop na die oor kant van die pad sy wou niks mis nie.

Sy het agter die poskantoor se posbusmuur weggekruip. Haar liggaam het gebewe van opgewondenheid. Wie die brand aangemeld het weet sy nie. Sy het net gesien hoe mense begin opdaag het. Sy het stil-stil uit haar wegkruip plek gekom en ook tussen die mense gaan staan. Sy het gekyk hoe die mense soos miere rondskarrel om die brand te probeer blus. Sy het vir Berto dop gehou soos wat hy mense gehelp het. Sy het nou nie eens skuldig gevoel omdat sy hom nie gaan help het nie. Sy voel baie in haar skik met haarself, sy het uitmuntende werk gedoen. Dit is net jammer sy het nie haar kamera gebring om alles op te neem nie. Sy steek haar hande in haar broek sakke, sy voel Chantey se foon. *Shit* sy het amper van die ding vergeet. Sy sal dit op 'n goeie plek moet neer sit as sy wil hê haar plan moet werk. Sy kyk weer na die brandende gebou. Sy kyk na die foon en dan na die gebou en glimlag. Sy neem 'n paar foto's voordat sy rondkyk, maar sien nie 'n plek waar sy die ding kan sit nie.

Sy sal moet roer die brandweer is besig om die brand te wen en dan gaan hulle begin rondsnuffel om die oorsprong van die brand te ondersoek. Versigtig beweeg sy tussen die mense om nader aan die gebou te kom. Sy glip langs die munisipale kantoor in, die spasie is nie baie breed nie en die muur is warm. Vir wat moes hulle die muur so naby aan die gebou gesit het wonder sy gefrustreerd. Met moeite beweeg sy so vinnig as wat sy kan tot op die hoek van die gebou.

Sy loer om, maar daar is brandweermanne. Dammit, waar gaan sy die ding los? Sy kyk op die grond rond en by haar regterkant het die venster ook gebars. Sy gooi die foon op die grond neer, met moeite buk sy af. Sy vat van die glas stukke en gooi dit oor die foon, dit behoort die ding te doen. Nou om weer terug te gaan sonder dat iemand haar sien.

Berto staar na die leë kamer, dit moet seker 'n siek grap wees. Dit is vyfuur in die blerrie oggend. Dit was 'n lang aand met die brand en 'n kraam geval wat hy moes gedoen het. Waar de moer is hulle? Hy stap terug gang toe en sien hoe matrone op hom af gestorm kom.

"Niks dokter, ons kry niks!" sê sy benoud.

"Dit is onmoontlik!" roep hy woedend uit.

"Ek is jammer dokter, ek weet nie wat om vir jou te sê nie." Matrone is paniekbevange. Sy het geen idee hoe die twee pasiënte uit die hospitaal verdwyn het nie. Sy weet verseker dat hulle twee-uur nog hier was. Toe die pasiënte met brandwonde opgedaag het, was hulle hande vol gewees. Sy het net hier en daar 'n verpleegster gelos vir as 'n pasiënt hulp nodig sou hê. Sy het vir hulle koffie gemaak, hy het sy beker gevat en gesê hy gaan sommer 'n draai deur die hospitaal loop. Jy kon met haar toor toe verpleegster Wilma haar kom roep het, omdat twee pasiënte nie in hulle kamers is nie. Sy het geen idee wat in die hospitaal aan die gebeur is nie. Sy is te oud vir hierdie drama.

"Wat moet ons nou doen dokter?" sy kyk hoopvol na hom.

"Nou matrone moet ek daardie verdomde Duvenhage bel. Ek wonder of hy my ook gaan beskuldig van ontvoering," kom dit sarkasties.

Matrone kyk hom stil aan soos wat hy weg stap. Vandat Chantey verdwyn het is hy nie meer homself nie. As sy gewonder het of hy op haar verlief is doen sy nie meer nie. Hy is smoorverlief op haar. Die onsekerheid oor haar verdwyning, en of sy betrokke is by die misdade, is besig om daardie man van sy kop af te dryf. Sy gaan sit op 'n stoel in die gang langs die kamer om seker te maak niemand kom hier in nie. Sy sal maar vir die inspekteur hier wag, daar is niks anders wat sy kan doen nie.

Elke dag wat verby gaan gee haar net meer spanning. Sy is baie lief vir Chantey, sy glo nie vir een oomblik dat sy betrokke is by die misdade nie. Sy het goeie mensekennis en Chantey is nie 'n moordenaar nie. Dokter Willem het haar alles van Chantey vertel. Sy onthou nog sy gesigsuitdrukking toe sy vir hom gesê het sy ken die storie. Dat Chantey dit vir haar vertel het. Hulle al twee glo in haar onskuld. Sy glo vas dat dit iemand in die hospitaal is wat vir alles verantwoordelik is. Sy het met nuwe oë na haar personeel begin kyk. Sy het begin om elkeen dop te hou en daar is net een waarin sy twyfel en dit is Tania.

Sy kan haar vinger nie daarop sit nie, maar vandat Chantey hier aangekom het, het Tania verander. Sy het nie haar werk gedoen soos altyd nie, haar houding was ongeskik en vermakerig. Sy het haar al oor die vingers getik maar dit het nie gelyk asof sy omgee nie. Tot dusvêr het sy nog vir niemand vertel wat sy vermoed nie. Sy wil ook nie rondloop en mense begin beskuldig nie. Aan die ander kant is sy bang as sy iets gaan sê, dat die moordenaar dit gaan hoor en dan kan sy volgende op sy lys wees.

Dis vir haar moeilik om te verstaan wat 'n persoon dryf tot sulke dade. Sy hoor harde voetstappe en sien dat dokter Berto en die inspekteur saam ander mense op pad is na haar toe.

"Ek het maar hier gebly net om seker te maak dat niemand in die vertrek in gaan nie. As daar niks anders is nie wil ek graag terug keer na my werk toe. Ek sal daar wees as julle enige vra het... ehm ... toemaar," Matrone babbel senuweeagtig.

Piet frons en vernou sy oë. Hy kan sy kop op 'n blok sit dat sy iets weet.

"Dit is reg matrone ek sal nou-nou by jou wees om jou verklaring te vat."

Piet stap die vertrek binne en net soos met oom Goosen is die kamer leeg. Die beddegoed lê eenkant op die beddens, die drups is uitgehaal en lê op die grond. Hulle klere en ander persoonlike items is onaangeraak in die kas en laaie. Daar is geen teken of die twee vroue teen hulle ontvoerder baklei het nie. Hy gee opdrag dat die forensiese span elke hoek en draai moet deursoek, daar moet bewyse wees. 'n Misdadiger raak onverskillig een of ander tyd, daar is altyd iets wat hulle weg gee.

Met Goosen se ontvoering kon hulle geen leidrade kry nie, ook nie met die ander pasiënt wie se lewer verwyder was nie. Hy is vasbeslote dat hulle iets gaan kry, om twee vroue te ontvoer is nie 'n maklike taak nie. Hulle moes op dieselfde tyd gevat gewees het, dit sou te gevaarlik gewees het om weer terug te kom vir die ander een. Die persoon het hulp gehad! "Ek sal jou kry dit belowe ek vir jou."

"Wat sê jy?" vra Berto

"Nee niks. Sê my wat was fout met die twee pasiënte."

"Ehm ... Lindie Marais ses en twintig jaar oud was opgeneem twee dae terug vir MRI toetse, sy sukkel vreeslik met kopsere." Sy het van 'n leer afgeval. Nie een van die twee het enige ander mediese probleme nie. Hulle sou albei vandag ontslaan geword het. Hulle twee is nie van Kroondal nie."

"Ek sien." Hy trek sy oë oop om van die spinnerakke in sy kop ontslae te raak. Hy het wanneer laas 'n ordentlike nagrus gehad. Hy wil die saak so gou as moontlik op gelos kry. Elke dag doen die persoon net meer skade. Hy rol sy tong in sy kies rond.

"Het jy dalk iets van dokter Bruwer gehoor?"

"Nee niks, jy dink nog steeds dat dit sy is?"

"Berto, ek moet eerlik wees met jou, ek weet nie. Alles wys na haar toe en om eerlik te wees het ek met tye gedink dat dit te maklik is. Die *behavioral criminal profiler* se profiel oor die misdadiger stem nie ooreen met Chantey se persoonlikheid nie. Die persoon wat die misdade pleeg is iemand wat nie simpatiek is nie. Wat nie gevoel kan wys nie. Wat nie kan *connect* met mense nie. Waar Chantey 'n borrelende persoonlikheid het, sy is saggeaard en liefdevol. Ek het vir matrone gevra om met die profiler te praat, aangesien sy haar die beste ken. Jy het 'n ruk lank saam met haar gewerk, kon sy voorgegee het om iemand te wees wat sy nie is nie?"

Berto skud sy kop.

"Nee, ek het haar baie dop gehou in die begin en sy was liefdevol teenoor haar pasiënte. Sy was nie net hulle dokter nie maar 'n vriendin. Sy het baie tyd aan elkeen gespandeer. Sy het tot saam met hulle koerant gelees en saam gesels oor wat aan die gebeur is met die wêreld. Buitepasiënte is gek oor haar, sy het 'n talent om met mense te werk wat ek lanklaas gesien het. Nie eers ek het die geduld soos sy nie. Haar mediese kennis is van die hoogste gehalte. Ek kan nie dink dat sy tot so iets in staat is nie, dit maak eenvoudig nie vir my sin nie. Daar is nog iets wat ek nie genoem het nie. Sy het 'n besonderse verhouding met oom Goosen gehad. Jy ken vir Goosen en jy ken sy kinders. Sy het hom soos 'n pa behandel. So sê jy vir my. Hoe kon sy hom so oopgeslag het, hmm?" Sy stem is heserig.

Piet kyk weg en staar na die ander muur.

"Het jy geweet van haar verlede toe jy haar aangestel het?"

"Nee ek het nie! Ek het nie die aanstelling gedoen nie, my pa het. Wat haar verlede aanbetref, ek het dieselfde dag gehoor toe sy vercwyn het. Ons het harde woorde gehad, sy het haar in die kamer toegesluit en dit was die laaste wat ek haar gesien het of met haar gepraat het."

'n Verpleegster onderbreek hulle, hy maak verskoning en verlaat die vertrek.

Hoofstuk 18

Die skril geluid van sy telefoon ruk deur sy lyf. Hy haas hom om die foon te antwoord. Hy vloek hardop omdat hy nie die *swipe* beweging om die foon te antwoord reg kry nie.

"Van Schalkwyk," blaf hy ongeduldig in die gehoorbuis.

"Berto ... kan jy my hoof?" Dis net 'n fluistering, hy moet mooi luister na die stem.

"Ja... ja dit is ek wie praat nou?"

"Berto dis ek Tania... jy moet my help sy is mal...help my!"

"Tania ... Tania...!" Die lyn gaan dood. Hy staan besluiteloos met die foon in sy hand, was dit nie sy verbeelding nie of het hy reg gehoor. Hy herhaal die gesprek.

"Dis ek Tania. Jy moet my help, sy is mal. Help my!" Hy gaan terug na die oproepregister toe om die nommer weer te bel, maar dis van 'n private nommer af.

"Dammit!" kners hy op sy tande.

Wat moet hy nou met die inligting maak? Gaan hy polisie toe is dit net meer bewyse teen Chantey. 'n Kragwoord ontglip sy lippe. Hy stamp die stoel gefrustreerd weg, sy blik verstar op die foon asof die vir hom antwoorde moet gee. Dit lui weer hy gryp dit vinnig.

"Tania ... waar is jy?" vra hy dringend

"Nee dokter dit is inspekteur Duvenhage, het jy iets van iemand gehoor?"

Berto haal diep asem. Vir wat kan die man nie sy naam gebruik nie. Hy is seker tussen mense en wil belangrik klink.

"Ja, ek het maar sy het nie veel gesê nie, net dat sy mal is en hulp soek niks verder nie die lyn het doodgegaan."

"Ek weet dokter, ons het alle moontlike telefone getab vir as iemand sou kontak maak. Die Tania is dit dieselfde as suster Tania Sinden?"

"Ja, maar ek verstaan nie, sy was nou net hier gewees. Sy werk vandag, ek dink dit was 'n *prank call* gewees."

Berto is woedend. "Dankie dat ek van dit geweet het, ek was nie onder die indruk dat ek ook 'n verdagte is nie inspekteur."

"Dit was nie die bedoeling nie dokter, maar noudat jy weet as iemand jou weer bel probeer om die gesprek so lank as moontlik aan die gang te hou, sodat ons die sein kan opspoor. Nog iets daar is skote gehoor op 'n ou verlate plaas, my manne het ondersoek ingestel maar daar was niks. Ek sê dit sodat as daar enige iemand by die hospitaal op daag met 'n soortgelyke wond dat ek in kennis gestel moet word asseblief."

"Natuurlik, ek wil ook weet van enige verwikkelinge met die saak." Berto se stem is ergerlik. Hy kan nou eenmaal nie vat plek kry aan Duvenhage nie. Wie de hel dink die man is hy? Hemel die is so 'n groot gemors. Wat gaan van die hospitaal word as die media hiervan hoor? Nie eens te praat van sy en sy pa se name nie. Die media gaan 'n *field day* hê met die gemors. Wat het Tania bedoel met sy is mal. Het sy van Chantey gepraat of is daar dalk 'n ander persoon betrokke waarvan hulle nie weet nie?

Hy sak moeg terug in sy stoel en trek sy vingers deur sy hare. Hy was altyd trots op die feit dat hy mense vinnig en goed kan opsom. Dit is baie nuttig in sy profesie, want daar is pasiënte wat enige iets sal doen vir aandag of medikasie of wat net doodgewoon dokter mal is. Ja, hy was nie mal oor die idee om saam met 'n vrou te werk nie, maar nogtans het hy gevoel dat sy baie passievol, sag en menslik is. Kan 'n mens regtig soveel boosheid wegsteek? Iemand wat mense ontvoer en hulle opsny en verkoop asof hulle skape is, is nie 'n mens nie.

"Dokter ... dokter!!!" Matrone roep hard na hom om sy aandag te kry. Eers het sy haar kneukels blou geklop. Die man is duidelik op 'n ander planeet.

"Huh .... Wat ...o ... matrone, ekskuus ek het jou nie gehoor in kom nie."

"Ja, Dokter dit het gelyk of jy diep ingedagte was. Is alles reg dokter?" vra sy bekommerd.

"Ja wat matrone. Waarmee kan ek jou help?"

Matrone maak keel skoon.

"Ek ... h'm ... wou net weet of dokter al iets gehoor het van dokter Chantey? Ons is 'n hele klompie hier wat bekommerd is. Dokter weet nie almal van ons glo die stories nie." Sy het al gewonder of sy vir hom moet vertel van haar en die inspekteur se gesprek. Sy weet nie of sy skuldig voel omdat sy nie vir Berto of ou dokter van haar vermoede vertel nie en of sy skuldig voel omdat sy wel iets gesê het.

"Nee ek weet niks nie. Stuur Tania na my toe asseblief.

Matrone, jy gaan nie hou van wat ek nou gaan sê nie, maar ons is verseker 'n rat voor die oë gedraai. Sy het net 'n front voorgesit, haar onskuldige gesiggies het ons almal geflous."

"Nee dokter! Ek is vasbeslote dat sy onskuldig is. Ek is seker daarvan dat die skobbejak daardie Riekert vent is. Ek glo hy of hulle het haar gevat omdat sy dalk agtergekom het wat aangaan. Regtig dokter..."

"Matrone ons kan nie op spekulasie werk nie. Mense se lewens is in gevaar. Die dorp is vreesbevange. Hoeveel mense gaan nog wegraak? Ek dink sy het nie haar somme reg gedoen nie. Sy is vinniger uit gevang as wat sy gedink het."

"Ek verstaan dokter, elkeen het sy eie siening. Vergewe my dat ek nie saam stem nie. Ek glo in haar onskuld." Sy ken hom lank genoeg om te weet dat dit futloos is om verder met hom te redeneer. Sy maak die kantoor deur saggies agter haar toe. Sy weet vir seker dat die kind onskuldig is en sy gaan dit bewys. Sy stap na die suster stasie toe om vir Tania te gaan roep.

"Verpleegster Nanda waar s suster Sinden?"

"Sy het gesê sy gaan badkamer toe, maar dit was 'n hele rukkie terug. Ek sal gaan kyk waar sy is matrone."

Matrone staan voor Berto se toe deur, sy probeer al haar moed bymekaar kry om te klop. Die man is klaar in so 'n vuil bui hy gaan behoorlik ontplof as sy die nuus aan hom oordra. Sy maak die deur oop nadat sy geklop het.

Berto kyk gesteurd op, hy frons toe hy matrone se bleek gesig sien.

"Ek wag nog steeds vir suster Tania matrone, hoekom is sy nog nie hier nie?"

Matrone vryf oor haar spierwit uniform.

"Sy is nie in die hospitaal nie en sy antwoord ook nie haar foon nie."

Berto kyk die vrou wat duidelik ongemaklik is skerp aan.

"Berto help my sy is mal," refrein dit in sy gedagtes. Is sy dan ook ontvoer?

"Dankie matrone jy kan maar gaan." Hy bel vir Piet teen sy wil.

"Inspekteur...!"

"Duvenhage, Tania Sinden is nêrens te vinde nie. Nie ek of my personeel kry haar in die hande nie. Sy is veronderstel om nog aan diens te wees. Ek skat dit is hoekom sy gebel het, sy is in die moeilikheid!"

Piet krap sy hare deurmekaar en vryf oor sy gesig.

"Ek is op pad."

'n Doodstollende gil trek soos sweep slae deur die grot.

"Laat my gaan ... asseblief laat my gaan... hel Tania asseblief ek sweer ek sal niks se nie." Rou snikke ruk deur die jong meisie se bors. Sy word hardhandig in 'n stoel gedruk, haar lyf ruk onbedaarlik van skok.

"Sjuut ... sjuut!" kom dit woedend van Tania. Sy loop op en af in die grot. Sy is hoogs die hel in vir haarself, omdat sy nie versigtiger was nie. Al wat sy wou doen, was om nog bewyse in Chantey se woonstel te gaan plant, maar nee sy moes die deur half oop los. Sy is so *stupid*.

"Wat 'n jammerte... jou arme ding, onse klein ou nuuskierige Wilmatjie. Jy kon die versoeking net nie weerstaan nie kon jy?"

Tania se oë is leweloos. Dit is asof Wilma in 'n dooie mens se oë kyk. Sy byt hard op haar onderlip om haar emosies onder beheer te hou. Sy ken Tania al baie lank en weet dat haar humeur baie kort is. Maar aan die ander kant wil sy net opkrul in hoekie en haarself terug wens na haar woonstel toe. Sy moes van beter geweet het as om in dokter Chantey se woonstel in te loop, maar sy het gedog dit is die polisie . Sy wou net hoor of hulle nuus het, maar toe sy in die woonstel in gegaan het, het sy vir Tania gesien terwyl sy besig was om iets in die plafon in te druk. Tania was woedend toe sy haar gewaar het. Sy was ook te vinnig vir haar gewees. Nog voordat sy 'n voet kan verskuif het, het Tania haar 'n vuishou gegee. Sy het wakker geword toe hulle haar uit die kattebak uitgehaal het. Waar op aarde is sy?

"Tania asseblief ons is al lank vriende jy weet ek sal jou nie verraai nie." Wilma se stem is pateties pleitend.

Tania lag hard en lelik.

"Vriende...? Ek het nie vriende nie jou onnosele mens. Ek het nie eers 'n hart nie." Daar is geen emosie in haar stem nie.

Rillings loop teen Wilma se rug af. Die vrou voor haar is nie dieselfde mens met wie sy al twee jaar vriende is nie. Dit is asof sy oornag mal geword het, daar is niks oor van die vrou wat sy geken het nie.

"Wat wil jy van my hê Tania?"

"Van jou? Ek sou niks van jou wou gehad het nie, maar noudat jy hier is sal ek alles vat wat ek kan." Haar oë gloei van plesier. "Jy is jonk, gesond en sover ek kan onthou is jy 'n organ donor, nie waar nie?"

Wilma word yskoud. "Wat?"

"Vat haar selle toe."

"Nee, wag asseblief!"

"Bly stil of ek sny jou tong uit."

Sy stamp Wilma so hard dat sy op die rowwe klipperige vloer val. Sy begin saggies huil terwyl sy vinnig moet opstaan so hardhandig trek die groot ou haar op. Sy het nie gedink sy sal op so 'n manier moet doodgaan nie.

Chantey en Riekert word tegelyk wakker toe die gille deur die grot weergalm.

"Wat was dit?" Haar hart trek saam van ingehoue spanning.

"Dit het geklink na 'n vrou se gille."

Hulle probeer luister maar hoor niks verder nie.

"Dink jy Tania het iemand doodgemaak?" Die vrees slaan duidelik deur in haar stem.

"Ek weet nie, dit kan wees. Sy het seker nog iemand ontvoer. So die kanse dat daar nog 'n persoon hier opgesluit gaan word is goed." hy kyk na sy linkerkant toe, toe hy snikke hoor.

"Ek is jammer meisiekind. Hou net moed dalk kom ons tog hier uit."

Hulle bly stil toe hulle voetstappe hoor nader kom. Hulle kan nie mooi sien wie by die lyfwag is nie. Die deur van die kind word oopgesluit en die vrou word hardhandig in die sel in gegooi.

Wilma begin te huil, want sy het met haar hele gewig op haar knieë beland. Sy draai om sodat sy op haar boude kan sit. Sy vryf met haar hande oor haar seer knieë. Verbaas kyk sy rond toe iemand haar naam noem. Sy sien dat daar 'n kind in dieselfde sel is as sy en langsaan in die volgende sel is dokter Chantey en die se eks.

"Dokter, Klara...?" vra sy stom geslaan. "Wat maak dokter hier.... waar is ons.... wat gaan aan?"

"Sjuut, nie so hard nie." Waarsku Chantey. "Ons is gevangenisse van Tania. Ek is nie heeltemal seker hoekom ons hier is nie en ek weet ook nie waar ons is nie."

"Ek weet waar ons is," kom dit stil van Riekert.

"So dit is jy?" sê Wilma verbaas. "Ek het jou baie saam met Tania gesien, is jy deel van die besigheid?"

Riekert sug. "Ja ek was, maar is nie meer nie. Ek het my doel uitgedien volgens haar en nou is ek die volgende slagoffer wat geoes gaan word."

"Wat?" Die skok trek deur Wilma se lyf. "Jy bedoel die besigheid is regtig orgaan smokkelary? Ek kan nie nou al doodgaan nie, ek het nog soveel planne." Haar bors raak benoud, dit voel of sy nie genoeg lug in haar longe in kry nie.

"Toemaar tannie ek is ook bang," kom dit huilend van die kind.

"Kom hier kleinding, ai ek is so jammer vir jou."

"Asseblief julle twee, julle sal moet sagter praat. As ons haar kwaad maak gaan dinge net erger wees glo my," maan Riekert hulle. Riekert probeer opstaan, sy bene voel heel lam van so lank op een plek sit en sy nek is stuif. Sy oog vang iets wat in die sel van hom en Chantey lê.

"Wat lê daar?" vra hy vir Chantey en beduie met sy vinger.

Chantey beweeg in die rigting wat hy uit wys. Die lig is so swak dat dit vir haar moeilik is om uit te maak wat daar is. Sy sak stadig af op haar knie, haar hande gaan onseker uit na die voorwerp. Sy trek vinnig haar hand terug, kan dit wees. "Dis 'n mens!" Kom dit geskok van haar af. Sy gaan nader om vas te stel of die persoon nog lewe. Sy buig oor om haar gesig te sien net om nog 'n persoon langs haar te sien.

"Hier lê twee vroue en hulle lewe nog."

"Wat? Wanneer het hulle hier aan gekom?"

Sy moes hulle hierheen gebring het toe ons geslaap het. Dit is net snaaks dat ons nie wakker geword het nie. Sy is buite beheer. Riekert jy sal iets moet doen! Ons sal haar moet stop. Waar is ons?"

"Ons is so twintig kilometer uit die dorp op 'n ou plaas, die eienaar is 'n rukkie gelede dood. So niemand weet ons is hier nie. Die grot is ook baie goed versteek, die kanse dat iemand ons hier gaan kry is amper zero."

"Die polisie soek oral, hulle is die hele dorp vol. Hulle glo dat dokter agter alles is. Hulle hou die hospitaal dop en dokter se woonstel. Ek weet nie hoe Tania my uit die gebou gekry nie."

"Waar het sy jou gekry?" vra Chantey

"Wel, ek het uit my woonstel gekom en omdat ek twee deure van dokter af bly het ek gesien dat dokter se woonstel deur oopstaan. Ek het gaan kyk hoekom dit oopstaan, ek het ingegaan en vir Tania daar gekry. Sy was besig om iets in die plafon weg te steek. Toe sy my gesien het, het sy my geslaan. Ek moes my bewussyn verloor het, want toe ek wakker geword het was ek hier."

"Wat sou sy in my woonstel weggesteek het?" Die onrus laat haar maag draaie maak.

"As ek moet raai is dit bewyse om jou skuldiger te laat lyk." Riekert kyk bejammerend na haar. Hy glo nie dat sy uit hierdie gemors gaan kan uitkom nie. Tania is slim en sy gaan definitief seker maak dat Chantey gevang gaan word en vir die res van haar lewe in die tronk gaan wees. As hy net nie so 'n slap gat was nie, kon hy die hele gemors gestop het. Hy sal homself nooit hiervoor vergewe nie.

Piet haal die foon uit sy sak uit en frons toe hy sien wie hom bel.

"Wat is dit konstabel Smit? Dit moet dringend wees want die lyn moet te alle tye oop wees." Die irritasie slaan hard teen die konstabel se ore vas.

"Ja inspekteur, jammer inspekteur maar ek het inligting inspekteur."

"Los die blerrie inspekteur en kom tot die punt."

"Inspekteur daar was nog 'n ontvoering."

"Wat!!" Hy gil so hard dat die arme konstabel die foon van sy oor moet weg vat.

"Ja, inspekteur 'n vrou."

"Hemel man praat klaar!"

'"Dis 'n verpleegster van die hospitaal en sy bly in dieselfde gebou as die dokter inspekteur."

Verdomp! Verdomp! Verdomp! Hy is nou so kwaad hy gooi amper sy foon op die grond neer.

"Wie?"

"Verpleegster Wilma Smit inspekteur."

"Het enige iemand gesien wat gebeur het?"

"Ja, inspekteur, 'n kind wat in die parkeer area agter die woonstel gebou gespeel het. Hy het gesien hoe 'n vrou en 'n groot man uit die gebou gekom het. Die man het die verpleegster oor die skouer gedra."

"Kon die kind die mense beskryf?"

"So half weg inspekteur. Die kind het die man beskryf as hulk maar die rooikopvrou kon hy nie mooi sien nie."

"Ok...! ok...! ok...! O wat van die kar?"

"Wat van die kar inspekteur?"

"Ag hemele behoede my... konstabel!" Blaf Duvenhage in die telefoon in. "Wat het die kind van die kar gesê?"

"O dit." Die konstabel lag senuweeagtig. "Dit was 'n wit Toyota Carolla maar 'n ouerige model."

"Goed daar kan nie so baie van daardie modelle in die dorp wees nie. Luister nou baie mooi vir my konstabel. Jy vat nou daardie kind huis toe, sorg dat sy ouers ook daar is. As hulle nie daar is nie kry iemand wat hulle by die huis kan kry. Jy bly daar, verstaan jy my! Ek wil nie hê dat enige iemand die kans kar kry om daardie kind leed aan te doen nie, het jy dit?" Hy druk die foon dood en los 'n verwarde konstabel agter.

Hy moet vinnig uitvind wie in die dorp daardie kar ry en ook die beskrywing van die twee ontvoerders. Hy storm by sy kantoor uit en storm op die konstabels af.

"Jy en jy en jy kom saam met my."

Die jong konstabels reageer vinnig en benoud, nie een van hulle ken die inspekteur lank nie.

Die twee polisiemanne kyk gesteurd om toe die deur oop gaan.

"Kon julle enige iets anders hoor?" kom dit effe onbeskof van Piet.

"Nee inspekteur geen oproepe sover wat van enige belang is nie."

"Dammit, die mense is slim, maar slim het nog altyd sy baas gevang." Hy wink die drie konstabels nader. "Luister mooi julle drie, julle gaan so 'n bietjie opsporingswerk doen. Ons het inligting gekry dat daar nog 'n ontvoering was 'n vroue verpleegster.

"Volgens die ooggetuie was die man 'n baie groot sterk man en die vrou het rooi hare gehad. Hulle was in 'n wit Toyota Carola 'n ouerige model. Julle drie gaan elkeen 'n deel kry en so vinnig as moontlik uitvind wie hulle is. Jy vat die vrou en jy vat die man en jy vat die kar. Ek gee nie om hoe julle dit doen nie doen dit net."

Die konstabels kyk mekaar verbaas aan.

"Hoe moet ons die job doen? Waar soek 'n mens sulke mense met net die kleur van die hare?"

Die konstabels wat met die afluisterapparaat werk kyk heen en weer vir mekaar, en bars hardop uit van die lag.

"Kry vir julle pen en papier en vaar die strate in. Julle sal met die mense moet praat, en julle sal moet roer as julle teen die einde van die dag nog 'n werk wil hê."

Die drie konstabels verdwyn soos mis voor die son en laat laggende manne agter.

Klippe en sand spat weg toe Duvenhage voor die hospitaal stil hou. Sy hande klou die stuurwiel styf vas. Sy blik gly oor die hospitaal, die pragtige tuin en die mense. Hy voel so moedeloos en ongelooflik kwaad vir homself.

Hy moet uitvind wie die verdomde vrou is en haar arresteer. Hy het nou genoeg gehad om rond te hardloop soos 'n donnerse afkophoender.

Met die ontvoering van die verpleegster is dit tien mense wat ontvoer is, waarvan daar al vyf dood is. Hy weet nie of hulle nog lewe nie. Waar sal hulle van die lyke ontslae raak? As hulle net 'n leidraad kan kry waar hulle kan wees. Die dorp is nie so groot nie, hoe is dit moontlik dat alles reg onder sy neus gebeur. Hy moet sê die dokter sit hom behoorlik ore aan. Rooi hare dit kan 'n pruik gewees het. Hy slaan met sy vuis teen die stuurwiel voordat hy sy kar deur met woede oop stamp en hard agter hom toeklap.

Hy wou net die trappe van die hospitaal uit klim toe hy vir Berto die hospitaal sien verlaat en na die tuin gaan. Hy doen dit met soveel spoed dat hy daaroor frons. Hy besluit om die dokter te volg. Hy wou eerder met die matrone gepraat het, maar hy kan netsowel hoor wat die man te sê het oor die nuwe verwikkelinge.

Berto leun swaar teen die ou boom in die tuin. Hy moes net uit die hospitaal kom, dit het gevoel asof die mure hom wil versmoor. Hy bly rond kyk asof Chantey enige oomblik uit 'n kamer gaan kom of in die gange loop. Hy is besig om sy kop te verloor.

"Middag." Sy stem is vriendeliker as wat hy voel.

Gesteurd kyk Berto om net om moedeloos te sug toe hy die man sien.

"Wat wil jy hê?" Hy kan nie sy misnoeë wegsteek nie. Hy kan nie sê dat hy jammer is oor sy bombastiese houding nie. Die nuus dat Wilma ook verdwyn het ontstel hom baie. Hy is nie iemand wat nie in beheer kan wees nie en die hele gemors laat hom so vercuiwels magteloos voel.

"Jammer ek wil nie jou besige dag beïnvloed nie. Ek is net..."

Berto swaai woedend om en gluur die man aan asof hy 'n insek is wat hy wil vrek trap.

"Sê jou blerrie sê Duvenhage en dan trap jy van my grond af."

Vir 'n paar sekondes die twee mans mekaar aan. Elkeen se gedagtes wik en weeg of dit nie lekker sal wees om mekaar op te voeter nie. Dit is nie 'n geheim dat die twee nog nooit om dieselfde vuur gesit het nie.

"Kyk Berto die situasie is vir niemand maklik nie en ek doen net my werk." Dit is dalk beter dat hy nugter bly, dit help hom niks om vir Berto onder meer druk te sit en so die ondersoek te boikot nie.

"Ek kan my indink hoe jy moet voel, dis jou personeel wat betrokke is en die beeld van die hospitaal wat op die spel is." Sy stem is kalm en dit laat Berto 'n bietjie bedaar wat vir Duvenhage 'n groot verligting is.

Berto gaan sit op een van die banke wat vir die besoekers, pasiënte en die personeel as 'n lafenis dien as die mure in die hospitaal bietjie bedruk raak. Die tuin is so mooi 'n mens kan nie help om kalmer te voel nie. Dit was sy ma se projek, sy het geglo dat medysyne nie die enigste manier tot gesondheid is nie, maar ook die natuur. Sy was reg baie trane is al in die tuin gestort oor bekommerde familie lede of 'n pasiënt wat in sak en as is oor sy gesondheid en so ook vir die personeel. 'n Mens kan hoeveel jare in die profesie sit, dit maak jou nie hard vir wat elke dag in die hospitaal af speel nie. Chantey was ook lief gewees om hier rond te loop, hy skud sy kop om tot die hede terug te kom.

"Ek is jammer, dis 'n stresvolle tyd." Die afgematheid kan in sy stem gehoor word. "Waarmee kan ek help?"

"Ek kort meer inligting oor Wilma Smit. Sy is nie van hier nie reg?"

"Nee sy het so twee jaar terug hier begin, sy was een van ons beursstudente. Sy kom van 'n arm familie af, ek dink sy is van die Wes-Kaap of iets. Sy het hierheen gekom in haar matriek jaar en by haar oupa hulle kom woon nadat haar ouers al twee in 'n motorongeluk in Natal dood is. Sodra die leerders wat die beurse ontvang het hulle studies voltooi het, moet hulle vir vier jaar hier kom werk. Dit is een van die voorwaardes."

"Doen julle al lank die beurs program?"

"Ja vandat die hospitaal oopgemaak het en dit is omtrent dertig jaar. Ons gee elke jaar twee beurse weg en die beheerraad van die skool en ons raad besluit oor wie dit gaan kry."

"Ek hoor dat sy en Tania goeie vriende is."

"Tania het haar onder haar vlerk geneem toe sy hier gekom het. Wilma was baie teruggetrokke en onseker oor haar werk. Tania het haar uit haar dop laat kom en die resultate was dat sy 'n wonderlike verpleegster is. Ek het nog nooit 'n probleem met haar gehad nie. Haar werk is puik en sy kom baie goed met die pasiënte oor die weg veral kinders. Piet ek sê jou nou sy het niks met die besigheid uit te waai nie. Sy is 'n kind met beginsels, sy sal nie so 'n ding oor haar oupa laat kom nie."

"Ek sien en hoekom bly sy nie by haar oupa nie? Sy bly twee woonstelle van dokter Bruwer af, reg?"

"Haar oupa is in die plaaslike ouetehuis. Hy het die huis verkoop en in een van die woonstelle op die ouetehuis se perseel in getrek."

"Daar was 'n ooggetuie toe Wilma ontvoer is."

Dit is asof 'n by Berto gesteek het, hy vlieg so vinnig regop dat hy amper sy balans verloor.

"Wat? Hoekom hoor ek nou eers daarvan? Dit is mos wonderlike nuus! So ... wie is die ontvoerder?" Dit voel vir Berto of die spanning hom lighoofdig gaan maak.

"Asseblief sê dis nie Chantey nie?" Die hoopvolheid in Berto se stem en op sy gesig is eintlik hartseer om te aanskou.

"Nee dit was nie sy nie. Die ooggetuie was 'n kind en hy kon 'n beskrywing van die mense gee. Een was 'n vrou met rooi hare en 'n baie groot man, hulle was moontlik in 'n ouerige Toyota Carolla meer as dit weet ons nie. Die seun het net gesien hoe Wilma oor die groot man se skouer gedra is en toe in die kattebak gegooi is. Met die inligting kan Wilma nie betrokke wees nie. Wat my net laat wonder is, wat het hulle daar gesoek?"

Berto staar ingedagte voor hom uit.

"Wat van as sy hulle op hete daad betrap het? Is daar nog iemand in die woonstelblok weg?"

"Niemand is as vermis aangemeld nie." Duvenhage frons. "Jy het dalk 'n punt beet, haar woonstel is twee deure van dokter Bruwer sin af, miskien was hulle in haar woonstel en was Wilma 'n ooggetuie. Hulle kon nie die kans vat om haar daar te los nie, en moes haar maar saam vat. Ek moet na die dokter se woonstel gaan, daar moet iets wees."

Hoofstuk 19

Piet storm weg en los 'n erg verwarde Berto agter. Rooi hare dink hy. Tania het rooi hare dit is nie haar normale kleur nie. As sy haar hare vasmaak kan 'n mens die vaal blonde hare sien uitgroei. Hy moet ook na Chantey se woonstel gaan hy kan nie net hier sit nie.

Berto ry so vinnig uit die hospitaal se hekke uit dat die arme sekuriteitswag sy koffie bo oor sy hemp uitgooi.

"Wat de...!"

Piet kyk fronsend op toe hy vir Berto by die deur sien inkom.

"Wow...en nou?"

"Ek het nou net aan iets gedink," kom dit hygend van Berto. Hy is die trappe so vinnig op dat hy skoon uit asem is. Hy was bang hy mis Duvenhage.

Piet kyk hom kopskuddend aan.

"Jy kon my gebel het."

"Ja, toe vryf dit in." Berto kan nie help om te *smile* nie.

"Tania se hare is rooi, maar dit is nie haar regte kleur nie sy is eintlik 'n vaal blond. Haar hare het al 'n redelike stuk uit gegroei en 'n mens kan dit duidelik sien. Miskien het die seun dit gesien."

"Dit kan help, dankie. Jy weet nie dalk wie die man is nie? Die seun het 'n oulike beskrywing gegee volgens hom lyk die ou soos Hulk."

"Hulk?"

"Ja man die superhero..."

"Ek weet wie hy is. Ek het 'n paar keer 'n vreemde man in Tania se geselskap gewaar. Die ou was ongewoon groot gebou, niemand in die dorp het sulke spiere nie. In elk geval, toe ek vir Tania oor die ou uit gevra het, het sy gesê dat hy familie is."

"Familie?" Duvenhage is nou heeltemal verward. "Ek dog sy het geen familie nie?"

"Jy is reg, miskien is dit iemand met wie sy grootgeword het en sien sy hom as familie. Ek weet nie."

"Wanneer en waar het jy hulle saam gesien?"

"Ek weet nie, ehm ... die dag voor my pa se afskeidspartytjie was die eerste keer dink ek. Ek het hulle by George die werktuigkundige se plek gesien. Die ander keer was die Sondag toe ek Namibië toe is. Hulle was in 'n groot swart Ranger dink ek, voor die munisipaliteit. Ek kan nie onthou of ek hulle weer saam gesien het nie maar ek het nooit daardie man alleen in die dorp gesien nie."

"Jy het iets beet, Kroondal is een groot skindergat, as hy in die dorp rondgedwaal het sou die mense gepraat het."

"Nie om vir jou te sê wat om te doen nie, maar... ehm... probeer Mentz en Seun. Daardie tannies is goed op datum met alles in die dorp."

Piet sal dit nie hardop herken nie, maar Berto het 'n ding beet. Jy gaan nie gewoonlik uit daardie winkel sonder 'n brokkie skindernuus nie. Hy sal daai joppie self doen, so 'n bietjie die ou Duvenhage sjarme gebruik.

"Ek sal dadelik my manne op die ding moet laat ingaan. Iets is nie pluis met die Tania vrou nie. Hoe lank werk sy nou weer vir jou?"

"Sjoe ... vyf jaar, ek is nie heeltemal seker nie. Matrone Swiegers sal jou met meer duidelikheid kan sê. Maar in al die tyd wat ek haar ken het ek daardie man nog nooit gesien nie. As ek nou so daaraan dink was

Tania nogal omgekrap gewees toe ek haar oor hom uitgevra het."

"Jammer dat ek vra, maar jy en Tania is of was in 'n verhouding of hoe?"

"Ja ons was vir die afgelope jaar saam, maar dit was nie ernstig nie, dit was meer vir gerief as jy weet wat ek bedoel. Met my pa se aftrede het ek die verhouding beëindig." Hy voel ongemaklik en maak keel skoon. Hy gaan sit op die bank en leun met sy kop agter oor dan verstar sy blik. Hy staan op en loop na die plek waar die plafon vir hom vreemd lyk.

"Wat?" vra Piet en volg Berto se blik. Hy sien dit ook, daar is definitief aan die plafon gepeuter. "Wag!" Keer hy Berto toe hy die koffietafel nader trek om op te klim.

"Wat? Ek wil net kyk."

"Ek weet, maar ek weet hoe om bewysstukke te hanteer."

"Ag hemel tog, doen jy dit dan." Berto is sommer afgehaal omdat hy gestop is, hy het dit per slot van sake eerste gesien.

Piet haal handskoene uit sy sak. Versigtig klim hy op die tafel, nie seker of die ding sy gewig gaan dra nie. Hy druk die plafon stadig terug sodat hy nie enige bewyse wat mag omstaan kan versteur nie. Met 'n klein sak flitslig loer hy in die klein spasie in. Tot sy verbasing sien hy 'n pakkie of 'n ding in die lig. Stadig haal hy dit uit en klim van die tafel af. Hy buk by die tafel en sit die pakkie versigtig neer. Berto kom staan ook heel nuuskierig nader om te kyk, die spoed waarmee Duvenhage werk, werk op sy senuwees.

Stadig word die lap oop gevou en al twee staan in verbasing na die inhou en kyk. Daar is 'n bondeltjie geld wat opgefrommel is, die hospitaal naambandjie van oom Goosen, 'n ou foto van 'n vrou en man maar dit is baie onduidelik, 'n silver I love you hangertjie, 'n string hare in 'n plastiek sakkie en 'n pols horlosie duidelik 'n man sin.

"Dit is soos 'n versameling van memories, net soos wat *serial killers* doen om hulle slagoffers te onthou." Piet is stomgeslaan. "Al die goed is hier gelos om te sorg dat daar meer bewyse teen Chantey is. Hoekom sal Chantey vir Tania stuur om die mementos te kom bêre? Dit maak net nie sin nie!" dink hy hardop.

"So ek was reg, Chantey het niks met hierdie hele gemors te doen nie?" Berto is so verlig hy wil sommer dans.

"Stadig, ons sal eers al die goed moet ontleed. Ek sal die forensiese span hierheen stuur vir vinger afdrukke en op die bewysstukke ook. Miskien is ons gelukkig en kan ons DNA kry wat dalk agter gelos is. Die kan dalk net die breek wees waarna ons gesoek het. Met my ondervinding raak 'n misdadiger altyd agterlosig veral as hulle voel dat hulle nie gevang sal word nie. Die ego van psigopate is ongelooflik hoog."

"Ek hoop jy is reg en dat ons gelukkig genoeg gaan wees om die mense wat ontvoer is lewendig kan opspoor." Kom dit hoopvol van Berto. Hy is nou doodseker dat Chantey niks hiermee te doen het nie.

"Ons gebruik 'n laboratorium in die stad, as ons die met dringende versoek na hulle toe stuur sal ons die uitslae hopelik vinniger kry."

"Dit sal baie help ons lab is altyd agter met werk, ons sal langer wag vir die uitslae." Hy haal sy foon uit om die forensiese span te bel.

Berto sak moeg terug in die bank. Waar is jy? Is jy ok? Wonder hy bekommerd. Hy moes van beter geweet het as om 'n vinger na haar te wys. Hy voel nou so skaam oor al die lelike gedagtes wat hy oor haar gedink het. Hy moes geweet het die vrou wat sy hart besit, nie tot so iets in staat kan wees nie. Hy moes sy pa geglo het. Sy pa...! Sy pa wou nou die aand met hom gepraat het oor Chantey en hy het hom heel onbeskof toegesnou dat hy niks van haar wou weet nie. Hy sal nou na hom toe moet gaan en verskoning gaan vra.

"My manne is op pad, sodra hulle klaar is sal ek die goed vir jou bring om weg te stuur."

"Hoe lank dink jy gaan dit vat, want die koerier kom vyf uur. Anders moet ons dit môreoggend nege uur stuur, dan sal ons die resultate om en by vyfuur môremiddag kry."

Hy kyk na sy horlosie. "Ons gaan dit baie fyn sny maar ek wil die goed vanaand al stuur. Dit kan nie anders nie ek wil die saak op los."

Hy hoor dat Duvenhage moedeloos is en hy kan dit verstaan, want dit is die eerste keer in Kroondal se geskiedenis dat so iets gebeur.

Die aandlug is koud, die warm aande is weg. Daar is 'n klein teken van die maan en dit laat die sterre helderder skitter. 'n Mens vergeet om tot stilstand te kom en te waardeer wat om jou is. Die lewe is so 'n gejaag. Oom Willem voel heel nostalgies vanaand. Alles is op sy kop gedraai, hy kan nog steeds nie verstaan waar alles begin het nie en die ergste is waar gaan als eindig. Hy vryf moeg deur sy grys krul hare oor sy seer oë en stoppelbaard. Hy is baie bekommerd oor sy seun wat so sukkel om sy hart en kop bymekaar te kry. Hy weet Berto voel iets vir Chantey en dit maak hom rusteloos en erg befoeterd. Dan is daar ou Dirk! Hy het vir die polisie gesê hy sal hom van Wilma vertel. Sy hart is nie sterk genoeg om sulke nuus van die polisie te hoor nie.

Hy sal hom môreoggend gaan vertel en op 'n baie versigtige manier meer oor Wilma se doen en late moet uitvind. Hy weet hulle is baie geheg so die kanse dat Dirk iets kan weet is nie onmoontlik nie. Hy kyk om toe hy die voordeur hoor toegaan. Dit kan net Berto wees niemand anders loop sommer so in sy huis in nie. Hy staan op om vir hulle 'n drankie in te gooi.

"Naand seun," hy hou sy glas na hom toe.

"Naand Pa." Berto sak dankbaar in die stoel in. Hy draai die glas al in die rondte, hy voel skaam oor sy gedrag van nou die dag en hy moet verskoning vra. Hy maak keel skoon.

"Pa, ek is regtig jammer dat ek nou die dag pa se kop afgebyt het toe pa oor Chantey wou gepraat het. Dis net … ek het soveel goed wat in my kop ronddwaal, soveel wat by die hospitaal aangaan, ek is baie oorweldig en moeg."

Willem glimlag. "Dis alles reg seun ek verstaan. Het jy enige nuus?"

"Ja." Berto kan nie help om te glimlag nie. "Daar is bewyse wat kan bewys dat Chantey nie die misdadiger is nie, maar 'n slagoffer."

Willem sit op die punt van sy stoel.

"Hoe so?"

"Wel…" Hy vat eers 'n groot sluk van die brandewyn. "Vir een kan ons dankie sê vir die nuuskierigheid van kinders. 'n Kind het Wilma se ontvoering sien gebeur. Hy en sy gesin is onder polisiebeskerming, ek weet nie wie dit is nie. Duvenhage dink dis beter om dit so om te doen. Vir eens stem ek met hom saam. Die beskrywing van die vrou is definitief Tania en 'n vreemde man, 'n man wat ek al voorheen gesien het. Duvenhage probeer om oral in die dorp uit te vind of iemand anders hom nie ook gesien het nie. Iemand met sy bou kan nie gemis word nie, veral nie hier in Kroondal nie."

"Sjoe, haal net eers asem. Ek verstaan nie, hoe wys dit dat Chantey onskuldig is?" .

"Ek kom by dit pa." Hy staan op om vir hom nog 'n glas te skink. "Volgens die bewyse wat ek en hy in haar woonstel se plafon gekry het, lyk dit of Tania in Chantey se woonstel ingebreek het om bewyse te plant. Sy wil haar nog skuldiger te laat lyk. Ek en Duvenhage het die bewyse gekry. Sy span het vinger afdrukke gekry, en ek het *swaps* na die *lab* gestuur om DNA te kry."

"Ditsem," Willem spring opgewonde op.

"Ek het dit geweet." Hy vat sy glas vir 'n tweede rondte.

"Ja, pa was reg en ek sal met my gewete moet saamleef. Nie net oor die feit dat ek haar verdink en gewantrou het nie, maar ook omdat ek haar so sleg behandel het."

"My kind jou optrede was normaal, moenie so hard op jouself wees nie. Seun...." Hy maak keel skoon. Hy moet nou vir hom die volle waarheid vertel. Hy gaan woedend wees dat hy van Chantey se verlede geweet het en haar nog steeds aangestel het.

Berto kyk sy pa vraend aan, hy wil seker oor Chantey praat. Nou die aand wou hy nie geluister het nie, hy sal nou moet luister.

"Ek moet met jou praat oor Chantey, en ek wil hê jy moet luister voor jy reageer."

Berto knik net.

Hy luister stil na die storie, ongeloof en woede speel beurtelings in sy binneste af. Daar is 'n baie lang tasbare stilte toe sy pa klaar gepraat het. Berto staan op om vir hom nog 'n drankie in te gooi wat net so vinnig in sy keel afgegooi word. Hy sit die glas te sag op die toonbank neer, 'n teken vir sy pa dat sy seun nie kalm is nie. Berto gaan staan in die patio deur en leun met sy lyf daarteen, sy kop spin soos nog nooit van te vore nie.

"Ek weet van haar verlede." Kom dit kalm van hom. "Sy het myself vertel die dag toe sy verdwyn het, ek het nie goed op die nuus gereageer nie. Ons het oor dit baklei, ek het haar beskuldig van die moorde, sy het my in my peetjie in gestuur. Hoekom het pa my nooit vertel nie?" hy draai om sodat hy sy pa se gesig kan sien.

"Ek wou haar 'n regverdige kans gegee het, 'n kans om oor te begin op 'n skoon blaai. Ek sou jou wel vertel het sodra jy haar beter leer ken het. Ek skuld haar ouers dit."

Berto frons. "Wat weet pa van haar ouers af?" Oom Willem vryf oor sy mond en ken. Stil luister hy na sy pa, sy frons word al hoe dieper.

"Ek glo dit nie, nie ma of pa het ..."

"Berto verstaan tog, dis 'n baie seer onderwerp. Ek en jou ma het nie gedink dat dit nodig was om jou te vertel nie."

"Waarheen gaan jy?" vra Willem verbaas toe Berto uit die vertrek storm voordeur toe, maar hy kry nie 'n antwoord nie net 'n deur wat uit sy skarniere uit geklap word. Hy skud sy kop, die inligting was teveel, te vinnig vir hom gewees. Hy sal terug kom as hy reg is dink hy hoopvol.

Berto sit op 'n bankie in die tuin van die hospitaal, sy blik bly op die watervalletjie. Die deel van die tuin was nog altyd sy gunsteling. Hy onthou die dag toe sy ma die watervalletjie laat bou het. Sy het gesê dit gaan die kalmte in 'n seer siel genees. Sy was reg! Terwyl hy hier sit voel hy hoe die kalmte terug syfer in sy verwarde siel in.

Die engeltjie wat die kruid vashou waaruit die water vloei gee die idee van nuwe lewe. Sy het nuwe lewe in hom ingeblaas. Voordat sy hier gekom het, het hy gelewe vir die pasiënte. 'n Vaste verhouding het hom nie aangestaan nie, hy was te lief vir sy vryheid. Hy het nie nodig gehad om aan enige iemand verduidelikings te gee nie.

Maar sy het gekom en sy lewe omgedop. Van die eerste dag af, het sy nie in gegee tot sy intimidasie nie. 'n Glimlag speel om sy lippe en sy oë versag. Sy is so hardkoppig, selfstandig, slim, mooi die hele pakket. Daar is nie baie mense wat teen hom opstaan soos sy nie. Soms het hy aspris moeilikheid gesoek net om daai blou oë te sien ontplof.

Dit is haar hart wat hy die meeste admireer, daar is soveel liefde, omgee en passie in haar. Hoe moes hy geweet het sy dra soveel seer in haar? Hoe moes hy geweet het sy staan nog op uit die as uit? Hy voel so sleg oor die manier wat hy haar behandel het. Wat moes sy nie gedink het nie, gevoel het nie? Hy het gedink sy is kinderagtig om haar soos 'n kind in die kamer toe te sluit. Hy besef nou eers hoe hard hy haar geslaan het, sy woorde was brutaal. Nou is die vraag wat al 'n duisend keer in sy kop ronddwaal. Waar is sy? Is sy ok?

Hy wens hy het meer tyd saam met haar gespandeer. Hy wens hy kon meer van haar geweet het. Nou verstaan hy hoekom sy hom op 'n afstand gehou het. Riekert het haar bitterlik seer gemaak, en toe moet hy haar ook seer maak. Wat maak hom beter as van Aswegen? As hy net nie so hardkoppig was nie sou sy nog hier gewees het en kon hy vir haar vertel het wat sy vir hom beteken.

Sy kop sak in sy hande in. Hy wil haar terug hê, hy wil haar in sy arms hê, hy wil haar troos met sy lippe. Hy wil haar lag hoor, die uitdaging in haar oë sien. *Shit* hy mis haar, sy kop kom stadig orent, sy oë groot van skok. Hy het haar lief. Hy lag kliphard! Kan dit wees? Die ewige bachelor van Kroondal het sy hart laat steel, deur die mooiste stukkie mens op die aarde.

Die bietjie mense in die tuin kyk hom net verbaas aan. Dit moet vir hulle snaaks lyk dink Berto. 'n Man wat op sy eie sit en kliphard lag, dit moet vreemd lyk. Hy het haar lief sy klein geitjie. Sy ma het eenkeer vir hom gesê toe hy gevra het, hoe dit sou voel as hy regtig verlief gaan wees. Sy het hom glimlaggend, moederlik aangekyk en gesê, dat dit jou sal slaan soos 'n groot golf. Dan sal die salige vrede dat jy iemand gekry het, wat jou lewe saam met jou gaan deel oor jou val.

Liefde maak alles beter, mooier veral as dit die regte liefde is. Hy verlang na sy ma, sy sou geweet het hoe om die storm in sy binneste tot kalmte te bring. Sy ma sou van Chantey gehou het, hulle twee is amper dieselfde. Die verlange kom lê vlak in sy oë. Sy ma het sy pa goed op sy tone gehou, hule het so 'n mooi liefde gehad. Hulle was soos twee peas in a pod. Hulle het alles saam gedoen, mekaar gerespekteer. Hulle kon vir mekaar gekyk het en presies geweet het wat die ander een gedink het. Hulle het mekaar gesoen en vasgehou vir geen rede nie.

Dit is seker hoekom hy tot dusvêr nie met iemand ernstig kon raak nie, hy was opsoek na sy ouers se liefde. Hy kan sy eie gat skop, want daardie liefde was al die pad reg onder sy neus, hy was net te vol stront om dit agter te kom. Sodra sy terug is gaan hy haar dadelik vertel hoe hy voel en dan gaan hy haar nooit weer alleen los nie.

Hy sal moet huis toe gaan om 'n paar uur te gaan rus. Hy is die enigste dokter en hy kan nie bekostig om ander mense se lewe in gevaar te stel omdat hy nie op sy beste kan wees nie.

Dit is bitterlik koud in die grotte. Daar is water wat iewers in kom, want jy kan die eentonige gedrup, drup hoor. Daar is nie genoeg komberse in die selle nie, en tussen die ses van hulle is dit moeilik om warm te bly. Die kind het 'n slegte hoes aan haar en Riekert het koors wat sy nie gebreek kan kry nie. Die medikasie wat sy aan die begin gekry het is klaar en Tania wil nie nog medikasie gee nie. Sy wond lyk nie mooi nie. Sy voel magteloos en woedend, die hele situasie is belaglik. Sy staan op en begin vir die hoeveelste keer hard na Tania te roep met die hoop dat sy sal luister.

"Tania...Tan..ia...Taniaaa." Sy moet haar tog kan hoor die grotte dra klank goed. Sy hoor iets en kyk om na die ander wat haar met ingehoue asems aan kyk.

"Dis ok julle moenie so bang lyk nie ons gaan okay wees."

Tania se harde lag laat haar terug kyk na die gang waar Tania vandaan kom.

"Ag foeitog, is julle dan nie okay nie?" Sy is so smalend sarkasties dat dit hoendervleis oor almal se lywe laat uit slaan.

"Tania dis baie koud, kan ons asseblief nog komberse kry? Die kind is nie gesond nie en Riekert..."

"Wat van Riekert? Hy is niks meer werd vir my nie so ek gee nie om of hy gaan vrek of nie."

"Is jy mal? Het jy geen menslikheid in jou oor nie?" Sy is geskok en herken nie die vrou wat voor haar staan nie.

"Kyk hier Bruwer, hier is ek die baas en wat ek sê is wet. Hy het my verraai en verraaiers het nie plek in my planne nie. So hou jou bek voordat ek hom vir jou gaan toeklap."

"Tania asseblief!" smeek Wilma. "Ons is tog vriende! Jy kan dit nie aan ons doen nie. Niemand van ons het jou ooit iets aan gedoen nie, laat ons gaan asseblief."

"O, so jy dink jy het nog nooit iets teenoor my gedoen nie? Moenie my laat lag nie."

"Wat ... he ... wat het ons aan jou gedoen? Wat het ek aan jou gedoen? Toe sê my?" Wilma is amper histeries.

"Jy my liewe maatjie het my van die begin af wat sy hier aan gekom het verraai. Jy het haar begin verafgod. O, die dokter dit, die dokter dat. Dit was om van siek te word. As dit nie vir jou nuuskierigheid was nie, sou jy nie hier gewees het nie. Maar nou ja! Noudat jy hier is kan ek netsowel geld uit jou uit maak."

"My oupa het nie geld om vir jou te gee nie."

Wilma huil, sy is so bang. Sy wil nie hier doodgaan nie. Sy wil net huis toe gaan en wakker word en glo dat alles net 'n slegte droom was.

Tania lag vermakerig. "Jou oupa? Nee my skat ek gaan jou verkoop. Jy sien, eers het ek gedink ek kan jou organe gebruik maar toe tref dit my. Ek kan soveel meer vir jou kry as ek jou aan die Russe verkoop. Hulle is tog so versot op naïewe blonde meisies soos jy. Hulle sal jou alles van die lewe kan leer."

"Nee. Jy is nie ernstig nie, jy kan nie met ons lewens dobbel soos jy wil nie."

"Ai, ai, ai, my liewe dokter! Ek kan met julle maak net soos wat ek wil. Wilma en die kind gaan Rusland toe, jy en as Riekert oorleef gaan tronk toe. Daar is genoeg bewyse dat julle in alles betrokke is ... en ek ... maar net nog een van julle slagoffers. Die polisie sal gou genoeg al die stukke van die legkaart bymekaar sit, en wha la! Die gerespekteerde dokter slaan weer toe, maar met meer pizazz!!!"

"Jou plan gaan nie werk nie, daar is genoeg mense wat weet dat ek onskuldig is." Chantey klink meer braaf as wat sy voel. Dit gaan haar verstand te bowe hoe wreed die vrou is, sy is van haar kop af. Nou meer as ooit besef sy dat hulle hier moet ontsnap sy weet nie hoe nie, maar hulle sal 'n plan moet maak.

"Inteendeel dok, die Russe gaan binnekort hier wees en die twee poppies van my hande af vat, in ruil vir 'n stewige klompie geld. Dan sê ek bye-bye vir die stowwerige gat. Ek gaan lank en gelukkig lewe op die wit strande van Miami. Klink dit nie fantasties nie?"

Met 'n waai van die hand loop sy weg.

Wilma probeer die arme kind troos, maar kan haar eie trane nie keer nie.

Chantey kan net magteloos na Klara en Wilma kyk, die ander twee hou mekaar ook snikkend vas. Almal is so bang, wat 'n gemors, maar sy gaan nie moed op gee nie. Al kry sy dit net reg om hulle te help om te ontsnap sal sy gelukkig wees. Sy begin mooi rondkyk om enigiets te kan sien wat sal help om uit die selle te kom maar niks lê rond nie. Dit is net klip en die tralies is vas gebout, daar is geen manier om dit los te kry nie, nie eers die slotte aan die hekke nie. Hulle sal moet ontsnap sodra die hekke oopgaan.

Hoofstuk 20

"Wilma toe hulle jou gebring het kon jy enigiets sien van waar ons kan wees?" vra Chantey sag sodat hulle nie gehoor kan word nie.

"Nie eintlik nie, ek was vreesbevange en het alles gedoen om los te kom. Ek dink ons is iewers buite die dorp, 'n plaas dalk. Ek weet nie hoe ver ons van die dorp af is nie ek het net wakker geword toe ons gestop het. Ek is dadelik in die grot ingebring."

"Wat het jy gesien toe jy ingebring is, is daar nog mense buiten Tania en die groot ou?"

"Ja, daar is nog 'n man, maar hy is nie so gebou soos die ander een nie. Daar is 'n kort gang waardeur ons gekom het, en dan is dit die groot spasie waar daar beddens en ander hospitaal toerusting is, amper soos 'n teater. Uit daardie groot grot is daar twee gange wat uit mekaar uit split. Die gang wat my hierheen gebring het en die ander een weet ek nie. Dokter daar is iets anders ook. Op die beddens het twee mans gelê, hulle is vasgemaak en hulle monde is toe geplak."

"Hoeveel mense het sy nodig?" Chantey kyk moedeloos na Riekert wat weer aan die slaap geraak het.

"As ons op 'n plaas is, waar is die eienaars? Sou sy hulle ook doodgemaak het?"

"Dit kan wees, kom ons hoop die plek is leeg. Die polisie sal oral soek en dalk dink hulle aan plekke wat leeg staan. Dis jammer ek ken die dorp so sleg dit sou baie gehelp het om te weet watter plase is leeg."

"Wag 'n bietjie!" gil Wilma opgewonde uit.

"Sjuut!" waarsku Klara. "Tannie gaan dat hulle ons hoor."

"Skies kleinding, maar ek weet dalk waar ons kan wees. Ek was een keer saam met dokter Willem op 'n plaas gewees, van 'n ou oom wat glad nie van mense gehou het nie. Jy het hom amper nooit in die dorp gesien nie, en sover ek weet het hy nie meer geboer nie. Hy is 'n paar maande terug dood."

"Kan jy onthou hoe ver dit uit die dorp uit is?" Chantey voel hoopvol

"Sjoe nou nie heeltemal nie, maar ek skat so twintig minute uit die dorp. Dis die eerste grondpad na die treinstasie. Die pad hierheen is baie sleg jy kan nie vinnig ry nie."

As sy 'n manier kan kry om die selle se deure oop te kry, kan een van die ander twee vroue ontsnap en dorp toe hardloop of 'n kar vat. Nee, dit gaan nie werk nie. Die ander twee ken nie die omgewing nie. Dit sal Wilma moet wees, die dogtertjie se bors gaan nie toelaat dat sy hardloop nie. Sy kruip na Riekert toe, toe die begin om te mompel.

"Dit is okay Riekert ek is hier," paai sy.

"Nee luister!" Hy sukkel om sy oë op Chantey te fokus.

"Gebruik my om te ontsnap." Hy sien haar verbasing en glimlag flouerig.

"Ek ken..." hy hoes, "... jou. Jy is sterk... jy moet hulle ..." hy voel uit asem, "hier wegkry."

"Nee, ek kan jou nie hier los nie."

"Ons altwee weet ... ek gaan nie lank ... meer lewe nie, ek is 'n dokter, onthou."

"Sjuut!" maak Chantey hom stil en kruip styf teen Riekert op. "Iemand is op pad."

Almal se mae trek saam van spanning. Die groot ou verskyn uit die donkerte uit. Hy druk 'n kombers deur die tralies na Wilma hulle se kant toe, dan loop hy weer sonder 'n woord.

"Onbeskof," snork Wilma. "Maar tenminste het ons nog 'n kombers gekry. Ek belowe as ek hier uitkom gaan ek nooit weer my neus indruk waar dit nie hoort nie."

Chantey kan nie help om te glimlag op die koddige manier wat Wilma die verklaring maak nie. "Hou moed julle!" por sy hulle aan. "Julle gaan sien ons gaan almal hier uitkom."

Chantey weet nie of dit nag of dag is nie. Al wat sy weet is dat haar hele liggaam pyn van die koue en ongerief. Sy is dodelik dors en honger en sy glo die ander ook. Die ander meisies slaap styf teen mekaar in sittende posisies. Riekert se koors is nog hoog en hy is nat gesweet. Sy wond het deur die verband begin lek, die wond is septies. Sy besluit om 'n deel van haar T-hemp af te skeur om te gebruik as 'n verband. Stadig, om hom nie wakker te maak nie, draai sy die verband af. Sy trek haar asem skerp in toe sy in die swak lig die toestand van die wond sien. Hy begin tekens van swart wys, 'n duidelike teken van erge infeksie.

Sonder antibiotika en skoonmaakmiddels is haar hande afgekap. Sy vou die deel van die T-hemp dubbeld en sit dit van agter oor die skouer na voor. Sy sal die verband weer moet omdraai. Haar oog vang die aluminiumbeker. Sy staan op en begin dit teen die tralies te kap. Sy wil nie vir Tania roep nie, sodat sy die ander nie kan wakker maak nie.

Sy kap en luister maar niks gebeur nie. Sy doen dit weer ... nog niks, dalk 'n bietjie harder dink sy. Nie lank nie of sy hoor iemand nader kom. Dit is nie Tania nie, maar 'n man wat sy nog nie gesien het nie. Hy is nie so groot soos die ander ou nie maar ouer en middelmatig gebou.

"Wat?" brom hy

"Jammer ek wou jou nie pla nie," sy probeer vriendelik wees dalk kan sy tot hom deurbring en kan hy hulle help.

"Wat wil jy hê?"

"Kan ek vra vir verbande en iets om die wond mee skoon te maak. Hy is baie siek, ek kan nie dat my vriend so dood gaan nie. Kan ons 'n bietjie water ook kry?"

Die man staan so lank stil dat sy wonder of hy haar ooit gehoor het.

Hy sê nie bo of ba nie, draai net om en loop weg. Sy sak moedeloos terug teen die rots.

"Ek is so jammer Riekert," kom dit sag van haar. Sy laat toe dat die trane kom en saggies laat sy toe dat die warrelende emosies uitkom. Sy wil nie voor die ander huil nie, sy wil nie wys sy is ook bang nie. Solank as wat daar hoop is, is daar geloof. Sonder geloof is alles verlore, gaan alles tot niet.

Sy wonder wat Berto doen. Dink hy aan haar, of glo hy ook dat sy skuldig is? Wie help hom by die hospitaal? Sy het net begin dink dat hulle dalk 'n toekoms saam kan hê. Onbewustelik het sy gehoop dat sy toenadering dieper betekenis het. Sy wou nie dat haar vermoede, dat hy haar net gebruik reg moet wees nie. Sy het lugkastele gebou. Hoekom sal 'n man soos hy belangstel in 'n vaal muis soos sy, as hy Tania langs sy sy het? Sy wou hom so graag van haar verlede vertel het, maar nie op die manier wat sy moes nie. Glo hy haar of glo hy die bewyse? Wat van oom Willem? Hy het soveel geloof in haar gehad, hy het haar nog 'n kans gegee. Glo hy ook dat sy skuldig is?

Sy sit regop toe sy voetstappe hoor en is openlik verbaas toe sy die ou man sien.

"De!" Hy hou goed vir haar uit deur die tralies.

Sy staan vinnig op. Sy hou oogkontak met hom totdat haar hande die goed raak vat. Hy sê niks, hy staar haar net aan. Met 'n glimlag en 'n knik sê sy dankie. Sy kniel langs Riekert en haal die lap af. Met die ontsmettingsmiddels maak sy die wond so sagkens as wat sy kan skoon. Die ontsmettingsmiddels moet brand, want Riekert kreun onder haar hande.

"Toemaar, toemaar," paai sy. "Ek's nou klaar byt net 'n bietjie vas, ek is amper klaar. Jy gaan beter voel," sy kan die trane nie keer nie. Maak nie saak watter soort mens hy uit gedraai het om te wees nie, en hoeveel foute hy gemaak het nie, hy verdien nie om so te lei nie. 'n Geluid laat haar omdraai en tot haar verbasing staan die ou man nog steeds daar.

Sy het nie besef hy het nie geloop nie. Hy haal sy hand uit sy broeksak uit en hou dit na haar toe. Sy staan huiwerig op en hou haar hand na hom toe uit. Sy kyk verstom na die vier tablette in haar hand, en die botteltjie water wat hy na haar toe uit hou. Sy vat dit en met 'n knik van die kop loop hy weg. Sy weet nie wat om te dink nie maar haar dankbaarheid is groot.

"Gaan sê jy hom!"

"Nee, gaan sê jy hom!"

"Wat wil julle vir wie sê?" brul Duvenhage agter die twee jong konstabels. Die twee vlieg om met groot oë kyk hulle verskrik na hom.

"Toe uit daarmee!" Jaag hy hulle aan.

"Wel....!" begin die een. "Ons het oral in die dorp gevra oor die groot ou. By die garage het hulle hom gehelp."

"Ja, inspekteur en daar is 'n kamera."

"Wat, hoekom hoor ek nou eers, waar is die *footage*?" Duvenhage is soos 'n kind wat 'n speelding gekry het.

"Toe waar is dit?"

"Hier inspekteur die garage het 'n duplikaat gemaak."

Hy storm na sy kantoor met die laserskyf in sy hand. Hy tokkel op die tafel van ongeduld. "Hoekom vat die ding so lank?" gil hy hardop.

"Dankie tog!" grom hy toe die program oopmaak. "Wow, die kind het nie gejok toe hy gesê het die ou lyk soos Hulk nie, die ou is enorm." Hy wonder of die tech ouens dalk die ou op die stelsels sal kan opspoor. Hy kruis sy hande agter sy kop terwyl hy heen en weer op sy stoel swaai. "Ek sal jou kry dit belowe ek vir jou."

Hy verloor amper sy balans op die swaaiende stoel, toe sy kantoor deur oopbars en 'n baie opgewonde polisieman te voorskyn bring. Hy praat so vinnig, sy hande swaai in die lug rond soos 'n lappop sin. Piet verstaan niks wat die man sê nie.

"Dis wonderlik is dit nie inspekteur?" Opgewonde hou hy die inspekteur dop. "Nou hoekom sê inspekteur dan nou nie iets nie?"

"Hoe verwag jy moet ek iets sê oor die gebabbel van jou. Begin van voor af en die keer vertel dit sodat ek jou kan verstaan, goed so."

"Ek is so jammer inspekteur. Dokter van Schalkwyk het weer 'n telefoon oproep van Tania Sinden af gekry. Die keer het sy lank genoeg gepraat sodat ons die nommer kan *trace*. Die tech is besig om te soek na die oorsprong van die oproep."

Hy spring op storm verby die konstabel na die kantoor waar die tech span opgeslaan het.

"Wel manne? Wat het julle vir my?" hy hoop dis goeie nuus.

"Ons het, ons kan nou nie *pin point* waar sy direk van gebel nie, ons kan net 'n radius gee van waar die oproep dalk vandaan gekom het."

"Ok, ok so waar begin ek te soek?"

Hulle wys vir hom op die dorp se kaart en die omliggende areas waar die oproep vandaan gekom het.

"Wat?" gil hy briesend. "Is dit al wat julle het? Dis niks ... dis 'n grap...!"

"Jammer inspekteur ons kan net die oproep na die seltoring link. Dis nie so sleg nie, nou weet ons dat hulle in 'n radius van twintig kilometer is. Ons moet net..."

"Ons moet niks!" Hy loop weg. "Twintig kilometer radius." praat hy met homself. Hy gaan staan stil, storm die kantoor van die techs in gryp die kaart en loop weg. Toe hy sy kantoor deur hard toeklap is die hele kantoor stil. Almal weet dat hy 'n baie moeilike mens is om mee saam te werk. Hy is nie met enige iets tevrede nie, min hou dit uit in die stasie. Daar is altyd nuwe gesiggies.

Vervlaks dit kan nie so aangaan nie, hy slaan met sy vuis op die tafel. Die saak moet tot 'n einde kom. Hy moet aan 'n plan dink om vir Tania uit haar gat uit te kry. Genoeg van die kat en muis speletjie. Hy ken die dorp en die streek en daar is nie 'n manier dat sy iewers kan wees waar hulle nog nie gekyk het nie. Hoe beweeg hulle sonder dat enige iemand hulle sien? Hy staar na die kaart asof hy gehipnotiseer is, verbasing, dan skok wissel af op sy gesig.

Dit is chaos voor die hospitaal. Die ingang is versper met verslaggewers van verskillende maatskappye. Twee polisie beamptes staan voor die hoofingang se deure om die verslaggewers buite te hou. Berto kan net gefrustreerd na die gemors kyk. Waar kom al die mense vandaan? Wie is verantwoordelik dat die nuus uitgelek het? Hy besluit om na die goedere aflewerings kant te gaan daar sal hy onverhoeds die hospitaal kan ingaan. Duvenhage sal die spul van die hospitaal moet wegkry. Hy probeer die man bel maar hy antwoord nie.

"Waarvoor het jy 'n donnerse foon as jy nie die ding antwoord nie?" gil hy vies vir die ding in sy hande.

"Dankie tog dokter is hier!" Matrone was nog nooit so bly gewees om hom te sien nie. "Die telefone het nog nie opgehou lui nie en die pasiënte wil die hospitaal verlaat. Hier is baie mense wat hulle mense wil vat. Ek is jammer dokter ek het als in my vermoë gedoen om dinge onder beheer te hou. Daar is nog iets dokter, daar is mense in jou kantoor. Hulle se hulle is van die Departement van Gesondheid."

"Wat soek hulle hier?" Hy kry 'n nare gevoel op sy maag. "Toemaar matrone dis nie jou probleem nie. Hy sit sy hand bemoedigend op haar skouer. "Dis als reg matrone. Wys my waar almal is sodat die situasie onder beheer kan kom."

"In die personeel ruskamer dokter."

Berto is verbaas oor al die gesigte wat hy voor hom sien, toe hy die teekamer ingaan. 'n Doodse stilte daal in die vertrek neer.

"Môre almal."

"Kyk hier dokter moenie dink jy gaan ons kom staan en op botter nie. Ontslaan ons mense, hulle is nie veilig hier nie."

"Ja! Ja! Ja!" roep almal uit.

Berto kan die woede op hulle gesigte sien en hy kan verstaan hoe hulle moet voel. Hy sal alles in sy vermoë moet doen om die situasie te red, nie net vir sy hospitaal se reputasie nie maar ook vir die beswil van al die pasiënte.

"Asseblief mense kalmeer gee my 'n kans om te praat." Hy praat kalmer as wat hy voel. "Ja ons het 'n maniac in ons dorp, iemand wat geen gevoel vir ons mense het nie. Julle ken my ek sal nie hier staan en julle leuens vertel nie. Maar asseblief ons moet rasioneel wees, en aan elke pasiënt dink. Julle weet self, van julle mense is te siek om oorgeplaas te word, na 'n ander hospitaal toe. Ons het bekwame personeel..."

"Bekwame personeel? Jy bedoel soos die nuwe dokter wat verantwoordelik is vir die mense wat verdwyn en die twee dooies wat in haar woonstel gekry is? Of wat van die ander twee mense wat uit die hospitaal verdwyn het?" Die man spoeg behoorlik die woorde uit.

Berto kyk fronsend van die man na matrone, wat net so geskok is oor sy kennis.

"Kyk ek weet nie wat julle gehoor het nie maar dit is nie waar nie..."

Goeie môre mense, ek is inspekteur Piet Duvenhage, en is hier om al julle vrae te beantwoord. Ek is in beheer van die saak." Hy hou sy hand om hoog toe iemand iets wou sê. "Soos dokter van Schalkwyk wou sê daar is geen bewyse dat dokter Bruwer by die misdade betrokke is nie. Ons is besig met 'n intense ondersoek, en ons het konkrete bewyse dat sy onskuldig is. Dokter Chantey Bruwer is ontvoer en haar lewe is in gevaar. Om paniek te verhoed gaan ek nie sê wie by die misdade betrokke is nie. Die twee slagoffers wat ons in haar woonplek gekry het was daar geplant. Sover as wat ons weet is sy, verpleegster Wilma en die ander nog lewend. Kom ons werk saam, ek het hulp van buite af ingeroep wat ons gaan help om hulle te kry. Ons het 'n idee waar hulle mag wees. Ek het al die polisiebeamptes wat ons kon afstaan voor elke ingang van die hospitaal gesit. Ek beloof julle niemand sal in of uit die hospitaal kan beweeg sonder my medewete nie. Kom ons los die dokter en sy personeel om hulle werk te doen en so julle mense gesond te maak. Ons kan nie nou op hol raak nie. Het ek julle samewerking?"

Almal brom onderlangs. Van die mense ken Duvenhage baie goed en weet hy sal sy woord hou.

"Ek is bly ons kan saamwerk, julle kan met geruste harte huis toe gaan. Dokter, ek wil jou spreek asseblief. Mooi dag mense," hy draai in die deur om. "O ja, net een ding ek sal nie skroom om enige iemand te arresteer wat teen my gaan nie." Met 'n knik van die kop verlaat hy die vertrek.

Berto stap in stilte saam met Duvenhage na sy kantoor toe. "Matrone sterk koffie asseblief."

"Ek maak so dokter." Sy is so bly die inspekteur het daar aangekom. Daardie mense was reg gewees om die dokter se kop te vat. Hulle eens rustige dorpie is in rep en roer. Sy voel so hartseer oor alles wat aan die gebeur is, maar sy is ook bly dat die polisie dink dat Chantey onskuldig is. Sy maak hulle koffie met bewende hande. Sy kan enige mediese situasie hanteer, maar 'n oproer van mense, daarmee is sy glad nie goed nie. Sy verstaan hulle en sy sou dalk ook so op getree het, maar dit maak seer dat die mense wat jy vir jare ken so lelik met jou kan wees. Vir jare het die personeel van die hospitaal nog net hulle beste gegee vir elkeen wat deur daardie deure gekom het.

Die Vader alleen weet hoekom hulle deur hierdie sinnelose onmenslike gruweldade moet gaan. Wat is die doel? Wie moet groei? Wie moet verstaan? Sy is verskriklik bekommerd oor Chantey en al die ander wat nog vermis is. Waar kan hulle wees?

Sy en ou dok het al probeer om koppe bymekaar te sit, maar hulle kan nie dink waar die kinders aan gehou kan word nie. Hulle altwee ken die dorp en die streek baie goed, en daar is geen plek waar hulle kan wees nie. As die inspekteur moet weet dat ou dok op sy eie rondsnuffel gaan hy 'n beroerte kry. Sy giggel by haarself. Sy kan nogal dink watse pyn hy as 'n pasiënt kan wees. Sy sug haar skouers voel swaar en sy is baie moeg. Van die eerste insident kon sy nog nie 'n ordentlike nagrus in gekry het nie. Die wyser op die horlosie lyk of dit stilstaan. Maak nie saak hoe besig sy haarself hou nie, die nagmerrie kry net nie einde nie.

Sy klop saggies aan die kantoor deur voor sy ingaan, maar staan verstom stil. Het sy reg gehoor Tania is agter alles. Berto sien matrone eerste en moet vinnig die skinkbord by haar vat voordat sy dit laat val. Duvenhage lei haar na die stoel voordat hy die deur toemaak.

"Ek is jammer dokter ek het nie bedoel om te luister nie." Sy bewe en kan die trane nie keer nie. "Is julle seker dat dit Tania is? Soveel dinge maak ewe skielik meer sin." Sy staar na die mat.

"Hoe bedoel matrone?" vra Berto.

"Dokter moet verstaan. Ons as die primêre versorgers se verhouding met mekaar is anders as die verhouding met die dokters. Mens begin dinge oplet ... en Tania was in my mening nooit gemaak vir die beroep nie. Haar humeur, onsimpatiekheid en ongeduld, het baie wenkbroue al gelig, ek het haar amper op 'n daaglikse basis oor die vingers getik."

"Hoekom het jy haar nooit gerapporteer nie?"

"Die hoop is altyd daar dat 'n persoon sal verander. Maar dit bly vir my moeilik om te glo dat sy vir al hierdie verskriklike dade verantwoordelik kan wees."

Duvenhage roer sy koffie ingedagte. Hy verstaan haar ongeloof. Hy kan self nie glo dat iemand wat beloof het om mense se lewens te red tot sulke grusame dade in staat is nie. Hy ken haar nie goed nie, vir hom was sy te los en onverskillig. Kan 'n mens ooit 'n psigopaat uitken? As hy net die motief agter alles kan verstaan, sal sy ondersoek dalk 'n nuwe rigting inslaan.

"Ek is jammer matrone maar ons bewyse is bevestig met DNA en vingerafdrukke en dit is waterdig, dit belowe ek jou."

"Ek sien dis net moeilik om te verwerk." Sy staan op maar by die deur draai sy om. "Daar is net een ding waaroor ek wonder. As dit sy is wat die mense se organe uithaal ... ehm ... is daar nie 'n sekere manier hoe dit gedoen moet word nie? Ek bedoel ek was jare 'n teatersuster en die presiesheid van so 'n operasie is baie delikaat. Sy was ... is nie 'n teater suster nie! Dit ... dit beteken mos dat die Riekert ook betrokke is, dan nie? Julle moet my verskoon ek moet my rondtes gaan doen."

Wankelrig staan sy op en verdwyn uit die kantoor. Liewe hemel sy kan dit nie glo nie. Kan Tania regtig verantwoordelik wees vir alles? Sy sak in haar stoel in haar kantoor neer. Haar bene is nie sterk genoeg om haar te dra nie. Om 'n vermoede te hê oor 'n persoon is baie anders as die waarheid na vore kom. Sy het deur die jare probeer om haar te lei, maar sy het dit nie maklik gemaak nie. Om vir soveel jare saam met 'n persoon te werk, ontstaan daar tog 'n band. Al is sy 'n moeilike mens om te verstaan, was sy deel van hulle. Wat het gebeur dat sy besluit het om by so iets betrokke te raak? Sy vee die trane uit haar oë, sy kan nie glo die kind kan dit doen nie. Sy het vermoed dat sy by die Riekert vent betrokke is, maar om moord te pleeg! Dit kan nie!

"Sy het glad nie goed gelyk nie," kom dit besorg van Duvenhage.

"Sy is 'n sterk vrou, sy sal okay wees." Berto kyk na die twee manne van gesondheid. Hulle sê iemand het in gebel en vir hulle vertel wat in die dorp aangaan. Vir eens in sy lewe is hy bly vir Duvenhage se teenwoordigheid. Hy het die gesprek oor gevat en alles aan hulle verduidelik. Hulle is glad nie ingenome met dit wat hier aangaan nie, maar hulle sal niks doen vir nou nie. Hulle sal wag totdat die saak afgehandel is. Hulle moet wel vier en twintig uur polisie beskerming hê by die hospitaal. Hy kan sy kop op 'n blok sit dat Tania die een is wat hulle in kennis gestel het. Dit is duidelik dat sy 'n vendetta teen hom het, en hy glo dit is omdat hy nie meer by haar wil wees nie.

"Ek moet gaan, ek gaan die verslaggewers toespreek en hulle van die grond af verwyder. My manne sal die hospitaal goed oppas ek belowe jou. Vasbyt Dokter, die einde is naby." Hy kyk na die manne van gesondheid. "Stap julle saam met my uit?"

Die glasdeure van die hospitaal gaan geluidloos agter hom toe, sy blik dwaal oor al die verslaggewers, besorgde familie lede en nuuskierige bystanders. Hulle is soos 'n spul wolwe dink hy vies.

"Môre mense!" Hy hou sy hand in die lug toe almal gelyktydig begin te praat. "Gee my kans! Ek gaan vir julle die nodige inligting gee wat nodig is vir julle sensasie. Na dit sal my manne almal wat nie lede van pasiënte is nie van die perseel verwyder."

Hy wag dat daar stilte kom voordat hy begin praat.

"Ek kan met sekerheid se dat dokter Chantey Bruwer nie die misdadiger is nie. Ons het DNA en vingerafdrukke om dit te bewys." Hy hou sy hand in die lug toe almal hom gelyk begin stook met vrae. "Nee ek gaan nie nou al bekend maak wie die verdagte is nie, nie totdat hulle veilig in my selle is nie. Na die inhegtenisname wat binnekort gaan plaasvind, sal ek elke vraag beantwoord. Ons het hulle lokasie volgens 'n telefoon oproep gekry. Daar is geen bewyse dat die ontvoerde slagoffers nie lewe nie. Ek is positief dat ons hulle lewend sal opspoor. Ek is positief dat die dorp weer sy rustigheid en veiligheid binne die volgende vier en twintig uur sal terugkry. Nou moet julle my verskoon ek het werk om te doen. Wees asseblief so vriendelik en verwyder julleself en julle voertuie ek sal nie graag vir my manne moet opdrag gee om julle te arresteer nie."

Die verslaggewers probeer hulle bes om nog vrae te vra, maar die inspekteur maak vir hom 'n pad na sy motor toe net om die honger verslaggewers agter te los. In sy spieël hou hy dop hoe die polisie die mense terugstuur buite die hekke van die hospitaal. Hy is doodseker dat Tania die een is wat die mense van die ontvoerings vertel het. Sy probeer om hulle aandag af te trek maar dit gaan nie werk nie. Sy ekstra span is op pad, en sodra hulle hier is gaan hulle Kroondal op sy kop keer. Kry gaan hy hulle kry!! Hy het aspris inligting met die verslaggewers gedeel, en hy glo sy het 'n groot ego. Sy plan gaan werk.

Hy antwoord sy foon en luister in stilte na Schalk. Hy skud sy kop toe Schalk aflei.

"Wil jy nou meer," praat hy met homself. Hy stop voor die munisipaliteit kantore en sy oë gly oor die swart stene. Die dak is amper heeltemal weg en oral lê die bewyse rond van wat die brand verwoes het. Die gebou het baie seer gekry en dit gaan 'n ruk vat voordat die munisipaliteit volkome weer op die been gaan wees. So sy het die gebou aan die brand gesteek om die ander twee vroue uit die hospitaal uit te kry. Sy het geweet dat die brand chaos sou veroorsaak, maar hy het haar dan by die brand gesien. Hy lag hardop!

"Natuurlik, hel jy is slim Tania. Jy sorg dat jy gesien word, terwyl jou bullebak handlanger die vuilwerk doen. Dit is net jammer dat jy jou vingerafdrukke op die foon gelos het. Jou doppie is geklink Tania Sinden, ek kom vir jou!"

Hoofstuk 21

"Wat de hel!!" gil Tania woedend. Sy loop op en af in die grot soos 'n roofdier wat sy prooi van agter sy tralies wil verslind. Die nuus oor die radio het haar hewig ontstel.

"Wie del hel dink daardie slapgat Duvenhage is hy, ha?" Haar stem ego deur die grotte.

"Kalmeer, jy gaan niks bereik om so op te tree nie."

"Ek sal optree nes ek wil, Bill! Die is my plan! My plan na rykdom en vryheid het jy dit! Jy is hier om jou spiere te gebruik, om my te help, dis al nie om te praat of te dink nie."

Haar bloed kook sy gooi 'n glas vol whiskey in, net om dit in een sluk in haar keel af te gooi.

"Jy gaan Duvenhage vir my bring en dan gaan ek sy tong uit sny en kyk hoe hy 'n stadige pynlike dood sterf. Hy sal nie in my planne kom krap nie." Sy begin te lag wat vir Bill aan 'n heks laat dink.

Tania se foon lui, sy loop uit om die oproep te vat aangesien die sein in die grot so swak is. Die oproep kom van 'n privaat nommer af. Wat wil die Russe nou hê? Sy frons geïrriteerd. Het hulle die nuus gehoor en wil nou die order kanselleer?

"Yes," antwoord sy en luister in stilte. "Are you serious?" vra sy geskok. "No, no it won't be a problem, but the police... yes you are right it is my problem. Where? Fine I will be there." Shit, die blerrie Russe! Vir wat moet dinge so vinnig gebeur?

Berto sit buite in sy tuin sommer so op die gras. Die son sak stadig weg agter die huis langs syne. Die dag is op 'n einde en hy kan nie meer dankbaar wees nie. Dit was 'n dag wat sy krag tot op die laaste uitgetap het. Hy sien nie die laaste mooi kleure wat oor die horison verdwyn nie. Hy voel ook nie die wind wat koelerig op gesteek het nie, of dat die nag besig is om hom toe te vou nie. Hy bly aan Chantey dink, probeer dink waar sy kan wees. Hy kan homself nie indink wat Tania aan hulle doen nie. Hy kan eenvoudig dit nie in sy geestesoog sien nie. Hy dink aan die storie wat sy pa hom vertel het van Chantey. Hy besef nou dat sy deur hel moes gegaan het. Om so verraai te moet word deur die persoon wat jy liefhet, moet vreeslik wees.

Hy is seker die Riekert vent het iets met die gemors te doen en hy het dit vir Duvenhage ook gesê. Dit is nie te sê omdat hulle hom nog nie gesien het nie dat hy nie by Tania is nie. Vandat hy hier gekom het, het al die dinge begin. Die gesteelde medikasie, die bedrog op die voorraad boeke, die ongemagtigde bestellings van voorraad op die hospitaal se naam, so ook die toerusting wat verdwyn het. Alles het begin na daardie aand wat hy hier aangekom het. As hy in die verlede kon gedoen het wat hy gedoen het, hoekom sal hy dit nie weer doen nie? Daar is geen bewyse dat hy hier was nie. Nie waarvan hy weet nie. Die knaende vraag is, wie het vir wie betrokke gekry? Die beheerraad ondersoek die bedrog, tot dan het hy nie antwoorde nie. Hy moet die een wees wat die organe verwyder, daarvan is hy seker. Wie se idee was dit om die lyke in Chantey se woonstel te los? Wie se idee is dit om Chantey die skuldige een te maak? Dalk het Riekert 'n wrok teen Chantey, omdat sy hom gelos het. Hy kon nie aan 'n motief vir Tania dink nie. Het Tania dalk agter gekom dat hy vir Chantey gevoelens het? As dit so is, dan maak alles sin. 'n Swaar sug ontglip sy bors.

Tania is goed in haar werk, sy het hom baie bygestaan in ongevalle, maar nog nie in die teater nie. Sy wou verder geleer het, maar nog nie daarby uit gekom nie, of altans dit is wat sy gesê het. Maar hy is 'n dokter en hy sal weet hoe om organe uit te haal en hoe om hulle te bewaar en te vervoer. Sy vorige kontakte met die swartmark is nooit vas getrek nie, hy is seker Riekert gebruik dieselfde mense.

Hy het vandag so bietjie oor die ou op gelees. Daar was nie 'n tekort van inligting op die internet van hom nie. Volgens die berigte is die ou bankrot, want hy het baie gespandeer op prokureurs en aan die heftige betaling wat van hom geëis is deur die hospitaal. Hy het nie sy doktorale lisensie verloor nie, maar wie sal nou so 'n man aanstel en vertrou na daardie skandaal. So sonder werk en met sy reputasie wat in die drein af is, het hy besluit om terug te val op sy skelm maniere. Die vark, hy gooi sy beker wat koffie ure terug in gehad het met geweld die tuin in. As hy daardie ou kry verwurg hy homself met sy eie hande.

Die ding wat hom die meeste pla is waar kan hulle wees. Duvenhage en sy span soek die hele westelike kant van die dorp en streek deur. Hy dink dat hulle in 'n plek is waar daar nie mense naby is nie. Die ou huise wat aan Spoornet behoort het, is deur soek maar niks nie. Berto ken die streek baie goed en hy weet rie van plase wat leeg staan nie. Hy krap woes sy hare deurmekaar. Dink Berto dink. Hy staan regop en rek sy lyf uit, hy het so lank gesit sy lyf is skoon styf.

Hy grinnik by homself, dit is donker nie eers sy swembad se ligte is aan nie. Donker ... net soos die onheil wat oor die dorp hang. Hy sit die tuin ligte aan. Chantey se beeld dans voor hom, haar skaam glimlaggie as sy sy blik op haar gewaar het. Hy voel haar lyf teen hom, haar hare sag in sy hande. Haar lippe sag, begeerlik maar huiwerig op syne. Hy het nog nooit oor iemand gevoel soos hy oor

261

haar voel nie, nie eers toe hy met Tania 'n verhouding begin het nie.

As hy nou daaraan dink, moet hy eerlik wees met homself. Daar was nooit 'n konneksie tussen hulle gewees nie. Dit was net vir seksuele plesier. Hy frons, hoe kon hy nie gesien het dat Tania so 'n donker persoonlikheid het nie. Sy het 'n humeur en kon erg opdringerig gewees het. Sy het haar lelik gewip as sy nie dadelik haar sin gekry het nie, maar hy het dit gesien as kinderagtigheid.

Hy het agter gekom dat sy Chantey baie vyandig behandel het. Chantey het haar 'n paar keer oor die vingers getik by die hospitaal. Sy het ook probeer om van die personeel op te maak teenoor haar en gelukkig nie geslaag nie. Hy onthou 'n geval waar matrone met Tania geraas het in die personeel ruskamer, omdat sy beledigend was teenoor die manier wat Chantey met die pasiënte werk. Sy het geglo Chantey piep die pasiënte op en dat sy daardeur meer werk veroorsaak. Dit pas dink hy vies. Tania is jaloers op haar, en dit is hoekom sy haar na die skuldige laat lyk. Baie slim Tania, jy is voorwaar 'n meester in manipulasie.

Dit is net jammer dat sy hospitaal onder alles moet ly. Hulle almal werk so hard om die hospitaal se deure oop te hou. Wat gaan oor bly na alles? Sy pa het nie 'n fout gemaak om haar aan te stel nie. Sy is voorwaar 'n aanwins vir hulle. Haar kennis en ondervindings laat haar definitief uit staan, self hy het geleer by haar. Hy het baie goeie terugvoer van die pasiënte en hulle familielede gekry oor die behandeling wat hulle by die hospitaal gekry het. Hy mis haar vreeslik, al het hulle baie koppe gestamp. Wat meer sy skuld was as hare, maar dit sal hy nie hardop herken nie.

Duvenhage loop op en af in sy kantoor. Wat mis hy ...wat? Hy het die kaart van hoek tot kant bekyk en kan nie 'n geskikte plek sien nie. Dit moet 'n plek wees waar niemand ooit kom nie en wat nie aandag sal trek nie. Hy gaan staan voor die venster met sy hande weerskante teen die venster gedruk. Dit is pik donker buite, met net die straat ligte wat dofweg brand, en die veiligheidsligte van die polisie stasie. Hy hoor honde wat hier en daar blaf en een of ander sot wat met sy motorfiets op en af jaag. Die tyd raak min elke uur wat verby gaan is 'n uur wat die slagoffers nie het nie. Hy weet nie in watter toestand hulle is nie, hy kan maar net hoop dat hulle nog lewe. Hy het al gewonder as Tanie en Riekert mense sonder skroom kan dood maak en uitgooi asof hulle niks is nie, hoe behandel hulle die wat nog lewe?

Hy weet nie eers hoe hy die families in die oë gaan kyk as hulle nie meer lewe nie. Met toegeknypte oë probeer hy sy gedagtes onder beheer kry. Hy kan nie nou negatiewe gedagtes bekostig nie hy moet gefokus bly. Hy sal hulle kry en 'n einde aan die nagmerre maak.

Tania sit buite in die donkerte en staar na die sterre. Sy het nie gedink sy was in staat om te doen wat sy tot dusvêr gedoen het nie. Iets in haar binneste het net oopgegaan, en sy is mal daaroor hoe goed dit haar laat voel. Sy voel vir die eerste keer vry, so asof sy haarself gevind het. Die moeilike jare in haar ouerhuis, die geboelie by die skool, alles voel wêrelde ver. Kinders is voorwaar wreed, sy is elke dag gespot oor haar muisvaal hare wat so verskriklik gekroes was. Nou maak sy dit elke dag reguit en kleur dit gereeld. Sy was so 'n stil kind, sy kon nooit verstaan hoekom hulle so met haar was nie.

Toe sy klaargemaak het met matriek het sy besluit om 'n drastiese verandering te maak met haar persoonlikheid en ook haar voorkoms. Sy het besluit dat sy nooit weer 'n slagoffer sal wees vir enige iemand nie. Sy het besluit om medies te swot want daardeur kon sy die vrou word van 'n ryk dokter. Sy het aansoek gedoen vir 'n beurs en was in die wolke toe sy een gekry het. Aan die begin was sy teleurgesteld gewees toe sy hoor dis op 'n plattelandse dorpie. Maar toe sy vir Berto op Google gesien het, het haar gesindheid verander. Sy het haar alles gegee op universiteit sodat sy die beste in die hospitaal kan wees om sy aandag te kry. Sy was die beste student en ook baie gewild onder die manlike geslag. Sy glimlag as sy terug dink aan daardie tyd. Sy het die bynaam wilde rooikat gekry onder die manlike geslag. Sy het geflirt en soms hulle beloon met 'n soen, 'n aanraking wat hulle na meer laat verlang het. Net die uitgesoektes het sy die voorreg gegee om haar weg te voer na ekstase toe. Van hulle was wonderlike lovers gewees. Daar is niks wat 'n vrou so goed laat voel as om begeer te word nie. Ongelukkig vir hulle het sy nie 'n vaste verhouding gesoek nie. Hulle wou meer en meer hê en sy was mal daaroor om met hulle kat en muis te speel.

Aan die begin van haar hospitaal jare het die adrenalien van siek pasiënte, pad ongelukke, dodelike siekte haar gedra, maar sy het altyd leeg gevoel, onvervuld. By Berto het sy 'n ander soort adrenalien gekry. 'n Soort wat jou liggaam aan die brand kon sit, en elektriese skok golwe kon deur stuur. Sy het regtig gedink dat sy en hy iets spesiaal saam het. Hy het haar so seer gemaak en sonder om behoorlik jammer te sê. Hy het haar weggegooi, verneder en misbruik. Die manier hoe hy na Chantey begin kyk het, het haar bitterlik jaloers gemaak. Hy het nooit so na haar gekyk nie, en sy het al gewonder of hy al aan haar geraak het. Het hy haar al so betower, soos wat hy met haar gedoen het? Kon sy die dier in hom ook wakker maak? Wat doen haar lippe aan hom, haar hande?

Nou is sy geliefde in haar hande en sy gaan seker maak hy onthou die tyd tot in ewigheid toe in. Hy sal nooit weer liefde vind nie, want hy is van daardie soort wat net een keer lief kan hê. Chantey se dood sal daarvoor sorg en dit sal 'n onvergeetlike dood wees. Sy wou eers vir Chantey tronk toe stuur maar dit is nie 'n goed genoeg straf vir Berto nie. Hy moet vir die res van sy lewe ly, elke liewe dag moet vir hom hel wees. Sy verwoes Chantey se lewe, reputasie en beroep en Chantey verwoes Berto se drome. Hy verdien alles wat nou met hom gebeur, sy voel nie meer sleg nie. Haar gesig vertrek lelik soos wat die haat oor haar spoel. Enige iemand wat haar nou moes sien, sou gedink het dat sy besete is.

Sy staan op en trek die vars lug diep in haar longe in. Nou moet sy eers die Russe tevrede hou. Sy kyk op haar horlosie, sy moet hulle oor 'n paar uur ontmoet. So Chantey sal haar gat moet roer.

Met selfvoldaanheid stap sy terug grot toe. Sy vat een van die olie lampe en stap aan na die selle toe. Sy geniet die vrees in elkeen se oë behalwe die kyk wat Chantey vir haar gee. Sy daag haar uit, of is dit vreesloosheid. Die arme vrou, maar sy gaan gou aarde toe kom dink sy genotvol.

"Ek is so bly julle is wakker, julle lyk goed. Is daar enige iets wat my gaste wil hê?"

Chantey staan op en kyk haar vierkantig in die oë.

"Ja, ons wil huis toe gaan."

Tania lag uit haar maag uit.

"Nou maar goed. Bill maak vir ons dokter oop."

Chantey kyk haar met ongeloof aan.

"Jy bedoel...? Bedoel jy ek mag maar gaan?"

"Dit is mos wat ek gesê het."

"En die ander?"

"Kom ons vat dit een op 'n slag, ok. Kom of moet ek van plan verander?"

Chantey weet nie wat om te doen nie. As sy bly word sy dalk dood gemaak, maar as sy gaan kan sy die polisie help om hulle te kry. Sy kyk na die ander en voel so sleg toe sy die vrees in hulle oë sien.

"Ek sal hulp kry." Fluister sy sag. Die wag gryp haar hardhandig aan die arm en stamp haar voor hom uit. Die groot man bring haar tot stilstand in die groot grot. Hy los nie haar arm nie, inteendeel hy verskerp sy greep. Dit voel of hy haar arm gaan breek so styf hou hy dit vas. Sy kyk na Tania wat rustig in 'n stoel gaan sit het. 'n Benoudheid laat haar maag om en om draai. Iets is nie reg nie dink sy senuweeagtig.

"Bill help ons goeie ou doktertjie om aan te trek." Sy geniet die verwarring op haar gesig en dan die vrees wat in die oë weerspieël word. Sy kan nie die selfvoldaanheid keer wat oor haar gesig kruip nie. Dit is lekker om Chantey so te sien en dit is hoe sy haar sal onthou.

Chantey word hardhandig na 'n tafel gevat en vinnig gryp sy daarna toe sy met geweld daarteen gegooi word. Sy verstaan nie wat aangaan nie. Is sy besig om te droom? Sy kyk na die teaterklere wat op die tafel lê. Sy kyk stadig om na die twee mense wat op die beddens lê en sy besef met 'n skok wat Tania wil hê sy moet doen.

"Ek gaan...."

"Shut up en trek aan," dreig die man haar met 'n vuurwapen op haar gerug.

Chantey is stomgeslaan van skok. Sal hy haar regtig skiet as sy nie doen wat van haar verwag word nie? Sy trek die klere aan asof sy 'n robot is. Haar kop werk in versnellende spoed om 'n plan te maak om te ontsnap.

Tania kom nader en maak self die teaterklere agter haar vas en help haar om die handskoene aan te trek.

"Kom, daar is nie tyd om te mors nie. Jy gaan die organe wat onder elkeen se naam staan uit haal, en in die koelers sit wat op daardie tafel staan. Jy moet ook elkeen se bloed tap....elke...liewe...druppel." Sy wys na die tafel wat aan die voetenent van die beddens staan. As jy enige iets probeer sal ek een van die mense in die selle doodmaak. Hulle lewe is in jou hande so doen wat ek sê en hulle bly lewe."

"Tania jy kan nie dit van my verwag nie, ek kan nie 'n lewe neem nie. Moenie dit aan my doen nie asseblief." Sy gee nie om of sy nou swak voorkom nie, maar sy kan eenvoudig nie doen wat van haar verwag word nie.

"Oscar! Gaan haal vir my die kind."

"Wat? Hemel Tania wat gaan met jou aan? Wat dink jy gaan jy bereik met jou dade, hm? As jy nou stop en jouself oorgee is ek seker dat jy nie 'n groot straf sal kry nie. Ek sal selfs vir jou getuig, maar hou nou net op." Die stilte is versmorend. Sy verstaan nie hoekom die vrou niks sê nie, sy sit net daar en staar.

"Oscar!"

"Nee, wag... ek... sal dit doen." Trane loop oor haar wange. Dink Chantey dink. Daar moet iets wees wat sy kan sê om die vrou te keer. Haar kop voel suf...daar is niks waaraan sy kan dink nie. Hoe meet 'n mens een lewe teenoor 'n ander? Sy stap na die eerste bed toe wat die naaste aan haar is. Sy probeer haar bes om nie na die man te kyk nie.

"Gaan jy my help?"

"Hoekom? Daar is geen rede vir 'n assistent nie. Ek is seker daarvan dat jy die takies alleen kan hanteer. Toe hou op tyd mors ek is haastig."

267

Sy kyk hulpsoekend na die man wat Tania Oskar noem, maar hy kyk net af grond toe. Sy kyk na die man op die tafel, die vrees en smeking in sy oë is hartverskeurend.

"Ek is so jammer." Fluister sy sag en vee die trane van haar oë af met haar mou. Sy sluk 'n paar keer om van die naarheid ontslae te raak, wat haar keel wil toe trek.

Sy begin te bewe toe sy die narkose toe dien. "Vergewe my asseblief." Sy sit haar hand teen sy wang. Sy kyk met sagte oë na die man totdat sy oë toeval in 'n diep slaap in. Dat sy die laaste ding is wat hy moet sien voordat sy lewe wreed van hom weggesteel word gaan haar vir jare jaag. Haar hand huiwer met die skalpel en vir 'n paar sekondes kan sy net na dit staar. Wat doen sy? Sy kyk na die opening van die grot. As sy vinnig hardloop het sy dalk 'n kans. As sy haar wil skiet moet sy maar, tenminste het sy probeer. Eerder probeer as om dit te doen.

"Waarvoor wag jy?" Haar gille ego teen die grotwande vas. Chantey kyk na haar en die pistool wat in haar hand is.

Sy skud net haar kop en kyk terug na die persoon op die tafel. Vergewe my asseblief Jesus prewel sy saggies. Sy werk soos 'n robot een orgaan op 'n slag. Alhoewel sy net die niere en die hart nodig het behandel sy hom nog steeds soos 'n mens. Sy hou haar hand op sy hart wat stadig klop. Sy sluk swaar en lek oor haar droë lippe. Net vir 'n oomblik maak sy haar oë toe. Haar keel wil toe trek van die storm in haar, sy sny en voel hoe die lewe die man verlaat. Versigtig sit sy die hart in die koeler saam met die niere. Sy wil hom toe werk, maar sy sien nie die goed wat sy nodig het nie. Sy sak op haar knieë neer en gee toe aan die storm wat uit haar lyf uit skeur. Sy het nog nooit so iets gedoen nie. Vader vergewe my asseblief bid sy weer.

"Kry haar regop, sy is besig om my te irriteer."

Bill trek haar op, maar los haar arm nie dadelik nie. Sy voel siek, sy stry teen die naarheid en lighoofdigheid.

"Gee my net 'n minuut asseblief. Kan ek 'n bietjie water kry?"

Sonder om vir Tania te wag gee die man vir haar 'n botteltjie water. Sy drink dit vinnig en gulsig soos wat haar liggaam smagtend vir dit gewag het. Sy probeer om diep asem te haal om van die lighoofdigheid ontslae te raak. Sy trek die laken oor die man en wonder waar Tania hom gaan sit om die skuld verder op haar te pak. Met bewerige bene beweeg sy na die volgende man. Hy gaan vreeslik tekere, die bed wieg effens. Sy verstaan sy vrees hy het immers die hele tyd alles gesien. Hy weet presies wat nou met hom gaan gebeur.

"Tania as...!"

"Nie 'n woord verder uit jou mond uit nie. Moet tog nie so pateties wees nie dit pas jou nie."

"Hoekom doen jy dit nie self nie?"

Haar stem is hard en sy skrik.

"Wel, sodat ek die video opname vir die polisie kan gee."

"Video?" Sy kyk rond en sien die kamera op 'n driepoot teen die oorkantste muur staan.

"Jy sien ek moet my naam skoon hou en niks praat harder as dade nie. Wees nou soet en doen wat ek sê."

Wat help dit dat sy nog probeer? Tania is nie meer mens nie, nee sy is die duiwel se pion. Miskien sal sy eendag kry wat haar toekom. Sy trek skoon handskoene aan en trek die masker oor haar bewende lippe. Sy probeer om dit te byt om so die pyn in haar hart daarna te skuif. Sy kyk na die skoon toerusting op die tafel, die beeld verdof soos die trane in haar oë opdam. Sy vee dit weg met haar arm, sy kan nie glo sy moet dit weer doen nie. Hoe kon Riekert dit gedoen het? Kon hy niemand vir hulp gevra het om die vrou te keer nie?

"Kom Bruwer ek het nie die hele nag om vir jou te wag nie. Miskien moet ek vir klein Klara gaan haal. Dink jy nie sy sal die operasie fassinerend vind nie dokter?" Die sarkasme drup van haar lippe af, sy verlekker haar in Chantey se hartseer. 'n Prim en propper vrou soos sy sal nooit weer wil praktiseer na die ervaring nie dink sy gelukkig. Wat 'n jammerte sy is nogal goed in haar werk.

Chantey skud haar kop. "Dit sal nie nodig wees nie." Sy pers die woorde tussen haar lippe uit. Sy draai om en gluur Tania aan. "Eendag gaan die wiel draai, dan moet jy nie wonder hoekom nie. Jy is 'n miserabele mens, en jy verdien niks." Dit laat haar beter voel. Die doodse gevoel keer terug toe sy na die bed toe terug draai. Sy doen dit vir Klara, sy kan nie die kind aan so iets blootstel nie. Dit is nie nodig dat sy verder getroumatiseer word nie. Sy tel die inspuiting op, haar hande bewe. Sy draai om na die man en probeer hard om nie na hom te kyk nie. Sy kry nie sy arm stil genoeg om die naald in te sit nie. Sy kyk na die man wat 'n paar tree van haar af staan.

"Sal jy sy arm vir my kan kom stil hou asseblief?" Hy kyk haar vir 'n sekonde aan voordat hy nader stap en die man se arm styf teen die bed vas druk.

Sy bring die naald nader maar hy ruk sy kop heen en weer en probeer om smeek geluide uit sy toegeplakte mond uit te kry. Sy byt haar bo lip vas terwyl sy die naald behendig in die aar druk. Met haar linkerhand hou sy die mans se wang vas. "Vergewe my asseblief ek is so jammer," fluister sy sag. Sy liggaam raak stiller en sy oë val toe. Sy kyk na die lys en sien dat sy alles moet uithaal behalwe die lewer.

Sy kyk na die man wat nie ouer as vyftig kan wees nie. Here vergewe my asseblief, want ek sal nie kan nie. Sy het 'n moordenaar geword dink sy terwyl sy die man oop sny. Wat maak haar anders as Tania en Riekert? Sy vee die trane uit haar oë soos sy een orgaan na die ander uithaal. Sy staar na haar bebloede hande toe sy die laaste orgaan in die koelkas sit. Sy ruk met geweld die handskoene en teater klere van haar af.

Sy storm na die ingang van die grot toe, die helder lig verblind haar. Sy hoor hoe Tania op haar gil maar sy moet vars lug kry. Skiet my as jy wil gil haar binneste, ek gee nie meer om nie. Sy gryp haar maag vas, met ruk bewegings gooi sy op. Oscar verskyn saggies agter haar, hy gee vir haar 'n bottel water aan wat sy met dankbaarheid vat.

"Ek wil net 'n bietjie vars lug hê asseblief, ek sal nie weghardloop nie."

Hy sê nie 'n woord nie staan net daar soos 'n standbeeld.

"Kom dit is tyd."

Sy staan lam op soos iemand wie se lewe uit gesuig is. Saam loop hulle terug die grot in. Sy kyk nie na Tania wat nog steeds in die stoel sit nie ook nie na die twee op die operasie tafels nie.

Sy sak af teen die tralies toe die deur gesluit word, almal kyk haar geskok aan. Dit voel vir haar of die wêreld om haar draai, asof sy uit haar wentelbaan geruk is. Sy het sopas haarself verloën en verloor. Nooit in haar lewe het sy gedink dat sy so 'n swaar vonnis moet uit dien nie. Vandag het sy al haar drome en haar toekoms verloor. Sy sal nooit weer kan praktiseer nie, nie eers as sy onskuldig bevind word nie. Sy is 'n moordenaar en verdien dit dat sy verag word deur almal. Niks wat sy vandag gedoen het regverdig enige iets nie. Sy kan haarself wys maak dat sy dit vir die mense om haar gedoen het, maar sy was 'n lafaard en dit is die waarheid. Sy begin weer te huil haar lyf ruk soos die seer deur haar trek.

Riekert kom kreunend regop en skuif tot by haar. "Wat gaan aan hoekom is jy terug?"

Sy kyk na hom met verwytende oë wat hy nie kan sien nie.

"Sy was nooit van plan om my te laat gaan nie!" Sy hou haar hand teen haar mond om die stortvloed trane te keer. "Ek moes twee mense doodmaak, ek moes hulle oop gesny het en hulle organe uit gehaal het soos 'n mens met 'n dier doen. Ek sal nooit kan vergeet nie. My siel is gevlek met bloed."

Sy hoor hoe almal geskok hulle asems in trek, maar sy het niks om vir hulle te sê nie. Sy is die laaste mens om hulle te bemoedig. Sy weet nou dat niemand veilig is nie en dat niemand ooit weer hulle huise of families weer gaan sien nie. Sy sal dit nie vir hulle sê nie, hoekom hulle seer maak met die harde werklikheid. Riekert hou haar so styf vas as wat hy kan terwyl hy oor en oor in haar oor fluister dat hy jammer is.

Duvenhage staan ongeduldig op die hoërskool se rugby velde en wag vir die helikopter wat van die stad af kom. Hy het besluit om uit die lug uit ondersoek te doen oor waar Tania dalk mag wees. Sy is nog nie weer gesien na die brand nie, so waar sy ookal is moet daar basiese geriewe wees. Hy weet nie tot wat sy nog in staat is nie. As sy mense so vermink en net weggooi, hoe behandel sy die wat sy aanhou. Sy moet op die een of ander tyd 'n fout maak, geen misdadiger is foutloos nie hy sit sy reputasie daarop. Hy druk sy hande dieper in sy baadjie se sak dit is koud en die wind waai. Die winter gaan weer koud wees en hy is nie lief vir die winter nie. Daar was 'n paar brande laas winter gewees van paraffien lampe wat op een of ander manier die brande veroorsaak het. Daar was ook inbrake in huise en winkels gewees waar klere en komberse onder andere gesteel is. Die winter is so ongenaakbaar dit laat 'n mens besef hoeveel daar is om voor dankbaar te wees. Hy is duidelik oormoeg dink hy sugtend as hy sulke nostalgiese gedagtes kry. Hy hoor 'n vêraf dreuning en kyk op. Uiteindelik dink hy die helikopter is op pad. Hy moes behoorlik smeek om die ding hier te kry maar hy glo hy sal meer antwoorde uit die lug uit kry.

Die helikopter hang 'n paar sekondes oor die veld voor dit stadig neerdaal. Die krag van die propeller laat die los gras en sand die wêreld rondwaai. Hy moet sy hand voor sy oë hou terwyl hy vinnig na die helikopter beweeg en rats in spring. Hy sit die gehoorapparaat oor sy ore en die mikrofoon voor sy mond.

"Môre, ek is inspekteur Piet Duvenhage dankie dat jy my uithelp."

"Dis in die haak inspekteur, dis lekker om 'n bietjie uit die stad te kom. So waarheen vlieg ons?"

"Ek sal aan jou verduidelik soos ons vlieg, is dit ok?"

"Yes, geen probleem."

Hulle styg op en sien hoe nuuskierige mense die helikopter dop hou en 'n glimlag trek aan sy mondhoeke. Dit is nie aldag dat die mense 'n helikopter in die dorp sien nie. Nou gaan die skinderbekke fiks word. Hy beduie vir die vlieënier waarheen om te gaan.

Wilma se lyf is so seer van die inmekaar sit en die koue wat in die grot is. Sy staan regop en probeer om haar lyf te strek. Sy sal wat wil gee vir 'n heerlike warm bad met baie skuimborrels in en 'n groot beker warm sjokolade.

Haar bed met haar kussing onder haar ouma se gansvere duvet. Sy probeer positief bly, maar dit raak al hoe moeiliker. Sy kan nie help om benoud te voel nie. Om heeltyd in vrees te moet sit en wag laat haar tande onbeheerbaar op mekaar klap. Sy kan nie glo dat sy gebore is om so te moet sterf nie. Sy is nog jonk en sy het soveel drome, so baie plekke wat sy wil sien. Sy het amper klaar gespaar om 'n mini-toer oor die wêreld te neem. Is haar oupa nog ok? Wat gaan van hom word sonder haar?

Sy hoor voetstappe, uiteindelik dink sy opgewonde hulle bring kos en koffie. Die hoop verdwyn toe sy sien dat dit net Tania is en dat daar niks in haar hande is nie.

"Hi vriendin." Wilma hoop om haar op haar bynaam te noem dat Tania dalk tot haar sinne sal kom.

Tania kyk haar stil aan, daar is geen kwade gevoelens teenoor haar nie. Sy voel jammer dat sy hier is, maar sy kan nie die kans vat om haar te laat gaan nie. Die risiko is net te groot dat Wilma haar planne aan die polisie kan gaan verklap. Sy voel 'n bietjie sleg dat sy die kind en Wilma vir die Russe gaan gee, maar geld is vir haar meer werd as die vriendskap wat sy en Wilma gehad het. Dit was nooit haar plan gewees om vrouens te gebruik nie. Sy wou net mense gebruik het wat nie meer 'n toekoms het nie. Sy het self die toetse laat doen om te kyk of die mense gesond genoeg is vir die transaksies. Sy het net nie rekening gehou met die Russe nie. Hulle soek baie meer as wat sy kon gee en nou moet sy improviseer en dit doen sy teen haar wil. Sy het regtig gedink dat die vier mans genoeg sou wees, maar die Russe soek eerder vroue organe. Wat is tog die verskil?

"Môre Wilmatjie."

Haar hart sak in haar skoene in toe sy die sarkasme in Tania se stem hoor.

"Het jy 'n rustige nag gehad?"

"So dis oggend, hoe lank is ons al hier?"

"Wel, jy en daardie twee is al drie dae hier. Jou geliefde dokter amper 'n week en die kind vyf dae. Beantwoord dit jou vraag?"

"Geen mens word oornag so boos nie Tania, ek weet jy is nie so nie. Wie laat jou al die goed doen? Dis nie te laat nie, jy kan nog uit die ding uitkom." Tania lag so lekker dat trane oor haar wange loop.

"Jy was nog altyd so naïef. Niemand maak my enige iets doen nie. Ek is die meesterbrein agter alles. Wil jy graag weet hoekom ek dit doen, hm?"

Sy kan net knik, te geskok om iets te sê. So dit is waar sy is agter alles? Sy het gedink...gehoop dat sy dalk gedwing word.

"Ek gaan vir die eerste keer in my lewe geld hê, en dit gee my die vryheid om te gaan waar ek wil. Ek sal nooit ooit weer in my lewe met ondankbare, sieklike mense hoef te werk nie. Ek het 'n geleentheid gesien en dit gevat, en ek is glad nie jammer daaroor nie."

"Asseblief ek smeek jou, laat ons gaan, laat die kind gaan. Dink jy regtig dat jy in vrede kan lewe met al die lewens wat jy verwoes het? Een of ander tyd gaan dit jou in haal en dit gaan jou einde beteken. Stop nou..."

"Ag, *shut the hell up*!" Sy vervies haar ordentlik vir Wilma. Eers moes sy na die patetiese preek van Chantey luister, en nou Wilma ook. Sy kan nie minder omgee nie. "Jy is so pateties, ek sal nie eers 'n sekonde van 'n dag mors om terug te dink nie. En *by the way* vanaand kom alles tot 'n einde."

"Wat...?" Wilma se geskokte gil weerklank in die grot wat die ander drie wat vas aan die slaap was wakker maak.

"Jy het nie die reg nie!" Sy keer nie die trane of die histerie nie. Sy moet veg vir haar lewe sy kan nie aanvaar dat Tania in beheer van haar eindbestemming is nie. Sy kan eenvoudig nie!

Tania lag honend. "Ek het nie die reg nie? Miskien maar ek gaan dit in elk geval doen."

"Wat gaan aan?" Chantey het opgestaan en kyk vraend na Wilma.

"Sy sê dat alles vanaand tot 'n einde gaan kom!"

Chantey kyk na Wilma en na Riekert wat met 'n gesukkel opstaan, maar haar bene is te lam om hom te help. Haar blik draai stadig terug na Tania toe wat hulle vermakerig aankyk. Al is die lig baie dof kan sy nog steed sien dat sy die situasie geniet.

"So jy gaan nog steeds aan met jou planne? Ek pleit by jou laat almal gaan. Maak met my wat jy wil. Ek gee nie om nie, maar laat hulle gaan."

"Tania ... luister." Riekert klou met al sy mag aan die tralies vas om nie om te val nie. Hy kan sy arm nie meer voel nie maar hy kan nie meer daaroor top nie. Hy moet probeer om die mense te red al kos dit sy lewe.

"Kom ons praat asseblief ... net ek en jy wat sê jy?" Sy stem is meer van 'n fluistering.

Tania vernou haar oë en speel met haar tong oor haar tande.

"Nou maar goed. Maak die deur oop en bring hom." Die opdrag aan die wag is nie vriendelik nie en Chantey kan sien dat hy nie daarvan gehou het nie.

Riekert glimlag braaf vir haar en knip vir haar oog. Hy hoor hoe die deur agter hom toegemaak word en loop sleep voet saam met die wag. Hy weet nie waar hy die krag vandaan gaan kry nie, maar al is dit die laaste ding wat hy doen gaan hy dit doen met die laaste bietjie krag wat hy oor het. Sy is baie gevaarlik, en die feit dat sy niks meer vir menselewens voel nie, soveel te meer.

Hoofstuk 22

Berto rek en strek hom behoorlik uit. Hy het net 'n paar uur se slaap in gekry, maar hy voel darem uitgerus. Hy loop na die venster toe en pluk die gordyne oop. Hy kyk na die bome, die winter het klaar in die plante in getrek. Die bome lyk droog en lelik en die blomme is amper heeltemal weg. Kroondal se winters is hard en die ryp maak alles dood of beskadig die weerlose plante. Die mense probeer maar om sakke of nette oor die plante te gooi om dit te beskerm, maar dit is nie altyd suksesvol nie. Hy moet onthou om die swembad se seil heeltemal oor te trek nadat ou Frans klaar gewerk het. Hy is nie lus om elke dag blare uit die ding uit te haal nie, hy moet ook nie van die creepy vergeet nie. Met al die moeilikheid kom hy nie by die tuin uit nie. Eintlik het sy lewe op 'n manier tot stilstand gekom. Hy probeer om nie aan môre te dink nie. Hy wil bly glo dat Chantey enige oomblik by die deur sal in stap. Hy is hoopvol dat daar nog nie nuwe lyke gevind is nie, dit beteken dat almal nog leef. Verder as dit wil hy nie dink nie, kan hy nie dink nie.

Hy versteen in sy spore. Wat was dit? Hy loop na die kamer deur toe en maak dit saggies oop, staan stil en luister aandagtig. Hy word yskoud toe hy die gille hoor wat klink of dit iewers van buite afkom.

"Wat op dees aarde...?" Hy storm by sy kamer uit af met die trappe. Hy kom tot stilstand en kyk verbaas hoe sy huishoudster huil en bid in haar taal.

"Rosa?" vra hy terwyl hy na haar toe stap waar sy buite haarself op die gras staan en huil.

Hy steek in sy spore vas toe sy oë oor die swembad gly. Hy stap stadig nader en kan net met afgryse na die toneel voor hom staar. Sy hand gaan na sy mond. Hy kyk na Rosa dan terug na die swembad. Hy sien wat voor hom is maar sy brein wil dit nie registreer nie. Hy vat Rosa aan haar arms en ly haar terug huis toe. Hy gooi 'n glas half met brandewyn en gee dit vir haar om te drink. Sy drink alles op en trek 'n gesig vir die sterk drank.

"Sit net hier Rosa, ek moet net gou gaan bel."

Die skerp lig van die son wat ewe skielik voor hom op doem laat hom stilstaan sodat sy oë gewoond kan raak aan die lig. Hy los die arm van die wag.

"Ek is okay dankie." Vir 'n sekonde sien Riekert jammerte in die man se oë. Chantey was reg die wag is nie soos Tania en die ander ou nie. Hy lê sy hand op Oscar se voorarm sodat hy nie moet wegloop nie.

"Kyk asseblief mooi na hulle, help hulle om weg te kom, ek smeek jou," fluister hy.

Hy sug moedeloos toe Oscar net omdraai en wegstap. Hy draai om en sien dat Tania op haar motor se enjinkap sit. Hy probeer sy bes om regop te loop, maar elke beweging is 'n foltering. Hy gaan sit op die rots voor die kar en staar voor hom uit. Al is dit onplesierig buite is dit nog steeds warmer as daar binne. Hy kyk haar skeef kop aan.

"Mag ek jou 'n guns vra?"

Sy sug. "Wat wil jy hê?"

"'n Sigaret." Hy glimlag skeef. "My longe soek kos," die grappie kom lomp uit.

Sy spring van die enjinkap af en haal 'n pakkie sigarette uit die kar se paneelkissie uit. Sy gee woordeloos die pakkie vir hom en hy glimlag dankbaar vir haar.

Hy lyk slegter in die lig as in die grot, merk sy op. Dit is eintlik 'n jammerte dat hy haar verraai het en dat sy van hom ontslae moet raak. Hy was 'n merkwaardige goeie *lover* gewees. Sy gaan sit weer op die kar en hou hom dop terwyl hy die sigaret diep in trek. Sy het regtig van hom gehou, hy het haar emosies laat voel wat sy nie van geweet het nie. Die manier wat hy aan haar geraak het, sy lippe wat oor haar lyf gestreel het dit was eenvoudig *amazing.*

"Sjoe, nie gedink 'n sigaret kan so lekker wees nie." Hy hou homself gemaklik asof hy nie 'n bekommernis in die wêreld het nie. Hy sien sy is ingedagte en daar is nie vyandigheid by haar te bespeur nie. Dit is goed dink hy, op die manier kan hy haar probeer oorreed om van plan te verander. Hy was nog altyd goed gewees om mense om sy pinkie te draai, veral vrouens. Hy rook rustig voort, hy wil hê sy moet eerste praat. In die tussentyd geniet hy die vars lug en die oggendson. Hy voel hoe hy warmer begin kry en dat die grot se koue en bedompigheid uit hom vloei. Snaaks hoe 'n mens na die klein dingetjies verlang as jy dit nie meer het nie.

Hy kyk na haar waar sy op haar elmboë lê met haar gesig na die son gedraai. Sy is so 'n mooi vrou, sy kon 'n wonderlike lewe gehad het. Hy sou baie graag vir hulle 'n kans wou gegee het. Daar was van die begin af baie passie tussen hulle en hy het lewend gevoel saam met haar. Hy moes die gevaartekens gesien het toe sy begin praat het van betrokke raak by sy ou besigheid. Soos gewoonlik het hy net aan die geld gedink en hy het haar nie kop toe gevat nie. Hy het nie aan die gevolge gedink nie. Nee hoekom sou hy? Hy het sy rykdom verloor en om 'n vrou soos Tania te wil hou het jy geld nodig of so het hy gedink. Kyk net wat het hy alweer gedoen! Nou is soveel mense seergemaak en die skade is onveranderbaar. As hy net 'n weg kan kry vir 'n oplossing vir almal.

Hy kyk na haar met sy kop skeef gedraai.

"Jy lyk vreeslik mooi met die son so op jou gesig, dit lyk of jou rooi hare vlamme is wat om jou gesig dans."

Sy tel haar kop stadig op, haar oë wys die verbasing wat sy probeer wegsteek. Sy kyk hom stil aan, nie seker wat om te sê nie. Sy kyk af grond toe, toe sy weer na hom kyk is die menslikheid weg. Hy kyk hy vas in koue oë wat 'n rilling teen sy ruggraat laat afloop.

"Hou sommer nou op om my te wil *sweet talk* en kom tot die punt. Wat wil jy hê?" Haar vyandigheid tref soos 'n vuishou in sy maag.

"Ai Tania ek het dit regtig bedoel. Jy hoef nie by my 'n muur op te sit nie. In die kort tydjie wat ons mekaar ken, het ons oor baie goed gesels. Ons was nog net oop en eerlik met mekaar. Ons weet wat laat die ander een *tick* en wat nie. Of praat ek stront?"

Hulle kyk mekaar vas in die oë en hy kan sien hoe sy 'n innerlike geveg met haarself het.

"Dit maak nie meer saak nie, jy het my verraai vir haar."

"Nee, ek het nie. Ek wou net keer dat jy jouself verloor. Ek wou keer dat jy 'n leë dop word soos wat ek was. Jy het lewe vir my teruggegee, ons het so baie gelag, jou drome het my drome geword. Ek het nooit daaraan gedink om 'n lewe te hê buite my *comfort zone* nie. Jy het my siening oor my lewe verander. Jy het my hoop gegee om oor te begin as 'n nuwe mens. Voor jou het ek nie een keer daaraan gedink om na 'n ander land te gaan nie. Jy het daardie droom om oor te begin in 'n ander land wakker gemaak. Jy het my weer in geluk laat glo. Waar is my meisie wat daardie drome vir my gegee het? Hoekom sou ek ons drome weggooi vir iemand wat my nooit gesien het vir wie ek is nie of vir wat ek wil hê nie. Sy is weg ... dood!"

Hy staan op en stap na haar toe. Met sy gesonde arm trek hy haar nader sodat haar lyf teen sy bors rus. Sy probeer los kom maar hy hou haar so styf soos wat hy kan vas.

"Los my... los my!"

"Nooit weer nie my meisie, jy hoort by my elke dag. Ons twee kan 'n lewe van geluk, liefde en soveel meer hê. Bly by my asseblief, ek het jou nodig en ek is lief vir jou."

Hy voel hoe die krag in sy lyf wil ingee, maar hy verslap nie sy greep nie. Sy moet luister, sy moet net, jaag dit deur hom. Sy hou op om stoei en ontspan in sy arm.

"Jy..."

"Sjuut...."

"Nee lui..."

"Sjuut, luister!"

Gespanne luister hulle na 'n dreuning maar kan nie sien waar dit vandaan kom nie.

"Dis nie 'n kar nie" sê hy en los haar. Hy begin in die lug soek.

"Daar ... sien jy ... dis 'n helikopter."

"Wat?" sy kyk na die rigting wat hy wys.

"Dit kan nie wees nie hulle is te vroeg." sy klink vreesbevange. "Hulle gaan veroorsaak dat ons gevang gaan word, ek het gesê hulle moet in die nag kom. Vervlakste idiote!"

"Waar is die verkykers?" brom Riekert

Sy storm na die kar toe pluk die voorste passasiersdeur oop en gryp die verkykers. Die band hak vas en ongeduldig ruk sy aan dit totdat dit los kom. Sy gee dit vir hom.

"Dis 'n polisiehelikopter, kom ons moet hier weg, hulle gaan ons sien."

Sy help Riekert om terug te beweeg na die grot se ingang. Altwee se harte klop soos wat hulle die beweging van die helikopter met opgehoue asems dop hou.

"Shit die kar! Hulle gaan die kar sien." Tania is openlik benoud.

"Daar is niks wat ons nou daaraan kan doen nie, kom ons kyk eers wat hulle doen. Die ingang van die grot is goed weggesteek, al kry hulle die kar sal ons nie gesien word nie. Kalmeer net my meisie."

Gelukkig vir hulle vlieg die helikopter te ver noord om die kar op te let.

Hulle lag saam toe hulle gelyk hul asems uitblaas. Riekert gryp vinnig na 'n rots, maar gryp mis. Sy skrik toe hy grond toe sak.

"Riekert, Riekert! Praat met my!"

Duvenhage sit met die verkyker styf teen sy oë vasgedruk. Hy wil niks mis kyk nie. Hulle vlieg al 'n uur lank rond en kon nog niks ongewoons op merk nie. Hy wou net vir die vlieënier vra om terug te gaan toe iets blink sy aandag trek asof die son teen iets weerkaats.

"Hey vlieg hier noord sodat daai beboste area aan ons linker kant is."

Die vlieënier knik en verander koers.

Dis 'n kar ...'n wit kar. Verder sien hy niks anders as die kar nie.

"Wat sal die ding in die middel van nêrens maak?" wonder hy hardop. "Kom ons gaan terug ek moet iets gaan uitvind."

Duvenhage frons so erg dat diep plooie sy voorkop ontsier. As hy reg kan onthou het daardie grond aan 'n seniele ou man behoort wat 'n rukkie terug dood is. Hy kan nie onthou dat hy dit op die kaart gesien het nie. Hy moet by oom Willem uit kom, hy sal hom die antwoorde kan gee. Hy ken die gemeenskap beter as hy. Hy hou die grond dop soos wat die helikopter neerdaal.

"Dankie my maat, sit die ding af dan vat ek jou na 'n baie lekker restaurant toe sodat jy iets in jou maag kan kry. Ek gaan jou nog nodig kry. Ek sal jou weer daar kom optel, daar is net iets wat ek moet uitvind."

"Dankie inspekteur dit klink lekker, moenie oor my bekommerd wees nie, ek is nie haastig nie."

Hy stop voor oom Willem se huis en wonder of hy nie eers moes gebel het nie. Hy haal sy skouers op, dit is nou maar daarna toe. Hy maak die deur oop en is al half pad uit toe sy foon begin om te lui.

"Duvenhage." Hy vryf oor sy seer oë wat vir solank onder stremming was, maar versteen soos 'n sout pilaar. Hy kyk na sy foon voordat hy dit weer teen sy oor hou.

"Ek kom."

Wat nou? Hy is nie lus vir van Schalkwyk nie, dammit man hy het baie werk om te doen. As dit nie was omdat die man so vreemd geklink het nie, sou hy hom geïgnoreer het. Hy frons toe hy in die straat in draai en al die polisie voertuie sien. Hy stop sommer skeef agter een van die motors. Met lang tree loop hy verby sy manne in Berto se huis in, hy knik net hier en daar vir hulle. Hy stap na Berto toe waar hy en sy pa op die patio sit.

"Môre, wat gaan aan?"

"Dit!" Berto wys met sy vinger na die swembad toe. "Is wat aangaan!"

Hy loop na die swembad toe, sy arms val lam teen sy sye. Hy kan eenvoudig nie glo wat hy sien nie. Hy gaan sit op sy hurke en staar na die twee lyke wat op hul rûe dryf in die swembad.

"Môre inspekteur." Hy kom orent.

"Môre Schalk, wat kan jy my vertel?"

"Vir een het ek nog nie so 'n toneel gehad nie. Die vrou hou dinge interessant, dit kan ek sê."

"Wat, admireer jy haar nou? Man ek is sommer lus en klap jou. Watse stront praat jy?"

"Nee man. Ek bedoel net sy hou dit interessant, sy is nie soos ander reeksmoordenaars wat net op een manier bly nie."

"Sê my eerder wat jy weet."

"Hulle is nie hier vermoor nie, die bloed wat daar by die swembad lê stel voor dat hulle in iets in was en toe uitgerol is om in die swembad te val. Hulle is oopgesny nes die voriges, maar die twee se bloed was nie heeltemal getap soos die ander twee nie, daarom al die bloed. Ek sal eers kan sê wat weg is sodra my manne hulle uit die swembad uitgehaal het. Ek sal probeer om so na aan die sterfdatum te kom as wat ek kan. Soos jy weet is dit nie maklik om 'n tyd te bepaal as die lyk in die water beland nie."

"Hoe het hulle by die swembad uitgekom?"

"Daar is nie direkte toegang tot die agtertuin nie behalwe deur die garage, of die huis."

"Dankie Schalk ek gaan by die dokter sit, roep my as die lyke uit is."

"Wat 'n gemors," sê hy toe hy in 'n stoel neer sak.

"En 'n gemors is dit!" Kom dit vies van Berto af. "My bediende gaan lewenslank terapie nodig hê. Sy het op hulle af gekom."

"Dis 'n siek speletjie wat hulle speel. Hoe het hulle toegang tot jou swembad gekry?"

"Jy kan net by die swembad uit kom deur die huis, of deur die garage wat 'n deur na die tuin het. Jy kan ook deur die garage in die huis in kom. Ek hou alles gesluit, so ek weet nie hoe hulle in gekom het nie."

"Hulle sal oral kyk of daar dalk vingerafdrukke is.

"Ek het op iets interessant afgekom. Ek het vanoggend met 'n helikopter oor die streek gevlieg. Ek het 'n kar in die middel van nêrens gesien. Ek is nie so mooi op hoogte van die plase se grense nie en het gewonder of oom Willem my dalk kan help. Ek het ons kaart van die dorp en die streek goed bestudeer, maar daar is 'n plaas wat nie wys nie."

Oom Willem frons.

"Wie se plaas? Almal se eiendomme wys op die kaarte."

"Ek is nie honderd persent seker nie maar ek dink dis die ou seniele man s'n."

"Seniele ... o hy!" Hy grinnik by homself. "Daardie man het baie byname in die dorp gehad. Sy grond sal nie op die kaarte wys nie seun. Dit sal eers met die volgende vergadering aangeteken word. Jy sien hy is so ses maande terug oorlede, en ons het baie probleme met hom gehad. Hy was baie hardkoppig om sy plaas op die kaart te hê. Hy het vreeslik daarteen geskop, en dit kom al vir jare. Vandat ek kan onthou.

"Maar hoekom?" Piet sit regop in sy stoel. Hy het nog altyd oor die oom se vreemde gedrag gewonder.

"Oom Willem glimlag toe hy hulle nuuskierigheid sien. "Wel, dit is nou vir julle 'n interessante storie. Die plaas is maar net tweehonderd hektaar groot. Die plaas se naam is Sielsgenoot, en was in sy familie vir honderd en vyftig jaar toe hy dood is. Daar word gesê dat sy bloedlyn getoor was met senielheid. Almal wat op daardie plaas gebly het was nie normaal nie. Die storie loop dat die wat aan die grond raak nooit die plaas mag verlaat nie. Die vrouens en kinders is nooit gesien nie. Hulle het maar altyd met vee geboer en hulle het hulle eie groente tuine gehad. Daar word gesê dat die huis op 'n groot skatkis gebou is. Dat sy mense eintlik die bewaarders was, daarom die plaas se naam. Al die mense van die wat daar doodgaan se siele word aan die grond gebind, en sal nooit vrygelaat word nie. Die plek het nie saam met die wêreld verander nie. Krag en telefone het hulle nie geken nie. Hyself het met perde en donkies gewerk as vervoer. Julle ken sy perdewa. Maar niks kon ooit bevestig word nie. Ek dink die mense het die stories op gemaak. Die waarheid soos ek dit ken is heel eenvoudiger. Hy wou nie deel wees van die gemeenskap nie. Hy het nooit kerk toe gegaan nie. Een keer in 'n maand het hy dorp toe gekom met sy perdekar. Waar hy sy vee gekoop het of verkoop het weet ek nie. Niemand het ooit by hom gewerk nie. Hy het almal met sy haelgeweer van die plaas af gehou. Nie eens die polisie kon met hom dinge uitklaar nie. Hy was eenvoudig net van daardie mense wat jy maar net moes laat staan het. Die plaas is nou in besit van die van Biljons wat aan daardie plaas grens.

Ek en Berto was die enigste persone wat daar gekom het, in die laaste twee jaar. Hy is alleen dood in sy huis aan longontsteking. Niemand weet regtig enigiets van hom nie, ons het geen idee of hy familie gehad het nie. Voor sy dood het hy vir Berto 'n brief gegee waar hy alles aan hom oorlaat. Berto het die grond aan die van Biljons verkoop, maar die huis staan nog net so met alles binne in. Hy het nog nie die tyd gehad om dit uit te sorteer nie." Hy kyk na sy seun wat net voor hom uitstaar.

"Hoekom al die vra?" vra Berto stil.

"Uit die helikopter uit kon ek 'n wit kar sien 'n ent weg van die huis af. Ek kon nie die model sien nie, maar dis vreemd uit plek uit. Dit staar net daar by bome en bosse sover ek kon uitmaak. Ek het nie geland nie, want iets het nie pluis gevoel nie. Ek kan my kop op 'n blok sit dat dit Tania se kar is, maar wat soek dit daar in die middel van nêrens?"

Oom Willem sit met sy elmboë op sy knieë terwyl hy sy ken vryf.

"Ek kan jou nie sê nie, soos ek gesê het was niemand daar toegelaat nie. Daar is net een ding wat my laat wonder. Hoekom het die van Biljons tot nou toe niks gesê van vreemdelinge op die grond nie? Dalk behoort die kar aan hom, jy se mos jy kon nie lekker die motor uitmaak nie."

"Dis waar wat oom sê. Het oom 'n telefoonnommer van hulle?" Duvenhage kan sy opgewondenheid nie wegsteek nie. Sy gut is reg, hy is seker dit is sy.

"Ja hier is die nommer." Hy oorhandig sy foon aan Duvenhage.

Duvenhage wag ongeduldig terwyl die foon lui.

"Hallo!" Antwoord 'n vroue stem.

"Ek is so jammer om te pla, maar ek is opsoek na meneer van Biljon asseblief."

"Hou aan ek vat die foon vir hom, hy vergeet altyd die ding in die huis," lag die vrou.

"van Biljon hier."

"Middag meneer ek is inspekteur Duvenhage van Kroondal polisie."

"Ja." Die ou is nie juis vriendelik nie, dink effens vies.

"Ek wil u net 'n paar vrae vra asseblief. U het mos die plaas Sielsgenoot gekoop?"

"Ja"

"Het u enige iets vreemd op die plaas gesien enige beweging of ligte of iets?"

"Nee, daar is nog nie werk gedoen op die grond nie."

"Ek sien... gaan u omgee as ek en my manne so 'n bietjie gaan rondloop daar?"

"Wat wil jy daar maak?"

"Ons is opsoek na 'n misdadiger en dit lyk of hulle daar kan wees."

"Wat? Op my grond?" Die man gil behoorlik in sy ore.

"Ja, meneer maar ek vra baie mooi om weg te bly hulle is baie gevaarlik. Ek sal nie skroom om enige iemand wat ek daar kry te arresteer nie verstaan my mooi."

"Ek laat my nie dreig nie mannetjie, maar ja gaan doen jou werk en laat weet my wat aangaan." Hy sit die foon sommer neer sonder om vir Duvenhage se antwoord te wag.

"Wat 'n ongeskikte man!" Oom Willem lag. "Ja hy is 'n karakter. Hulle is nie lank hier nie, hy het die plaas 'n paar jaar terug gekoop maar hulle is nie deel van ons gemeenskap nie, maar van Suikerdal se gemeenskap."

Hulle kyk op toe Schalk nader kom.

"Die slagoffers is soos die voriges, daar is ook organe weg. Ek sal my volledige verslag vir jou stuur. Ek skat dat hulle so vyf ure dood is en nie langer as twee ure in die swembad was nie. Ek sal meer kan sê as hulle eers op die tafel is." Met 'n kop knik verlaat hy die huis.

"Jammer Berto dat so iets nou met jou moes gebeur. Ek kan 'n polisieman hier los vir jou veiligheid."

"Nee, dit is nie nodig nie. Ek glo nie dit het gebeur toe ek by die huis was nie, ek was deur die nag uit vir 'n noodgeval. Ek gaan net al die slotte verander."

"Goed dan, dan praat ons weer later."

"Wat gaan jy nou doen?" vra Berto nuuskierig.

"Nou kom die lekker deel van my werk. Ek gaan 'n reddingspan aanmekaar sit er met genot arrestasies maak. Ek was lanklaas so lus vir 'n arrestasie dat ek nie eers omgee vir al die papier werk nie." Hy grinnik ingenome met homself.

"Jy weet Duvenhage die ou mense het 'n sêding gehad. *Don't count your chickens before they hatched.*"

"Hoe nou oom?" Duvenhage is skoon verward. *Chickens*? Huh? Is die man getik?

"Ek meen om te sê, moenie te opgewonde raak nie. Dinge loop nie altyd soos 'n mens verwag nie. Jy moet nog steeds op jou hoede wees, hulle is slinks, jy weet nie wat op jou wag nie."

"O, nee oom, ek is reg vir hulle. Dis hulle wat vir my moet bang wees." Hy groet hulle met die waai van die hand.

Hoofstuk 23

"Hey, jy is wakker!" Tania is openlik verlig toe sy sien Riekert se oë is oop toe sy van buite in die grot in kom.

"Hoe voel jy?" Riekert se mond is so droog hy kry nie 'n woord uit nie.

"Dors.......water seblief," kom dit fluisterend.

Sy bring 'n botteltjie water wat sy voor sy mond hou met haar linkerhand en met haar regterhand sy kop ondersteun.

"Hmm dankie, wat het gebeur?"

"Jy het inmekaar gesak toe ons so vinnig die grot ingekom het nadat ons die helikopter gesien het, onthou jy."

"Hm ja, ja ek onthou. Hoekom voel ek so slaperig?"

"Ek het op jou geopereer. Ek het jou skouer oopgemaak en alles uit gesny sover ek kon om die wond skoon te kry. Ek is nie 'n dokter nie, maar ek dink ek het 'n goeie *job* gedoen." Sy voel vreeslik ongemaklik effens skaam.

Hy kyk verbaas na haar, allerhande gevoelens hardloop deur hom.

"Wow, ek weet nie wat om te sê nie ... ek meen dankie. Hoekom het jy dit gedoen?"

Sy gaan sit op die bed by hom, sy vind dit moeilik om na hom te kyk. Toe hy inmekaar gesak het, het sy geskrik en iets in haar wou hom nie daar op die grond los nie.

Hy tel haar ken met sy vinger op sodat sy na hom kan kyk. "Sê my, my meisie." Sy stem is strelend en sy kan die omgee in sy oë sien. Hy is verbaas toe hy sien hoe die trane in haar oë opdam.

"Ek is so jammer dat ek jou geskiet het, en jou aan jou eie lot oor gelaat het. Toe jy inmekaar gesak het, het ek besef ek wil nie hê jy moet doodgaan nie. Jy het my hand so styf vas gehou en jy het gesê 'ek het jou lief' voordat jy jou bewussyn verloor het. Ek ... ek ... kon jou nie los nie. Asseblief Riekert vergewe my."

Die stilte in die grot is tasbaar, vier oë hou mekaar gevange. Sonder 'n woord trek hy haar nader sodat sy op sy bors kan lê. Sy luister na die ritmiese geklop van sy hart en sy glo hy gee om vir haar. Hy gaan saam met haar kom, sy het klaar besluit. Hulle gaan gelukkig wees soos sy nog altyd wou gehad het. Hy is reg hulle is goed saam. Sy sal net haar planne 'n bietjie moet aanpas totdat sy vir hom ook 'n nuwe paspoort en identiteitsdokument gekry het sodat hulle veilig die land kan verlaat. Alles gaan okay wees. Sy sit regop en glimlag vir hom.

"Jy en ek ons gaan 'n *amazing* lewe saam hê. Jy het mos gesê jy wil by my wees nè?" Sy kyk half onseker na hom. Hy glimlag sag vir haar.

"Natuurlik my meisie dit gaan net ek en jy wees en die pragtige strande van Maimi. Mag ek vra wat die planne is, as jy nie omgee nie?" Hy hou sy stem rustig, hy moet end uit die *speletjie speel* maak nie saak wat nie. Wat hy ook al kwyt geraak het in sy floute het duidelik gewerk. Solank as wat hy haar aandag op hom kan hou hoe makliker gaan dit wees om haar te oortuig om alles te los. Hy moet probeer. Hy kan nie dat onskuldige mense verder seer kry nie.

Sy kyk na hom en haar gesig verlig soos die liggies op die kersboom.

"Natuurlik sal ek vir jou vertel my lief. Jy sien, vanaand kom die Russe wat Wilma en die kind gaan vat. Jy onthou mos die ander twee mans wat hier was? Ek het 'n helse klomp geld vir hulle gekry. Daar is net nog die ander twee vroue wat gedoen moet word. Sodra die transaksie met die Russe beklink is, en ek en jy by ons tydelike bly plek is, sal Bruwer vrygelaat word."

Sy begin te lag. "Ek het genoeg bewyse geplant om haar vir altyd tronk toe te stuur. Ek het tot video opnames waar sy die organe verwyder. Jy wonder seker oor ons weg kom plan? Wel die polisie gaan glo ek en jy is dood en ons liggame is verbrand. Ek het klaar gesorg vir twee lyke en die ander details is op pad. Ek moet dit so oortuigend as moontlik maak."

Hy sukkel om sy gesig neutraal te hou. Wat hy hoor is verskriklik! Die feit dat sy so opgewonde is, en in haar skik is met haarself is vreesaanjaend. Hy is bang vir die vrou, sy is duidelik versteurd.

"Kan ek nog 'n bietjie water kry?" Hy probeer om sy gedagtes te orden terwyl hy die water sluk. Hy is op dun ys, hy moet net nie nou 'n fout maak nie.

"Wow jy het aan als gedink my meisie. Ek is baie beïndruk. Ek kon destyds nie sulke planne maak nie. Dit is waar dat julle eenvoudig meer aandag gee aan die detail." Reageer hy toe hy agter kom dat sy opgehou praat het.

"So hoe laat gaan ons hier pad gee?"

"Dis die ding, ek weet nie. Die blerrie Russe wou nie sê nie. So ons moet sorg dat alles gereed is. Ons sal moet pad gee sodra die Russe opstyg."

"Okay wel tot dan kan ons, ons roete om te ontsnap goed beplan. Daar moet geen los drade wees nie my meisie. Ek vertrou nie daardie helikopter van vroeër nie. Ons het in die grot ingekom en ek kan nie onthou of hy weer teruggekom het nie. Ons kan nie kanse vat nie." Hy trek haar nader om 'n vurige soen op haar lippe te plaas. Dit sal die *deal* seël dink hy slim.

Die wind waai koud en sterk, dit is bewolk ... geen maan ... geen sterre. Dit laat die spanning en vrees in Riekert net vererger. Hy staan op die klein bultjie en staar die donkerte in. Sover as wat hy kan sien is daar geen beweging nie, net twee plaashuise ver in die donkerte in. Tania het hom en Bill aangesê om buite wag te hou, terwyl sy dinge binne hanteer. Hy is dankbaar om buite te wees as om toe te kyk hoe Chantey daardie vrouens se lewens weg vat Hy is weereens 'n lafaard, maar hy het net besef dat hy nie teen haar kan veg nie. Hy wil ook lewe, hy het ook die reg daarop. Hy kry elke liewe een daar binne jammer, maar na alles wat hy deur is kies hy sy lewe. Eendag sal hy boet vir wat hy besluit het, dit weet hy. Tot dan maak hy sy eie besluite.

"Oscar bring die eerste vrou." Tania kan nie ophou om te glimlag nie. Haar planne het goed uit gewerk, beter as wat sy beplan het. Uiteindelik gaan sy vanaand die plek verlaat. Oor vyf dae gaan sy en Riekert op Miami se strande lê, ryk en vry soos voëls. Uiteindelik het sy 'n man aan haar sy wat haar wil hê, ongeag wie of wat sy is.

Chantey hoor voetstappe nader kom. Sy staan op toe sy die man sien. Hy sluit haar hek oop, haar maag trek op 'n knop.
"Wat gaan aan?"
Hy antwoord haar nie, hy gryp een van die vroue. Sy gil en stoei om los te kom. Chantey gryp na haar, maar Oscar stamp haar hard weg. Sy val hard op haar sy.
"Moenie, asseblief! Moenie haar vat nie!" Sy kom regop en gryp na haar sy.
"Dokter?"
"Ek weet nie Wilma. Sy het gesê dat alles vanaand op 'n einde kom. Ek skat dit is aand. Wat ookal gebeur ... ons

moet sterk bly. Ek weet dit is moeilik, ek is ook bang, maar ... sy gil nie meer nie."

Chantey trek haar asem skerp in. Die voetstappe kom weer nader. Sy gryp die ander vrou wat histeries aan die huil gegaan het. Sy druk haar in die verste hoek van die sel agter haar in.

Die vrou klou aan Chantey soos 'n klein apie. Nog nooit het sy soveel vrees ervaar nie. Sy weet haar poging om die vrou te probeer beskerm is fataal, maar sy gaan nie opgee sonder 'n fight nie.

Hy sluit die hek oop en staan in die opening. "Moenie dit vir julleself moeiliker maak nie."

"Moenie dit doen nie. Jy kan ons red, jy is groter en sterker as sy ... jy het meer mag as sy."

"Ek werk nie vir haar nie, maar vir die Russe." Hy treë die grot dieper in, gryp vir Chantey aan die keel.

Sy voel hoe sy groot hand om haar nek sluit. Hy druk harder, sy spartel en klap na hom. Alles begin te draai, sy val en die donkerte vou om haar toe. Stemme dring deur haar benewelde brein, sy sukkel om haar oë oop te maak. Haar kop pyn vreeslik, sy vat aan haar kop, dis natterig. Sy kom orent en hoor dat dit Wilma en Klara is wat op haar gil.

"Tannie word wakker!" Sy huil bitterlik.

"Ek is okay, moenie worry nie." Haar kop pyn erg, maar sy kan later daaraan aandag gee. Nou moet sy sterk bly vir haarself en vir die ander. Op die stadium is hulle oorlewing in die weegskaal. Liewe Heer help ons hierdeur, bid sy woordeloos.

"Dit is al 'n rukkie stil." Wilma se stem bewe, maar sy probeer sterk wees vir Klara om haar kalm te hou.

"Wat maak hulle met die tannies?"

"Ek weet nie sussie. Julle moet nou mooi na my luister. Ek weet nog nie hoe ek dit gaan doen nie, maar ek gaan die sleutels kry. Wilma jy vat vir Klara uit die grot uit en julle hardloop. Moenie worry oor waar die dorp is nie. Julle hardloop net ek sal julle weer kry. Moet vir niks stop nie, het julle dit?"

"Maar dokter..."

"Wilma, belowe my!"

"Okay."

Hulle luister gespanne hoe die voetstappe nader kom, Chantey staal haar vir wat kom. Sy weet wat met haar gaan gebeur dit pla haar nie. Al wat vir haar saak maak is die kinders. Dit man stop voor haar hek en staar net na haar. Hy sluit die hek oop en sit die sleutel in sy regter baadjie sak. Met 'n laaste blik na Wilma en Klara loop sy gewillig saam met hom. Sy trek 'n seer gesig omdat die man haar bo-arm seer maak. Hy stamp haar rof die groot grot in Sy struikel maar herwin haar balans.

"Dankie dat jy by ons kan aansluit dokter." Tania sug genotvol.

"Jou adder, ek gee nie 'n duiwel om hoe lank dit gaan vat nie. Ek sal jou opspoor en jou laat boet vir alles."

"Ag asseblief!" Tania lag en stap na haar toe en kyk haar vierkantig in die oë. "Jy leef in 'n droomwêreld. Hou eerder jou bek en begin te werk."

Chantey bewe van woede, voordat sy haar kan keer stamp sy Tania hard agteruit. Tania kry gou haar balans terug. Sy storm op Chantey af en slaan haar hard deur die gesig met die vuis. Tania gaan sit op haar toe sy val en begin haar te wurg. Sy ruk woes los toe Oscar haar van Chantey aftrek.

"Los my! Kry haar reg voordat ek haar vrek maak."

Sy loop op en af om te kalmeer. Sy kan nie glo die vrou het dit gewaag om haar hande op haar te lê nie.

Chantey sukkel om haar asem terug te kry. Sy voel hoe die man haar van die grond af optrek. Hy vat haar hard aan die arm na die eerste bed waar die vrou vasgemaak lê. Die ergste dofheid is weg, dis net haar nek wat nog seer is en haar kop wat nog pyn. Sy is seker sy het harsingskudding van toe sy in die sel geval het. Hoe op hierdie aarde moet sy die twee vroue se lewens neem nadat hulle saam met haar toegesluit was. Sy weet wie hulle is, wat in hulle lewens aangaan. Sy het hulle moed in gepraat en nou moet sy hulle lewens vat!

"Ek moet eers klere aantrek..."

"Dis nie nodig nie, jy kan net handskoene dra. Jy moet bloed op jou hê, dis deel van my plan."

"Jy is siek, totaal en al seniel." Sy trek handskoene aan, maak haar hare in 'n bolla agter haar kop vas en sit 'n masker oor haar mond. "Wat wil jy hê?"

"Die lêers is agter jou, maak vinnig daar is nie baie tyd oor nie."

Chantey draai om na die bed agter haar. Sy kyk nie na haar nie, trek net die lêer onder haar bene uit. Sy maak die lêer oop en kyk na die inhoud.

"Lindie is maar ses jaar getroud. Sy is die trotse ma van twee dogtertjies, drie en vyf jaar oud."

"As jy nie jou mond gaan hou nie sny ek jou tong uit."

"Nee ek gaan dit nie doen nie." Sy ruk die masker af en loop weg van die bed af.

Tania storm op haar af en rig die pistool op haar. "Gaan doen jou werk!!!" sis sy.

"Jy kan my maar skiet, maar ek moor nie weer vir jou nie."

Tania gluur haar woedend aan. Die feit dat Chantey haar vreesloos aankyk maak haar briesend. Sy kan haar nie skiet nie, want Riekert kan nie opereer nie. Sy kyk na

297

die vroue en stap na die eerste een toe. Sy draai na Chantey toe met 'n sadistiese kyk in haar oë. Sy sit die pistoolloop op haar keel.

Chantey se oë rek groot. En toe weergalm die skoot deur die grot.

"Nou toe ... nou hoef jy nie moord te pleeg nie." Sy lag lelik toe sy die skok op haar gesig sien.

Chantey hardloop na die vrou toe, maar kan net magteloos toe kyk hoe die lewe haar verlaat. Sy sit die masker op en begin haar oop te sny. Kort kort vee sy die trane af wat haar oë verdof. Sy kan nie glo dat Tania dit gedoen het nie. Sy was bereid om vir hulle te sterf, sy het nie gedink dat sy so iets sou doen nie. Sy haal al die organe uit en sit dit in die koelers. Naarheid stoot in haar keel op, sy druk haar hand voor haar mond om dit te keer. Sy vat die bottel water op die tafel en drink gulsig. Sy stap na die ander bed toe en vat haar lêer en staar na dit. Sy tel die spuit op met die narkose, maar huiwer by haar arm. Sy kyk na haar, sien die smeking. Sy vee saggies haar trane af.

"Ek is regtig jammer. Jy weet ek het probeer. Vergewe my!" Haar stem breek en die seer gly oor haar bewende lippe. Haar hande bal in magtelose vuiste. Deur die wasigheid steek sy die naald in haar arm in. Sy hou haar wang vas totdat die ewige slaap haar oorval.

Haar bewegings is outomaties, elke sny 'n letsel in haar siel. Sy sit elke orgaan versigtig in die koelers. Sy staar na dit en 'n onverskilligheid pak haar beet. Hoe weet sy dat die organe na mense gaan wat dit verdien? Hoe weet sy dit gaan nie na 'n drug dealer, verkragter of moordenaar toe nie? Nee die vroue gaan nie so misbruik word nie. Met een beweging is die skalpel in haar hand. Soos 'n besetene verwoes sy een orgaan na die ander. Sy is nie bewus dat Tania op haar gil of dat die man haar keer nie. Sy ruk terug na die werklikheid toe, toe sy 'n skerp pyn in haar skouer voel. Sy gryp na haar skouer en sien die bloed op haar vingers. Sy kyk na Tania wat woedend is. Sy het haar geskiet, besef sy verbaas.

"Jou donnerse feeks! Kyk wat het jy gedoen!"

Chantey kyk na die bloederige gemors op die tafel waar die koelers is. Sy het net 'n paar verwoes, tenminste het sy Tania se planne gekelder.

"Vat haar hier weg!!!" Wat de hel gaan sy nou doen? Die Russe gaan haar vrek maak. Sy gil van frustrasie.

"Wat de hel gaan hier aan?" Riekert kyk met ongeloof na die bloederige gemors.

"Bruwer het die organe verwoes!" Hy kyk na Tania en deins weg. Wat hy voor hom sien is nie 'n mens nie maar 'n monster.

"Kalmeer my meisie," probeer hy paai.

"Die Russe gaan my vrek maak. Ek kort 'n hart, lewer en 'n nier. Waar de hel moet ek dit nou kry?"

Riekert besef die moeilikheid waarin sy is. As sy nie kan lewer wat sy belowe het nie sal hulle die tekort vat op watter manier ookal. Sy en Tania se lewe is in gevaar.

"Wat soek jy in elk geval hier?"

"Die Russe het gebel, hulle is oor tien minute hier."

"Shit....shit!!   Gaan kry vir Wilma en die kind en gaan wag buite."

"Wat gaan jy doen?"

"Riekert...!"

"Goed my meisie." Hy loop saam met Oscar na die selle toe. Hy kyk na Chantey wat vol bloed vlekke is, en skrik. "Wat het gebeur?"

"Sy het my geskiet!"

"Wat? Maak die hek oop." Hy wag ongeduldig en storm na haar toe. "Hemel wat het jou besiel?"

"My besiel? Tenminste het ek iets probeer doen. Ek sal nie 'n lafaard soos jy wees nie. Nou kan sy nie kry wat sy wou hê nie. Geld is haar baas, net soos dit joune is. Nou verstaan ek hoekom julle so goed oor die weg kom."

"Dit is nie waar nie."

"Dit is! Loop ek wil jou nooit weer sien nie." Sy stamp hom van haar af weg.

Riekert loop met 'n swaar gemoed weg. Die meisies begin te gil dat hulle, hulle nie moet vat nie. Riekert kyk nie terug na Chantey nie, sleepdra vir Klara dieper die grot in.

Chantey sak op die grond neer en huil. Sy hoor hoe die meisies te kere gaan. Sy wens dinge kon anders gewees het. Sy wens die polisie kon hulle gered het. Sy wens sy kon haar oë oopmaak en alles was net 'n nagmerrie. Sy tel haar kop op toe dit stil raak. Sy kry hulle so jammer. Die lewe wat vir hulle voorlê gaan hel wees. Hulle arme geliefdes! Sy dink aan Berto en wonder wat hy dink, voel. As alles vanaand tot 'n einde kom, wie se weergawe gaan hy glo. Hy is nie iemand wat om die bos gelei kan word nie, so die kanse dat hy haar kant gaan glo is min. Daar is teveel bewyse teen haar, Tania het seker gemaak dat sy nooit weer kan praktiseer nie. Sy gaan vir die res van haar lewe in die tronk sit vir ander se misdade. Sy het toe nooit haar ware geluk gekry nie. Wat sy vir Berto voel sal altyd in haar hart weggesluit bly, daar is geen rede dat hy ooit hoef te weet dat sy hom lief het nie. As daar iets tussen hulle was het dit verbrand toe oom Goosen ontvoer is. Die teleurstelling en agterdog in sy oë sal sy nooit vergeet nie. Hy het met hulle laaste gesprek dit duidelik gemaak hoe hy haar sien. Sy kan hom nie kwalik neem nie maar tog het sy gehoop dat hy ten spyte van alles in haar sou glo.

Sy staan op toe sy voetstappe hoor. Wat nou? Wonder sy benoud. Sy gaan niks meer doen wat Tania van haar vra nie. Sy sien nou eers dat haar hek nie gesluit is nie. Sy wonder nie eers hoekom nie, maar sy gaan hier uitkom.

"Wel! Wel! Ek het nog net een werkie vir jou dan sal ons mekaar nie weer sien nie." Sy haal vinnig asem, haar hande sweet soos wat die haat deur haar are druis.

"Vergeet daarvan ek doen niks meer vir jou nie." Sy trek die hek na haar toe, en toe Tania naby genoeg is stamp sy die hek hard na Tania toe. Dit tref haar hard teen die kop. Sy steier terug, Chantey glip verby haar en begin na die gang toe hardloop. Sy kyk om toe Tania gillend op haar afstorm. Hulle val saam grond toe, maar Tania is vinniger as Chantey en pen haar onder haar lyf vas. Chantey sien die mes in haar hand en begin woes te veg teen die besetene wat eenmaal 'n vrou was!

~oOo~

Die son breek lui deur die oggend lug met sy diep rooi asof die horison aan die brand is. Jy kan hoor hoe die natuur wakker word, die voëls begin te gesels, die blare ritsel saggies heen en weer. 'n Nuwe dag vol geheimenisse en uitdagings. Gister is vergete, verlore vir altyd. Die mens is aanpasbaar, wat gister, laasweek of laas jaar gebeur het is net 'n herinnering. Ja, die mense praat en dan is dit verby die lewe gaan aan. Dit is net die wat betrokke is by die gebeure, wat dit nie heeltemal so gou kan vergeet nie. Die letsels vat langer om te genees.

Oom Willem is vasgevang in sy gedagtes terwyl hy na buite staar vanuit Berto se kantoor. Die hele Kroondal gons oor wat gebeur het en hyself vind dit moeilik om te verwerk. 'n Mens kyk soveel TV programme en nooit dink

301

jy dat jy deel kan wees van so iets nie. Jy besef nie regtig wat geweld behels nie, waartoe 'n mens in staat is vir geld of mag nie.

As 'n dokter het hy gehelp om 'n nuwe lewentjie in die wêreld in te bring 'n brose klein sagte mensie. Hoe verander so 'n bondeltjie liefde in 'n ongevoelige wrede monster wat niks voel vir enige lewe nie? Hoe verander 'n kind in 'n moordenaar? Iemand wat 'n pistool op 'n ander kan rig en die sneller trek sonder om 'n oog te knip.

Eendag as hy voor die Vader gaan staan gaan hy die vraag vra. Hy kyk gesteurd om toe die deur oop gaan.

Duvenhage loer onseker by die deur in.

"Môre dokter, mag ek inkom?" Hy het die dokter die hele tyd vermy na die fiasko van nou die aand, seker omdat hy nie weet wat om vir hom te sê nie.

"Kyk Piet nou is nie die beste tyd vir my nie. Kom ons praat eerder 'n ander keer." Hy gee nie om of hy ongeskik klink nie.

"Oom Willem asseblief gee my 'n kans om te verduidelik!" Piet voel soos 'n kind wat op pad is om die grootste pakslae van sy lewe te kry.

"Nee, maak die deur agter jou toe." Met dit gesê draai hy om en staar weer buite toe.

Piet sug moedeloos toe hy die deur toemaak, wat 'n blerrie gemors. Hy weet dat sy operasie 'n reuse mislukking was. Hy was die afgelope twaalf ure onder kruisverhoor geneem deur die groot koppe van die polisie. Hy moes verduidelik het hoekom hy die hele saak vir homself gehou het en niks met hulle gedeel het nie. Hy moes verduidelik het hoekom hy dit in sy eie hande gevat het om 'n operasie te lei sonder om hulle in kennis te stel. Sy kop is seer en suf, miskien is dit beter om net huis toe te gaan. Die swaarste lê nog voor, om vir die families in die oë te kyk en te verduidelik.

Oom Willem maak die kantoor deur oop, net om vir matrone te kry. Hy sien dat sy gehuil het, haar oë is rooi en opgeswel. Hy voel deernis vir haar. Sy is soos 'n moeder in die hospitaal, dis logies dat die gebeure haar baie hard geslaan het. Maar op die oomblik moet hulle, hulle aandag by die pasiënte bepaal dis wat nou belangrik is.

"Môre dokter ek het al die pasiënte lêers op datum gebring. As dokter reg is kan ons met die rondtes begin." Haar stem bewe, maak nie saak wat sy doen nie, die knop in haar keel wil nie weggaan nie.

"Matrone ek weet dit is moeilik vir jou maar ons moet nou sterk wees. Ons het 'n werk om te doen, maak nie saak hoe hard dit is nie."

Sy knik en in stilte stap hulle na die eerste kamer. Saam werk hulle outomaties van een kamer na die ander, van een pasiënte na die ander, met robot glimlagte en ligsinnige geselsies met die pasiënte.

Hulle gaan staan gelyk stil voor die deur van die volgende pasiënt. Sy hoor hoe hy saggies sy asem intrek en dan die kamer in gaan. Hy staan voor die bed, sy gelaat is sag toe hy na Berto kyk. Sy enigste kind lê daar nog heeltemal onbewus van wat alles gebeur het. Hy kyk na sy lêer, gaan self die masjiene deur, en die toevoer van die drup. Hy lê sy hand sag op sy voorkop neer.

"Moed hou my seun," prewel hy saggies.

Hy sidder toe die gebeure deur sy gedagtes stroom. Hy kon nie slaap nie, hy het op en af geloop in sy huis. Berto het hom gebel en gesê, dat die polisie gaan inbeweeg op die plaas waar hulle vermoed Tania kan wees. Hy was so onrustig oor Chantey gewees. Hy het die sirenes gehoor en toe die oproep gekry. Hy onthou die koudheid wat om sy hart gevou het, asof iemand die lewe daaruit wou wurg.

Hulle het sy hulp dringend nodig gekry by die hospitaal. Daar was ernstige beseerdes wat op pad was, hulle kon nie vir Berto opspoor nie. Hy het 'n nare gevoel gekry, en so vinnig as wat hy kon na die hospitaal gejaag. Toe hy sien dat Berto uit die ambulans gelaai word het dit gevoel of die donkerte hom wil versmoor.

Almal was geskok om hom so te sien. Daar was soveel bloed, hy was so bleek soos 'n laken, en bewusteloos. Toe nog 'n ambulans en nog en nog. Hy kon net verstom na alles kyk, sy oë wou nie glo wat voor hulle af gespeel het nie. Hy was alleen maar daardie aand het hy agter gekom hoe bekwaam sy personeel was. Berto was twee keer geskiet, een in sy regter bobeen wat die been getref het. Hy glimlag Berto gaan glad nie gelukkig wees met die feit dat hy vir 'n tyd op krukke gaan wees nie, sy kind is tog so ongeduldig.

Die skoot in sy maag was baie ernstig en hy het baie bloed verloor. Die koeël het sy milt getref en die operasie was moeilik. Hy het nog nie wakker geword nie, maar as 'n gesoute dokter weet hy die liggaam doen dinge op sy tyd. 'n Dokter is 'n meer *vessel*.

"Hy gaan okay wees dokter hy is 'n sterk seun." Matrone se sagte stem bring 'n bietjie vrede in sy gemoed.

"Dis nes jy daar sê matrone, dis net nie lekker om hom so te sien nie. Ek dink dis die stilste wat ek hom nog gesien het. Nie eers as 'n baba was hy so stil nie, dit het ons aan die begin teen die mure uitgedryf. Ek is net dankbaar sy ma sien hom nie so nie, sy sou nie sterk genoeg gewees het vir dit nie."

"Dit is so dokter maar ek glo as hy daar gaan wakker word, gaan hy nie die mees geduldigste pasiënt wees nie. So kom ons los hom dat hy nog 'n bietjie rus."

Hulle kyk glimlaggend na mekaar en beweeg na die volgende pasiënt toe. Hulle het die ICU vir laaste gelos. Onder die personeel het die ICU die bynaam van die glashuis gekry. Die kamers is omring met glas in plaas van mure. Dit maak dit net makliker om die pasiënte beter dop te hou.

Willem se blik dwaal oor elkeen van hulle, en kom tot stilstand by een kamer. Hy is 'n dokter, hy mag nie veroordelend wees as iemand hier lê nie. Hier is hulle 'n pasiënt nie 'n vroueslaner, 'n dief of enige ander soort van misdadiger nie. Hy loop na die kamer toe en sonder om na die persoon in die bed te kyk gaan hy deur die lêer en kyk vlugtig na die masjiene.

"Sy bloeddruk is 'n bietjie laag, laat hulle elke halfuur dit neem. Laat weet my as daar 'n verandering is. Hy moet gesond word, hy het baie om te verduidelik."

Matrone knik net. Haar binneste is in 'n warboel van knope, sy kan nie so kalm wees soos die dokter nie. Sy weet sy moet professioneel wees, sy weet sy mag nie voel tussen die mure nie, maar die man verdien nie om te lewe nie. Hierdie hele tragedie is sy skuld, sy hoop dat sy straf nie maklik gaan wees nie.

Hy is verantwoordelik vir onskuldige lewens wat te vroeg van hulle af weggevat is. Sy kan nie wag dat hy uit haar hospitaal is nie. Toe sy omdraai is hy weg. Sy kry hom waar hy by die deur van die volgende pasiënt staan. Sy sien hoe hy met homself worstel, sy gaan staan langs hom, sy kan nie die trane keer nie.

"Dokter?" vra sy huiwerig. Dit is duidelik dat hy nie kan ingaan nie.

"Sy is so broos, so klein. As jy so na haar kyk sal jy nie sê dis 'n volwasse vrou nie. As ek net vinniger by haar kon uitgekom het, sou sy nie nou daar gelê het nie. Ek sal myself nooit vergewe as sy nie deurtrek nie. Maar ek het nie geweet nie." Sy stem breek, hy draai vinnig om en loop weg.

Sy sug, sy weet nie wat om vir hom te sê om sy las ligter te maak nie. Dokter Berto het in die eerste ambulans gekom, die diagnose was kritiek. Hy moes onmiddellik 'n operasie ondergaan. Hulle het nie geweet hoeveel gevalle daar was nie. Die paramedikus het net gesê dat dit 'n groot gemors is. Hulle het hulp van ander dienste ingeroep, en dat daar nog pasiënte oppad is. Hulle kon nie sê wat die toestande van hulle was nie. Die tweede ambulans was 'n polisieman met 'n skietwond in sy sy. Dit was nie so ernstig nie, die koeël het net onder die vel deurgegaan. Sy het hom vinnig behandel, en na die volgende een gegaan. Die derde was 'n kind, maar sy is oppad hierheen in die ambulans oorlede. Daar was nog gevalle maar dit was beheerbare beserings gewees.

'n Hele ruk daarna het nog 'n ambulans opgedaag en sy was tot stilstand geskok. Sy onthou hoe dom sy gevoel het, sy kon net na Chantey staar. Dit het gevoel of dit haar kind is wat in so 'n toestand was. Die intense pyn in haar hart het haar stom geslaan. Die paramedikus was bo op haar om haar hart aan die gang te hou. Haar hart het twee keer gaan staan. Haar hele lyf het bloed op gehad, dit was 'n vreeslike gesig gewees om te sien. Dokter Willem was nog in die teater met Berto. Op daardie stadium het sy nie geweet watse beserings sy gehad het nie. Daar was so baie bloed, sy kon net volgens protocol werk. Hulle het sistematies deur die wonde gegaan. Dit waaraan hulle aandag kon gee, het hulle. Dit was vir haar verstommend dat sy nog geleef het met al die wonde. Daar was meswonde wat baie diep was, ander was vlakker. Dit was duidelik dat sy terug baklei het. Sy het skietwonde aan haar skouer, sy, bobene en arm gehad. Dit was frustrerend om so min te kon doen. Toe dok by haar gekom het, was haar toestand kritiek. Hy het haar diagnoses baie sleg gevat. Sy is saam met hom en Chantey teater toe. Sy het net gevoel dat hy haar baie nodig sou hê. Hulle was ure in die teater, wat nie sonder probleme was nie. Sy het so baie bloed verloor dat haar hart swaar getrek het. Hulle het vir haar bloed gegee met die hoop dat daar nie permanente skade sal wees nie. Hulle moes een van haar niere verwyder het, van haar spiere en ligamente het seergekry. Toe hulle haar in ICU instoot was dit net uit genade uit. Sy het soveel mes wonde gehad en sy was geskiet hulle moes een van haar niere verwyder het en die ander een was deur die skouer.

Niemand weet regtig wat met haar gebeur het nie, die polisie het haar in die grot gekry. Hulle het haar amper mis gekyk. As dit nie vir die kleinding was, wat hulle aandag getrek het nie, sou Chartey nie nou gelewe het nie. Sy het nog nie haar bewussyn herwin nie. Al wat hulle kan doen is wag en bid.

Berto probeer sy oë oopmaak, hy voel heel gedisoriënteerd. Deksels hoekom is sy kop so seer? Hy wil sy regter arm optel om aan sy kop te vat, maar 'n vreeslike pyn skiet deur sy arm.

"Eina!" kreun hy. Wat de hel gaan met hom aan? Sy hele lyf pyn. Het 'n vragmotor oor hom gery wonder hy? Met moeite maak hy sy oë oop en staar na die dak, hy kyk om hom rond.

Die besef dring stadig tot hom deur dat hy in die hospitaal is. Hy sien sy been wat toe is met gips. Hy probeer orent kom, maar die pyn in sy maag laat hom onmiddellik ophou beweeg. Hy kry die afstandbeheer in die hande en begin ongeduldig die verpleegsters knoppie te druk. Dit voel soos 'n ewigheid voordat 'n verpleegster die kamer in kom.

"Ah! Dokter is wakker. Ek is so bly, ons was bang dokter gaan vir ewig slaap."

Haar gebabbel maak sy kop net seerder.

"Waar is my pa?" blaf hy.

Die verpleegster skrik haar oor 'n mik.

"Hy is hier rond, ek sal hom gou gaan haal." Vinnig skarrel sy uit die kamer uit. Sy besluit om ICU toe te gaan, waar sy hom vroeër gesien het. Genade dink sy, nie eers as die mens siek is kan hy vriendelik wees nie. Sy sien vir dokter Willem uit die ICU gang uitkom.

"Dokter!... dokter!" roep sy

"Ah nee ah wat gil jy so?"

"Hy is wakker!"

"Wie?"

"Dokter Berto! Hy is wakker en kwaad," verduidelik sy huiwerend.

"O, ja nee ek het gedink hy gaan krapperig wees."

Hy loop vinnig na sy seun se kamer toe. Verligting en blydskap spoel deur hom. Dankie tog, alhoewel hy sou verkies het dat hy nog 'n dag moes slaap.

"Ai my kind ek is so bly jy is wakker. Hoe voel jy?"

"Hoe voel ek? Pa my hele lyf pyn! Hoe dink pa moet ek voel?" Sy ongeskiktheid laat sy pa uit bars van die lag.

"Wel, ek kan darem sien jy het nie jou humeur verloor nie en vir die eerste keer in my lewe is ek bly jy is vies."

"Wat?" Hy verstaan nie wat met sy pa aangaan nie. "Wat gaan aan? Wat het gebeur? Wat soek ek in die bed?"

"Hokaai seun, een ding op 'n slag. Sê my eers hoe voel jy."

"My kop wil bars en my maag is aan die brand. Feitlik is my hele lyf seer."

"Ek sal jou pyn medikasie 'n bietjie sterker maak."

Oom Willem druk die verpleegsters knoppie en gee vir die verpleegster opdrag om vir hom pyn medikasie te bring.

"Wat het gebeur pa?"

Hy trek 'n stoel nader en frons effens. Dit wil voorkom asof Berto nie kan onthou nie. Hy het nie getoets vir breinskade nie, miskien moet hy, dink hy by homself.

"Wat is die laaste ding wat jy onthou?" Hy hou sy seun fyn dop.

Ek het net klaargemaak met my vyfuur rondtes, toe Duvenhage my amper onderstebo geloop het Hy was vrek opgewonde want hy het die plek gekry ..." Dit is asof 'n bom in sy kop afgaan. Sy kopseer raak erger en hy is naar.

"Seun wat is fout?" Willem is dadelik op sy voete. Berto slaan in sweet uit en mompel iets oor sy kop. Hy maak die pyn toevoer groter oop, hy begin te kalmeer. Hy gaan uit en vra die suster aan diens om Berto na die MRI afdeling te vat. Hy moet 'n scan doen. Dalk het hy 'n hou teen die kop gekry, of daar is iets anders fout. Hy gaan nie spekuleer nie. Hy gaan net op sy eie senuwees werk. Daar gaan niks fout wees nie.

Oom Willem wag ongeduldig dat die toetsuitslae op sy rekenaar moet verskyn. Kom tog! Wat vat die ding so lank? Verlig maak hy die lêer oop en bestudeer dit goed. Daar is 'n effense swelling, maar nie so dat dit skadelik kan wees nie. Hy sal vir Berto op 'n ligte sedative moet sit om hom rustig te hou. Die brein kans gee om homself te genees, dan kan hy weer die toets doen daarna.

Duvenhage stop op die misdaadtoneel. Die polisie se forensiese span is nog besig. Hy klim uit en kyk na die gemors. Alles was haar-fyn beplan. Sy span het presies geweet wat om te doen, maar nee daar moet mos 'n idioot wees wat kak aanjaag.

Hoofstuk 24

As dit nie was vir daardie groen polisiemannetjie nie, sou dinge nie so hand uit geruk het nie. As hy net nie geskiet het nie! Met sy hande in sy sakke kyk hy om hom rond. Die bloedreuk hang nog in die lug, bloedkolvlekke duidelik ingeënt in die grond. Met die tyd sal dit verdwyn en een word met die grond. Al die vuurwapendoppies is al opgetel en die vuurwapens weggepak vir verdere forensiese toetse. Daar moet verslae wees van elke rondte wat gevuur is en met watter wapen. Die wegsleepdiens is besig om Tania se kar wat in die skiet voorval beskadig is op te tel. Hy kyk na die helikopter, hy weet nie hoe hulle daai ding gaan verwyder nie. Dit het lelik deurgeloop onder die kruisviere.

Hy sug, die gebeure spoel deur sy gedagtes. Hy gaan nie maklik daardie aand vergeet nie. Hulle het van agteraf op die plaas inbeweeg deur 'n ander boer se plaas. Hy het gereken dat hulle so 'n verrassingsaanval kan bewerkstellig. Alles was in hulle guns gewees.

Alles het goed gegaan, hulle het eerste die plaashuis in gegaan maar kon niks kry nie. Een van die ouens het 'n lig gewaar sowat agthonderd meter van hulle af. Deur die nag verkykers kon hy die beboste gebied uitken as die gebied wat hy uit die lig gesien het. Hulle het die voertuie by die huis gelos en te voet na die rigting van die lig beweeg. Deur die nag verkykers kon hy beweging sien.

Iemand was buite besig gewees om te rook en agter hom het iemand uit die niet verskyn. Dit was 'n vrou en hy kon Tania identifiseer. Hulle het so laag as moontlik aan beweeg na hulle teiken toe. Hulle was 'n paar meter voor die grotte gewees, en Tania se kar was binne bereik, toe hulle die helikopter gehoor het. Hulle het dadelik na skuiling gesoek, hulle was te blootgestel. Hy onthou hoe vies hy was toe twee groen konstabels onder die kar ingekruip het.

Hulle het gespanne gewag dat die ding land, nie geweet wat om te verwag nie. Die helikopter se enjin is afgeskakel en die propeller het stadig tot stilstand gekom. Die situasie was so gespanne dat hy sy eie hartklop kon hoor. Die vlieënier het in die helikopter agtergebly, maar twee mans het uitgeklim, die een ou was gewapen tot die tand.

Tania het uit die grot gekom, maar sy aandag is afgetrek. Een van sy manne het 'n persoon gesien aangesluip kom na hulle kant toe. Eers het hy gedink dis een van sy ouens en het amper op sy rug geval toe hy vir Berto gewaar. Hy was buite homself van woede toe hy by hom gekom het.

Hulle kon nie praat nie, want hy moes sy aandag by die gebeure bepaal het. Hy het net deur stywe tande vir hom belowe dat hy later met hom sal praat.

Tania en 'n groot ou wat hy as hulk geïdentifiseer het, het die mans ingewag. Sy was kwaad, gesê hulle is laat. Hy was geskok toe hy besef dat dit uitlanders is. Die man het 'n sterk Russiese aksent gehad en swaar Engels gepraat. Hy het 'n sak vir haar gegee wat sy oop gemaak het en sy was baie duidelik in haar skik met die inhoud. Sy het vir Hulk opdrag gegee om hulle te gaan haal. Hy het vir sy manne gewys om rustig te wees hy wou eers kyk wat gaan gebeur voordat hy die arrestasie doen. Pleks dat hy nie gewag het nie. Hy moes net daar die arrestasies gedoen het.

Die twee meisies het langs die man verskyn, al smekend en huilend. Hulle hande was agter hulle vasgemaak. Hy onthou hoe koud dit in hom geword het toe hy besef dat hy op die smokkelaars af gekom het. Die situasie was gevaarlik en onvoorspelbaar. Enige verkeerde beweging van hulle kant af, sou die meisies in groot gevaar gestel het. Hulle was so bang, dit was hartverskeurend gewees om te sien. Een van die buitelanders het hulle monde toegeplak en hard deur die gesig geklap, hardhandig gegryp en na die helikopter gesleep. Hulle gille het in die donkerte in verdwyn. Hulle het so hard probeer om weg te kom. Toe klap daar 'n skoot, en alles verander in 'n groot nagmerrie. As daardie eerste skoot net een van die uitlanders kon getref het, sou daar nie so baie rooi type gewees het vir hom en daardie polisieman nie. Hy het geskreeu dat hulle nie moet skiet nie, maar sy stem het weggeraak saam met elke skoot wat gevuur was.

Die helikopter se enjin het aangegaan terwyl die misdadigers saam met die meisies die grot in is. Swaar geweerskote het van die grot en bosse gekom. Hy en sy manne kon nie vorentoe beweeg nie, daar was niks wat hulle beskerm het nie. Die helikopter was tussen hulle en Tania se kar en die vliëenier het na hulle kant toe geskiet. Hulle wapenkrag was meer as hulle sin, hy het nie gedink hulle sou meer as hulle handvuurwapens nodig hê nie.

Hy het vir sy manne gegil om op te hou skiet maar die lawaai van die helikopter het sy woorde verdoof. Die een Rus het uitgekom met Wilma as sy skild. Hy kon net toe kyk hoe hulle in die helikopter in klim, gevolg deur die ander Rus en die kind. Die kind het losgeruk en op die grond geval en in 'n bondeltjie gelê. Die helikopter het begin om op te styg die wind het alles op gewaai en hy kon nie mooi sien nie. Iemand het na die ding geskiet en nie ver van hulle af nie het dit terug grond toe geval. Hy het weer gegil dat almal moet ophou skiet maar die situasie was buite beheer.

Daar was geen teken van Tania nie. Die kind het regop gekom, en terug gehardloop grot toe. Hy het gesien hoe sy val en die besef dat sy raakgeskiet is, het sy hart saamgetrek. Hy het nader aan die grot beweeg om by haar uit te kom. 'n Paar tree van haar af het Tania se manne na hom geskiet. Hy onthou nie dat hy geskiet het nie net gesien hoe een voor hom val. Sy oë was oop hy het versteen daarna gestaar. Hy het by die kind gekniel maar die koeël het haar in die rug getref. Dit was 'n ernstige wond, sy het na hom gekyk met trane wat oor haar wang gegly het. Hy het vir haar gesê om doodstil te lê, dat hy nou by haar sal wees. Hy wou almal in die grot kry, dit was op daardie stadium vir hom belangriker gewees as enige van die mense buite.

Hy sal daardie besluit vir altyd berou. Op daardie stadium het alles stil geraak buite. Hy het dit nie eers agtergekom nie. Hy wou net sy arrestasie doen, wys wie inspekteur Piet Duvenhage is.

Berto het gegil dat hy vir Chantey moet kry. Hy het verby hom gehardloop in die grot in verdwyn, net om terug te kom met sy rug na Duvenhage gekeer, sy hande afwerend gelig. Tania het daar gestaan met 'n pistool op hom gerig. Haar gesig, haar oë was nie soos 'n mens sin nie. Hy het teruggekyk en gesien hoe twee van sy ouens regop gekom het, met hulle vuurwapens op Tania gerig.

Dit is toe wat hy agtergekom het dat die skietgeveg opgehou het. Die stilte was vreemd, geen wind net hulle asemhalings, sy hartklop en die gesnik van 'n klein dogtertjie. Toe hy terug gekyk het na Berto was hy nie daar nie. Hy het die grot ingegaan dit was koud en die beligting baie sleg.

Tania was buite haarself van woede, en histeries. Daar was nie 'n teken van Chantey nie, net Riekert wat agter Tania gestaan het. Hy het die pistool in sy hand op die stoel agter hom neer gesit en sy een arm in die lug gehou.

"Gee pad!" het Tania buite haarself gegil.

"Gee pad of ek skiet."

"My meisie wag nou!" het Riekert probeer paai maar sy het nie geluister nie.

Riekert het van agteraf stadig vorentoe beweeg. "Asseblief los dit, dit is verby."

"Niks is verby nie." Haar gille het deur die grot weergalm. "Draai jy nou teen my ha? Ek dog jy is lief vir my. Hoekom beskerm jy hulle, is hulle belangriker as ek?"

"Nee glad nie maar asseblief bedaar net eers, niemand hoef verder seer te kry nie. Ek dink aan jou ook."

Hy sal nooit haar oë vergeet nie. Daar was geen spoor van die rooikop flirt nie. Haar oë, gesig was koud en hard nie soos ander misdadigers sin nie. Vir 'n sekonde het hy gedink dat die vloek van die plaas eg was, dat sy besete was deur iets. Toe skiet sy vir Riekert en hy kon net in ongeloof sien hoe die man die grond tref. Die klank was hard en het vasgeslaan teen die klippe. Hy het na sy ore gegryp, maar vinnig weer sy pistool op haar gerig. Sy het hom in die maag geskiet en hy en Berto was volgende.

Hy het probeer om met haar te praat, maar sy wou nie na hom geluister het nie. Haar aandag het na Berto verskuif. Sy het op hom gegil, hoe hy haar misbruik het en toe weggegooi het vir Bruwer. Sy het gespog dat hy haar in elk geval nie sal kan kry nie. Sy het met trots gesê dat sy haar doodgemaak het, en sy hoop dat hy hel sal hê vir altyd. Sy het weer geskiet en hy het gedoen wat hy moes, dit was die swaarste besluit ooit. Hy het nog nooit iemand geskiet wat hy geken het nie.   Hy sal iewers vrede in homself moet kry vir daardie besluit.

Sy het weer geskiet, hy het geskiet en toe was dit stil. Voor hom het Berto inmekaargesak. Hy het af gebuk na hom onbewus van Tania. Nog 'n skoot is gevuur en Berto se liggaam het geruk. Uit reaksie uit het hy weer geskiet en gesien hoe sy grond toe sak.

Berto het lelik gebloei uit sy maag en been. Hy kon nie sien waar die bloed vandaan kom nie, die lig in die grot was te swak. Hy het so magteloos gevoel onthou hy. Berto het Chantey se naam oor en oor geprewel. Hy het probeer om hom kalm te hou deur te sê dat sy veilig is. Hy het nie hoop gehad dat sy lewe nie, nie na Tania se tirade nie. Die vrees in hom dat hy sou sterf was groot. Hoe sou hy vir oom Willem die nuus gee? Dit is al wat heeltyd in sy kop gemaal het, terwyl hy op die wond van sy maag gedruk het.

Hy het bewus geword van die realiteit, toe mense by hulle begin kniel het. Hy het orent gekom en net na die paramedikusse gekyk. Hulle het Berto se hemp oop geskeur en iets daarop gedruk. Hy het weggedraai en na die opening van die grot geloop. Daar was paramedikusse en nog polisiemanne het opgedaag. Klein Klara het na hom geroep.   Haar toestand was nie goed nie. Sy het gehuil, vaagweg kon hy uitmaak wat sy gesê het. Hy het dadelik na 'n paramedikus gegil en hulle is die grot in. Hy het haar aanwysings gevolg.   Net 'n paar meter van waar Berto gelê het, het hulle haar gekry. Hy was tot in sy siel in geskok gewees toe hy haar gesien het. Sy was vol bloed, oral was daar wonde. Die paramedikus het nie geweet wat om te doen nie. Hy kon nie langer na haar kyk nie, hy het omgedraai en geloop. Alles het vir hom so onwerklik gevoel. Hy het na buite gevlug soos wat die naarheid en mislike gevoel in hom opgestoot het. Dit was nie hoe dinge moes uit geloop het nie.

Hy het geen idee hoe lank hy buite gestaan het nie, eers toe iemand hom wild aan sy arm geruk het, het hy van alles om hom bewus geraak. Hy het in 'n paar woedende oë vas gekyk en besef dat dit sy hoof is. Wanneer die man daar aangekom het weet hy nie. Die toneel was effens verlig met die motors se ligte, dit was nie 'n mooi gesig gewees nie. Daar was omtrent ses ambulanse, die paramedikusse was oral. Hy het gesien dat die Russe en een van Tania se handlangers dood was. Hy kon nie sien wat met die ander een gebeur het nie. Van sy manne was gewond sy hart het in sy maag gaan lê, hy het weggestap dit was vir hom teveel om te aanskou.

"Wat de donner het jy gedoen Duvenhage? Kyk na die gemors!" het die man op hom gegil.

Wie het jou opdrag gegee vir die operasie? Hemel ek het nie eens geweet van die saak nie, ek moet dit op die TV sien! Ek moet van die chaos oor die groepe se kommunikasie lees! Is dit hoe jy jou stasie behartig hè?"

Die woedende gille van sy hoof het die regte uitwerking op hom gehad en hom terug geruk na die werklikheid toe. Maar hy is nie kans gegee om te verduidelik nie. Hy is van die toreel verwyder, en was die hele tyd by die polisiestasie. Waar hy vrae op vrae moes beantwoord, en moes hoor wat 'n kak polisieman hy is.

Hy het eers voor twaalf gehoor dat Chantey in 'n kritieke toestand in die hospitaal is. Hy is bly dat sy nog lewe. Riekert se toestand is ook nie positief nie, maar hy hoop hy trek deur. Hy het baie vrae wat hy hom wil vra. Berto doen darem goed, maar oom Willem is baie kwaad vir hom. Hy neem hom nie kwalik nie. Hy sal vir die res van sy lewe verantwoordelik gehou word, vir die dood van sy manne, klein Klara en Wilma. Hy moes ook hoor oor die twee vroue wat dood op die tafels in die grot gekry is, hulle organe was ook verwyder. Die polisie het die verpakte organe buite in koel bokse gekry.

Die saak was sy verantwoordelikheid en hy het dit soos 'n amateur bedryf. Maar hy sal maar moet sien wat met hom gaan gebeur nadat die dissiplinêre saak teen hom afgehandel is. Of hy nog in die mag gaan wees glo hy is baie skraal. Hy sal 'n ander beroep moet kry en dis duidelik dat hy nie meer in Kroondal sal kan bly nie. Die mense van die dorp is woedend vir hom, vergifnis gaan moeilik kom.

"Ek wil haar sien!" Berto is buite homself van woede. "Verstaan tog pa."

"Jy kan gil so hard as wat jy wil, maar ek gaan nie toelaat dat jy al jou steke los skeur net omdat jy hardkoppig is nie. Jy kan nie beweeg nie en jy weet dit." Oom Willem is moedeloos met sy hardkoppige kind. Hy tree net soos ander pasiënte op, hulle kan 'n mens nog verstaan, maar Berto moet van beter weet. Vandat hy wakker geword het was hy nog net 'n kopseer, die personeel is te bang om naby hom te kom. Matrone het hom kom roep, nie eers sy kom hom tot bedaring bring nie.

"Pa ek is *fine*, asseblief ek wil haar net sien." Hy smeek iets wat hy nie doen nie, maar hy wil haar net sien hoe moeilik is dit om te verstaan.

"Ek weet my seun, maar jy kan nie jy moet stil lê, toe moenie so moeilik wees nie."

Hy ruk geïrriteerd die laken terug oor sy onderlyf. Vandat hy vanoggend wakker geword het probeer hy om haar te sien maar hy mag nie. Dammit, as hy net nie so

318

seer gehad het nie, elke beweging is pynlik. Hy verstaan die risiko, maar sy hele wese wil haar net sien. Hy het wakker geword uit 'n vreeslike nagmerrie net om te besef dit was nie 'n nagmerrie nie.

"Seun kan jy onthou wat gebeur het?" Hy is bekommerd oor sy kind se toestand. Hy wil graag nog 'n MRI doen maar hy maak dit nie maklik nie.

"Ek onthou alles pa, dit was vreeslik."

Willem luister met ongeloof en afgryse na die storie wat sy seun vertel. Dit is lank stil tussen hulle.

"Wat het jou besiel om soontoe te gaan? Hemel my kind, jy kon dood gewees het! Vir wat moet jy altyd so hardkoppig wees?"

Berto hoor die woede in sy pa se stem en hy kan hom nie kwalik neem nie. Die besluit om na die plaas te gaan was nie een van sy wyse besluite nie. Hy kon net nie meer die gewag gehanteer het nie. Duvenhage was nie lank weg nie, toe hy besluit het om hom te agtervolg. Sy plan was net om van 'n afstand af dinge dop te hou. Dit was vir hom vreemd dat soveel polisiemanne saam met Duvenhage was. Dit vir 'n vrou wat moontlik gewapen kon wees. Hy het nie aan sy veiligheid gedink nie, hy wou net hê dat die nagmerrie tot 'n ende kom. Die gewag het hom gefrustreer en die feit dat hulle so stadig gery het. Hy moes op 'n goeie afstand gebly het en hy kon nie sy ligte aanskakel nie. Dit is soos om in die donker te opereer, jy weet waar wat is, maar die onsekerheid maak jou senuwees klaar.

Hy het seker gemaak hy bly in die donker agter hulle maar 'n ent van Tania se kar af het hulle hom gesien. Duvenhage was goed die moer in en hy blameer hom nie. Toe het hy besef hoe dom sy besluit was, hy het niks gehad om hom te beskerm nie. Daar waar hulle geskuil het was net hoë veldgras, miershope, onkruid wat buite beheer gegroei het deur die jare, en as jy een gekry het 'n klip. Hy kon nie verstaan wat eintlik aan die gebeur was nie.

"Ek is jammer pa ek kon net nie meer stil sit en wag nie. Sê my wat is fout met Chantey, ek weet julle steek iets weg, ek wil alles weet pa. Ek kan net onthou tot daar waar Tania my in die maag geskiet het. Ek weet ek het vir Duvenhage gesê om vir Chantey te kry en niks verder nie."

Willem sug. "Daar is twee polisiemanne dood, nog een is beseer, maar hy is nie in gevaar nie. Een van Tania se manne is dood, die ander een is in aanhouding, sy wond was nie ernstig nie. Ehm ... Tania is dood, Riekert is in ICU, Wilma is dood en so ook die meisiekind. Die dogtertjie is raakgeskiet toe sy van die Russe afgevlug het om terug te gaan na Chantey toe.

As dit nie vir haar was nie het hulle nie vir Chantey gekry nie. Klein Klara is oppad hospitaal toe dood. Dit wil voorkom asof Wilma uit die helikopter geval, of gespring het toe die ding opgestyg het. Sy het haar nek gebreek. Die ander twee vroue wat uit die hospitaal gevat is, is ook dood. Hulle organe was ook verwyder." Hy weet nie hoe om vir hom van Chantey te vertel nie. "Dit is al wat ek weet, Duvenhage se hoof was nie juis gretig gewees om die nuus te deel nie."

"Hemel, dit is vreeslik, ek het nie woorde nie. Ek kan myself nie voorstel hoe die families moet voel nie. Ek kan dit nog self nie glo nie dit voel onwerklik." Hy kyk fronsend na sy pa wat doelbewus sy blik vermy. "Hoekom se pa niks verder nie? Wat van Chantey?"

"Ek is... ek is jammer my kind."

Hy kyk geskok na sy pa se gesig, hy huil en hy kan hom nie in die oë kyk nie. Berto voel hoe sy keel toe trek.

"Pa?" Sy se stem is skaars 'n fluistering.

"Ek was nie betyds nie seun. Ek het so met jou gesukkel in die teater. Ek was nie bewus van die chaos in die hospitaal nie ... ek ... jy het in die eerste ambulans gekom. Ek wou jou nie verloor het nie. Toe ek ... toe ek by haar gekom het was haar toestand so sleg." Snikke skeur deur sy bors.

Hy kan net na sy pa staar, onbewus van die trane wat oor sy eie wange loop. "So... so... sy is?" vra hy huiwerend

"Nee, nee, sy lewe maar sy is baie kritiek. Sy was met 'n mes aangeval, ek het nog nooit so iets gesien nie. Sy het probeer terugveg, dit was duidelik aan al die wonde van haar hande en arms. Sy het ernstige messteke in haar linkerskouer, maag en rug gehad. Sy was drie keer geskiet. Die ernstige een was in haar sy wat haar nier beskadig het, wat ek moes verwyder het. Die ander koeël was in haar lae rug wat die werwels skrams gemis het. Sy sal nog kan loop. Die ander een is deur haar skouer en het nie enige skade gemaak nie. Die koel het nie haar rugwerwels geraak nie so sy kan nog loop.

Sy het swelling in haar brein, my kind sy is in 'n koma en ek weet nie of sy... of sy... ek..."

Berto vat sy pa se hand vas en trek hom nader, hulle hou mekaar net vas, geen woorde is nodig nie.

"Pa, moenie pa so verwyt nie dis nie pa se skuld nie. As iemand die skuld moet kry is dit ek. As ek hier was en nie daar nie, kon ek gehelp het. Ek is skuldig nie pa nie." Sy stem is skor van ingehou emosies.

"Dankie kind, maar om haar so te sien is vreeslik. Vandat sy uit die teater gekom het kon ek nog nie na haar toe gegaan het nie. Dit voel of dt my dogter is wat daar lê. Ek kon nie, ek kon haar nie beskerm nie." Hy staan op en verlaat die kamer. Hy kan nie voor sy kind so emosioneel wees nie, maar hy kan nie help nie sy hart wil breek.

321

Hy loop vinnig by die hospitaal uit, hy moet vars lug kry, en vlug van sy personeel se nuuskierige oë. Verligting spoel deur hom toe hy sien dat die verslaggewers en nuuskanale weg is. Daar is nog polisiemanne by die ingangshek waarom weet hy nie, hy sal later by Duvenhage hoor. Die hospitaal is mos nie meer in gevaar nie.

Hy gaan sit op die bankie by sy vrou se fonteintjie. Die geluid van die water bring 'n bietjie kalmte in sy seer siel.

"Ai, my vroutjie hoe nodig het ek jou nou nie hier by my nie. Ons het amper ons enigste kind verloor... en my beste vriend se kind veg om haar lewe. Ek het nog nooit so magteloos gevoel nie. Ek mis jou kalmte, ek mis dit om jou vas te hou. Ai my lief ek mis jou vreeslik." Trane van verlange loop oor sy wange.

Berto lê geskok in sy bed, hy het nie geweet sy pa voel so oor Chantey nie. Nou verstaan hy hoekom sy pa so vreemd was die hele tyd wat sy weg was. Op 'n manier kan hy verstaan hoe sy pa moet voel oor haar toestand. Hy sou ook so gevoel het, hy het in die verlede baie so gevoel as hy 'n pasiënt verloor het of as daar niks meer was wat hy kon doen nie.

Hy sug hy wil haar so graag sien. Hy het nie geweet haar toestand is so sleg nie, hy het nie eers geweet sy is gewond nie. As hy nie die verpleegsters gehoor het nie sou hy verwag het sy moet by hom wees. Hy het gedink sy is dalk by die polisiestasie, hy het nie 'n idee gehad van tyd en dag nie. Wat het met haar gebeur? Was dit Tania wat dit aan haar gedoen het?

Die grot was nie goed belig nie en hy het nie opgelet of Riekert en Tania bloed op hulle gehad het nie. Hy kan nie dink dat dit Riekert was nie. Toe hy vir Tania gesien het, was sy buite haarself van woede. Hy het haar nog nooit so gesien nie, hy het haar amper nie herken nie. Sy moes vir Chantey uit woede en dalk jaloesie aangeval het. Wat 'n tragiese einde het hierdie gemors in uitgedraai. Soveel onskuldige mense, arme Wilma se oupa en daardie dogter se ouers.

"Bring vir my 'n rolstoel!" knor Berto.

"Jammer dokter maar..."

"Ek sê bring vir my die ding!"

"Ja dokter." Die arme verpleegster skarrel weg. Na wie moet sy nou eintlik luister?

Dit is nou genoeg, hy lê al drie dae hier. Sy lyf raak net seerder en die kamer laat hom benoud voel. Hy kom stadig orent, hy wil nie die steke laat skeur nie. Hy staan onseker op sy gesonde been. Hy voel die pyn in sy been optrek na sy heup toe, toe die been afhang grond toe.

"Deksels!" knor hy. "Dit is verdomp seer." Hy is verlig toe die verpleegster met die stoel kom en versigtig sak hy terug in die stoel in.

"Toe stoot my ICU toe."

"Dokter?" vra sy onseker.

"Stoot net asseblief, ek wil na Chantey se kamer toe gaan. Dit is nie so moeilik om te verstaan nie."

"Ja, dokter maar matrone..."

"Matrone niks! Stoot... of jy is op skakelbord vir 'n maand."

"Ma..!" Skakelbord? Nee, erige iets behalwe dit.

Toe hulle in die ICU se gang in draai, kom staan matrone met hande in die sye reg voor hulle.

"En dit?" Sy kyk vies na die verpleegster.

"Jammer Matrone, maar hy..."

"Ja, ja, toe gaan terug na jou stasie toe, ek sal verder na die ene omsien. So? Waarheen is jy op pad meneertjie?"

Hy gluur haar deur nou getrekte oë aan.

"Meneertjie?" Ontplof dit oor sy lippe.

Matrone sukkel om haar lag in te hou, die uitdrukking op haar baas se gesig is net te komies.

"Waarmee kan ek jou help Dokter?"

"Ek wil vir Chantey sien."

"O, en het jy toestemming om uit jou bed te kom? Sover ek kan onthou is daar niks in jou leer geskryf dat jy mag beweeg nie. So ek stel voor, jy draai hier om en gaan terug na jou kamer toe."

Berto is skoon stil geskok. Vir wat praat sy so met hom?

"Ek bly jou baas matrone," waarsku hy haar kalm, iets wat hy glad nie nou voel nie.

"Dokter met alle respek gesê. Jy is nou die pasiënt, en solank as wat jy 'n pasiënt is, sal jy jou gedra soos een."

Berto begin te lag.

"Julle is almal van julle trollie af. Ek bly nog in beheer van die hospitaal matrone, moet dit nie vergeet nie."

"Ek weet dit. Jou gesondheid is my verantwoordelikheid en jy ken die reëls."

"Matrone, ek wil nie met jou stry nie, ek wil net vir Chantey sien dis al."

"Net vir 'n minuut, dan vat ek jou terug kamer toe." Stem sy met 'n sug in, maar sy voel nie gemaklik om dit te doen nie. Niemand in die hospitaal kan hulle emosies in hou as hulle haar sien nie.

Matrone stoot hom na haar kamer toe, maar hy stop haar toe hulle by Riekert se kamer verby gaan.

"Hoe gaan dit met hom?"

"Op die oomblik gaan dit okay met hom, sy bloeddruk bly laag. Die een skietwond aan sy skouer was septies gewees, maar dit lyk al beter. Die ander wond moes noodlottig gewees het, maar met die Here se genade leef hy nog. As hy net sy samewerking wil gee, maar ek dink hy het sy wil om te leef verloor."

"Ek voel jammer vir hom," kom dit sag van Berto. "Hy het regtig probeer om Tania van plan te laat verander, maar sy was by omdraai verby. Sy het sonder om 'n oog te knip hom geskiet, toe vir my."

"My kind moet nie terug dink daaraan nie, dit is nie goed vir die siel nie."

Sy stoot hom na Chantey se kamer toe. Sy hoor hoe hy geskok sy asem intrek. Sy byt haar onderlip vas en los hom net daar. Sy het nie die krag om dit te aanskou nie.

Hy is nie bewus daarvan dat matrone die vertrek verlaat het nie. Stadig beweeg hy na haar bed toe, die skok uit geëts op sy gesig. Dit is vreeslik om haar so te sien. Sy is op 'n ventilator gekoppel, die monitordrade kom by haar hospitaaljurkie uit en hang oor haar linker skouer. Sy het verbande aan haar arms en haar nek, die res van haar brose lyfie lê stil onder die beddegoed. Die geluide van die ventilator, die hart monitor en die bloeddruk apparaat vul die kamer. Sy is so bleek en lyk soos 'n klein dogtertjie. Saggies vat hy haar regter lewelose handjie in syne. 'n Benoudheid vul sy binneste, asof iemand sy hart en longe toedruk. Waardeur moes sy nie alles gegaan het nie?

"My lief," fluister hy sag en druk 'n soentjie op haar vingers. "Jy moet bly veg asseblief, moenie opgee nie. Hier is 'n hele span mense wat vir jou omgee, wat jou nodig het. Ek is hier by jou, jy hoef nie meer bang te wees nie."

Hoofstuk 25

Sy oë rus sag op die beweginglose lyfie op die bed. Toe hy haar gister gesien het, het dit gevoel iemand druk die lewe uit hom uit. Vandag voel dit erger. Die gewag dat sy moet bykom laat die tyd stilstaan. Hy is bitter lief vir haar. Die hele tyd was sy weg was kon hy nie slaap nie, hy kon nie konsentreer nie. Niks het vir hom saak gemaak nie, hy wou haar net weer terug hê. Hy wil haar so graag vertel hoe hy oor haar voel, sy moet weet hoe belangrik sy vir hom is.

"Kom terug na my toe," fluister hy sag. "Ek weet wat met jou gebeur het was traumaties, maar ons kan saam oor dit kom. Ek is hier vir jou en ek gaan nêrens heen nie. Jy is 'n sterk mens, veg my lief, bly aan veg. Daar is soveel wat ek jou wil vertel. Ek en jy gaan saam oud word, ek glo dit met my hele hart. Jy moet terug kom, jy is die enigste een wat my op my tone hou my klein geitjie." Hy hou haar hand teen sy mond terwyl sy trane haar hand nat maak.

"Jammer my lief." Hy vee die trane van sy gesig af en snuif hard. Hy vat 'n deel van die laken en droog haar hand af. Hy trek die laken saggies reg waarop haar hand wat ligte sny wonde op het lê.

"Ek wens ek kan tyd terug draai, ek wens ek kon jou beskerm het. Ek is so jammer ek het jou verdink, ek is so jammer dat jy alleen deur die ding gegaan het. Ek is so jammer ek was nie daar vir jou nie." Dit voel vir Berto of hy inmekaar kan sak van die pyn wat deur sy bors trek. Hy het nog nooit so gevoel nie, nie eers toe sy ma hulle verlaat het nie.

As dit is hoe sy pa gevoel het, admireer hy hom soveel meer. Om elke dag op te staan en die lewe aan vat terwyl dit voel of jy aangeval word. Hy weet nie of hy so sterk kan wees nie.

"Ek sal elke dag by jou wees. Ek sal elke dag met jou gesels, totdat jy daardie mooi blou oë van jou oopmaak. Ek sal jou kwaad maak, net om daardie vuur in jou oë te sien. Dan sal ek jou styf vasdruk, en jou nooit laat gaan nie."

Oom Willem strek sy seer bo lyf uit. Hy het die hele nag in die stoel voor Chantey se bed gebly, hy moes aan die slaap geraak het. Hy staan op en sit die kombers wat iemand deur die nag oor hom gegooi het op die stoel neer. Hy maak die blindings voor die venster oop. Die dag is besig om te breek, dis vir hom die mooiste tyd van die dag. Niemand kan die lug so betower soos die Hemelse Vader nie. Dis nou al 'n week na die gebeure en Chantey is nog steeds in 'n koma. Al die toetse wys dat sy goed herstel, maar die feit dat sy nie wakker word nie bekommer hom vreeslik. Hy het haar van die ventilator afgehaal en al haar *vitals* lyk goed. 'n Vriend wat spesialiseer in breintrauma het vir hom gesê dat haar toestand aan skok te wyte kan wees. Haar brein probeer om te verwerk wat met haar gebeur het. Omdat niemand weet wat als gedurende haar ontvoering en aanhouding gebeur het nie kan hulle maar net wag.

Gelukkig sterk Berto goed aan, hy is meer by Chantey as in sy eie kamer, hy laat hom maar begaan. Hy besef sy seun is lief vir haar, en om hom te dwing om in sy bed te bly, veroorsaak meer kopsere as enige iets anders.

Sy gedagtes dwaal na Riekert toe. Eers was hy verbitterd en baie kwaad vir hom gewees, omdat hy onskuldige mense deel gemaak het by sy siek planne.

Gelukkig vir hom kan die polisie nie bewys dat hy enigiets met die ontvoering te doen gehad het nie. Daarom het hy vrede met die man gemaak, en weer vrede in homself gekry. Volgens Tania se handlanger het hy die organe verwyder, maar teen sy wil. Hy was blykbaar teen sy wil daar. Dit is 'n jammerte dat hy nie sy kant van die storie kon vertel het nie. Sy dood was 'n skok, hulle kon nie 'n bloedklont voorsien het nie. Wat vir hom hartseer is, is dat hy nie familie het nie. Hy het dit maar op homself gevat om die begrafnis te reël. Net hy en matrone was by die begrafnis gewees.

Hy draai om toe hy voetstappe agter hom hoor.

"Môre Matrone."

"Môre Dokter, hier is 'n bietjie koffie. Ek wou dokter nie gesteur het nie, ek het jou maar gelos om 'n bietjie rus te kry."

"Jy is dierbaar matrone. Is alles nog reg, geen probleme?"

"Nee wat dokter dit was 'n rustige nag gewees." Sy maak keel skoon. "Ek weet dit is dalk nie die regte tyd nie, maar ons sal een of ander tyd moet praat oor die poste wat gevul moet word."

"Hm, jy is reg. Ek sal met Berto gesels. Daar is 'n paar dinge wat ek wil verander, maar ons gesels later daaroor. Ek gaan net gou huis toe vir 'n lekker stort, sien jou later."

"Geniet dit dokter."

Matrone kyk hom bekommerd agterna. Die dokter is al die hele tyd na die gebeure aan diens, hy sal nie so kan aangaan nie. Hy sal hulp moet kry, sy gesondheid gaan 'n knou kry. Sy loop na Chantey toe, sy lyk darem al baie beter. Sy streel saggies oor haar hare wat in 'n los vlegsel oor haar skouer lê.

Sy glimlag sag. Die hele dorp is so besorg oor haar en Berto. Die hospitaal begin al soos 'n blomtuin te lyk, met al die ruikers wat die mense bring. Die gemeenskap het 'n knou weg, maar tog het hulle liefde vir die dokters nie verdwyn nie. Chantey het baie vinnig in almal se harte ingeklim, die hospitaal is nie dieselfde sonder haar nie. Die polisie wag net vir 'n verklaring van haar af, maar hulle glo sy was 'n onskuldige slagoffer.

Sy het seker gemaak dat Chantey se woonstel goed skoongemaak is. Sy het ook seker gemaak dat daar geen bewyse oor gebly het na al die nare goed wat daar gebeur het nie. As sy wakker word is haar nessie darem weer haar eie, maar as sy eerlik moet wees sal sy vir die dokter eerder aanraai om 'n ander plek te kry. 'n Plekkie wat geluk in hou, en nie die beelde van wat daar was nie. Wie weet, dink matrone stuitig, miskien trek sy by Berto in. Jinne as hy haar nou hoor draai hy haar nek om.

"Hulle sê mense wat by hulleself staan en lag is besig om die klits kwyt te raak," kom dit spottend van Berto af. Matrone wip soos sy skrik.

"Ag nee a! Jy sal my 'n hartaanval laat kry!" raas sy gemaak kwaai met hom, waar hy ewe tuit bek in die rolstoel sit.

"Wat maak jy uit jou bed uit? Die son is dan nog nie eens heeltemal op nie."

"Moenie raas nie matrone. Hoekom kry matrone nie vir my 'n lekker beker koffie en van daardie lekker koekies nie?" Hy pruil sy mond soos 'n klein seuntjie.

"As ek my sonde nie ontsien nie," mompel sy hardop. Sy krap sy hare deurmekaar toe sy verby loop en giggel vir sy gemaakte kwaai gesig.

Hy rol die stoel tot langs die bed. Hy vat haar hand in syne, en rus sy lippe op haar vingers. Net soos sy pa raak hy ook al hoe meer bekommerd. Hy verstaan nie hoekom sy nie wil wakker word nie. Verskillende toetse is gedoen, medies gewys is daar niks fout nie. Haar probleem moet sielkundig wees, nou is die vraag hoe help jy iemand wat in 'n koma is? Hy gesels elke dag met haar. Hy het haar vertel wat gebeur het na daardie aand, maar steeds geen reaksie.

Hy kyk fronsend na die masjiene toe dit waarskuwings geluide maak. Hoekom klim haar bloeddruk en hartklop? Hy voel haar pols en druk die nood knoppie. Matrone kom in en sit die koffie en koekies op die skinkbord tafeltjie neer en stoot dit uit die pad uit. Nog personeel daag op en hy begin opdragte uitdeel.

"Dokter?"

"Ek weet ook nie hoekom sy tekens van 'n hartaanval wys nie." Berto dien self die medikasie toe en hou die hartmasjien dop. Hy kyk na die persoon wat aan sy arm vat.

"Staan op sy seun."

"Pa ek is.....!"

"Nou Berto!"

Teen sy wil staan hy weg en kyk benoud hoe sy pa met haar sukkel. Toe haar hart gaan staan voel dit of iemand sy hart uit ruk. Hy kyk na alles, asof dit verskriklik stadig af speel. Hy sien hoe sy pa Chantey skok, hoe haar liggaam saam trek, hoe die masjien nie die regte resultate wys nie. Hy skok haar weer en weer ... toe kom daar 'n klein piep geluid en hy hoor hoe iemand sê dat sy stabiel is.

"Seun, kom dat ek jou kamer toe vat."

"Nee, ek wil hier bly."

"Berto, jy kan haar weer sien as sy van die toetse afkom. Jy moet gaan lê, en van jou been af kom."

"Hoekom het sy 'n hartaanval gekry? Wil sy nie meer lewe nie of wat?"

"Nee my kind. Ek is seker daar is 'n goeie mediese verduideliking. Jy weet tog sy is lief vir die lewe."

"Ek sal nie weet nie, ek ken haar nie so goed nie."

"Jy moet positief bly. Kom ons gaan soek koffie." Hy stoot sy seun die gang in, na die ruskamer toe. Hy verstaan ook nie wat nou gebeur het nie. Met dit wat als met haar gebeur het, is dit moontlik dat sy wil op gee. As hy net geweet het was daar gebeur het, sou hy dalk verstaan het. Duvenhage wil niks met hom deel nie. Al wat hulle kan doen is om te bid en te hoop.

Berto krap die kole oop met 'n stok, die sonnetjie is lou. Hy kyk uit oor sy tuin wat die tekens van winter goed wys. Dit is nou een ding van Kroondal, sy somers is mooi en warm, maar die winters is onplesierig en lelik. Dis die tyd van die jaar wat loodgieters baie geld maak met al die pype en geisers wat bars. Tot by die hospitaal het hulle al 'n bars of twee gehad. Hy het vanoggend opgestaan en besluit winter of nie, maar vandag gaan hy braai. Sy pa het vir hulle koffie gaan maak, hy is nie lus vir drank nie.

Dit is nou twee maande wat hy uit die hospitaal is, en 'n paar weke sonder die gips en krukke. Hy moet sê, hy het meer respek gekry vir mense met gebreke. Sy hande en polse was so seer, en die been was oral in die pad. Hy het die ding meer gestamp as wat hy 'n toon in sy leeftyd gestamp het. Hy het geen newe effekte oorgehou van sy beserings nie. Net sy hart wat nie sommer sal heel nie.

Hy gooi die rooster op die braaier om skoon te brand. Sy drome het op gegaan in vlamme, dit lyk nou soos die as in die vuur. Nie eens sy werk bring vreugde in sy hart soos in die verlede nie, dit voel eintlik of hy sy hele doel verloor het.

"Ek sit jou koffie hier op die tafel neer seun."

"Hm dankie pa, ek maak net die rooster skoon dan sal ek die vleis op sit."

"Vat jou tyd ek is nie haastig nie. Waaroor staan en droom jy so?" Oom Willem hou sy seun goed dop. Hy weet wat in die kind se kop aangaan, hy het 'n idee hoe hy voel. Toe sy vrou gesterf het, het hy ook alle doel en liefde vir die lewe verloor, maar vir sy seun is dit anders. Hy wou nooit lief gehad het nie, hy het so daarteen baklei toe Chantey hier aangekom het. 'n Mens kan nie die hart voorskryf nie. Hy kyk fronsend om toe hy die voordeur klokkie hoor lui.

"Wie op aarde pla mense op 'n Sondagmiddag?" vra hy gesteurd. "Ek is mos nou nie in die bui vir mense nie."

"Los pa ek sal gaan oopmaak, en moenie in my vuur krap nie," brom Berto gesteurd. Dit moet blerrie belangrik wees. Hy ruk die voordeur oop, as hy moerig was het sy bloeddruk nou die hoogte in geskiet.

"Wat de hel soek jy hier?" Hy gryp vir Duvenhage aan sy hemp en ruk hom teen die muur vas.

"Shit man, moenie so wees nie. Ek is nie hier om kak te maak nie ek het gekom om dinge uit te klaar. Asseblief gee my net 'n kans." Hy hou sy hande op. Hy het gedink dat Berto kwaad sal wees, maar die ou is meer as kwaad.

Berto los hom, klap net die deur toe en loop voor hom uit terug stoep toe.

"Kyk wat het die kat in gedra pa!"

Oom Willem staan op en hou sy hand uit.

"Nou toe nou, Piet dit is regtig 'n verrassing. Jy het soos 'n groot speld verdwyn. Waar was jy?"

"Hy het soos die lae hond wat hy is weggekruip." Berto gee nie om wat hy vir Duvenhage sê nie. Hy blameer hom vir wat gebeur het, hy sal hom nie vergewe nie.

'n Doodse stilte daal tussen hulle neer. Die vuur knetter onverpoos voort en voëltjies speel hop-hop op die gras. Die natuur staan nooit stil nie, elke dag kom die son op en elke aand gaan hy onder. Die natuur hou nie 'n wrok nie, nee hy herbou homse f net. As dit droog is reën dit, en die plante groei weer. Waar 'n mens vashou aan die droogte, en nie die reën kars gee om sy werk te doen nie.

"Ek het vandag na julle toe gekom om persoonlik vir julle van die uitkoms van die saak te vertel."

"O, so ons gewone burgers kan darem ook ingelig word? Dit is hoog tyd!"

Piet kan net sug. Dit sal nie help om in 'n woordewisseling met Berto te kom nie.

"Daar is twee groot smokkelaars gevang wat betrokke is by onwettige orgaan- en mensehandel. Daar is ook dwelms en diamante gekry. Daardie saak sal seker nog baie dieper gaan, maar dit is onder die beheer van Georganiseerde Misdaad. Die lyfwag van Tania, die ene Oscar Vergottini, wat ons gearresteer het, het 'n breedvoerige verklaring af gelê. Hy is in die tronk sonder borg, Hy sal daar wees totdat sy saak voorkom, hy sal 'n lang vonnis toegedien word."

Hy maak keel skoon. "Hy het ons alles vertel van Tania. Sy was die meester brein agter alles. Hy het net nie geweet hoe sy in kontak gekom het met die Russie nie. Hy het haar gehelp om die selle waar almal aangehou was te bou en in te sit. Tydens haar aandskofte het hy goed by die hospitaal gaan haal, by die laaisone. Die enigste plek waar daar nie kameras is nie. Sy het baie by die hospitaal gesteel, soos julle ook nou van bewus is. Sy het 'n dokter gesoek, wat soos sy nie twee keer sou dink nie. Riekert was haar target, maar toe daag Chantey op en sy verloor heeltemal haar kop. Sy het Chantey gehaat met alles in haar. Sy wou haar eers tronk toe gestuur het, maar sy het nie tred gehou met die polisie nie. Ons het te vroeg opgedaag en al haar planne in die wiele gery." Dit is 'n rukkie stil tussen hulle. "Daar is iets wat ek vir julle moet sê, maar ek weet nie hoe nie."

"Spoeg dit net uit!" Berto gluur hom vyandig aan.

"Die twee mense wat in Chantey se woonstel gekry is, was Riekert se werk. Tania het Riekert deur die skouer geskiet.   Hy kon nie verder die werk doen nie. Chantey het die ander gedoen. Vir wat dit werd is. Sy het 'n helse fight op gesit, maar dit was nie genoeg teen die geldgierigheid en haat van Tania nie. Oscar het gesê dat hy haar jammer gekry het, en dat hy haar wou help. As dit nie vir sy vrees vir die Russe was nie, sou hy van Tania ontslae geraak het. Dit was blykbaar Tania se genotvolle doel gewees om almal wat sy aangehou het sielkundig te torture. Die vrou wat begin het met die gemors was nie dieselfde een wat ons daardie aand gesien het nie. Hy het gesê dat sy heeltemal haar varkies verloor het. Hy het baie berou oor wat Tania aan Chantey gedoen het. Hy het gesê as hy geweet het sou hy vir Chantey beskerm het teen Tania se haatlike aanval. Dit is die einde van my storie."

"Ja, dit is so bedagsaam van jou om die nuus met ons te deel," sarkasme drup van Berto se lippe af.

"Ek weet jy is woedend vir my oor wat gebeur het. Die hemele weet dat ek dit nie beplan het ... om so te eindig nie. Die dood van daardie onskuldige mense sal ek altyd op my gewete dra."

"As jy klaar is met jou sedepraatjies kan jy loop, jy weet waar die voordeur is." Hy probeer homself in hou maar as die vent nie nou loop nie breek hy sy nek.

"Ek is jammer oor sy houding Piet," kom dit verskonend van oom Willem.

"Kom ek loop saam met jou."

Sy pa en wie nog kan sê net wat hulle wil, maar hy sal nooit vir Duvenhage vergewe nie. Hy was, en is 'n onervare polisieman. Hy moes nooit die saak gehanteer het nie. Altans nie alleen nie, hy moes vir hulp gevra het toe hy bewus geword het in Chantey se woonstel van orgaan smokkeling. Maar nee hy het mos 'n *chip* op sy skouer en dink hy weet alles. Sy vuiste bal en sonder om te dink slaan hy dit hard neer op die arme onskuldige houttafel.

"Seun wat doen jy?"

Hy is bekommerd oor sy seun se gedrag. Die afgelope tyd is hy onbeheerbaar en dit is so moeilik om met hom te praat.

"Niks pa, niks," gil hy. "Ek het net hierdie ontsettende woede in my en ek voel so donners skuldig. As ek net vir Chantey geglo het sou die hele gemors anders uit gedraai het."

"Stop net daar, jy weet nie of dit anders sou gewees het nie. Dinge draai uit soos dit moet. Niemand maar niemand weet wat gaan oor 'n uur, 'n dag of 'n maand gaan gebeur nie. Jy sal die ding moet los vir jou eie gesondheid en vir die wat vir jou omgee. Die ... die koevert het op die stoep gelê dis vir jou."

Oom Willem sak in sy stoel neer en drink sy koffie terwyl hy vir Berto oor die koppie se rand dophou. Met geluk kyk hy hoe sy seun se gesig van woede na verbasing verander.

Berto kan net na die koevert kyk met die enkele woord "Berto" op. Dis nie die naam wat hom onkant betrap nie, maar die handskrif. Die koevert is nie toegeplak nie en met effense bewerige hande haal hy die enkel velletjie papier uit.

"Wat?" vra hy uit die veld geslaan! Hy draai die papier om, kyk dan weer terug na die boodskap. "Wat de hel beteken dit?" Hy hou die papier na sy pa toe uit, hy trek net sy skouers op.

"Wat beteken 15:00 reservoir, ha, pa?"

"Ek weet nie seun, maar dit is oor tien minute drie uur so ek stel voor jy gaan en kyk. Om hier te staan en na die papier... Kry ek nou nie eers kans om klaar te praat nie seun?" gil hy laggend agter Berto aan toe die net die huis in vlieg.

"Kom ons hoop na die besoekie kry hy sy seun weer terug."

Hoofstuk 26

Berto stop bo op die koppie waar die groot reservoir van die dorp is. Daar staan 'n ander kar ook, maar hy herken nie die kar nie. Sy hart sit in sy keel, hy wil nie hoopvol raak nie. Hy klim uit. Gelukkig waai die wind nie en die uitsig oor Kroondal is onbeskryflik mooi. Hy sien niemand nie en begin om die reservoir te loop. Hy gewaar die figuurtjie waar sy op 'n groot rots plaat sit en oor die dorp uit kyk. Sy hartklop versnel en hy voel onseker. Die nota was so kort en kragtig hy weet nie wat om daarvan te maak nie. Hy stap nader, maar hou sy oog op haar. Te bang dat dit net sy verbeelding is, en dat sy sal verdwyn. Haar hare hang los op haar rug. Die son laat dit lyk asof dit goud is wat oor haar gedrapeer is.

Hy stap stadig nader, en sag soos 'n muis gaan sit hy langs haar. Vir 'n hele ruk is dit baie stil tussen hulle. Hy wil hê sy moet eerste praat, want hy kan dalk iets verkeerd kwytraak ... soos gewoonlik. Hy wil so lank as moontlik by haar wees. Hy kan nie glo dat sy hier is nie, hy het nie gedink hy sal haar ooit weer sien nie.

"Die dorp lyk so rustig amper asof ek na 'n skildery kyk." Haar stem is sag, maar hy hoor die hartseer daarin en dit maak hom benoud. Is sy hier om vergoed te groet? wonder hy.

"Ek het die dorpie gemis, die rustigheid, die vriendelikheid van die mense. Dink jy hulle sal my ooit kan vergewe?"

Hy frons. "Jou vergewe, waarvoor?"

"Ek het nie vir Riekert by die inspekteur aangegee soos wat ek moes nie. Ek het nie vir jou van hom vertel nie. As ek dit gedoen het toe oom Goosen verdwyn het kon alles soveel anders gewees het. Agt mense sou nie hulle lewens verloor het nie."

"Nee, jy is nie skuldig nie." Hy draai haar na hom toe. Hy tel haar ken op sodat sy hom in die oë kan kyk.

"Die hele dorp weet die waarheid. Jy sal nie glo hoe die telefone daagliks lui, om te hoor of jy terug is nie. Almal in die dorp mis jou en ... ek die meeste van almal."

Trane loop oor haar wange. Sal hy nog so na haar kyk as hy die volle waarheid weet? wonder sy hartseer.

"Ek het hierheen gekom om jou iets te vertel. Ek wil dit persoonlik doen sodat daar nie enige misverstande kan wees nie." Sy kyk nie na hom nie, te bang dat haar moed haar gaan begewe.

Hy kyk haar aan met 'n benoudheid wat hom wil versmoor. Sy lyk glad nie soos haarself nie. Dit is duidelik dat sy deur 'n foltering gaan wat haar wil insluk.

Sy sluk 'n paar keer. Sy is nie nou so seker dat sy die regte ding gedoen het om hierheen te kom nie. 'n Paar dae nadat sy wakker geword het, het sy haar verklaring aan die polisie gegee. Sy het vasgekeer gevoel en net uit die hospitaal geloop. Sy het 'n paar goed by haar woonstel gegryp en net begin ry. Sy kon eenvoudig nie meer in Berto se oë kyk nie. Hy het haar vertel hoe hy oor haar voel en dit was net een teveel vir haar.

Sy weet sy het soos 'n lafaard op getree, maar die seer oor wat sy moes doen, het haar laat vlug. Die weke wat verby is het sy so hard probeer om vrede te vind, maar sy het besef dit sal nooit gebeur nie.

"Ek het iets vreesliks gedoen, en jy het die reg om dit te weet. Gedurende die tyd wat ek aangehou is, het Tania vir Riekert geskiet. Sy het dit gedoen omdat hy teen haar gegaan het. Hy kon nie sy regterarm gebruik het nie. Soos die tyd aangaan het die wond septies geraak. Ons het skaars kos of water gekry, wat nog te se medisyne vir hom. Maak nie saak hoe ek gesmeek het nie sy het haar nie aan my gesteur nie. Sy was nie meer mens nie. Sy het genot geput uit dit wat sy aan ons gedoen het. Die hele tyd wat ons daar was, het ons droë brood, water of 'n bietjie koffie gekry. Meeste van die tyd moes ons dit gedeel het. Daar is twee kussings en drie kombersies vir ons gegee. Ons het maar op die kussings gesit, en teen mekaar. Daardie plek se koue was baie erg, ons het geen benul van tyd gehad nie. Gelukkig vir ons, omdat ons nie genoeg kos of water gekry het nie, het ons amper nooit 'n badkamer nodig gekry nie. Ons is 'n emmer gegee.

Sy bly so lank stil dat hy begin wonder het of sy enige iets verder gaan sê. Hy loer na haar en hy sien hoe sy sukkel om haar emosies onder beheer te kry. Hy sit sy arm om haar om haar nader te trek, maar sy vat sy arm weg en skuif weg van hom af.

"Moenie," fluister sy. "Ek moet eers klaar praat. Riekert het die organe van die twee mense wat in my woonstel gekry is gedoen. Daar was nog twee mans wat vasgebind was op tafels as jy by die grot in gekom het." Sy vat 'n slukkie water uit haar waterbottel. Dit is moeiliker om met hom hieroor te praat as wat sy gedink het dit sou wees. Dit is vir haar belangrik dat hy alles moet weet. Sonder dit kan sy nie vorentoe gaan nie. Ek, Riekert en ander twee vroue is in 'n sel aangehou en Wilma en Klaratjie..." sy sluk swaar. "Was in 'n sel net langs ons aangehou."

Sy maak haar oë toe, maar die beelde van Wilma en Klara laat haar oë weer vinnig oopvlieg. Hulle spook by haar en die oë van die ander.

"Tania het my gedreig met klein Klara..." Haar stem breek en sy byt op haar onderlip om die trane te keer. Sy het my gedreig, om haar voor my dood te maak ... as ek nie gedoen het was sy wil hê nie. Ek kon nie dat sy iets aan Klara of die ander doen nie, so ek het gedoen wat sy gevra het."

Haar skouer ruk en hy voel so magteloos. Hy wil haar teen hom vastrek, maar sy laat hom nie toe nie.

"Chantey..."

"Nee, laat my praat asseblief," val sy hom in die rede. "Die dag voor die skietery moes ek op twee mans geopereer het. Ek moes hulle organe verwyder het, ek het..." Sy huil maar sy gee nie meer om nie.

"Ek het elkeen voel sterf in my hande, ek ... ek het hulle harte ... in my hande gehou." Sy vee die trane met die agter kant van haar hand af, en blaas haar neus. "Die aand van die skietery, moes ek die ander twee vroue ook vermoor. In my lewe sal ek nooit daardie mense se oë vergeet nie. Ek sal nooit die smeekgeluide vergeet wat uit hul toegeplakte monde uitgekom het nie."

Sy staar oor die dorp uit wat aan die voet van die koppie lê. "Daardie mense daar onder vertrou my, glo in my, maar ek sal nie in 'n leun kan leef nie. Die dag toe ek die eerste lewe geneem het, het ek opgehou om 'n dokter te wees. Al is daar geen klagtes teen my nie, sal ek altyd die gevangene wees van wat gebeur het."

Berto kyk haar stil aan.

"Chantey, ek weet van alles, en..."

"Hoe?" val sy hom in die rede.

"My pa is bevriend met die bevelvoerder wat nou in beheer is van die saak. Toe jy verdwyn het, het ons antwoorde gesoek en hy het ons vertel wat in jou verklaring gestaan het. Ek weet dit was nie reg van ons nie."

"Nie reg van julle nie?" Sy staan op en skud haar klere af.

"Jy is reg dit was nie reg nie. Kyk net na jou. Hier sit ek soos 'n idioot, en vertel jou van die ergste ding wat nog ooit met my gebeur het, en jy sê niks." Sy voel so verneder.

"Ek wil net hê jy moet weet dat ek weet wat gebeur het. Ek dink nie minder van jou oor wat jy moes doen nie." Hy stap na haar toe. Hy frons toe sy haar hand afwerend uit hou voor haar, dat hy nie nader moet kom nie.

"Nee, moenie nader kom nie." Sy doen haar bes om sterk te bly. Sy weet dat as hy aan haar gaan raak, dat sy nie by haar besluit gaan hou nie.

Dammit nou het hy dit opgemors. Hoekom het hy nie net sy mond gehou nie?

"Asseblief ... praat klaar. Ek besef dat dit vir jou belangrik is om dit met my te deel."

Sy kyk hom kwaad aan. Die storm in haar woed soos 'n brullende leeu. "Toe sy vir Wilma en Klara kom haal het, het ek gesmeek met alles in my n. Sy het gelag en my gespot. In haar oë was ek niks beter as die grond onder haar skoene nie. Ek het nie geweet waar Riekert is nie. Sy het hom een aand, nadat ek vir sy lewe gepleit het kom haal. Ons het hom nie weer gesien nie. Ek het eers gehoor wat met hom gebeur het toe _y my gesê het. Toe ek my weer kry was Tania voor die sel se hek. Die hek was nie meer gesluit nie. Ek het haar hard daarmee gestamp en begin hardloop. Sy het net onbeheerbaar gegil. Ek het eers nie die mes gesien nie. Ek het omgekyk toe sy begin gil het. Die messteek het vinnig gekom. Alles het so vinnig gebeur. Ek het met alles in my geveg teen haar aanslae. Sy was buite haarself van woede. Sy was ongelooflik sterk, ek het nie eers regtig gevoel hoe sy my oor en oor gesteek en gesny het nie. Ek het nog nooit iemand ontmoet wat soveel haat en woede gedra het nie. Ek kon dit net nie reggekry het om haar terug seer te maak nie. Die kere wat ek dit wel kon regkry om haar van af te stamp, was dit asof sy erger geraak het. Toe sy die pistool op my gerig het, was ek nie bang nie. Ek het ... verlig gevoel. Ek het besef dat ek verlos gaan word van die intense pyn, skuldgevoel en selfverwyt vir dit wat ek gedoen het.

Sy skeur haar blik weg van die dorp af, en kyk na hom wat haar net stil aankyk. Nadat sy my twee keer geskiet het, het sy net omgedraai en geloop. Ek het toe aan Wilma en Klara gedink. Ek het stadig die gang afgeloop, maar voordat ek in die groot grot kon ingaan het ek my bewussyn verloor."

Sy trek haar skouers op. "Dit is al wat ek vir jou wou sê ... dit ... is belangrik vir my dat jy alles moes weet."

Sy loop terug na haar kar toe en maak die deur oop. Haar hand huiwer oor die koevert maar sy gryp dit vas. Sy hou die koevert na hom toe uit maar vermy sy oë.

"Hier is my bedanking, die treklorrie kom môre my trek laai. Ek is opreg jammer dat jou hospitaal deur alles geaffekteer was."

Hy staan verstom na haar en luister. Hy kan nie glo wat hy hoor nie. Hy sien hoe sy haar kar se deur oopmaak en dit bring 'n bietjie lewe terug in sy bene.

"Gaan jy sommer net so weggaan?" Sy hart klop in sy keel. Hy moet haar met alle geweld keer, hy kan haar nie weer verloor nie.

"Daar is niks om verder te sê nie. Daar is niks wat my hier hou nie." Elke woord wat sy sê is 'n messteek in haar hart maar sy het nie 'n keuse nie.

"Is daar regtig niks wat jou hier hou nie?" Dit voel of iemand hom in die maag geskop het. Sy gee nie om vir hom nie dink hy platgeslaan.

Sy kyk na haar kar se enjinkap. Dit is vreeslik om die seer in sy oë te sien. Sy moet weg kom van hom af, voordat haar hart haar gaan verraai.

"Totsiens Berto."

Berto kyk magteloos hoe sy weg ry. Die seer in hom wil hom versmoor, hy druk teen sy bors met sy vuis. Hy skreeu asof dit die pyn ligter gaan maak. Hy verstaan nie wat gebeur het nie. Het sy ooit iets vir hom gevoel? Hy sak grond toe op sy knieë. Traandruppels val in die sand, terwyl hy woedend met sy vuiste die aarde moker. Hy is verslaan, die lewe het hom nog 'n harde slag toe gedien. Liefde oorkom nie alles nie dit weet hy nou.

Chantey maak die deur van haar woonstel toe. Sy leun daarteen, moeg soos 'n uitgewaste lap. Die beeld van Berto wat sy in haar tru spieëltjie gesien het bring die trane weer na vore. Sy moes dit doen, sy sal hom nie gelukkig kan maak nie.   Sy is 'n krimineel, 'n moordenaar. Haar verlede sal altyd tussen hulle liefde en geluk staan. Sy moes wreed gewees het, vir hulle altwee is dit beter so. Sy wil hê hy moet haar haat, en aanbeweeg met sy lewe. Rou seer skeur deur haar lyf.

Hoofstuk 27

Berto sit in die donker in sy TV-kamer, en speel ingedagte met die leë glas in sy hand. Die gebeure op die koppie herhaal oor en oor in sy kop. Hoekom het sy terug gekom? Sy kon 'n e-pos geskryf het. Hoekom moes sy hom op so 'n harde manier seermaak? Sy kon net weggebly het dit was nie nodig om dit aan hom te doen nie.

Hy loop na die venster toe om dit toe te maak. Die wind is sterk en ruk en pluk aan die gordyne. Sy oë gly oor die tuin, hy het alles waaroor hy gedroom het. Hy is 'n suksesvolle dokter, met 'n lieflike groot huis en hy is die hoof van 'n hospitaal. Wat help dit om al die goed te hê en jy het niemand om dit mee te deel nie? Daar was nooit iemand met wie hy 'n toekoms saam wou gehad het nie. Daar was nog nie een vrou wat sy hartsnare so kon roer nie. Hy het nie baie meisies gehad nie en dit was altyd oppervlakkige verhoudings. Tania was 'n bietjie ernstiger, hy het gehou van die passie tussen hulle. Hy was gelukkig oor hoe dinge was. Hy het nie na iets anders gesmag nie. Toe kom sy en krap sy hart so deurmekaar dat hy nie met homself kon huis hou nie. Hy het nie verstaan wat die klein rissie aan hom doen nie. As hy met haar rusie gehad het, het hy soos 'n skurk gevoel. As hy homself kry soek hy haar geselskap op. Haar oë, haar glimlag en haar stralende sonstraal persoonlikheid het lewe aan hom gegee.

"Nee, ek gaan nie die ding hier los nie," praat hy hardop met homself. Hy storm by die TV-kamer uit en gryp die huis en kar sleutels van die tafel af in die portaal. Sy gaan nou na hom luister dink hy vasberade.

Chantey plak die laaste boks toe, voordat sy dit langs die ander stoot. Sy strek haar rug uit, dis die laaste keer wat sy trek, dink sy uitgeput. Sy stap kombuis toe om vir haar koffie te maak. Sy is bly dat sy besluit het om die koffie goed nie dadelik in te pak nie. Sy is so moeg en het die ekstra kaffiene nodig om haar pakkery klaar te maak. Haar klere, beddegoed en die yskas moet sy môre doen. As sy dink sy moet al die goed weer uitpak krul haar binneste. Op pad terug TV kamer toe lui haar voordeur klokkie. Sy gaan staan doodstil, sy wil met niemand praat nie.

Sy hoor hoe haar naam geroep word saam met die harde kloppe aan die deur. Haar hart begin wild te bons toe sy besef dit is Berto wat voor haar deur staan. Sy weet nie wat om te doen nie. Vervlaks! Sy kan hom nie los om so tekere te gaan nie. Die hele gebou gaan weet sy is hier. Sy maak die deur oop en probeer om kwaad te lyk.

"Wat maak jy hier?"

"Dit!" Hy vat haar gesig in sy hande en soek haar mond met hongerte op. Hy voel hoe sy verstyf en dan probeer om hom weg te stoot. Hy stoot die deur toe met sy voet. Hy laat haar nie gaan nie. Sy linkerhand geweeg agter haar nek in, en die ander hand om na haar rug. Hy trek haar styf teen hom vas en kyk in haar onstuimige blou oë en glimlag. Daar is sy geitjie dink hy opgewonde.

Haar hart bons soos 'n tennisbal rond. Haar kop sê sy moet van hom af weg kom, maar haar hart sê sy moet net so in sy arms bly. Sy voel hoe sy vingers saggies oor haar wang streel. Dit voel of elektrisiteit deur haar lyf stroom. Hy swaai haar om en pen haar teen die deur vas. Sy kyk in sy oë, en besef dat sy die geveg gaan verloor. Sy sit haar hande op sy bors en stoot hom weg.

"Moenie ... asseblief." Haar stem is net 'n fluistering.

Hy tel haar ken op sodat hy in haar oë kan kyk. "Kyk my in die oë en sê dat jy niks vir my voel nie."

Sy kry nie 'n woord uit nie. Sy kan net in daardie mooi magnetiese oë kyk. Sy voel hoe warm haar wange word, en maak haar oë toe.

Sy kop sak af en eis haar lippe met intensiteit op. Hy kreun toe sy hom nie teenstaan nie. Haar lippe is sag en warm onder syne, hy trek haar stywer teen hom vas. Hy voel hoe haar hande teen sy bors opkruip boontoe. Haar arms gaan om sy nek en haar vingers nestel in sy hare in.

Chantey ontspan in sy arms sy wil nie hê die oomblik moet op hou nie. Sy weet daar is nie 'n toekoms vir hulle nie maar tenminste gaan sy hierdie oomblik nooit vergeet nie.

Berto se lippe verlaat haar mond en streel oor haar wang tot by haar oor waar hy saggies met sy tong haar oor kielie. Sy lippe beweeg stadig oor haar nek af tot by die kuiltjie waar hy haar vinnige polsslag kan voel. Sy buig haar kop agteroor sodat hy meer toegang kan kry van haar nek. Sy lippe is warm en sy geniet elke sensasie wat deur haar vloei. Sy mond soek hare op en sy beantwoord sy dringende vrae.

Hy tel haar op en dra haar na haar kamer toe waar hy haar saggies op die bed neer lê. Hy trek haar hemp uit en streel stadig oor haar borste wat hom nader lok onder haar kant-bra af na haar maag tot by haar naeltjie. Haar vel is sag en ruik na rose. Hy speel met haar naeltjie met sy tong, hy hoor haar saggies kreun en dit maak die bloed net warmer in sy are. Hy trek haar broek stadig uit en hou sy oë op haar pragtige lyf terwyl hy sy klere uittrek.

Chantey se hele lyf is deurtrek van die hoendervleis. Sy geniet elke soen en elke aanraking.

Sy gee haarself heeltemal oor aan hom en aan die manier hoe hy haar laat voel. Haar lyf reageer op elke aanraking veral toe hy met sy vingers oor haar vroulikheid streel. Sy verloor alle sin van tyd en plek, hy voer haar na hoogtes toe wat sy nog nooit beleef het nie.

Hy dring elke sentimeter van haar lyf in, hy wil nie hê die oomblik moet ooit ophou nie. Hy geniet elke beweging en geluid wat sy maak. Hy beweeg stadig in haar in en hou die beweging rustig, sy ontvang hom warm en nat. Hy swaai om sodat sy bo op hom sit, haar bewegings hipnotiseer hom. Haar hare val soos 'n gordyn oor haar borste, hy vryf haar nippels so deur die gordyn.

Die sensasie wat deur hom gaan soos wat hy tot ekstase vervoer word, slaan sy asem weg. Hy sien hoe sy haar kop agteroor sak en haar lip vas byt. Hy trek haar bewende lyf styf langs hom in. Hy wil haar styf vashou, hy wil nie hê sy moet nou enige plek heen gaan nie, sy moet vir ewig so in sy arms bly.

Sy lê styf in sy arms, sy kan haar eie hartklop voel. Haar hele lyf tintel van genot, sy het nog nooit so 'n intense gevoel gehad nie. Sy voel so veilig so reg in sy arms. Sy maak haar oë toe om die oomblik ten volle te geniet.

"Ek het jou baie lief en ek wil nie sonder jou lewe nie. Ek het nog nooit op enige meisie verlief geraak nie. Jy is die eerste eienaar van my hart. Ek weet hoe dit voel om sonder jou te lewe. Ek wil nooit weer so voel nie. Ek weet dat dit wat met jou gebeur het 'n groot onreg was. Ek sal dit nooit teen jou hou nie. Ek sal daar wees met elke tree wat jy gaan gee na genesing toe." Berto kyk haar ernstig aan hy hoop hy kan haar oortuig. Hy gaan haar nie sonder 'n geveg laat gaan nie. Sy draai haar kop en kyk stil na hom.

"Ek kan nie hier bly nie, nie met alles wat gebeur het nie."

"Ja jy kan, die polisie is klaar met die saak en niemand weet wat jy gedoen het nie behalwe ek en my pa. Daardie inligting sal nooit bekend gemaak word nie, dit belowe ek jou. Ons kan 'n nuwe lewe saam begin en mekaar net lief hê en gelukkig wees. Wat sê jy?"

Sy knik met 'n glimlag en trane in haar oë.

Hy trek haar nader en hou haar styf in sy arms vas. Haar hare ruik soos vars bloeisels. Sy raak weg in sy arms.

"Niks maak meer saak nie," fluister hy liefdevol in haar oor. "Alles is oor en verby daar is niemand wat jou ooit weer sal seermaak of kan weg vat van my af nie."

Sy stoot hom saggies weg. Haar oë soek sy oë en sy sien dieselfde oë as die dag toe sy wakker geword het. Sy oë laat haar veilig en geliefd voel, haar hart klop vinnig en haar mond raak droog.

"Ek verstaan nie," kom dit sag van haar.

"Ai my meisie," lag Berto. "Jy is my hele wêreld van dag een af wat jy by my hospitaal in gestap het. Jy het my hart lewend gemaak, jy het vir my liefde gegee en ek kan nie en wil nie 'n enkele dag sonder jou wees nie. Ek het jou lief, so ontsaglik baie lief. Ek kon geen rigting gekry het toe jy ontvoer was nie en ek het nog nooit so hulpeloos gevoel soos toe jy in die koma was nie. Ek het nog nooit so seer gehad soos die dag toe jy verdwyn het nie. Nou is jy terug en ek voel weer die vrede en die lewe terug kom in my en ek wil nie die gevoel laat gaan nie."

Sy lag en huil tegelyk.

"Jy is voorwaar 'n interessante man dokter van Schalkwyk. Ek is lief vir jou ook, met my hele hart. Ek het nie geweet 'n mens kan so voel as jy lief het nie."

Hy trek haar nader, hy kan n e meer wag nie. Hy soek haar lippe met syne en kreun toe sy in sy arms ontspan en hom ten volle terug soen. Na 'n ruk tel hy sy kop op en soen haar voorkop, maar hy hou haar teen hom vas.

"Net môre kondig ons aan dat ons gaan trou, en Saterdag hou ons die grootste troue wat Kroondal nog gesien het."

"Wat? Nou dink jy nie reg nie." Lag sy gelukkig. "Hoe beplan 'n mens 'n troue in 'n week?"

"Ek gee nie om nie, solank jy net in jou pragtige rok langs my by die kansel staan. Ek wil nie 'n minuut langer as wat dit nodig is sonder jou wees nie en dan gaan ek en jy op 'n helse lang vakansie."

"Is jy nie veronderstel om my eers te vra om te trou nie?" vra sy spottend

"Ja,. ek moet seker maar netnou sê jy nee. So nee ek vra jou nie dokter ek sê jou!"